莽荒诡境

无意归 著

北京理工大学出版社
BEIJING INSTITUTE OF TECHNOLOGY PRESS

图书在版编目（CIP）数据

莽荒诡境 . V / 无意归著 . — 北京 ：北京理工大学出版社 , 2019.3
ISBN 978-7-5682-6540-9

I . ①莽… II . ①无… III . ①长篇小说 – 中国 – 当代 IV . ① I247.5

中国版本图书馆 CIP 数据核字 (2018) 第 288361 号

出版发行 / 北京理工大学出版社有限责任公司
社　　址 / 北京市海淀区中关村南大街 5 号
邮　　编 / 100081
电　　话 / (010) 68914775（总编室）
　　　　　(010) 82562903（教材售后服务热线）
　　　　　(010) 68948351（其他图书服务热线）
网　　址 / http : //www. bitpress. com. cn
经　　销 / 全国各地新华书店
印　　刷 / 玉田县昊达印刷有限公司
开　　本 / 710 毫米 x 1000 毫米　1/16
印　　张 / 17.5　　　　　　　　　　　　责任编辑 / 田家珍
字　　数 / 224 千字　　　　　　　　　　文案编辑 / 田家珍
版　　次 / 2019 年 3 月第 1 版　2019 年 3 月第 1 次印刷　　责任校对 / 周瑞红
定　　价 / 35.00 元　　　　　　　　　　责任印制 / 边心超

一

好不容易从水底下逃出生天，又成功击退了灰衣人武藤道空的冷寒铁等人，还来不及松口气，就被眼前的离奇一幕惊慑住了：原本激荡不安的河面上出现了一个方圆大概300平方米的太极图！在太极图内，河水剧烈地翻滚，其中，一半的水流是正常颜色，另一半却是黑色的浊流，黑白相接，泾渭分明。而大量被烧死、毒死或者是被气流撞击而死的鱼儿被气流带动，横在两股水流中间，形成了一道天然的界限。另外，有两条死亡了的大鲤鱼漂浮在中间，仿若是太极图的鱼眼。

众人不自觉地屏住呼吸，手或抓着树枝，或攥着衣角，心头涌出一个声音：天哪，这究竟是怎么做到的？

王微奕忽然醒悟过来，眼中闪耀着奇异的光芒："八卦阵！水底下定然存在着一个八卦阵！冷长官卜小兄弟，你们先前是否误触到了八卦阵的阵型，将其催动，才导致这般异象？"

回归团队的冷寒铁将目光投向了卜开乔："是否应该由你来回答这个问题？"

卜开乔迟疑了片刻，昂首背道："天地定位，山泽通气，雷风相薄，水火不相射；八卦相错，数往者顺，知来者逆，是故易逆数也。"

王微奕身躯一震，失声道："你的意思是……此乃先天八卦，而非后天八卦？"

冷寒铁等一行军人自然不懂八卦里竟然还分有先天与后天，但王微

奕、林从熙等在历史、古董界里浸淫了大半辈子的人，一听就知道这是
《易·说卦传》中有关先天八卦方位的理论。

　　一般认为，先天八卦是由距今约七千年的伏羲氏观物取象所作，先
天八卦的卦序是：一乾、二兑、三离、四震、五巽、六坎、七艮、八坤。
先天八卦方位与先天卦数的排列形式，由乾一至震四，系由上而下，再
由下而上旋至巽五，由巽五至坤八又由上而下，其路线形成S形的曲线，
这种运动方式称为"逆行"……

　　而后天八卦又称文王八卦，据传为周文王所创……后世有人认为，
用周文王的后天八卦代替伏羲的先天八卦，是一种严重的倒退。因为先
天八卦是活的，会根据后世的社会形势而进行演变，比如说先天八卦这
个"体"中先后演化出来《连山易》《归藏易》《周易》这三种"用"，
分别对应部落联盟（禅让制）、万国共存和皇帝专制三种相对应的社会
形态。但到了《周易》即后天八卦之后，历史已过去三千多年，可是伏
羲八卦竟成了一种无法再次演绎的死图，因为人们已经不清楚它的演绎
原理和演绎方式，甚至连《连山易》和《归藏易》这两个从伏羲八卦中
演绎出来的"用"也都已失传。中国人也就只能生存在《周易》这个"用"
中，无法脱身。有人怀疑，毁掉伏羲八卦的推演方式和推演原理，以及《连
山易》和《归藏易》的一切远古资料，极有可能是周武王，其目的类似
于后世董仲舒的"罢黜百家，独尊儒术"，为的是让天下人不再明了先
天八卦的演化，只能毫无选择地让自己的思想生存在后天八卦中，以此
来达到让天下人尊自己家族为王的目的。

　　这些都是闲话暂且不提。王微奕听到卜开乔背出《易·说卦传》中
的先天八卦内容，不觉大吃了一惊。如果水底下真的是先天八卦阵图，
那么说明它的建成至少是在周朝之前，也就是三千年之前。先天八卦里《连
山易》和《归藏易》的失传，一直是中国文化学者心中的一根刺。倘若
神农架里的布置者擅长先天八卦，那么，说不定有可能在此间寻到这个
中华文化中的重要瑰宝，这可是不亚于金殿价值的发现！想到此他不觉

心潮澎湃，抓住卜开乔的手问道："你是怎么确定水下面乃是先天八卦？"

巴库勒看着水面上缓缓消失的八卦图，皱起眉头："这不就是一个八卦图吗？先天跟后天有什么区别？"

王微奕和卜开乔都没有心思回答他的问题。倒是林从熙接过话头道："八卦图上是看不出先天八卦还是后天八卦的，因为两者都是源于一个共同的思想'易有太极，是生两仪，两仪生四象，四象生八卦'。只是在卦象的推理上，两者存在着极大的区别。简单的来说，先天八卦是活的，可以根据实际情况的发生而进行演化，但后天八卦却是死的，只能用于推演，而无法自我更新。"

"先天八卦这么厉害？"巴库勒咋舌，"那岂不是这水下面的八卦阵这么多年里都在不停地进化？"

"先天八卦是活的，不代表八卦阵也是活的。只是麻烦的是，先天八卦的内容失传的太多，如果想要破解这个阵形就要难上很多很多了。"

就在这时，江面上再度出现了剧变：整个八卦图开始旋转，这种旋转先是慢速的，但随即很快就开始加速，到后来形成了一个巨大的超速漩涡。整个河面上所有的东西，包括鱼群、水草以及冷寒铁他们先前所乘坐的橡皮艇，瞬间全都被吸入这超级漩涡中，连渣都不剩一点。

众人瞧着眼前的这一幕，不觉心惊胆战不已：倘若先前灰衣人成功地阻止他们登岸，恐怕此刻他们的命运就是待在水底的坟墓中吧。

在先前黑雾弥漫之际，整个河面上全都笼罩着一层黑气。这些黑气遮住了阳光，令天色发暗，日月黯淡。而超速漩涡的出现，将河面上所有的黑气全都吸纳一空。于是，阳光如同失散的亲人，以一种猛烈的姿态扑入漩涡的中间。整个河面上再度呈现出了一个奇观：金色的阳光好像一柄金色的长剑，刺入了漩涡之中。阳光仿佛带着一股魔力，将整个漩涡再度搅动了起来。于是，一时间有大量的水汽蒸腾起来，与阳光交织在一起，顿时间整个河面上星星芒芒，斑点迷离，带来一种目眩神迷的视觉效果。

王微奕凝视片刻，忽然想到了什么，急忙喝道："大家快跑！"

众人不明所以，只是被王微奕这突如其来的一声吼吓了一跳，几乎是下意识般地撒腿就往密林深处奔去。

几乎是在一瞬间，整个漩涡以着一种疯狂的速度剧烈旋转，并且朝着外延扩散开。

冷寒铁他们只顾着拼命奔跑，根本无暇扭头去查看身后的光景。但他们能够感觉到空气中有一股无形的压力罩下，紧接着一股强大的气流抓住了他们的手脚，将他们撕扯着往河心处拽去。这股力量是如此之大，足以将河岸边合围粗细的树木拔起，再像巨人吞食面条一般地将它们直接吸入漩涡之中，连冒泡的机会都没有。

断后的冷寒铁奋力将落后的花染尘往前一送。在他们的前方，是一棵参天大树。这棵大树，足有五人合围般粗大，如同一根定海神针般挺立在森林之中，再猛烈的气流也只能催动它的一些枝叶，无法撼动它的根本。而巴库勒他们在气流出现的前一刻，已抵达大树下，躲在树后，抱住大树盘结在地上的根，将整个人尽量卧低蜷缩在大树的庇护之下。

冷寒铁的奋力一推，将花染尘推向大树的翼护之下，但自己却如同一个断线的风筝般，被强烈的气流拽向河心中。

强烈的气流吹得冷寒铁根本无法睁开双眼，他只感受到耳边"呼呼"的风声，以及树枝的枝条如同鞭子一般抽打在自己的身上。然而，这样的肉体疼痛也全都被强大的气流所吹散。他下意识地张开了双手，如同一名溺水者试图捞住任何一个可以抓取之物。幸运的是，混乱之中他抓到了一根碗口粗细的树枝。不过，气流的力量远远超过了树枝的承重量。"咔嚓"一声，树枝瞬间折断。冷寒铁深知此乃生死攸关之际，一旦被卷入漩涡，必死无疑，因此绝不肯放弃任何一点求生的希望，于是死死地抓住手中的树枝不放。

这个气流状若是龙卷风的中心，足以将任何一切飘零的东西全部席卷一空。处于气流中心的冷寒铁，一百多斤的体重形同一张纸片，根本无力对抗得过气流的撕扯。

危急之中，冷寒铁手中紧握的树枝发挥了作用，刚好卡在了一棵参天大树的两根粗大枝干的中间，拖滞了他的飘动。超强气流如同一双强有力的大手，紧紧地拽住冷寒铁的双脚，迫使他与树枝形成了180度夹角。冷寒铁可以感受到树叶、树枝等顺从着气流的吸引，从他的身边掠过。那些平时毫无杀伤力的树叶、树枝等，在超强速度的作用下，却如同一枚枚暗器，将冷寒铁的身上割出了一道道伤痕。

冷寒铁根本无暇顾及肉体的疼痛，他只是盘算着如何才能摆脱强气流的吸力。但眼下里，他根本就无法动弹。只要他的手指稍微松动一下，立刻就有可能被气流拖拽进漩涡的中心。而保持横握树枝的姿势，令冷寒铁的体力在急剧地下降。他几乎可以断定，自己撑不过10秒钟。一旦撒手，那么他就将坠入万劫不复的绝境。

就在这时，一根树枝擦着他的腰间飞了出去。冷寒铁感到腰间轻微地抖动了下，紧接着有个圆滚滚的东西撞上了他的脚，然后如同离弦的箭一般径自朝着河中心飞去。他的心头陡然震颤了一下：那是他绑缚于腰间的水晶头骨！

这一路上，有三样东西令冷寒铁视逾生命，一个是王微奕的安危，一个是锋利无比的黄金匕首，还有一个就是数次救过他们性命的水晶头骨！而当下里，水晶头骨被气流带走，这无异于是往他心尖上扎了一刀。

在湍急的气流推送下，水晶头骨发出尖锐的声音。如果谁的眼睛够尖的话，可以看见水晶头骨的下颌一张一合，仿佛在发出尘封千年的密语；并且水晶与空气快速摩擦，温度急剧升高，随之发出盈盈的光芒，甚至从双眸之中射出了两道雪亮的光芒。不过，这些光芒被弥天的水汽所遮盖住，冷寒铁等人是瞧不见了。

天地间飞沙走石的一刹那，水晶头骨已飞临至漩涡上空。令人诧异的事情发生了。水晶头骨并不像其他的物件那样，被漩涡中的强大吸力吸纳进去，反而像是获得了某种神秘的力量加持一般，稳稳地悬浮在漩涡的上空。

原本兴风作浪、不可一世般的漩涡气流，在水晶头骨的威严"审视"之下，竟然渐渐地平息。施加在冷寒铁身上那股巨大的牵扯之力骤然消失，如同孙悟空崩开五指山的重压一般。他全身顿时轻松起来，急忙趁此缓息之际，一个翻身，闪入大树的背后，令自己不再与漩涡怪力正面交锋相对，但他并不甘于当一个缩头乌龟，待确定外面逐渐风平浪静了，他便从大树背后探出半个脑袋，观察着河心的变化。

漩涡的吸力消失，但漩涡却依旧存在，只是如今的它的威力被水晶头骨"钳制"在了河面上，无法扩散开。

冷寒铁苍白的脸上涌起一丝血色，心头有种奇妙的情感在翻滚，暗叹这世间果然是一物降一物。看来这水晶头骨与水底的迷阵有着极大的渊源，却不知它们之间的关系究竟如何？于是，他屏息凝神，继续观察着眼前的变化。

原本狂乱如怒虎的漩涡怪力，在水晶头骨的威严"审视"下，温顺得如同一只小猫。冷寒铁还来不及松口气，这时，从漩涡的中心处闪现出了一束光芒，不偏不倚，刚好从水晶头骨的颅骨中央穿透过去，再从四面八方散射开。光芒似乎带有某种能量，从河边的漩涡处一直传递到水晶头骨上。获得光芒笼罩的水晶头骨开始"说话"！是真的说话！冷寒铁他们清晰地听到，有一阵纤细的声音从水晶头骨中传了出来，这个声音不大，但很奇怪，可以清楚地传入每个人的耳中，就好像它是附在每个人的耳畔开口说话似的。这些话语细碎且快速钻入众人耳中，恰似一声拉长了的咏叹。但如果此时有人能够将这个声音录制下来，并且拖慢十倍来播放，会听到一连串的声音，这个声音抑扬顿挫，似是呢喃，又似是祷告，带着某种韵律。这种韵律如果能够落入冷寒铁的耳中，定然可以勾引起他的某种记忆，因为那个声音与他小时候听到的母亲朗诵佛经的声音有几分相似。

一直缩头躲在大树后面的巴库勒等人听到外面的声息渐消，忍不住探出头来查看，眼前的景象令他们惊呆了：水晶头骨高高地悬浮在空中，悠悠旋转着，发出细碎却不刺耳的声音。伴随水晶头骨的出现，原本一直笼罩在河面上的黑气渐渐消散。始终被拒绝在外的阳光终于重新从天而降，笼罩在水晶头骨上，折射出晶莹剔透的光芒，美得竟然带着一点圣洁的韵味。巴库勒他们甚至有一丝恍惚，仿佛是看见观音菩萨端坐在空中，端详着众生，低声祷告。

就在众人啧啧称奇之际，又有新的变故发生：河面上虽然不似先前那般暴躁如雷，但却始终未曾完全平息，而是在不停地旋转中，仿佛在积蓄着新的能量。原本从水底射出的那道光芒渐渐地暗淡，水晶头骨的旋转也逐渐放缓。就在大家以为一切行将结束时，忽然间河面上再起天崩地裂一声炸响，无数的石柱像惊起的秃鹫一般从水底下骤然而起，飞洒到天空中，四溅冲向四周的密林。一时间，空气中呼啸的尽是石头砸中水面、树木的嘈杂声响。无数的水花溅了起来，又坠落下来；无数的树木被击打得枝叶零散，怆然含悲。其中，有一根冲天而起的石柱，不偏不倚地正好击中水晶头骨。水晶与石头的相互碰撞，结果不言而喻：水晶四分五裂散开，在空中抛洒出一个个细碎的微笑，仿佛是依依的告别，随即闪耀了下阳光，与漫天的水珠一起飘落，飘落进水中，沉没于淤泥里。那些隐秘的话语，那些隐藏的秘密，全都付诸烟云，投于流水，再无法透露分毫。

当水晶头骨碎裂的瞬间，冷寒铁只觉得心头仿佛被一记铁拳狠狠地击中，疼痛迸裂而开。一路上，水晶头骨前后救过他们数次：一次是在日军的地下"军火库"中及时发声报警，让冷寒铁他们躲过了鹳鸮和轮蛛的偷袭；一次是在地底的石鼎中，水晶头骨抵挡住了时空黑洞的吸引，并且启动了洞内的机关，这才让他们有机会逃离，免于沦为地底幽魂的命运；而刚才，若不是水晶头骨制住了暴动的气流，冷寒铁恐怕也已经直接被卷入漩涡之中，成为溺亡人。

巴库勒等人心头亦是怅惘不已。水晶头骨与水底机关"同归于尽"，让他们失去了一枚解读金殿奥秘的钥匙，最重要的是，水底机关的自我毁灭，是否意味着进入金殿的大门已经关闭，他们再无机会接触到金殿那神秘而又炫目的光芒了呢？

风住尘息，整个河面上恢复了平静。水流依然如千万年里的光景一般，静默地流淌，带来泥沙，带来枯枝败叶，也带走泡沫，带走岁月的痕迹。只是如果仔细望去，就会发现水流的颜色比原先深了不少，状若血水的浸泡。

冷寒铁确认河面上不再带有威胁时，从树后面走了出来，站在河岸上，望着逝者如斯夫的滔滔流水，百感交集。

巴库勒等人亦小心地从大树后面探出身来，顺着冷寒铁的足迹，来到他的身边。

"一切都结束了？！"巴库勒感叹道。

冷寒铁默然不语。

"这条河只是受伤了，并非已经死了。"卜开乔笑嘻嘻地接过了话。

众人心头一颤，都能够听得出卜开乔话中有话。冷寒铁更是将鹰隼般的目光投向了卜开乔，等待他来揭开秘密。

卜开乔却耸起了肩，把剩余的话全都藏进硕大的肚子里，然后将目光投向微澜的水面上。

林从熙推了一下他的肩："哎，你有话说清楚啊。别说一半留一半，闷煞人哪。什么叫作受伤，什么叫作没死？难不成这条河有生命吗？"

"你长着双眼，我也长着双眼。我有我的判断，你有你的想法。反正我就觉得这河还有爆发的时候。你爱怎么理解就怎么理解。"

王微奕思索了下，一丝喜悦挂于眉梢："卜小兄弟的意思是，从这河流通往金殿的大门并未完全关闭吗？"

众人闻言先是一怔，随即欣喜若狂，一个个将目光的焦点全都投射在卜开乔身上。

"哎哎哎，我就随口一说，你们不要搞得好像这条河是我说了算似的。

再说了，我们就算把这条河当作一个病人，可大家又不是医生也都无能为力，说不定它哪天病重了就嗝屁了呢！"卜开乔焦躁地辩解着，随后一跺脚，离开了众人，往树林深处走去。

众人不自觉地把目光投向了冷寒铁："冷大，你说接下来该怎么办呢？"

冷寒铁抬头望着天边逐渐晕红的夕阳，阳光在他的视网膜上镀上了一层血色。他口气风轻云淡，可是谁都可以从中嗅到腥风血雨的气息："先休息，然后诛杀日本人！"

一路上，灰衣人始终跟踪在冷寒铁他们的身后，不时地给予骚扰与狙杀，甚至一度几乎将他们杀灭。先前冷寒铁惦记着以完成任务为当务之急，因此对于灰衣人的行为一直是强加隐忍，只在狭路相逢时给予适当的回击。可是这次他却动了杀机：一个是灰衣人险些将他们困于河面，倘若不是自己当机立断出手解围，恐怕他们全都要覆灭于后面的漩涡杀机中；另外一个他几乎可以确认灰衣人已被马蜂蜇伤，甚至应该是重伤，并且灰衣人身边的人已被剪除干净，这是杀灭灰衣人的一个好时机。最重要的是，刘开山抢在他们的前头进入到水底的秘道之中，这也让冷寒铁警醒，说明军方根本无法控制这支仓促组成的队伍。他以为是自己在监控着每一个人的一举一动，却不知极有可能在对方的眼中，自己才是那个可笑的傀儡。他不想沦为他人冲锋陷阵的棋子，因此决意在重新寻找进到金殿的入口之前，先把所有的障碍清空，让他们再无后顾之忧！

巴库勒等人顿时来了精神，尤其是唐翼。这些天里，他无法忘记被灰衣人一行以枪顶住脑袋，然后被割掉手筋的屈辱情景，更令他悲愤难忍的则是柳四任的被杀。之前里，他的复仇心被冷寒铁所压制，甚至演变成他与冷寒铁之间的个人恩怨，如今冷寒铁要对灰衣人以牙还牙、以眼还眼，这无异于拆下他心头仇恨的闸门，所有的情感全都流泻出来。他恨不得立即拔枪冲入密林中，找到灰衣人，将他千刀万剐。

可是，他的冲动再度被冷寒铁压制住："我们先休息，之后商议如何剿杀灰衣人。他并非等闲之辈，若论单打独斗的能力，不会逊色于我们中的任何人。我们要想办法全胜，而不是险胜，更不是惨胜。"说完这些话，冷寒铁转向花染尘，"染尘姑娘，希望你不要向他做任何警示，否则……"

"否则格杀勿论……"花染尘默默地在心里替冷寒铁补齐了话语，一声不吭地走到林从熙的身边，"我们去找小卜吧，问问他先前在水底下究竟找到了什么，又看到了什么。"

密林中，冷寒铁咬下最后一块野鸡肉，一直阴郁的脸上展现出了久违的愉悦。他抬起头，只见一干人中除了卜开乔仍在埋着头狼吞虎咽外，其他人全都默默地用眼神注视着自己，有的人眼神中夹杂着心疼，而更多的人则是复杂。

巴库勒的视线与冷寒铁的眼神撞到了一起，他的脸上不觉浮现起一丝温暖的笑容："怎么样，吃饱了吗？如果没有吃饱的话我可以再去捕猎几只。"

冷寒铁反手抚摸了下肚子："就算是一头牛都被你喂饱了。"

"那……冷长官既然已经吃饱了，那是不是大家可以相互交流一下心头的疑问？"林从熙迫不及待地问道："小卜说你们摸到了金殿的门，但没有进去，这究竟是怎么回事？"

冷寒铁想了下，简要地将水底发生的事告诉了大家。众人听到刘开山竟然捷足先登，并且还启动机关，将冷寒铁他们困在洞中，都不觉有几分讶异，又有几分生气，同时忍不住揣测他的真实身份与混入队伍的意图；及至听到水底中的机关，大家不觉咂舌，暗自估计倘若自己当时在现场，安全逃离的概率有多大；及至听到冷寒铁他们从水底出来，一路上全靠卜开乔来探寻方向，大家都下意识地将异样的目光投向了卜开乔。

在众人交谈中，卜开乔始终抱着一只烤熟了的山鸡在啃着，仿佛所有的历险都与自己无关。听到众人问他，他才用油乎乎的手擦了下嘴，以一种轻松的声调说道："这个很难吗？如果你们在水底下，自然也会感觉到不同水流的温度，以及流动时所带来的差异。这条河里有两种水流，一种是冰冷的，来自水底，一种是温暖的，来自水面。所以，只要顺着温暖的水流的方向，自然就可以找到通往水面的道路。同样，不同温度的水流所带来的悬浮物各有不同。那个石阵的存在会扰乱这些悬浮物的行走路线。可另外一方面，如果是正确的路线，它的悬浮物就比较稳定。这些都是路标啊。为什么你们都拿这种眼神看着我？哎哎哎，只要你们仔细观察，你们也可以找到同样的规律。"

王微奕摇头叹道："大道至简。卜小兄弟的眼力之精细，大家全都有所领略，只是未曾想到卜小兄弟的定力竟然强大如斯，在水底那般环境下，犹然可以注意到这些毫微细节，并能从中做出抉择，实在是达到了惊人的境界。老夫由衷地钦佩！"

"哪有你们说得这么神奇。"卜开乔嘟囔，"这不就跟拼图一样，先找到同类的，再一点一点地还原出原来的模样嘛，不值得你们这般大惊小怪。"

"好好好，就算这个本事是寻常的，老夫还要向卜小兄弟请教一个问题，你是如何得知水底下的阵形是符合先天八卦，而不是后天八卦呢？"

"因为先天八卦偏重的是阴阳，而后天八卦强调的是五行。先天八卦讲'乾阳在上、坤阴在下'，而河水中的布阵尤其是水温很明显地符合这个条件，上层温暖，下层冰凉，这不就是代表阳和阴吗？后天八卦里，乾在正南，坤在正北，这个与水底的布阵不同。我知道你又要问我怎么知道这些知识。别忘了，在我们出发之前，你们说要利用我过目不忘的本领，把我当成一本活字典，逼我熟读并记下了有关八卦的好多本书。这些内容印在我的脑海里，到了要用的时候自然就会浮现起来嘛。"

王微奕知道卜开乔并没有吐露真言，或者说有所隐瞒。他肯定是破解掉了水底的八卦阵形，而并非仅是根据水温来进行判定。很简单的一个道理，所有的河流都是上层温暖，下层冰凉。所以用一个水温符合"乾阳在上、坤阴在下"，来推断出水底的八卦阵属于"先天"还是"后天"，实在太过牵强。不过，眼下的情景很明显，卜开乔不可能将自己的底掏出来，即便他们再多询问也只是枉然。他只要确定卜开乔对于整支团队并没有太大的恶意，不会阻挠大家找到金殿也就可以了，毕竟眼下他们有着太多的问题需要探讨，有着太多的事情亟待去解决。

冷寒铁亦是带着同样的心理，于是将疑问的目光投向王微奕，换了个话题："我记得先前的时候，你曾问过我，在水中见到的是否为龙？我的答案是大鲤鱼。我心头始终有点好奇，你这一句话是否有特殊的含义？"

王微奕点头道："不错，老夫是曾问过这么一句，难得冷长官走心了。老夫之所以这么问，乃是考虑到秘籍中的那一句'引天雷，水见血'。很显然，这里面引天雷是关键。在老夫的理解中，如果只是单纯地将雷电引入水中，这并不难，所以老夫猜想，是否这个天雷有着特定的引发对象？这样的话就引出一个问题，什么对象会引发天雷呢？老夫想到的就是龙。传说中龙出动时会伴有电闪雷鸣。我们在神农架里已经见到了狮鹫这种上古奇兽，也碰到了蛟这种龙的前身，甚至还见到过唤龙树。那么，这里面有很大的可能存在着龙这种神兽。因此引天雷也就意味着我们需要召唤出龙。只是令老夫意料不到的是，最终这个天雷竟然真是由大鲤鱼和狮鹫合力来完成。老夫不知道这是一种凑巧，抑或是一种冥冥天意。总之，这是一片神奇的土地，太多事情都无法以我们的臆想来推断，只能走一步观一步，甚至有时候需要一点瞎猫碰到死老鼠的运气。"

冷寒铁琢磨着王微奕的话语，情不自禁地点了点头："不错，如果引天雷与龙相关，当然更加合理。我们能够走到这里，也是受了空中的金龙异象所指引。我和小卜未能打开金殿之门，恐怕也是因为没有龙的出现。"

林从熙插嘴道："可是后半句'水见血'确实应验了啊，那说明我们的解答方式还是对的。"

"水见血，水见血……"冷寒铁反复念叨着，仰头叹道："从水底的机关来看，这个'水见血'应该确实是被启动了。这绝非是瞎猫碰到死老鼠的运气所能赌对的，因为里面涉及精妙的触发条件。那么我们未能找到金殿，唯一的解释就是刘开山破坏了水底的机关。那么问题来了，他是如何获知这些信息的呢？这个'引天雷'的条件并不算特别难，为什么他还需要假借我们的手来完成呢？"

"刘开山这个混蛋。"楚天开恨恨地道："真就是在扮猪吃老虎。下次再遇见他时，我定然要扒掉他一层皮，看看他究竟是谁，安的什么心。"

"这个要等到我们找到金殿的入口再说吧。眼下，我们需要全力以赴的，就是找到那个日本人，将他解决了。"冷寒铁道。

"那个，染尘姑娘你能否念在同为中国人的份上，帮我们这个忙呢？"巴库勒向花染尘发出了求助。

花染尘垂下了眼睑，轻声道："我知道你想要说的是什么。可是纵然日本对中国犯下了滔天罪行，可对我却是有救命之恩。就算武藤君对我起过杀心，可这属于战场上的所为，无法抹杀他们给过我的情谊。所以我不会去通知武藤君逃命，但也不会帮你们探测出武藤君的下落。"

林从熙在一旁劝解道："日本人救你，并非出自善心，而是有目的的。这么多年，你受他们驱使，做了那么多事，早就还清了。既然你现在与我们站在一起，那么就不该再去对日本人持有怜悯之心。我们的政府已经给过了这些日本军人撤退的时间与机会，可他们还继续潜伏在我国，其心昭昭。所以染尘姑娘你就不需要再为这些侵略者做事啦。"

花染尘的头垂得更低了，良久她以一种悲哀的语调说道："道理我都懂，包括所谓的国恨家仇历历在目。可是在我的心底，始终跨不过去的一道坎是，为什么在我行将死去的时候，所谓的国家却视若无睹，反倒是我们的仇人向我伸出了援手呢？你说日本人杀了中国人，我们理应去恨他们；可是反过来，日本人救了中国人，我们又该不该去感恩吗？"

所有的人全都被她的反问所震住，一时间不知道该如何回答。

花染尘凄楚地一笑："这辈子，我都是中国人，可是这辈子我恐怕都无法去恨日本人。每个人的境遇不同，选择也不同。抱歉我让你们失望了。"

王微奕叹息道："老夫倒是钦佩染尘姑娘的真性情。在中国，永远不缺墙头草，见风使舵之辈，但却缺少落难时不离不弃的真情实意。染尘姑娘能够对日本人的救命之恩心怀报答之情，并在任何情况下都不易初心，这是一种难得的情怀，所以我们也就不必再去勉强她啦。"

花染尘朝王微奕深深地鞠了个躬，含泪道："谢谢教授的谅解。染尘自知是个罪民，替日本人做了不少恶事。等出了神农架之后，我自会给各位一个交代。"

王微奕听出她的言外之意，急忙道："染尘姑娘言重了。乱世之中，平民命如蝼蚁，身似浮萍，岂能左右自己的命运？纵有一时的失足，能改过即可。染尘姑娘你千万不必自责太深。"

林从熙亦是对她抚慰不已。只有冷寒铁端坐在一旁，目光如水，仿佛陷入了一种入定的状态中。

经过众人的一番劝慰，花染尘的心情平静了不少。她抹去眼角的泪水："虽然我不能背叛武藤君，但我可以告诉你们一个有关于他的秘密……"

"什么秘密？花姐姐你快说，快说。"卜开乔连声催促："我最喜欢听人讲秘密啦……"

所有的人全都竖起耳朵倾听。

花染尘犹豫了下："武藤君他没有痛觉。"

"你说什么？"巴库勒瞪大了眼睛，"没有痛觉？他是怎么做到的？"

花染尘嘘了口气："我偷听到的。据说是日本原本有个计划，那就是通过手术切除掉大脑里的痛觉神经，让战士无惧疼痛，自然也无惧死亡，从而打造出一支无敌于天下的敢死队。"

"这些日本人真是疯狂！"巴库勒难于置信地道："我们也曾经探讨过说如果人没有知觉了，那么是否就不怕打仗了。但我们也就是想想而已，没想到这些日本人竟然真的付诸行动！话说他们是怎么能做到成功切除痛觉神经的呢？"

"你们听说过731部队吗？"花染尘问。

巴库勒反问道："就是那支用中国人做细菌实验的部队？"

"731部队涉及的可不单单只是细菌实验，准确地说是人类活体实验，其中就包括切除痛觉神经的实验。"

"可恶的日本人！"巴库勒恨恨地道："拿活人做实验，实在是太惨无人道了！染尘姑娘你的意思是，日本人通过给中国平民切除痛觉神经积累了足够的经验之后，再用来施展到日本军人的身上，试图打造一支敢死队？不过不对啊，如果真有这么一支部队，不可能我们都不知道。"

"因为这些战士的命运都只有死亡，没有被俘，最重要的是，这样的战士人数极少，最多不超过30人。"花染尘道。

"为什么呢？"巴库勒不解地问。

"因为这些被切除了痛感的战士是不怕疼痛了，可是却更怕死！"

所有的人听得一头雾水："更怕死？这个从何解释？"

"如果你的背上有个伤口，你会怎么样？"花染尘反问。

"这个……视伤情的严重与否来处理吧。严重的伤口就要包扎起来，小伤口就让它自然愈合。"

"在背部，你看不到伤口，那你怎么知道伤口严不严重呢？"

巴库勒若有所悟："我有点明白你的意思了。你是说，疼痛会提醒人类受伤的情况，从而做出合适的处理。而没有痛觉了，就无法做出判断。一旦缺少判断的能力，人就容易疑神疑鬼，随时要检查自己是否受伤，对吧？"

"不错，是这个意思。另外还有一重意思，那就是正常人有了伤口，就会很快发觉并及时处理，可是没有痛觉的人起初毫无知觉，等到他们发觉时，往往已经失血过多或者伤情过重濒于死亡。这就好比，我们第二天有个行动。倘若有人告诉你说到点了会叫你起床，那你可能就会睡得安心许多，可是如果需要自己主动醒来，那么有可能一整个晚上都睡不踏实，总担心睡过头，错过时间，于是要频频醒过来看表。这样的心理就跟切除痛觉的人相似。"

王微奕拊掌道："染尘姑娘这个比喻甚是精妙。如此说来，人无痛觉确实是将自己置身于险境中。或许上天给了我们五官内脏，并给了我们感应知觉的神经，乃是为了让我们更好地适应大自然。人体上并无毫无用处的器官，就连我们惯常要剪掉的头发，都有其无可或缺的功能。"

林从熙好奇地问道："头发有什么用？如果真是无可或缺，那么秃子怎么办？"

王微奕面带微微的尴尬，道："这个头发的作用，说起来至少有两点，一是遮风挡雨，二是保护头皮免遭外部侵害。"

林从熙刚想说"这两个分明是同一个作用嘛"，却被巴库勒瞪了一眼，"你是不是头皮痒痒了，想替你挠一挠？"

林从熙对高大威猛且断了一掌的巴库勒一直怀有敬畏之心："虱子多了是有点痒，不过不劳巴长官动手，我自己挠挠就好。"

巴库勒从他的身上收回目光，再转向冷寒铁："既然我们知道了日本人的秘密，那么就可以好好研究下怎么找到他并应对他的垂死挣扎。"

冷寒铁一直就对灰衣人的忍耐力感到不可思议，包括子弹贯穿手掌、被群蜂蜇咬等全都不以为意，等听到花染尘的说法之后，心头的疑云一扫而空。对于一名职业军人，他深知人再强大，都很难克服一些生理上的先天缺陷，而切除掉痛觉神经，这个虽然疯狂，倘若成功却非常有效。他可以想象，长期生活在神农架的野人，心智有限，面对一个无惧任何攻击的对象，很容易将其当作神来膜拜，受他驱使。至于如何找到灰衣人武藤道空，他心中早就有了计划："楚天开，我记得你上次提到过有一种可以寻到蜂蜜的鸟，叫作响蜜鴷，你现在还可能找得到它吗？"

楚天开不解道："这个……只要丛林里有响蜜鴷存在，就很容易寻找到的。它的叫声很特别。怎么啦，冷大你想喝蜂蜜？"

冷寒铁闭了下眼，旋即又睁开："只要响蜜鴷能寻得到蜂蜜，我们就能找到那日本人。"

众人先是一怔，随即渐渐反应过来，不觉脸上现出敬佩之色。

今天他们与灰衣人对抗时，冷寒铁射下了一个马蜂窝，从而招引马蜂群攻灰衣人。而灰衣人虽然凭借没有痛觉的优势，生生承受下马蜂的蜇咬，不过在最后撤离的时候，却无法从容离去，而是接连几个打滚，才将聚集在身上的马蜂去掉大半，但由此身上也沾染了大量的马蜂蜂蜜与蜂蜡。响蜜鴷喜食蜂蜡，它的嗉囊中存有许多酵母和其他细菌，能帮助它将蜂蜡分解成为可以吸收的脂肪。可是它自己没有能力干掉蜜蜂，破开蜂巢，取出蜂蜡，于是只能跟人类或者是蜜獾合作，引导他们前去猎野蜂巢，然后再去吃猎蜜人和蜜獾留下的蜂蜜和蜜蜡。

灰衣人被马蜂蜇了，并且伤情较重，理论上无法逃离得太远。但作为经验丰富的特工人员，即便是身受重伤也会注意如何隐去踪迹，躲避猎杀。更何况他手中还有武器，足以对搜捕者构成致命的威胁。倘若冷寒铁他们几个人在整片森林里展开拉网式搜捕，人员分散，很容易被躲在暗处的灰衣人一一攻破。若是能够借助响蜜鴷对于蜂蜜的敏感性，让它当作向导来找到灰衣人，那么自然可以省去不少的麻烦，而且可以打他一个措手不及。

能够在短短的时间内整合信息，找到解决灰衣人的办法，这样冷静的思维与敏锐的判断力，也只有冷寒铁才可能做到——要知道，响蜜鴷可以在森林里与人类合作寻到蜂蜜，这是楚天开与卜开乔之间对话时偶然提到的，谁也没有想到竟然被冷寒铁记在了心里，并在关键时刻起了作用。

冷寒铁与巴库勒等人简要地商讨了下如何与灰衣人决战的布置。本来巴库勒想要避开花染尘，但却被冷寒铁制止住了："既然我们都是一个团队，那么就没有必要再心怀猜疑。"

众人又聊了一点分别后发生的事，倦意沉沉地袭来。冷寒铁为大家挑选的休憩地乃是一处绝佳的易守难攻的场地，它左右两边都是参天大树，中间则是浓密的灌木丛，无论人或动物都很难逾越。正面则是一条浅浅的山泉水流。最重要的是，水流与冷寒铁他们中间又隔了几块岩石。冷寒铁他们在山泉附近做了一点机关，这样只要有人经过就会发出"警报声"，他们就有足够充足的时间起来应对危机。不过，为了保险起见，冷寒铁仍然安排自己与楚天开分别值守上下半夜。

见得众人都睡了，巴库勒悄悄地起身，来到冷寒铁身边，轻声问道："冷大，你对明天与那日本人的交战怎么看待？"

"事情还没发生之前，所有的猜测都是没有用的，随机应变即可。别多想了，早点睡吧。"

"那你对染尘姑娘真的放心吗？不怕她向那个日本人发出警示吗？"

"如果她真是有心向着日本人，你能拿她怎么办？把她捆绑起来，还是杀了她？再说了，她的耳力那么好，就算你刻意避开她，难道她就听不见吗？所以还不如选择信任。"

"我说一句冷大你可能不喜欢听的话，这真不是你的风格。以前你可不会选择这么冒险。莫非你对染尘姑娘真的是……"

冷寒铁打断了巴库勒的嬉皮笑脸："睡吧！你要是不困就替我来值这个岗，我可是累了。"

"值岗没问题，只是我仍有一个疑问。这一路上日本人一直在骚扰我们，可是你都忍了下来，为什么在这个时候却要主动出击呢？只是因为觉得他受了伤战斗力削减，想要一举拿下吗？"

冷寒铁沉默了片刻，反问道："你不觉得我们这一路上，一直有种替人作嫁衣的感觉吗？"

"你的意思是，我们成为别人的探路先锋，或者说是棋子？"

"不管怎样，刘开山抢在我们之前，这是一种不好的感觉。"冷寒铁长出了一口气，"干掉这些人，我们才能够专注于寻找金殿。"

巴库勒苦笑道："若是真的需要干掉那些心怀叵测之人，恐怕我们这支队伍就散了。"

冷寒铁眼中寒光一闪："至少剩下的这些人中，不会对我们的行动构成威胁。除了……"

巴库勒看了看四周，确认众人都在沉睡中，于是凑近了冷寒铁，压低声音道："那要不要现在先做掉他？"

"还没到那一步，先不要轻举妄动。机会有的是。睡吧。"

这注定是不平静的一夜，然而却又风平浪静地过去了。多日里的劳累，让大家全都一夜无梦。

清晨的阳光从树叶间泄露出时间的讯息，斑斑点点，恰似撕碎了的信纸，无法连缀成一片完整的信息。

冷寒铁他们简单地用过早餐，留了把枪给林从熙："你和卜开乔负责王教授等人的安全，不要离开，等我们回来会合。"

花染尘想要说一声"珍重"，却又生生咽了回去，化作腹腔中的一声叹息，只能目送着冷寒铁、唐翼、巴库勒、楚天开四人的身影消失在密林深处，心头各种思绪翻滚着，一如天边的云彩。

"怎么找到响蜜䴕呢？"巴库勒好奇地问楚天开。

"很简单，你就侧耳倾听。响蜜䴕的叫声尖锐刺耳，类似于'叽叽'的叫声。它的体形跟麻雀差不多，身色灰绿。如果它找到了蜂巢，会停留在人的上空盘旋，而不似其他的鸟儿一见到人群就惊吓得飞走。"楚天开简要地解释道。他自幼生长在山村，时常与父亲一起去林间寻找响蜜䴕带路，搜索蜂巢。每次他们都是通过叫声来分辨响蜜䴕的位置，一旦找到它，双方立即达成"联盟协议"，响蜜䴕会在前方充当向导，指引着他们前进，如果他们落后，响蜜䴕还会停下来，鸣叫着引导他们跟上自己。到达蜂巢目的地时，响蜜䴕就停止鸣叫，开始在林间无声地飞着小圈，飞几圈后落在结有蜂巢的那棵树上。然后，楚天开他们就会爬上树，搜索蜂巢。正常情况下都不会落空。一个蜂巢中通常会有 5 ~ 10 公斤左右的蜂蜜。楚天开他们将大部分的蜂蜜和蜂蜡带走，但也会留下来一小部分给响蜜䴕，作为酬谢。

众人皆有点称奇，开始仔细聆听。

清晨的林间百鸟婉转啁啾，此起彼伏，要从中分辨出响蜜䴕的叫声着实有些费劲。不过，有着丰富经验的楚天开很快就从众多的鸟鸣中发现了响蜜䴕的踪迹，指引着大家往东南方向走去。大概走了100米左右，大家果然在树叶间发现了一只响蜜䴕。楚天开模仿响蜜䴕的叫声，朝它叫唤了一声。见到人类，响蜜䴕亦是兴奋不已，围绕着他们飞了两圈，似乎是在欢迎他们的到来，随即振翅朝着密林深处飞去。冷寒铁等人急忙跟上去。

一路上，冷寒铁他们分成两组，一左一右地与响蜜䴕保持着适当的距离。行进中，冷寒铁始终仔细地观察着路边的一草一叶。灰衣人不愧是日本军队中的顶尖高手，在身受重伤的情况下依然身手不减、思维清晰，几乎将自己的踪迹抹得一干二净。冷寒铁知道，他应该是利用了水路或者在林间跳跃来做到这一点。水路可以消去人行走时的一切痕迹，包括气味；而林间跳跃则是不让自己留下脚印。

响蜜䴕带领他们找到的两处目的地，都是真实的蜂巢。冷寒铁他们并没有如响蜜䴕所愿那般赶跑蜜蜂，而是用事先准备好的芭蕉叶直接将整个蜂巢包裹起来，让响蜜䴕无从下嘴，逼迫它继续往前赶路寻找。

响蜜䴕似乎有点困惑他们的行为，也有点恼怒。但是它的小脑袋无法让它充分理解这些"愚蠢"的人类的思维，而饥饿的本能促使它继续飞向下一个目的地——距离冷寒铁他们昨日遇袭的地点大概300米左右的河岸。

响蜜䴕的目标是一株合围大小的落叶榕，它娇小的身躯在空中轻快地飞翔，围着落叶榕绕枝三匝，但始终没有停下来的意思。这与它先前的行为有些不同，貌似它陷入了一种踌躇不定的状态里，对自己的判断不再那么自信。

走在前边的冷寒铁猛地停了下来，左手往下一压。

巴库勒等人早有默契地，或趴或蹲，分散在四个方向躲藏好，同时枪口抬起，目光如炬，扫描四周，寻找灰衣人的影子。

冷寒铁弓着身子，察看了一下身前与身后，确认没有灰衣人的伏击之后，这才小心地俯下身，拨开脚下的草丛。只见一条灰色的线被他踩在脚下，微微颤动——这全有赖于他及时感知到并停下脚步，否则，线将被他踩踏贴至地面。

巴库勒用枪托撩开草丛，观察灰线的走向：线长约10米，一端连在一棵灌木的根部，另外一端则通往河岸。撩开更多的草，他基本上可以确定这是一个弓阱。所谓弓阱，乃是用弹性十足的榛木制成一张简单的弓，然后架在固定于地面上的叉桩上，将箭搭在绷紧的弦上，与绊绳相连的触动棒顶住上端卡在箭尾侧向下凹槽上的扳机棒上，使张开的弓箭保持平衡。用三根相距较远，固定在地面上的短木桩来改变绊绳的受力方向，从而使猎物触动绊绳时正好位于箭头所指的方位。而冷寒铁先前触碰到的灰线正是绊索。倘若先前他没有及时收脚，恐怕此刻弓阱已经被启动。即便弓阱不会给冷寒铁他们带来致命的伤害，但至少也会打草惊蛇，让灰衣人得到警示，从而及早做好准备乃至逃之夭夭。

巴库勒掏出小刀，快步上前，打算将弓弦切断，冷寒铁喝止："不可！"

无奈巴库勒这时已手起刀落，一刀将弓弦劈成了两段。不过冷寒铁的喝止还是让他心生怵惕，在斩断线的同时登即一个跃身，往旁边跳出了约两米远，随即就地翻滚，藏身于一棵栎树后面。

几乎是在同一时刻，一支淬毒的黄金箭挟着风声朝着巴库勒原先站立的位置射了过来，牢牢地钉在地上。与此同时，边上的一棵小树的一根树枝"嗖"地弹起，树叶之间相互摩擦与撞击的声音，在清晨幽静的森林里显得格外刺耳。

眼见已经打草惊蛇，冷寒铁、楚天开等人瞬间进入了战斗状态，连奔带蹿，往前奔跑了约莫十米，扑入事先观察好的掩体，眼睛如雷达一般四处扫视，搜寻着敌人的位置。

枪火很快给了他们答案。就在冷寒铁他们奔跑的时候，从他们前方大概三十米处的密林中传出了一连串的枪声。子弹从他们的身边擦过，射入身后的树干中，震动大树摇落的树叶似群蝶缤飞。

明确了敌人的位置后，冷寒铁他们毫不犹豫地开枪回击。与巴库勒他们对准枪手射击的位置不同的是，冷寒铁乃是对准树枝。准确地说，是枪手用来藏身的树枝。

一连串的子弹，生生将碗口粗细的树枝打断了，"哗"地坠落下来，砸在躲在树干背后的枪手身上。枪手猝不及防间被树枝砸得身形一个摇晃，险些从树上跌落下来。不过，他也算是身手灵敏之人，探手一抓扶住了树枝，立即稳住身躯。

可是冷寒铁又是一枪。子弹直接贯穿了枪手裸露在外的左手手掌，击碎了他的骨头。骨头的碎片与血沫一起飞溅。剧烈的冲击力令枪手如同一只被狂风撕裂的风筝，从树上摔落下来。

早就端枪瞄准的楚天开见有一个脑袋从树丛背后露出来，毫不犹豫地开枪射击。子弹裹着呼啸声与硝烟的气味，击中了对方的眉心。巨大的冲击力带动尸体往后翻滚了两圈，最后一动不动，只有鲜血汩汩而出。

一场设想中的激战竟然这般结束，对方命丧枪下，己方毫发无伤。楚天开不觉喜笑颜开，从隐身处走出，想要去查看尸体。

站在另外一端的冷寒铁无法看到死者的正面，从他的角度只能看到一双脚。眼前的那双脚穿着一双黑色的布胶鞋。一丝疑念从他的脑海中闪过。"日本军人穿着布胶鞋？"他想起当日在地底金字塔前，灰衣人挟持着花染尘逃走的情景，那时，山洞里扩散出的脚步声，分明是皮靴子踩踏在石板上的"笃笃"声。"不好，死的不是日本人！还有敌人！"

几乎在同一时刻，位于他们身后十余米的唐翼感觉到有一丝金属的光芒从眼角掠过，急忙飞快转身朝向河岸处。只见河里一个全身湿漉漉、头顶水草的人，正踩在水中，神色凛然，一支手枪握在他的手中，枪口所指的方向正是冷寒铁的后背。唐翼的喉结飞快地滚动了一下，而手指的反应更快，径自扣下了扳机。

子弹击中了河中人的左肩胛骨，带动他的身形一颤，那人射向冷寒铁的子弹因此也偏离了方向。

冷寒铁听到身后枪声，情知有异，整个人立即斜向飞出，再就地一滚，以肩背抵着地面，双脚一蹬，掉转头，让自己正面对着河心。

枪声再度响起。这次不再是一前一后，而是同时。

两颗子弹在空中交错而过，各自射向了它们的目标——一个是河中人，一个是唐翼。开枪者分别是唐翼和河中人。

唐翼射出的子弹击中了河中人的左胸，而河中人射出的子弹则穿透了唐翼的脖颈。

鲜血四溅而开。

河中人跌入了河流之中，鲜血染红了河水。

唐翼倒在了草地上，鲜血从草叶上滚落下来。

巴库勒目眦欲裂，怒吼了一声，从藏身处跳了出来，想要给河中人再补上两枪，忽然间水面上骤然冲出一阵巨大的水花，遮迷了人的视线，亦扰乱了人的行动。待浪花消去，只看见一条足有三米长的大鱼咬着河中人，一个猛子钻回了水底。

即便唐翼射到的那一枪不会致命，但大鱼的这一咬也足以令灰衣人骨断筋折。

冷寒铁等人无暇关注灰衣人的生死，他们飞快地聚拢到唐翼身边，紧张地检视着伤口。

鲜血汩汩地从唐翼的喉管处冒出，任楚天开如何用力按压，都无法阻止它的流淌。

巴库勒手忙脚乱地从背囊中取出急救的药包，想要给唐翼包扎上。谁都看得出来，这只是一种安慰性的行为，唐翼已经回天乏力。

先前，冷寒铁已经辨认出藏在树后被楚天开击毙的，乃是刘开山的手下黑脸曹三。而隐蔽在河中的，才是灰衣人。

冷寒铁他们所不知道的是，黑脸曹三早已被灰衣人收于麾下。此前，黑脸曹三与刘开山翻脸后，被他用飞刀射中了一条手臂，侥幸捡回一条命，逃窜进密林深处。在那里，他遇到了被枪声吸引过来的灰衣人。受伤的黑脸曹三自然不是灰衣人的对手，三两下被他缴了枪不说，还被他用枪顶住脑袋。性命受制于他人手中，黑脸曹三自然连声求饶。灰衣人因为自己的手下在地下岩洞里全都折损，因此也需要有个人来帮助自己，于是顺水推舟，将黑脸曹三收为麾下。不过，他并未透露自己是日本军人的身份，而假称是另外一支寻宝队，但手下的人不幸与冷寒铁狭路相逢，被其消灭了。他声称，只要黑脸曹三愿意与他联手寻宝，到时可以将金殿里的财物分他两成。为了稳住黑脸曹三，灰衣人软硬兼施——软的是他在夜里偷偷潜至日本人从前勘探到的一处古墓中，盗取了一尊金佛，送给黑脸曹三作为见面礼，"我在神农架里寻觅金殿已经十年，基本上摸清了金殿的位置，只欠一个打开它的契机。金殿里的金子，恐怕比起你们中央银行里的黄金储存量都要多出数倍。不要说二成，只要分你一个零头，你都三辈子不愁吃喝。"硬的是他逼着黑脸曹三吞下了他自制的一粒毒药，"这是慢性毒药，一个月后才会发作。只要你乖乖听我的话，我每个月都会给你一粒解药，用来推迟毒药的发作。等我们找到金殿出了神农架，到时我会将你体内的毒彻底清除，那时你我就两清了。"

黑脸曹三的生死操控于灰衣人的掌上，又贪恋金殿的财富，于是与灰衣人一拍即合，这才与灰衣人一路追踪下来。不过在昨天的枪战中，灰衣人认为黑脸曹三远非冷寒铁他们的对手，因此并未安排他加入行动。枪战后，灰衣人身受重伤，心知冷寒铁他们定然不会轻易地放过他，而会利用他受伤这样的良机，来一场最后的决战。于是他精心地做了反击部署，在地面上设置了陷阱，然后在陷阱的末端安排黑脸曹三来充当"靶子"，自己则躲藏在河中。他将自己脱光了，涂上从河底挖出来的黑泥，再沉入水中，仅用口中含着的一根芦苇秆通向河面来呼吸。芦苇秆隐藏在岸边的一棵夹竹桃中。夹竹桃树干与绊索连在一起，只要有人经过，扯动绊索，哪怕没有触动机关，灰衣人也仍然可以第一时间知晓——灰衣人之所以沉入河中，不只是为了隐蔽自己，主要的目的还是为了疗伤。

因为马蜂的尾针有毒，虽然灰衣人找到了治疗蜂毒的草药七叶一枝花涂抹上去，无奈他被马蜂蛰得太厉害，这些草药只能短暂缓解毒性，却无法根治。而河中的黑泥蕴含了多种矿物质，可以拔毒。

当冷寒铁等人触动机关，枪声响起时，灰衣人从水中站起，不巧却被断后的唐翼及时发现，结果功亏一篑，搭上了性命。

唐翼能与灰衣人打成平局，亦是带了一点侥幸。倘若灰衣人不是因为蜂毒未解，加上在水中浸泡了大半天，影响了行动力，否则的话唐翼根本无法抢在灰衣人之前开枪。不过另一方面，倘若唐翼若不是因为先前手筋断过，灵活性与反应速度大打折扣，灰衣人估计也没有机会开出第二枪。种种因缘，带来的是两败俱死这样一个结局。

唐翼眼神一点一点地黯淡下去，求生的欲望支撑着他勉强抬起头，望着冷寒铁，神色哀戚，口吐血沫，"莫子棋……我的……表弟，他……是不是你杀的？"

"莫子棋是你表弟？"巴库勒和楚天开全都大吃一惊，就连冷寒铁亦动容了，"为何我们都不知道这件事？"

莫子棋也是一名特工，当年追随冷寒铁一起执行某项绝密任务。谁也不知道后来究竟发生了什么事，只知道整支队伍七个人，只有冷寒铁一人生还。当人们找到冷寒铁时，发现他全身上下衣衫褴褛，全是干涸了的褐色血迹，甚至还掺杂着白色的脑浆斑点。他所穿的军靴不见了，脚底板尽是被石头砂砾所扎出的斑斑血痕，左手手臂上被剜去了一块银洋大小的肉，伤口的四周呈现黑色。最重要的是，他虽然还活着，可是目光如死人般呆滞，对外界的任何刺激都没有反应。医生最后的检查结果是他失忆了。军方后来重新集结了一支上百人的队伍，沿着冷寒铁的踪迹来寻觅，最终只找到了三具支离破碎的尸体。这些尸体仿佛是被恶魔撕裂过一般，惨不忍睹。而他们的眉心，全都有一个弹孔。这个弹孔与冷寒铁他们所携带的美制 M3 式冲锋枪的子弹弹痕完全一致。另外三名特工活不见人，死不见尸，其中就包括莫子棋。这事后来被当作军中最高级别的秘密封存起来，可是仍有一些流言悄悄传出，有人怀疑冷寒铁乃是被恶魔附体，杀死了所有的战友。更有人怀疑冷寒铁是为了掩饰任务失败，而枪杀战友并假装失忆。

"你……就……告诉……我，莫子棋……下落……"随着唐翼每追问一句，就有血沫子从他的口唇间渗出。鲜血已经呛入他的气管中，随时可能堵住他的最后一口气。

冷寒铁长长地出了一口气："我忘了。"

唐翼犹不死心，断断续续地坚持问道："那你……记得……什么？"

冷寒铁闭上双眼，仿佛竭力要从记忆的深海中捞出一点遗骸，无奈却失败了，"我只记得——恐惧！"

"恐惧？"巴库勒、楚天开全都张大着嘴巴，难以置信地看着冷寒铁。这句话若是从其他人的口中说出，他们定然将它当作是个天大的笑话。因为在他们的心中，冷寒铁绝对是属于那种佛挡杀佛、人挡杀人的狠角色，即便是盛夏三伏天，你被他盯上一眼，都会觉得从脚心一直寒到头顶。如今，冷寒铁竟然当着众人的面，承认他恐惧过——天哪，这究竟是怎样的强烈刺激，才能使得一名神经如钢铁般的铁血战士恐惧到失忆呢？

即便是唐翼，也可以感受到四周的温度在急剧地下降，全身上下如同结了一层冰霜，刺痛、难受与沮丧全都簇拥上来。他挣扎了一下，凝聚起最后一点力气，注视着冷寒铁："谢谢……你的坦诚相……告。我也……告诉……一个秘……密吧，我和柳……咳咳……都是中统……的……"最后一个"人"字尚未吐出，他脑袋一歪，整个人一滑，去了。

巴库勒、楚天开全都怔怔地坐着。这一分钟里发生的事，实在太过震撼，令他们一时无法消化。

冷寒铁对一场任务心怀恐惧阴影，这是他们无法想象的；而他们的亲密战友，唐翼与柳四任，竟然是中统的人，这无异于在他们心中投下了一枚炸弹。

中统与军统虽同为政府特务机关，但双方因为权力争夺与派系不同，所以产生过不少龃龉乃至流血冲突事件。双方素来不睦，势同水火。因此，唐翼说他和柳四任是中统的人，这才令冷寒铁、巴库勒等人都大为震惊。从某种意义上讲，唐翼、柳四任相当于是中统打入军统内部的奸细！可是唐翼和柳四任都是军统培养出来的得力干将，也一直在军统门下卖命，又怎么会被中统收买替其做事了呢？中统插手寻找金殿的绝密任务，又有什么企图呢？

可是唐翼和柳四任全都已经战死，这个谜团大概也就只能留给冷寒铁某天走出神农架，面见上级乃至最高首领，才有机会找到答案吧。眼下，在冷寒铁心头翻滚的只有一件事：所有的潜在敌人已经剪除，可是金殿的入口也已被破坏，接下来他们该何去何从呢？

密密麻麻的丛莽密林中，夜色悄悄降临。暮归的乌鸦立在枝头，"哇哇"地叫着，声音凄厉，仿佛在唱着哀伤的悼歌。风吹动树林簌簌作响，落叶纷飞如雨，仿佛是草木含悲的泪水。立在冷寒铁、楚天开、巴库勒面前的，乃是一座简陋的坟墓，准确地说，是一个小土包，立着块树皮，树皮上用匕首刻着四个字——"唐翼之墓"。

楚天开怔怔地看着坟墓，悲痛将他的双眸塞得满满的。这一路上，他目睹了多名战友的死去。虽然作为军人，舍身成仁是他们随时要做的事，可是他总觉得有一丝的不甘心，或者说不值得。

"回去吧。"冷寒铁轻声道。

"回到哪里呢？"巴库勒迷茫地问："哪里才是我们的归宿呢？"

冷寒铁似乎看出他们的心思："我们能走到今天这一步，已经比古往今来的太多人都幸运很多。无论接下来我们能走到哪里，我都希望你们记得一点，身为军人，眼中只有任务，没有其他；身为军人，我们能做的，就是完成任务，没有推诿。走吧，回去与林教授他们再商议一下，如何撬开金殿的大门。"

一只乌鸦从树枝上飞起，一声不语，往天边飞去。

夜幕下，三个孤寂的身影，默默地沿着乌鸦飞行的轨迹，往密林深处走去。最后一丝夕阳的光芒在他们的头上闪耀了一下，似是告别，然后黑暗笼罩了上来，淹没了死亡，覆盖了鲜血，遮掩了金殿，迷离了希望。神农架，陷入了亘古长存的死寂中……

二

"小卜，你就如实地告诉大家吧，你说的这条河只是受伤，没有死掉，究竟是怎么回事？"营地内，林从熙手执一条烤得焦黄喷香的鹿腿，引诱卜开乔，"你说出来的话，我就把这只鹿腿给你吃，否则的话，你今天就只能吃鹿屁股。"

卜开乔的哈喇子流出了三寸长，劈手去抢鹿腿："给我吃！"

一只如铁钳一般的手抓住了卜开乔的手腕，令他动弹不得，随之传来一个冰冷的声音："你要是不说出来的话，别说今天吃不到这只鹿腿，恐怕你这辈子再吃不了任何东西了。"

说话者乃是楚天开。唐翼的遇难令他悲愤难忍，丛林里的苦难生活亦令他感到疲倦。他现在只希望能够尽快找到金殿，完成任务，终结这份苦难。

卜开乔"哇"的一声哭了起来，扭头转向王微奕寻求援助，"他们都在欺负我……"

王微奕叹息了一声："小卜啊，都到这个时候了，你有什么想法就如实告诉大家吧。不是我等存心逼你，实在是留给我们的时间太少了，再僵持下去的话，真不知道我们有几人可以走出神农架。"

卜开乔咧了咧嘴，似是想要再作抗议，但环顾四周尽是冷冰冰或是期待的目光，脸上的神情有所松动，不过嘴上仍在讨价还价，"你先把鹿腿给我，我再告诉你！"

楚天开想了一下，示意林从熙将鹿腿递给卜开乔，然后道："你要是胆敢欺骗大家，那就别怪我回头打掉你满嘴牙，让你一辈子都别想再吃肉。"

卜开乔嘴里塞满鹿肉，含糊不清地说道："从河面上的水流流势能够看出，水底下的大门并没有关住。"

众人的心头一紧。林从熙更是喜形于色，抓住卜开乔使劲往嘴里送鹿肉的手："你的意思是，我们可以从水底下的洞口进到金殿里？"

卜开乔不满地撇开他的手，用袖子擦了下油腻腻的嘴："我只能从水流的走势看出，先前水底下神仙妖魔胡乱涌出的时候，那个进出的门是没有关的，现在都还有水从那里流到地底下去。不过，我可不知道这个地底下究竟是什么，也许是通往金殿，也许是通往地狱。"

这是卜开乔难得说得清晰有条理的一次，冷寒铁等人全都明白他的意思：当水底下的八卦阵被激发起来时，其中心处形成了一个风暴眼，从中喷发出大量的黑色黏稠物质，并带来飓风。虽然飓风最后被水晶头骨所"降服"，河面上恢复了平静，可在卜开乔的这双"火眼金睛"的观察下，仍然可以分辨得出水底下并非如冷却了的火山口那般堵塞凝固，而是依然敞开着。

不过，卜开乔说得也对，这个八卦阵的中心处，是否连着通往金殿的路径，这个谁也说不好。毕竟，当初冷寒铁他们并不是从这个洞口爬出来的。

所有人不知不觉间将视线从卜开乔转向了王微奕和冷寒铁。在整支寻宝队中，王微奕和冷寒铁才是核心人物，一文一武，构成了寻宝队的"指南针"与"定海神针"。

王微奕沉吟了下："小卜，以你的记忆之学，能破译开这水底下的先天八卦阵吗？"

林从熙吓了一跳，脱口道："这八卦阵不是已经爆发了吗？难道还在继续运作？"

王微奕苦笑："如果一次触发就能够毁掉阵法，那么这就实在有负天下第一的先天八卦阵了。老夫曾提及过，先天八卦乃是活的，其奥妙远非后天八卦可比。"

"奶奶的，这鬼阵法，怎么如此顽固？喂，卜胖子，快说，你是不是懂得破阵大法？"巴库勒粗声粗气地催问。

卜开乔貌似对五大三粗的巴库勒有一种畏惧感，闻言脖子微微一缩："没听王教授说吗，这八卦阵极是厉害，他老人家都破解不了，我怎么可能破解呢？"

"你别扮猪吃老虎。"巴库勒伸出蒲扇般的大手，一把揪住卜开乔的脖子，"你如果不识得先天八卦阵，前两日怎么可能在水底逃得比我们冷大还要快？你敢说你的水性比冷大好吗？"

卜开乔吓得一通乱叫："你快松手，松手，你再不松手我就咬你啦！"

冷寒铁示意巴库勒松开手，然后走到卜开乔的面前，注视着他的眼睛："我不管你的真实身份是谁，我只希望在接下来的时间里，大家可以精诚团结，共同寻找金殿。你有什么有用的信息，最好可以分享出来。"

卜开乔嘟囔着道："我不是说过了吗，水流遇到过什么障碍物，都会导致它的形态发生变化。我们在水底下只要细心观察这种变化，再倒推回去，就可以找到正确的逃生路径。可是呢，现在这些水流都是朝下走，你的眼睛又看不到它们的变化，那我怎么做判断？"

冷寒铁略一思忖，接受了卜开乔的说辞："那我们接下来可以想办法进入水底下观察一二。"

巴库勒慌忙摆手道："这可不行！先前这水底喷了那么多有毒的物质，才过去两天，不可能消失干净，如此贸然下去，恐怕凶多吉少，我强烈反对！"

花染尘、王微奕与楚天开亦持同样的观点。

林从熙抚摸着脑袋，道："我们可不可以做个浮标，放到水中探测一下下面的水文情况，看是否可以通到地下？"

大家眼前不禁一亮。

"这倒是个好主意！"楚天开激动地说道，"我来做这个浮标！"

冷寒铁没有说话，独自一个人出去了，直至天色昏暗时才回来，不同的是，手中多了一个鼓鼓囊囊的背包。

巴库勒他们见到背包，眼前不禁全都一亮。这个背包与他们的军用行囊全都不同，而是带有明显的日军风格。很显然，这应该是灰衣人武藤道空生前的行李。

那天他们击毙了灰衣人之后，因为悲悼唐翼的身亡，他们并没有对灰衣人的藏身之处展开搜查。先前巴库勒等人的对话提醒了冷寒铁，日军曾在神农架苦心经营了多年，在蝙蝠洞和金字塔里囤积了那么多的军需与武器，那么不排除还有其他的秘密据点。灰衣人与冷寒铁他们对抗这么久，始终都有充足的弹药，显然有武器储备。于是他重新回到当日枪战地点，果然在附近的一个树洞里找到了灰衣人藏起来的背包。

不过冷寒铁并没有急于向巴库勒展示他的收获，而是询问他们浮标的进展情况。

楚天开沮丧地表示，他们做的浮标一点都不顶用，因为沉不下去——这意味着河水下面仍有大量的杂质存在，它们的密度比水更大，就好像死海里含盐量高，足以支撑人的身体不下沉一样。而他们之前的橡皮船被河水冲走了，没有了船只，谁也不敢贸然下水，于是只能望河兴叹。

这一切都在冷寒铁的预料之中。他凝望着不远处泛着幽暗波光的河流，声调平缓地说道："看来必须下河一趟了。"

巴库勒刚想开口反对，却见冷寒铁一把抖开背包，里面滚落出两套潜水服和氧气面罩，外加一把16连发自动手枪以及上百发子弹，另外还有三支黄金箭。

有了潜水服和氧气面罩，巴库勒就没有理由阻止冷寒铁下水探查究竟，可是不安的思想就像是森林里的蚊虫一般，无法抑制地涌上来："冷大，你觉得下水能查到什么呢？或者说，你希望看到什么？"

冷寒铁面无表情："老巴，我说过，许多尚未发生的事情就没有必要在这边胡思乱想。等到明天下水了，自然就有答案与结果。"

"万一答案不是我们想要的呢？"巴库勒幽幽地说道，"而且，我总觉得眼下的河水比原来更加凶险。那时虽然有机关，但毕竟有迹可循，就如同那个卜胖子所说的，你可以根据河水的走向来判断水下的形势。可是现在呢，下面一团乱七八糟的，河水也都混沌不清，这样贸然下去……"

"不下去，坐在这里能够找到金殿吗？"冷寒铁叹了口气，"我明白你的意思。你是觉得唐翼走了，就只剩下你我和天开三个人，不希望再有任何意外发生，对吧？"

巴库勒将手中的草根捻碎了："咳……是我婆婆妈妈了，忘了自己的身份。"

"有人情味是好事，只是不要让情绪绑架了理智。"冷寒铁用手弹开一只从树枝间拉着细丝坠下的蜘蛛，问巴库勒，"老巴，我问你个事，假如这次我们有幸能够完成任务，找到金殿并全身而退，你有什么打算？"

"当暴风雨来临的时候，草原上的雄鹰会振翅而上。那些豆大的雨珠，会带来苦痛，可也是一种不可多得的痛快。有些云注定不属于一片天空，有些人注定不甘于平淡。或许，这就是你我的宿命，永远无法脱去身上的这身军装。所以，之前我还替柳四任、唐翼他们的死感到悲伤，后来慢慢想通了，这是他们的幸运。能够死在一个伟大的任务上，用自己的死亡来推动团队的进展，这是死得其所，最有价值！"

冷寒铁展露出一丝笑颜。"你能这么想就好。不过……"他话锋一转，"唐翼与莫子棋之间的关系，你之前可知晓？"

巴库勒摇了摇头："从来没有听唐翼说起过，而且平时没见过他们二人有任何亲密过甚的交往。这里面会不会有什么内情？"

"表哥，表弟……"冷寒铁陷入了一种迷乱的思绪中，"唐翼，莫子棋……中统，军统……"

"这个唐翼，临死的时候给我们留下这么大一个谜团，唉……他走了一了百了，活着的人却要困在这里面了。"

"总有一天真相会水落石出的。睡吧，明天说不定又是一场恶战。"

经过一连几番的恶战，尾随冷寒铁他们的队伍基本上都被歼灭了，日本人、刘开山的匪帮乃至沈亦玄的队伍，也都全军覆没。眼下，冷寒铁盘算中的敌人，只剩下刘开山一人，不过他已经进到河底下，生死未卜。于是，这座森林里，能够威胁到他们的，只剩下那些野兽毒蛇。应对这些野兽，冷寒铁他们经验十足。他们选择将营地驻扎在靠近河边的那棵参天大树的背后，再在营地四周挖了几条壕沟，里面引入水，同时插满了尖锐的竹枝，再往前一米左右的地方做了触铃，这样，只要有大型动物靠近的话，就会触发警铃；而小型动物和毒虫之类则直接被挡在了壕沟之外。依据冷寒铁的想法，这样的布置足以应对特工级别以外的袭击了。而连日来大家都是神经紧绷，奔波劳累，精神和肉体疲倦到了极点，需要一场酣眠来恢复体能，因此，他大胆地撤离岗哨，让所有人都安然入睡。不过，出于谨慎考虑，他让楚天开等人睡在帐篷中，自己则在树根间和衣而眠。

凌晨四点多，冷寒铁突然被一个细微的"咔嗒"声惊醒。这个声音如同一条火绳般抽打着他的神经——那是手雷的引信被扯断的声音！他猛地一跃而起，大吼一声将所有人警醒，同时抓起枪，眼睛瞬间逡巡过整个营地。

天心月光尚算皎洁，从树木的枝叶缝隙间犹能漏下些许的光芒。这些光芒足以在冷寒铁的眼眸中撑开四周的隐约模样。他第一眼就看到在两个帐篷的中间，有一个已经被拉开引信的手雷正在"呲呲"地往外冒着淡淡的白烟。他一跃，闪电般抓起手雷，竭尽全力丢向远处的河面。一声巨响，手雷瞬间撕碎了河面的宁静。水柱冲天而起，就像是支撑着水底的柱子被拔起，整个河面顿时摇晃开来。原本沉淀下来的黑色淤泥再度被搅动，污浊了河水。那些正在"重新就位"的水底石柱，也被手雷的爆炸给打乱了部署，沿着爆炸的中心朝着四周呈放射性地倾倒过去。

所有的人全都被冷寒铁的吼叫声以及手雷的爆炸声惊起，巴库勒等人纷纷抄起武器，准备迎战。可是，令他们大感意外的是，他们环顾了一遍四周，并没有找到敌人。

冷寒铁皱起了眉头，一阵不安的情绪笼罩着他。他自信自己的耳力虽然不如花染尘，可是在这样幽静的夜里，十米之内哪怕有一粒小石头落下，他都可以捕捉得到。可是，如今他被敌人欺近身旁，从帐篷里取出了一枚手雷而毫不察觉，直至手雷被拉出引信才反应过来，并且他连偷袭者的身影都没看到，任其全身而退。这样如鬼魅般的身手，着实令他感到心惊肉跳，平生第一次对自己的能力产生了强烈的怀疑。

营地里，冷寒铁与巴库勒等人相对而视，从对方的眼神中都可以读到惊骇与不解。他们没想到，在丛林中竟然还有如此顶尖的高手埋伏着，直至接近于决斗时才现身，而且一出手便是这般凌厉与毒辣。最要命的是，他们根本无从知道对方是谁，究竟有几个人。他们内心深处清楚的是，这样的对手有一名是棘手，有两名是超级危险，有三名以上便是致命的！

林从熙、王微奕等人睁着惺忪睡眼从帐篷里跑出。他们知道遭受了袭击，但却不清楚事情的严重性，只见四周静悄悄的空无一人，还以为敌人被冷寒铁他们所击退，暗自松了一口气，"是谁在偷袭我们呢？"

冷寒铁铁青着脸，目光如梭地在四周搜寻。无奈天色微暝，无法照见四周的真实状况。想要在这样的条件下找到隐藏起来的顶尖高手，对于冷寒铁等人来说机会渺茫。他只能指挥着王微奕等人尽量贴着树身匍匐在地上，避免背腹受敌，自己则与巴库勒、楚天开排成犄角势蹲立，紧握武器，严防敌人再度偷袭。

王微奕等人从冷寒铁他们的严阵以待中窥视到事情的严重性，不觉惴惴不安了起来，下意识地用视线扫描着四周，希望能够将偷袭者揪出来。

不安的情绪随着天色的渐渐明亮而得到了一定的释放。随着情绪的平复，冷寒铁找回了冷静，暗暗开始分析：敌人极有可能只有一名，并且对于武器的使用不是很熟练，否则在先前的情况下，敌人稍微有所分工，或者是将手雷迟几秒钟再丢出来，就很容易将他们全歼掉。

东方渐渐有了晨曦的光芒。这些光芒如同红色的宝石一般，洒满了整座森林，也跳跃在冷寒铁等人的眼眸中，让他们得以看清身边的情形。尽管他们的目光将四周的森林一寸一寸地扫描过，依旧没有找到任何可疑的影子。难不成敌人是上天了或者是入地了不成？

最终还是卜开乔的眼神最毒，他从满目的绿意中找到了一抹白色，然后低低地说道："那是什么？"

冷寒铁等人顺着他的手指方向望去，在层层叠叠的树叶中间，勉强地找到了五十米开外的目标，然后分辨出那应该是一条动物的尾巴，然而尾巴的主体则隐没在树干后面。

抱着"宁可错杀一千，不可放过一个"的想法，冷寒铁对准白色尾巴处扣动了扳机。

子弹破空，射向那条白色的尾巴。

不过，白色尾巴的主人仿佛感应到了危险的来临，猛地提动了下尾巴。子弹并没有击中它的尾骨，而是穿透蓬松的细毛而过。高速旋转的子弹所凝聚的高温将接触的皮毛瞬间烧焦，并将痛感沿着毛囊传到尾巴主人的脑神经上。顿时，它如同受到电击般猛地弹跳起来，将隐匿的身影从树干和树叶间拔离出来。

冷寒铁等人顿时警清了它的真实面目：白狐！

没错，正是一路上与他们纠缠不休的白狐。最初，王微奕等人与它在西青林附近初次相遇，当时，白狐为的是利用他们取回狐面人的内丹；再后来，白狐为报复他们吃掉唤龙树的果实，并且害死了青狐，于是设计想要将他们引到西青林的沼泽中害死他们，谁知白狐反倒遭到巨蛇的埋伏，被其打入沼泽中，而巨蛇则被冷寒铁所杀。大概是为了报答冷寒铁他们的复仇之恩，脱困而出的白狐将冷寒铁他们引出了西青林；第三次见面则是在地底的黄金矿场里，白狐袭击了唐翼，但却被他击退，反倒给冷寒铁他们留下了"白色结晶可解烟毒"的线索；而现在则是第四次相遇。很显然，白狐对冷寒铁他们的敌意很深，直欲将他们置之于死地。这不禁让冷寒铁感到微微一凛。虽然他知道白狐颇有灵性，但内心深处并没有将它视为一个敌人，而是想着那毕竟不过是只畜生而已，万万没想到轻敌之下，这次险些被白狐用一颗手雷来了个"一窝端"，这让他忍不住动了杀机。

白狐显然知道火器的厉害，于是在被冷寒铁他们一枪击中了尾巴之后，立即向森林深处逃窜而去。白狐的动作十分快捷，身躯又小，在森林密密的树木遮掩下，顺利躲过了子弹的追击，很快就消失在了莽莽丛林中。

此时，冷寒铁心头有几分懊恼。这一次让白狐逃了，不知道它什么时候会再出现，出现时又会带来怎样的破坏。他可以揣摩人性并去设局，可是对于一只畜生却不知道该如何下手。

心烦意乱之中，他按照原来的计划，带着潜水服和氧气面罩来到河边，想要潜入水中察看水底的状况，然而眼前的情形却让他不自觉地皱起了眉头：整个河面上浮荡着一层黑色的物质，刺鼻的味道缭绕在空中，不少鱼儿翻着肚皮浮在水中。眼前的情形，让他想到三天前河底大爆发的恐怖场景。

冷寒铁很快反应过来：这定然是清晨时分他掷出的那枚手雷的"杰作"。当时，手雷爆炸的冲击力，将原本已经平静了的河面重新撕裂开来，类似于一个伤疤好不容易刚刚结痂，却又被暴力揭起，于是河水就报复性般地再次喷射出黑色物质，而这些黑色物质带有相当强的腐蚀性，足以溶掉潜水服，同时还会遮迷人的视线。于是，冷寒铁的潜水观察计划落空了。

无奈之下，冷寒铁只好与巴库勒他们一起动手，扎了一个竹筏，将它推入水中，人半蹲在上边，用桨慢慢地往河心划去，用以观察水中的情形。

　　船桨一落入水中，冷寒铁很明显地感觉到阻力增强了许多。一来是水底的黑色物质黏滞住了船，二来是整个水流几乎陷于停顿状态，于是他只能利用纯人力来划船。这种拖泥带水的感觉让他极度不舒服，隐隐地有一种不安的情绪在心头缭绕。

　　费了不少的劲，冷寒铁划着竹筏来到河水中央。如同他们先前在岸边所瞧见的情形一样，水面浑浊不堪，根本无法看清水底的状况。冷寒铁用船桨搅动了下河水，带动水面勉强从"一潭死水"的状态中脱离出来，有了轻微的流动性。

　　冷寒铁拧开随身携带的手电筒，雪白的光芒直接射入昏暗的河水中，扩展了一些视野。眼前看到的景象终于让他明白了一直担心的事情是什么：在几天前大爆炸中被打乱的那些石柱，在黑色物质的"修补"下，正重新在水底下有规律地恢复排列。那些黑色物质的黏性，竟然如同黏合剂一般，可以弥补掉大爆炸所带来的"创伤"。

　　河水底下的阵形竟然是活的，具备自我修复能力！冷寒铁想起王微奕说过的一句话："先天八卦具有自我进化的能力"，不觉一股寒意从骨缝里穿了出来——难不成他还要再经历一遍先前在水底中的那场梦魇？哲学家说"人不可能同时踏进同一条河流之中"，可是水底的黑色物质却几乎要截断了时间与河水的流动性，将其凝固下来，恢复到千百年间的常见形态。有灵魂的阵法，有灵魂的石头，有灵魂的河水，这样的设计，着实让人胆寒！

　　冷寒铁驾着竹筏，在河心处转了一圈后，发现水底中的石阵已被修复得七七八八。按照这个速度，恐怕最多只需一两天整个阵法就会被恢复完整。不过，他注意到，在之前的大爆炸中，有三四根石柱被炸断，露出明显的断茬，而这些断茬尚未见有修复的痕迹。冷寒铁不知道对此是该喜还是该忧。以他对于先天八卦近乎空白的了解，根本无法判解出石阵的变化趋势。现在，在他心头盘旋的，只有一个念头：如何才能在石阵布置完成之前进入水底呢？

想要进入水底，除了石阵的围困外，眼下最为头疼的就是这黏稠的黑色物质。它不仅会让人的行动变得迟缓，而且带有一定的腐蚀性。很难想象，人在充斥着黑色物质的水底该如何保持呼吸，遑论行动？

就在他忧心忡忡之际，耳畔边忽然传来巴库勒等人的惊呼声以及枪声。他瞬间收回所有思绪，朝着枪声的终点处望去。眼前的景象令他不自觉地眉毛一挑，丝丝缕缕的杀机从他的身上散发了出来：只见河面上，有一道黑影伏在水底下，正朝着竹筏的方向疾驰奔来！那些黑色物质的黏性似乎对黑影并无太大影响。

巴库勒他们射出的子弹，有些击中了水底潜伏的黑影。鲜红色的血迹在水面上洇开。然而，这些丝毫都无法影响黑影的行进速度。

冷寒铁将竹篙提了起来，凝聚全身的力量在上面，只待黑影靠近的时候，将其作为武器射入水中。他自信以自己的臂力，只要对方不是钢筋铁骨，总能捅出一个血窟窿，再不济也会短暂地阻止一下黑影的行进，为自己下一步的行动争取一点时间。

十米，五米，三米……岸上的巴库勒怕伤及冷寒铁，只好停止了射击，但内心深处忍不住替冷寒铁捏了一把汗。冷寒铁大喝了一声，手中的竹篙如同长枪一般刺向已至近前的水底黑影。如他所料，这一篙成功地阻击了黑影的行进。他能够感受到竹篙插入肉内、捅碎对方骨骼的巨大反弹力，同时感受到他的虎口一阵发麻。可是，未等他拔出竹篙，忽然听到竹筏的后面传出一阵水流的攒动。他暗叫了一声不妙，可是已经来不及做出反应，只能硬生生地承受接下来将要发生的一切！

在他的身后，有另外一道巨大的黑影从水底冒出，一头撞在冷寒铁的竹筏上。撞击的力道之大，顿时将整个竹筏撞得四分五裂，站在竹筏上的冷寒铁亦被直接顶得飞向半空。而水中的黑影也因用力过猛，扑出水面——却是一条大鲤鱼！

两条大鲤鱼，一前一后地夹击围攻冷寒铁。前方的大鲤鱼首先制造出来势汹汹的假象，充分吸引住了冷寒铁及巴库勒等人的注意力，这时后面的大鲤鱼悄悄地从水底潜至竹筏底下，猛然发动袭击，果然一击得手。

只是这样的精妙配合，真的就是两条大鲤鱼的"杰作"吗？

被撞得飞入半空中的冷寒铁眼角一扫，瞥见在河的对岸处端坐着白狐，正以爪子梳着自己脸颊上的毛发，冷酷地盯视着眼前发生的情形，仿佛冷寒铁的命运早就在它的预料与掌控之中。

惊鸿一瞥间，冷寒铁已经做出了反应：在被抛离开竹筏的时候，他的手中始终抓着竹篙不放，然后瞅准水中的状况，一篙子戳在了水底的石柱上。刚刚砍下来的青竹具有极高的韧性与弹性，一个弧形弯曲，即卸掉了冷寒铁从上而下施加的冲力。但如果没有其他借力的话，冷寒铁依然要跌入到水中。

好个冷寒铁，就在竹篙稍稍稳住他的身躯之时，右脚在水面上一点，挑起原竹筏上的一根被冲散了的竹子，紧握在手中，然后朝着另外一个石柱戳了过去。两根竹子就足以撑起来冷寒铁的重量与重心，于是他稍微摇晃了下，很快就在河中立定了下来。

岸边的白狐显然没有料到会有这么一幕，伪装出来的淡定立即撕得粉碎，焦躁地站了起来，冲着水底尖锐地叫了一声，顿时，水面重新翻腾了起来。两条大鲤鱼如同炮弹一般，朝着冷寒铁冲击了过来。

冷寒铁将左腿盘在一根竹篙上，承受住整个身体的重心，右手挥动着另外一根竹篙，狠狠地打在鲤鱼的脑袋上。若是在陆地上，他这一挥之力足以将大鲤鱼击飞，不过在半空中，他需要维护身体平衡，不敢使劲过大，只能让大鲤鱼吃痛，却无法阻止它们的进攻。

无奈之下，冷寒铁只好如同踩高跷一般，用两根竹篙交替着受力，移动位置，来躲避大鲤鱼的攻击。半空之中腾挪的余地非常有限，三下两下间，就被大鲤鱼一个摆尾，甩中一根竹篙，顿时将他打落下来。

冷寒铁索性丢掉竹篙，一抖腕间的飞索，捆在其中一条鲤鱼的鱼鳃处，手上使劲，顿时鲤鱼被扯动着浮了起来，刚好承接住冷寒铁落下的双脚。

冷寒铁不再给鲤鱼挣扎的机会，寒光一闪，祭起黄金匕首，一刀就将脚下鲤鱼的大半个脑袋切了下来。浓重的血腥气味顿时弥漫在河面上。

另外一条鲤鱼见状，掉头就要往水底深处游去。冷寒铁眼疾手快，抓起水面上漂浮的竹篙，猛力一掷，竹篙如同长箭一般贯穿鲤鱼的身体，眼见着沉入水底。

冷寒铁脚下的鲤鱼虽然被切掉了半边脑袋，但强大的生命力令它并没有立刻死去，依然往前游了约有一米远，才不由自主地往下坠去，带动冷寒铁一起坠入水中。

就在这时，巴库勒凌空丢来一根竹篙，不偏不倚落在冷寒铁面前。冷寒铁接过竹篙，将其往水中一挑，又挑起另外一根竹篙抓在手里。于是如同先前的一幕般，冷寒铁凭借两根竹篙交替着支撑在水底的石柱上，朝着河岸边"走"来。

与此同时，楚天开瞄准对岸的白狐，扣动了扳机。

白狐早有准备，几个腾跃与翻滚，很快就逃出了子弹的射程。它远远地用含恨的目光瞪了冷寒铁一眼，转身躲进了树林，再也寻不着它的踪迹。

冷寒铁上岸。岸边，花染尘早已准备好干净的水。这些水本来是他们昨天从林中的山泉处打回来准备用来煮饭的，现在却成了冷寒铁的洗脚水。冷寒铁双脚一落地，花染尘立即上前，将他沾了黑色物质的鞋袜脱掉，用布条蘸着干净的水将他的双腿和双脚擦拭干净。

冷寒铁浸在河水中的时间不足一分钟，可是双腿已经红肿起来，看起来触目惊心。很难想象，倘若整个人都浸泡在水中，该会是怎样的一种结果。他暗中叹了声侥幸。如果不是白狐的手雷将河水搅浑，按照计划，他今天应该会穿着潜水服进入到河中勘测，那样的话一旦潜水服被河水侵蚀掉，后果将不堪想象。如此说来，白狐倒是在无意中救了他一命。

"这死狐狸真歹毒！"楚天开恨恨地骂道，"一路上阴魂不散。不过也是离奇，它怎么能指挥得动那些鲤鱼呢？"

冷寒铁淡淡地道："这些鲤鱼生存在河中，肯定不是自然造化的结果，而是有着某种人为的安排，也就是有枢纽可以指挥它们的行为。白狐定然是破解了这套阵法，所以它能指挥大鲤鱼来攻击我们。别忘了，当日在西青林内那般凶险，可是它却闲庭信步般地带领我们走了出来。这只白狐的能量，着实有些超出我的想象。"

王微奕叹了一口气，道："老夫觉得这白狐确实有几分通灵。也不知道它在这世间存活了多久，看过了多少的风与云，山与水，才能历练出这样的灵气。只可惜，它灵而不正，走了邪路，所以恐怕未来它的命运不会好到哪里去。即便我们不出手收拾它，老天爷也会降罪到它身上。"

冷寒铁诚心请教道："那王教授您是否知晓收拾这狐狸的方法呢？"

"老夫一生中多与死物打交道，与活物战斗的经历却是少之又少。这灵狐实乃人间异数，寻常人终其一生都难于得见一回，即便见到了也都将其尊为神仙一般的存在，怎么会想去杀它呢？"

楚天开不服："可是《封神榜》中，比干不是诛杀了大量的狐妖吗？一只狐狸难道还能在人间横行霸道？老子可要佛挡杀佛，神挡杀神了！"

王微奕沉默了一下，道："常怀一点敬畏之心总是好的。"

"倘若这只狐狸不来招惹我们，那么它是怎样的确与我无关。但眼下它跟我们杠上了，那我们总不能任由一只畜生来欺负而不还手吧？"

"说得也是。"王微奕若有所思，"不过也怪，有些动物是会对人类展开复仇，但睚眦必报的却还是少见。说起来，我们与这只狐狸有点过节，但并没有什么死结，那它为什么会紧咬着我们不放呢？莫非它的目的并非只是复仇这么简单？"

林从熙心头一动，问道："它会不会是盯上了我们这边的什么东西？"

一句话，如同火药般地在众人间炸开了："对哦，有这种可能。""可会是什么东西呢？""若论我们从神农架里拿过什么东西，也就是两个水晶头骨而已。难道它是冲着水晶头骨来的？""会不会是我们吃了它们看守的那两颗红色果实，让它心生怨恨？"……

林从熙将目光投向冷寒铁的腰间："我觉得最有可能的是黄金匕首！"

黄金匕首最初是冷寒铁从蛟龙所潜的潭底打捞出来的，后来又失手掉落在一根烂木头上。烂木头被水冲走，最后被林从熙从地底暗河中捡起，后又赠送冷寒铁。但白狐拿把匕首能做什么呢？

"我觉得这把匕首极有可能是那个狐面人的生前之物，可是不知道为什么流落到了外边，被我们捡到。虽然匕首一路上帮了我们许多，但我总觉得我们并没有发挥出它的真正威力。"林从熙言之凿凿，"每次我握着匕首，总有一种心惊肉跳的感觉，就好像里面潜藏着一个恶魔在对我发出警告。我觉得这种感觉并非寻常，定然有着某种特殊的原因。"

楚天开忍不住出言嘲讽："先前我以为你把匕首交给冷大是一种好心，没想到是在抛掉一个烫手山芋。"

林从熙瞟了他一眼："这些上古名剑多半带有灵气，会自己挑选主人，只有气场合适的人才能够镇得住它。匕首不服我，并不代表它就是个凶器，会对冷长官不利。不信你可以问问冷长官的感受。"

冷寒铁将黄金匕首取出，放在阳光底下细细地观赏。事实上，黄金匕首一直被他视为珍爱之物，曾经反复摩挲，他几乎能够分辨得出上面的每一条纹路。不过，这并不妨碍每次他注视与抚摸着黄金匕首的时候，心头都会闪过一丝异样的悸动。这种感觉，就像是热恋中的男女见到情人一般地兴奋与激动。冷寒铁说不出这种感觉缘何而来，只能归结于他命中与黄金匕首存在着某种缘分吧！

王微奕等人还是第一次仔细认真地观察黄金匕首。匕首的柄部为黄金锻造，整个造型像一条盘坐的、长满羽毛的蛇；而匕首的锋刃部分不知是何材质，只见得它精光闪闪，如一泓碧水，闪耀着一种摄人心魄的光芒，直觉上就可以判断这是一把吹毛即断的绝世神器。

林从熙抛出疑问："这上面刻的羽蛇神形象与白狐之间是否有着某种关联？你们想啊，白狐的同类——青狐曾偷袭过大蛇，夺了它的内丹，这里边说不定存在着某种玄机。"

楚天开吐了口唾沫："就算真的有关联，我们又如何查证，找到原因了又能做什么呢？我们还不如好好想一下该怎样才能进入到水底下。"

一道火苗从冷寒铁的眼中闪出，很快在众人的心中点燃，有了燎原之势："我找到办法了！"

林从熙激动地扑了上来："什么办法？"

冷寒铁紧盯着卜开乔问道："你确信河心是通往地下空间的吗？"

卜开乔以手抚摸着自己的后脑勺，憨憨地一笑："反正那里有个洞。"

冷寒铁点了点头，对巴库勒等人道："你们再去弄个竹筏过来。"

众人猜不透冷寒铁葫芦里卖的是什么药，不过想着冷寒铁从来不会忽悠人，他想到的办法定然是靠谱的，于是欣然地接受了任务。

森林里有一大片竹林。巴库勒等人很快就砍好竹子，重新扎了个竹筏。巴库勒想到先前的竹筏散架，想要用绳子将其加固一下，却被冷寒铁制止了，"别浪费绳子，这个说不定日后大有用途。"

竹筏扎好之后，冷寒铁让卜开乔与自己一起登上，再缓缓地撑向河心。河岸边，巴库勒和楚天开提着枪，双目紧盯着河对岸，提防白狐再度出来偷袭或搞破坏。不过，这次风平浪静。

有卜开乔的"火眼金睛"，冷寒铁很快就找到了河心的漩涡中心，他从竹筏上提起事先做好的绳坠——长长的绳子下面绑着一块石头，然后将石头丢入漩涡中。冷寒铁让卜开乔帮忙提着绳子一点一点地往下放，自己闭上眼睛，仔细地感受着从绳子处传出来的些许颤动，用来判断河心漩涡究竟有多深。

过了一小会儿，卜开乔示意绳索已经到底。冷寒铁点了点头，在绳索上做了个标记，然后将绳子提出水面。他们撑着竹筏重新回到岸上。

望眼欲穿的林从熙急忙迎了上来："有什么新的发现吗？"

冷寒铁在心中默默地估算了下绳索的长度，缓缓道："河心大概有25米深，随后应该是进入一个洞穴之中。"

"25米？"林从熙疑道："这个深度并不算太深哪，岂不是随便一个人都可以进入？"

冷寒铁瞟了他一眼："是啊，如果没有那些水底淤泥的话，确实不算深，一个猛子扎进去就可以到达。可是，多了那些淤泥就不同了。"他打量着绳索，"从目前的情况来看，淤泥大概有半米厚，并且遮盖了水底的洞口。我确信，只要再过两天时间，这个洞口就将消失。到时即便你潜入河底，看到的也仅是遍布的淤泥。"

林从熙思忖了一下，很快就明白了冷寒铁的意思，不觉惊讶道："水底淤泥有这么厉害，岂不是跟水泥差不多？"

"比水泥厉害多了。你见过可以自我修复乃至自我进化的水泥吗？若不是前两天它的喷发，恐怕我们一辈子都找不到这个入口。"

"可……就算我们找到了入口，又该如何进去呢？这水里有毒，又有石阵护卫，最重要的是，我们并没有足够的潜水服，该如何来征服它？"

冷寒铁将目光投向他们身后的树林："至少我们还有这片树林啊。我们可以做一把梯子通向水底！"

"梯子？"所有人都迷惑不解。

冷寒铁解释："我们之所以无法下水，是因为水中有强腐蚀性的物质。我们若做个通道，隔离开水流，岂不是就可以直接进入水底了？"

"好办法。"王微奕赞罢，又问："只是不知冷长官想如何制造这个通道？"

"最简单的办法，就是砍一棵大树，把树心掏空，再运到河心中竖立起来，人从树洞中溜下去。"

"可是……树心被掏空的话，竖立起来，水一样会很快漫进来啊。"林从熙质疑。

"很简单，我们可以在树的一端留一个底，再将它没入水底，架在洞口的时候把它切割开。这个到时需要仰仗卜小兄弟的眼力，精准判断水底漩涡的位置。因为只有架在洞口处，水底的水流才不会倒灌进树洞中。我估算了一下，倘若我们是从树洞滑下，二三十米的距离应该不过几秒钟就足够了。这么短的时间内，即便沾染了些毒水也无妨。"

众人仔细推敲了下这个方案，很快就从原先暗自认定的"异想天开"到默默认可，承认这应该是他们进入水底，避开毒水和石阵的最佳选择。至于剩下来的事，冷寒铁早已胸有成竹，因为他有那把黄金匕首。黄金匕首削铁如泥，砍断一棵参天大树并掏出树洞并不难。

在冷寒铁的指挥下，大家很快就选好了目标——一株古老的云杉。从外形判断，这株云杉至少已经存活了上千年，树干直径约为1.5米，高达40多米，最主要的是它笔直如箭，是用来做树洞的最佳之选。

黄金匕首切割云杉如同切豆腐一般，不过一顿饭的时间，就将它砍倒下来，然后众人一起将枝丫和尖细的顶端去掉，只保留粗大的树干。

在冷寒铁的设想中，原本是想用黄金匕首生生地从完整的树干中掏出一个洞，只是这样做的话需要人爬在树洞中操作，不仅仄窄行动不便，而且耗时耗力。经过商议，众人最后决定将树干从中间剖开，挖好树洞之后再用绳索等将其拼合起来。这样做虽然无法保证100%不渗水，但可以大大缩短时间。

众人将树干拖至河边，剖开树心，再将两个半边的树洞拼合起来，用藤条加绳索将其紧紧捆住。王微奕还组织林从熙、卜开乔和花染尘一起采集了大量的松脂，将其加热后浇在切口处作为黏合剂，防止水渗入进来。树洞一端是破开的，另一端则用松脂和木楔固定了一个底，这样，当他们将树洞放入水中的时候，水就不会从下面涌进来。而第一个进入树洞中的人到时可以用脚踹，将洞底踩掉，进入洞中。

整个工程大半天就完成了。之后，冷寒铁他们又重新做了个竹筏。这个竹筏比之前的大了一倍有余，显然大有用场。

一切准备就绪，天色已昏。冷寒铁与巴库勒等人一边烤着火，一边商讨着接下来可能出现的情况。现在他们最为担心的，一个是不知道白狐会不会出手捣乱破坏，最重要的是不知道水下会有什么等着他们。谁也无法保证水底一定就是通往金殿的入口，倘若是个"死胡同"，那么所有进入的人恐怕都将有去无回。因此，冷寒铁和巴库勒等人产生了争执。

冷寒铁想先下去探探，确认没有危险之后其他人再跟进去；巴库勒等人却坚决反对，理由是水底的洞穴在闭合中，倘若错过了这次的机会，恐怕以后就再也无法进去。而且，他们制作的树洞十分简陋，即便短时间内不会渗水，却没法保证它持续挺立在河中央，不歪不倒不被冲走。所以，他们愿意与冷寒铁共进退，哪怕下的是地狱，也都认命了。

最后，争执不下的众人都把目光投向王微奕。王微奕看穿了众人的心思，手抚胡须朗笑一声："我们既然选择了寻宝，事实上便已将生死置之度外。所以老夫的决定是：下水！当然，这仅是老夫个人决定，并不代表大家。"

"这还用说吗，肯定都去。不然走了这么长的路，吃了这么多的苦，我们图什么？"众人踊跃。

至此，冷寒铁只能同意和大家一起进退。

冷寒铁他们检视了下武器，发现一共剩下手雷 4 枚，两支美制 M3 式冲锋枪及上百发子弹，两支瓦尔特 PP 半自动手枪及五十余发子弹；还有从沈亦玄处夺取的 5 支意大利伯莱塔 9 毫米半自动手枪及百余发子弹；从日本人武藤道空处收缴的一把 16 连发自动手枪以及上百发子弹；从黑脸曹三那里缴获的一支日本百式冲锋枪及三百余发子弹。另外，他们还有一把黄金匕首，10 把军用匕首，五支黄金箭（3 支从武藤道空的行囊中找到，另外 2 支为林从熙携带），以及三个医药包和一些止血药、纱布等。食物则有之前他们晒干的六十多斤鹿肉干。

冷寒铁将武器分配了下，王微奕、林从熙、花染尘、卜开乔各自配备一把意大利 9 毫米半自动手枪，20 发子弹，一把军用匕首，冷寒铁他们几名战士则各自端着一把冲锋枪，腰间别着把手枪，脚踝处各扎着一把匕首。鹿肉干则是由冷寒铁三人每人负担 10 斤左右，剩下的由卜开乔等人随身携带。

唯一比较遗憾的是，潜水服只剩下两套了。冷寒铁建议让王微奕和花染尘二人穿上，原因很简单：王微奕年纪最大，又肩负着破解金殿各种机关谜团的重任，所以必须要确保他的安全；花染尘是队伍中唯一的女性，最弱，而且进入地底之后，光线昏暗乃至可能完全漆黑，届时花染尘超强的耳力就有可能成为大家最后的倚靠。

但是王微奕和花染尘都拒绝了。王微奕曾经服过唤龙树所结的红果，该红果可以解百毒，通百窍，对人体大有裨益。不过王微奕年纪大了，一开始有点"虚不受补"。这就类似于给一辆老爷车换上了一个新的发动机，虽然新发动机的动能强劲，可是老爷车的诸多部件无法匹配得上新发动机，只能慢慢地磨合，之后才能焕发出新的活力。也因此，王微奕近来不仅感觉到身体轻盈了许多，精力格外旺盛，甚至原本双鬓有些白发也都在慢慢返青。

相比之下，年轻体壮的楚天开对红果的吸收要充分得多。他原本遭受到天雷轰击，身体被烧灼，内脏严重受损，之后又吸入毒气，全靠他强壮的身体底子强撑着一口气没有挂掉。后来王微奕送了冷寒铁一粒唤龙树的红果，冷寒铁转赠给楚天开服下。红果的奇效在楚天开身上发挥得淋漓尽致。那些闪电所带来的火毒以及入侵的毒气，全都被红果清扫一空，以至身体矫健甚于昔日。

王微奕以着"自我身体感觉良好，可以应对地底水流寒气"为由拒绝了；花染尘的拒绝理由则是"我本是国家罪人，只愿以残躯来回报国家，弥补昔日犯下的罪过，至于是生是死不再挂心"。最后一番"争议"下来，还是楚天开与冷寒铁两个人选择穿上潜水服。因为在接下来的行动中，他们将分别肩负着第一个冲锋与最后一个压阵的任务，最重要的是，他们同时需要承担起救助其他队员的责任。只要他俩没有倒下，那么整支寻宝队伍就不会散掉。

一切安排好之后，巴库勒与楚天开交替值岗，提防白狐的再次袭击，其他人则怀着各自的心事，坠入了梦乡。

三

一觉醒来，天边霞光灿烂。这是一个好天气。冷寒铁指挥着众人将所有物资全都收拾好，然后将竹筏和树洞推入河中。树洞有底的一段浸泡在水里，中空的一段则架在竹筏上，避免有水流灌进去。令他们满意的是，松脂的封闭效果不错，可以阻挡一切水流的浸入。

冷寒铁、楚天开一起用竹篙撑着竹筏。巴库勒因为断了一只手掌，不好控制竹篙，于是充当哨兵的角色，提防白狐的破坏，或其他可能出现的偷袭。

水流相比前两天，流动性好了一些。那些黏稠的黑色物质慢慢沉淀到了水底，石柱也以一种缓慢的速度归回原来的位置并凝固下来。这令冷寒铁有点担心。对于石阵所排列出来的八卦阵，他心中没有任何把握。王微奕说过，这个石阵乃是按先天八卦排列的，而先天八卦失传已久，即便是在历史、考古中浸淫了大半辈了的王微奕对此也所知无几。他只能在心中暗暗祈盼卜开乔的眼力加上花染尘的听力，能够准确地找到通往地下世界的道路。

风平浪静中，众人划着竹筏牵引着树洞慢慢靠近了河心，可是冷寒铁的不安这时却在逐渐浓烈。他总是觉得这样的平静之下隐藏着浓烈的血腥气，仿佛在进入地底的世界之前必须要举行一场祭祀才行——用的是活人的鲜血。能够伸出索祭黑手的，有可能是地下潜藏的古老恶魔，也有可能是穿行于岸边森林中数千年的古怪精灵。

冷寒铁不自觉地把目光投向了森林。森林的两岸披挂着微红色的晨曦，然而更深处却被白茫茫的晨雾遮迷。这些白色的雾气就像是迷障，横亘在人类的目光与森林的真相之间，让人无法洞悉森林里所隐藏的危机，只能让人在心头缭绕起一丝丝的不安。

未容他多想，竹筏已抵达河心。大概是因为下面存在着漩涡的关系，这里的水流明显比其他的地方快了一些。冷寒铁慑住心神，以长篙撑住竹筏令其不再随波逐流，然后巴库勒、楚天开、林从熙等人齐齐用力，将树洞竖起来，斜着往水底下戳去。卜开乔和花染尘则充分调动他们的眼力和耳力，辨析着细微的水流变化，指挥着树洞落下的位置，确保它可以落定在洞穴口。最终，花染尘展开了眉毛，如释重负地说道："应该是对了。我听到水底下流水的声音发生了变化。"

巴库勒等人擦了下额角的汗珠，然后将树洞一点一点地摆正了，但并非是垂直于水面，而是保持着大概30度的夹角，这样，人才可以顺着树洞滑下去，却又不会速度太快，出现受伤的情况。接着，大家把事先准备好的三根竹子一端抵在水底的石柱上，一端呈椅角地绑在树洞上，勉强支撑住其重量。

按照事先安排好的顺序，楚天开第一个进入树洞。他将背贴在树洞相对光滑的一面，然后双脚抵在树洞上，这样可以减缓掉部分下坠的速度。不消一分钟便到达了底部，楚天开用力踹开了树洞封住的底儿，朝上大喊："下面是洞穴！水从两边流下，不会进到树洞里！你们可以放心进来。"

所有人闻言大喜。王微奕把手拢成喇叭状，朝下大喊："那你先下去，我等随后下来！"

只听得"扑通"一声，楚天开跳下了树洞，进入洞穴之中，很快就消失在水波之后，传出水面的，只有"哗啦哗啦"的水声。

紧跟在他身后的是林从熙和花染尘，排在后面的是巴库勒、卜开乔、王微奕。冷寒铁断后，因为一来需要有个强壮有力的人扶住树洞令其不至于坠落水中，二来他在进入洞穴之际需要将树洞销毁，不给后来者留下线索。

刚刚轮到巴库勒进入树洞，冷寒铁骤然发现河岸处翻出一阵水花，紧接着一条体长背阔的鲤鱼跃了出来，几乎同一时刻，从河边的森林里窜出一只白色的身影，径自落在大鲤鱼身上，然后如同乘风破浪般朝着他们的方向冲了过来。

冷寒铁一眼就看出，白色身影正是一直尾随他们的白狐。难道它要驾驭着鲤鱼再次冲击冷寒铁一行？可这有点不合情理。如果进攻的只是大鲤鱼，那么白狐只需要在岸上遥控即可，无须自己身涉险境。

"快点进去！"冷寒铁一面紧紧地盯着白狐，一面催促着卜开乔。

卜开乔知道白狐来者不善，于是手忙脚乱地从竹筏上爬进树洞。无奈他太胖了，加上树洞上窄下宽，他一个身形没有摆正，顿时被卡在树洞的入口处不下去，急得他"哇哇"直叫。

白狐正在逼近冷寒铁他们，五十米，三十米……冷寒铁的呼吸忽地急促了起来：白狐手上竟然攥着一枚手雷！

王微奕也是急了，用力将卜开乔往下推。结果带动整个树洞摇摇晃晃，河底被搅动出一摊黑色物质。

冷寒铁被迫用两只手扶住树洞，然后双脚分开，稳住竹筏，避免在摇晃之下掉入水中。

王微奕和卜开乔齐齐使出吃奶的力气，终于将卜开乔肥胖的身躯送了下去，付出的代价是树洞开裂了！原本树洞是被剖开后，又用绳索捆绑起来，再用松脂封住接口的，这样粗糙的"缝合"无法应对卜开乔的折腾，于是接口被撑开了一点，带动松脂脱落，顶端处裂开了一道约一米长、一厘米宽的缝隙，有流水从缝隙间渗了进来。虽然不是很急很多，但对冷寒铁他们而言，却是一个糟糕的讯号，因为眼下里他们根本不可能去修补裂缝，而且在水流的冲刷下，这样的裂缝只会越来越大。

冷寒铁的眼睛紧盯在白狐身上，嘴里催促着王微奕："快进去！"

王微奕迟疑了下，道："我们一起下吧。"

冷寒铁简要地回应一声："快！"在先前的摇晃中，支撑树洞的三支竹子中有两支已经松脱落入水中，如今大部分是仰赖于冷寒铁出手支撑。倘若他放手与王微奕一起进入树洞，那么树洞就会立即倒下，不仅会被河水直接浸没，而且整个角度亦会偏离，人不可能再准确地进入地底的洞穴中。最为重要的是，倘若缺少看守，如果树洞中被白狐丢入一颗手雷，根本没有闪躲的地方，只能是眼睁睁地看着它爆炸，将人的血肉与树洞一同撕得粉碎。

只一瞬间，白狐又拉近了十余米的距离。不过它大概也忌惮冷寒铁的枪法，不敢长驱直入，而是驱使着脚下的大鲤鱼在河面上以 S 形前进，甚至不时地进入水底下，以避开冷寒铁的射击。白狐虽然极具灵性，无奈它力气不足，无法隔着很远的距离准确地抛掷手雷，只能尽量侵到十米之内才有机会让手雷的爆炸发挥足够的威力。

白狐和冷寒铁都在寻找着一击即中、一招致命的机会。因为他们深知这是最后的较量，稍有差池，面临的命运不是落败，而是丧命。因此，双方都贯注了全部的精气神，紧紧地盯视着对方的每一个细微动作。

水花翻动。白狐距离竹筏近在十米左右，它的身形突然发生了变化，前边的爪子扣在了手雷的拉环上。

就在这时，冷寒铁的右手一挥，一道黄色的光芒朝着白狐的颜面飞了过去。

白狐下意识地想要去闪避，可是空气中散出的一股奇妙气息却攫住了它，令它产生了些许的迟疑。

黄色光芒乃是冷寒铁为白狐特制的"秘密武器"——用松脂包裹的仅存的一点大蛇内丹残粒，再在松脂上戳了一些小洞，使得风能够将大蛇内丹的气息发散出来。冷寒铁想到，既然白狐当年能够感应到狐面人的内丹、青狐能够偷盗出大蛇的内丹，可见这些动物对内丹有着一种本能的感应能力以及获取欲望。所以，白狐嗅到大蛇内丹散发的气息，就会不由自主地被其吸引住注意力。

高手对决，决定胜负往往就只有这么一刹那。

白狐的走神，给了冷寒铁瞄准的机会。从掏枪、开枪，再到将枪插回，只用了不到1秒钟时间。冷寒铁一共开了两枪，一枪对准白狐的心脏，另外一枪则对准白狐扣在手雷上的爪子。前一枪令白狐当场血溅三尺，后一枪则令它的一只爪子连同手雷及拉环一起掉落水中——冷寒铁见识过白狐的特异功能，生怕一枪无法令它毙命，于是决意引爆手雷，增加一点杀敌的把握。

开枪的同时，冷寒铁一把将树洞扶正，再用力地往下一压，令其可以笔直地竖立在水中。接着他一个翻身，整个人投身进入树洞中。与巴库勒等人斜斜地沿着树干下滑不同，冷寒铁头顶着他的背包，右手执着黄金匕首，匕首刺入树干，以此来挂住他的重量，从而脚不沾地地往下滑。黄金匕首的锋利性加上冷寒铁的重量，使得匕首如切豆腐一般地切开了约5厘米厚的树干。被切开的树洞顿时灌入了大量的河水，劈头盖脸地朝着冷寒铁浇了下来。而冷寒铁早有准备，左手紧紧地抓住背包遮在头顶。那些河水大半被背包遮挡住，少部分浇到冷寒铁的潜水服上。潜水服的材质十分坚韧，且光滑如镜，虽然浸有黑色物质的河水带有一定的腐蚀性，但其飞快地从潜水服上滑过，不会挂留在人的身上，一时间也不会给冷寒铁带来什么伤害。

就在冷寒铁即将滑落到树洞底部时，水面上传来一声惊天动地的爆炸声。紧接着整个树洞如同被龙卷风袭过一般，掀离原地，原本坚挺如箭的树身，亦被炸得坑坑洼洼，再也抵挡不住四面八方侵袭来的水流，于是被硬生生地拖入水底之中，只留下"咕嘟"的两声以及一堆的泡泡。至于白狐，在挨了一枪之后，已丢掉大半条命，再被手雷近距离地爆炸冲击，五脏六腑全都撕扯了出来。如果它还能存活，那就真是邪门了！

冷寒铁对于爆炸早有准备。在树洞被气流掀开之前，他右手一个用力，将黄金匕首从树干中拔出，然后整个身体一缩，笔直地跌入水底洞穴之中。

水底洞穴内部的状况远远出乎冷寒铁的意料。先前花染尘从听到的水流声得出的判断是：水底洞穴并不太深，而且流速较为平缓。因为传出来的流水声不是很大，人进入洞穴应该不会有太大的危险性。

可是冷寒铁现在的感觉是：掉入了西游记中的无底洞！如花染尘判断的那般，洞穴的落差并不大，可是其幽深曲折远远超出了冷寒铁他们的想象。准确地说，这个洞穴更类似于一条直径约一米的管道，里面九曲十八弯，整个人穿行在其中，有一种在坐儿童滑梯的感觉，而且是飞快地下滑。所幸洞穴里裹了一层黑色物质，有着一定的黏性，拖滞了冷寒铁他们滑行的速度，否则在水流的推送下，人很难在黑暗中控制住自己的身形，极易被巨大的惯性与弯道的曲折摔得七零八落，乃至头破血流。

黑暗中，冷寒铁干脆闭上双眼，用双脚和背部来仔细感受洞穴的形态。他默数了下，他一共拐了十二道弯，其中前九道弯的洞壁上沾染着黏性的黑色物质，从第十道弯起黑色物质消失，洞壁明显光滑许多，滑行速度亦大大加快，到最后人简直就像是出膛的炮弹。此外，每道弯大概有两三百米长，有十多米的落差，这个数字远远超出他上一次进入水底的深度。也就是说，当初他进入第一层水底世界，随后通往更深的地底空间的大门被刘开山关闭。而如今，依他滑行的距离来计算，他至少已经进入水底的第二层世界。

这个发现让他的心头宽慰许多。因为第一层世界在先前里已被他毁坏，剩下一堆断壁颓垣。在这样乱糟糟的环境中，人很容易出现失误，甚至丧生。此外，他虽然不太懂得机关，但至少懂得设计机关者的心思。倘若第一道机关被启动，多半意味着通往第二道机关的路径将同时被关闭，即便他们有能力强行打开它，那么也将会面临更加凌厉的杀机！所以他们能够找到新的路径进入第二层空间是一件值得庆贺的事。

只是冷寒铁事后才知道进入第二层空间有多惊险！他在洞穴中滑行的速度越来越快，直至到了洞穴的末端处简直要飞起来，就像一只翅膀、尾翼被剪掉的天鹅，腾空而起，且在空中掠过一道弧线，接着整个人如断崖坠落般狠狠地砸在水面上，溅起一道激越的水花。失重的感觉牵扯着他的心脏猛地跳动了一下，随即一股刺骨冰冷的水涌入他的口鼻。而他胸中憋住的一口气也在这骤然的起落之间被摧散掉。

冷寒铁难以想象在洞穴的尽头，竟然是一个深潭，而这深潭里的水，竟然可以像融化了的冰川一般寒彻骨头。一时间，遭遇急剧寒冷的身体无法调整适应，沉在水底的他直接呛了一大口水。冰水如同一把利剑刺向他的心肺，令他下意识地将身体蜷缩起来。这直接加剧了他在水底的痛苦。他这才惊觉，深潭中的水，不仅冷得出奇，而且十分沉重，就像他扛了个杠铃在身上，压着他往水底沉去。

就在这危急之时，一道绳索从空中掠过，仿佛一只毫不犹豫地迎着烈火扑上去的飞蛾，牢牢地锁住冷寒铁在水底的身形。冷寒铁神智未消，立即抓住这个机会，一只手扯住绳索，在手腕上缠绕了两圈，紧接着手脚并用，用力往上一蹬，解开了水底的重负感，将脑袋探出水面。

冷寒铁张大着嘴巴，大口地呼吸了两口新鲜空气后，渐渐地适应了地下的昏暗。同时，他注意到巴库勒、楚天开等人安然地坐在冰潭的岸边，花染尘、王微奕等人则是或躺或坐地围在他俩的身边。而先前抛出绳索的，正是巴库勒。

冷寒铁挥动手臂，划开水波，朝着岸边游去。他明显地感觉到整个身形比平时缓慢了许多。一来潭水中仿佛藏有一双手，拖拽着他往下沉去；二来潭水太冰冷了，冻得他的牙关都在微微打战，同时肌肉收缩，快速地消耗掉身体的能量与体力。这样的感觉，只有在深海底下才可能存在！深海中，水底的压强增大，同时由于阳光常年无法抵达，因此海底充满着阴冷的气息。可是目前冷寒铁所处的水环境，与深海相去甚远，其他的不说，深海的压强大增，乃是因为海水的重量重重累压而成，可是冷寒铁现在却是浮在水面上，划行如此艰难明显有悖常理。

巴库勒虽然瞧见冷寒铁的困境，无奈他和楚天开在先前的救援之中，几乎耗尽体力，已成强弩之末，没有能力再伸出援手，只能眼巴巴地望着冷寒铁在水中艰难划行。

就在这时，一道寒光从入口处掠过，"咕咚"一声掉落水中。令人称奇的是，它并没有沉没于水底，反倒是悬浮起来，发出幽幽的光芒。

冷寒铁用眼角瞥见了它，不觉好奇心起，于是奋力朝其划去，一把将它抓入手中，却是一颗温润的明珠。他没有心思好好察看它，只能将它往背囊里一塞，继续朝着岸边划去。好不容易登了岸，他已气喘吁吁，比寻常在水中游了 10 公里的人还要累。最要命的是，尽管身穿潜水服，可是他却觉得从前心到后背全都一阵冰冷。

他对自己的糟糕表现皱起了眉头：作为整个团队里最为强悍的人，竟然表现得这么孱弱，险些连自己都照顾不了，而受过重伤的巴库勒、楚天开反倒还有余力来救助王微奕等人。

他来不及寻找其中的答案，很快就发现新的不对劲：岸边的石头竟然是发烫的！他站在岸边，惊异地转身四处查看，这才惊觉底下的深潭有两个，如同八卦阵里的阴阳双鱼一般相互交错在一起。他所掉入的深潭寒冷如冰，可是另外一个深潭却是炽热无比。古怪的是，冰潭虽冷却不结冰；火潭虽热却不冒汽。因此，从外表上看，两个深潭无甚分别，只有当人触碰到它们的时候，才能感受到冰火两重天的巨大差异。而巴库勒他们所在的堤岸，正是阴阳双潭的交汇处，温度适中，正好可以用来驱赶冰潭的寒气。

冷寒铁心头犹存着疑问。巴库勒看出了他的心思，苦笑道："冷大，你是不是好奇我们当初是怎么爬上来的？很简单，我们掉得比你近。"

冷寒铁恍然大悟：从河心到地底的洞穴暗道中，布满了黑色的、带有黏性的物质。越是靠前进入的人，接触的黏性越大，于是掉落的距离也就越近；而到后面时，黑色黏性物质被蹭掉了大半，于是最后一个掉入冰潭的人，被甩出的距离要较第一个远得多。可以想象，倘若没有黑色黏性物质的存在拖滞了一下他们的速度，那么从暗道中滑落的人将会被强大的惯性直接甩进距离更远的火潭之中——人掉入冰潭中是九死一生，可是掉入接近百度沸点的火潭中，那是毫无生还希望，说不定连骨渣都不剩一点！

想通了这一点，他不得不为设计者的缜密心思发出一声感叹：只有黑色黏性物质才有可能延缓人的滑落速度，避免坠入火潭；可是黑色黏性物质只有在河中的八卦阵启动之后才有可能被引发喷出。而这时正是河心最为凶险的时候。一旦八卦阵的各个石列重新归位，黑色黏性物质将会消失，此时就算有人识破八卦阵，闯入河心地底暗道中，也难逃一死。冷寒铁他们若不是得益于卜开乔的"鹰眼"以及花染尘的"灵耳"，及时找到地下通道，并且利用树洞来打破八卦阵的干扰，否则的话贸然闯入将难逃全军覆没的命运！

站在岸边，冷寒铁才明白他们先前的行为有多疯狂，又有多冒险。仿佛苍天有意成全他们，一路上他们多次遭遇生死关头，可是他们却凭着勇气与运气，总是能够化险为夷。冥冥之中的这种巧合与安排，让冷寒铁忍不住开始怀疑是否真的有神灵存在，在默默地庇佑着他们一行人。

暗叹侥幸的同时，冷寒铁的心头又升起一丝不安的想法。他想起古罗马的角斗士：那些最强壮的俘虏被挑选出来，进入角斗场，与猛兽搏斗，用生命与鲜血为贵族们献上一场视觉和精神盛宴。他担心他们的命运与角斗士一样，只是被挑选出来的牺牲品罢了。

不过很快地，冷寒铁的注意力就被先前从冰潭中捡到的明珠吸引了过去。他将其从掌心中释放出来，置于地上，刹那间一股晶莹的光芒弥漫在四周。相比之下，巴库勒他们先前用来照明的宝石顿时显得黯淡无光。

巴库勒等人亦被吸引过来，一边观察着明珠，一边啧啧称奇："冷大，你是从哪里找到的这个宝贝？"

冷寒铁思忖了下，缓缓道："如果我所猜没错的话，这应该是白狐的内丹！"

众人一片惊喜，"冷大，你杀了白狐！好啊，这个灾星总算不会再缠着我们了。"

在先前冷寒铁与白狐的决战中，白狐的灵力终究斗不过人类的灵性，它被冷寒铁的一颗大蛇内丹分散了注意力，身中两弹，又遭手雷爆炸，它修行了上百年才形成的内丹亦被炸飞开来，不偏不倚，恰巧掉入树洞中，并一路追逐着冷寒铁滚下。只是黑色黏性物质对于体积和重量较小的白狐内丹的黏滞效果远要比冷寒铁大得多，于是它迟了片刻才抵达冰潭，并被冷寒铁捡了起来。

这个意外的收获，驱散了众人心头对于阴阳双潭的阴影。

王微奕检视着白狐内丹，半是喜悦半是遗憾："这白狐内丹虽然不及狐面人的内丹珍贵，却也是举世罕见。可惜啊，人狐殊途。此内丹落入我等手中，能发挥的效用不及白狐自持的十分之一。"

楚天开好奇地问："王教授，你说它有没有起死回生的功效？"

"此事老夫不好妄下定论，不过这内丹与牛黄狗宝的功效有一定的相似，用得对的话，应该可以救人一命。"

冷寒铁将另外一个疑问抛给王微奕："王教授，我从未遇到过这么沉重的水，你知道它有什么来历吗？"

王微奕伸手在水中拨了几下，脸色凝重起来，"这水确实古怪……"

冷寒铁等着王微奕往下讲解，但见他欲言又止，似是心头顾虑重重，不觉皱起眉头："王教授，你是不是看出些什么端倪？"

王微奕叹了口气，道："这两个碧潭，一阴一阳，一冷一热，这虽然不太符合常理，但相信大家经历了这么多，早就见怪不怪。唯独这潭水的水质沉重……行吧，老夫就直言了。老夫所能想到的，便是冥河之水。古代传说中，我们的地球上共有三条冥河：阿克伦、比利弗列赫顿和科锡特河，分别通往伊斯兰教、犹太教和基督教的地府。三教的冥国有着各自的疆界，第一个冥国是烈火腾腾的撒旦王国，国内有基督教的九层地狱，有魔王柳齐费尔的宝座和冥王的旗幡；另一个冥国是冷酷似冰、受苦受难的易不劣厮王国，国内有伊斯兰教地狱；第三个冥国位于圣殿左方的革瓦拉区，那里坐镇着犹太教的恶神、贫神和饿神，也就是亚司马提治下的火焚谷。三座地狱各立门户，边界由铁犁翻过，任何人不得逾越。

"我们眼前的这个潭水，冰冷刺骨，人难浮起。冷长官你说游动吃力是因为水质沉重，但依老夫之见，此处的水并非太重了，而是太轻，轻得没有什么浮力，于是人就往下坠。这令老夫想起阿克伦冥河。在古希腊传说中，冥河阿克伦的水质比重比阳世间普通的水轻上许多，有'羽沉河'的称号，除非借着冥界的船只，否则仅凭人的肉身几乎是不可能渡过的，至于无知的亡灵在冥河水中久而久之会为之侵蚀。另外，阿克伦冥河水冰冷到了极点，乃至光线几乎都穿不透它，于是它永远都是黑色的。这两个特点都与我们眼前的潭水相符。至于我们身后的这个炽热的深潭，则与烈焰腾腾的科锡特冥河十分相似。"

冷寒铁等人听着王微奕的话语，心头不觉都有一阵怵栗滚过："难道这阴阳双潭中流淌的真是冥河水？那此处岂不是要通往地狱？"

楚天开振袖而起，抖落大家心头的敬畏："我们都走到这一步了，就算下面是龙潭虎穴、十八层地狱也都要闯一闯。"

王微奕朗声一笑，道："楚长官说的是。我们已经为山九仞，断不能功亏一篑。此行老夫愿充当先锋。"

冷寒铁解开行囊，将用防水油布包好的干净衣服分给大家，替换下身上湿漉漉的衣服，然后一边将潮湿的衣服放在火潭边上烘烤，一边探讨接下来该何去何从。

王微奕建议大家先查看清楚四周的情形再作决定。可是令他们沮丧的是，所有的手电筒在地底下全都失效，他们随身携带的火把经过冰潭浸泡后，全都无法点燃。于是，在地底下唯一能够给他们带来光明的，只有手中的几颗明珠。而明珠的光芒范围极其有限，根本无法看清四周的景象。

冷寒铁察觉到大家的低落情绪，想了下，从身边的行囊里翻找出一截火麒麟的胎囊。此前，他们杀死了火麒麟之后，冷寒铁割下火麒麟盛放火油的胎囊，主要是看中其坚韧的材质，想要把它改成黄金匕首的鞘，但一直抽不开时间，于是他将胎囊完好地存放在行囊中。火麒麟胎囊中所残存的油性物质乃是上佳的助燃剂。冷寒铁挤了几滴在湿了的火把上，再试着划了根火柴。烈火扑腾而起，很快将火把燃烧起来。显然火麒麟的油性物质正是阴冷的冰潭水的克星。

有了光明，王微奕等人全都喜出望外，于是大家举着火把四处探看，很快就对地底下的情形有了一个大概的轮廓：整个地底大概有 50 米宽，100 米长，几乎全被两个深潭所占满。而火潭与冰潭的交汇处，一端里立着一棵枝干如虬龙的枯树，另外一端则有一条弯弯曲曲的路，通往黑暗之中。

冷寒铁抚摸着枯树，发现它的枝干异常坚硬，仿若是金石铸就，不觉好奇心起，伸手想要攀折下一根枯枝来仔细观察。谁知道枯树死而不朽，每一根枯枝都仿佛是焊死在树干上，任他使出吃奶的力气竟连小拇指般粗细的枯枝都无法折下。这个发现令冷寒铁大吃一惊，却也涌起一丝欣喜：这么坚硬的木头，岂不是制作武器的最佳材质？于是他掏出黄金匕首，"哼哧哼哧"地开始忙碌起来。黄金匕首乃是上古神器，削铁如泥。枯树虽然坚硬逾铁，却也抵不过黄金匕首的锋芒，很快就被冷寒铁切割下十余截拇指粗细的枝条，以及七根手腕粗细的枝干。细的枯枝乃是用来作紫檀硬弓的箭镞，粗的枝干则被冷寒铁分发给每人一支，作为拐杖兼防身武器之用。

林从熙爱不释手地把玩着枯枝，问王微奕："王教授，这木头感觉上比铁桦树还要坚硬，你能看出什么名堂吗？"

铁桦树主要分布在朝鲜南部和朝鲜与中国接壤地区，苏联南部海滨一带也有一些。它是世界上最坚硬的木材，比橡树硬三倍，比普通的钢铁硬一倍。子弹打在这种木头上，就像打在厚钢板上一样，纹丝不动，被称为比钢铁还硬的树。人们把它用作金属的代用品。苏联曾经用铁桦树制造滚球、轴承，用在快艇上。

王微奕微闭着眼睛，用掌心静静地感受着从枯枝干燥的树皮处传来的千年温度，良久叹道："依老夫之见，它应该是传说中的三大神木之一：铁檀木！"

传说铁檀木是由上好的红木（例如紫檀木、黄檀木）在地壳变动时被埋于地下温泉之中，吸收了温泉中所蕴含的各种元素，历经万年之后便形成了一种坚固如铁的木材——准确地应该叫作矿藏。据说此木水火不侵，经常接触还能强身健体延年益寿。铁檀木举世罕见，仅清朝时期在四川乐山区域发现过几株，后来，在1999年一支细细的铁檀木手杖在香港拍卖，竟然卖到了210万港币的天价，其珍贵性可见一斑。

传说中的另外两种神木分别为玄冰木和金莲香木。这两者更是神乎其神，基本上只有传说而无实物。玄冰木据说只出自海底玄冰之中，每隔万年海底玄冰会融化一次，此时会有数株玄冰木自海底逸出。据载宋朝期间曾有渔民打捞到一株玄冰木，作为贡品送进宫中，但后来在战乱中不知所踪。金莲香木号称是当年大日如来讲法时所坐的莲台所化，本就不属于人间所有，对佛家来说乃是至宝。据说现在仅存的只有四川普照寺所珍藏的一尊金莲香木佛像，作为镇寺之宝，秘不示人。

冷寒铁没想到这个枯枝竟然还有这么大的来头，不禁怔了一下，心底涌起一丝奇异的感觉：越是凶险的地方，就隐藏着越多的宝贝；或者说，越是聚集着财富的地方，就越是危机四伏。就好像那些名贵的中药材，多半都长于悬崖峭壁之间。如今，他们浸泡了一回冰潭寒水，才换回几枝铁檀木，若是想要找到金殿，又该付出什么代价呢？

"看，这水里有鱼！"卜开乔忽然高声叫喊起来，肥胖的手指径直指向火潭，"冷大，花姐姐，你说我们可以捞点鱼来吃吗？"

林从熙刚想嘲笑他是饿疯了，火潭这种近百度的高温环境下，即便是掉个人进去只消片刻就要被煮熟，不出一天所有的皮肉就要被煮烂，只剩下一具白骨，又怎么可能容许鱼儿存活呢？

可是令他大跌眼镜的是，火潭里真的有鱼，而且还不是一两条，而是一大群！

冷寒铁将火把靠近水面。火光将那些鱼儿的形貌约略地勾勒出来：只见这些鱼儿大概有半根筷子般长，全身透明，透过水面可以看见其体内的鱼骨头与内脏。乍一眼望去还以为是一堆鱼骨头拖着内脏在水中游来游去呢。冷寒铁注意到这些鱼儿对火光没有躲避之意，显见它们极有可能没有视觉。

只是什么鱼竟可以忍耐近百度的高温火汤呢？

王微奕大概看出了众人的心思，一边观察着水中的游鱼，一边给大家解答："大千世界，无奇不有。这个世界上确实存在着能够忍耐高温的鱼。科学家曾在火山口和温泉区找到过一些鱼，这些鱼儿能够在高温的水中自在悠游，一旦把它们投入常温的水中，它们就会被冻僵。比如说西太平洋的中洋脊马里亚群岛，那附近由于有大量的海底活火山不定期地喷发岩浆，所以岛屿附近的水温高达60℃，并且充满二氧化硫。可是在这片死亡的水域里，却生活着一种和恐龙同时代的鱼——火山鱼。这种鱼的特点是能够自由自在地生活在75℃的水中，只有当水温升至113℃时，鱼的生命才会被终结。如果把它们放入普通的海水中，那么它们会冻死。更为神奇的是，火山鱼的食物不是浮游生物，也不是水草，而是海水！它们能够靠鳃部过滤海水，从中分离出矿物质并在体内转化成有机物来供养生命，甚至可以在一年内不吃任何东西。不过这并非是最耐热的生物。有人甚至推测，即便在地心熔岩中，都可能生存着某种能耐千度高温的超级微生物。"

林从熙和楚天开等人啧啧称奇不已，实在难以想象这个世界上竟然有如此神奇的鱼儿，于是趴下来认真地观察。只见鱼儿在沸腾的水中自由自在地悠游，对于冷寒铁等人的存在视若无睹。林从熙直起身，转向冰潭："对了，这个水潭中又有什么鱼呢？"

饶是林从熙瞪大了眼睛，也没有从冰潭中找到一条鱼，不禁悻悻然："真是的，怎么可以一边有鱼一边没鱼呢？难道这个世界上就没有抗冻的鱼吗？"

楚天开接嘴道："抗冻的鱼大把存在吧。你冬天里下过海吗？海水可以把你全身的血液都冻住。可是水中的鱼呢，不一样好好的吗？"

说者无心，听者有意，冷寒铁转头问王微奕："王教授，你对这两个水潭中的鱼有什么看法呢？"

王微奕一时间没有跟上冷寒铁的思路，随口道："这不只有一个水潭有鱼吗？"

巴库勒凭借与冷寒铁多年出生入死培养的默契，立刻听出他的弦外之音："冷大，你的意思是，曾经这个冰潭里也应该有鱼，可是被人捕光了是吗？"

所有人闻言都呆了一下。

冷寒铁凝视着波纹不兴的冰潭，叹气道："只是一点揣测。因为我觉得这里既然设置了阴阳双潭，那么讲究的应该是对称，不太可能一个水潭有鱼，另外一个水潭没有鱼……"

楚天开也反应过来，拊掌道："对啊，如果真有人被困在这里，那么两个水潭里能够下水的一定是这个冷水潭，那么这里面的鱼被捞光也是有可能的。"

于是，剩下的疑问是，如果真有人进入过这里，会是谁呢？是发生于近期还是遥远的时代？

冷寒铁等人的心头不觉惴惴不安起来。他们惴惴不安的并非是有人捷足先登，而是：倘若有人需要将冰潭中的鱼儿打捞一空，可见他们被困在这里面并非一时半刻，甚至可能再也没有机会走出这个地下空间。可是能够进入这里面的人，定然并非是平凡之辈。冷寒铁他们能够比前人的运气更好吗？

冷寒铁淡然道："多想不如行动，我们走吧。"

卜开乔却提出异议："肚子饿了，我们能不能借用这一大锅热水，把干粮煮一煮啊。"

楚天开望着火潭，吓唬他道："这么古怪的水潭肯定是有毒的啦。

你不怕毒发身亡就随便吃吧。"

卜开乔不服地辩道："怎么会有毒呢？有毒的话怎么还有这么多鱼儿在水里活着？"

楚天开不觉语塞："哎哎哎，你傻啊，随便你想做什么就做什么吧。"

"这么简单的道理都不懂，你才是傻呢！"卜开乔白了他一眼，从背囊中取出一块鹿肉干，用冷檀木串住，伸入火潭中加热。

几乎是在同一瞬间，火潭里的游鱼如离弦之箭一般地窜出，径自咬向鹿肉干，有的则直接从水中飞射起来，发出"嗤嗤"的声音，直扑卜开乔肥胖的手臂。

卜开乔吓得一把将鹿肉干连同冷檀木丢掉，同时身体后倒。虽然他的行动够快，可是依然没有抵挡得过游鱼的飞射。有一条游鱼咬中他的虎口，虽然被他一把弹开坠回潭中，可是却被扯下一小块肉。

浸入水中的血肉仿佛是毒品，瞬间让火潭中所有的游鱼全都疯狂地游蹿起来，激烈地撕扯着鹿肉。只两三秒钟的时间里，水中的肉全都被游鱼吞噬掉。它们似乎根本不过瘾，于是不顾一切地高高跃起，对岸上的人发动攻击。

冷寒铁并没有看见游鱼有尖锐的牙齿，可是它却能从卜开乔手上啃下一块肉，可见它的咬合力十分惊人。当下不敢有任何怠慢，他挥舞着手中的冷檀木，将飞近身边的游鱼全都敲击回去火潭中。冷寒铁力道十足，加上冷檀木的硬度，一棒之下足以将一个正常人敲晕过去，可是那些游鱼却似乎有着铁骨铜筋，挨了一棒掉入水中后照样若无其事地游着。

这个发现让大家全都吃了一惊。冷寒铁急忙指挥着众人远离火潭，朝着洞穴深处撤退。不时地有队员被游鱼咬中。所幸游鱼身长有限，加上隔着衣服，一口下来最多只是扯条肉丝，不至于致命。可以想象，倘若有人掉入水中，陷入游鱼的包围圈中，会是怎样的惨状，是否状若凌迟酷刑——全身的每一寸皮肉被游鱼生生咬下？

冷寒铁他们不禁庆幸自己掉入的是冰潭，而非火潭——也幸好冰潭无鱼。倘若冰潭中的鱼儿与火潭中的一般凶猛，而他们在水中又游不快，那么恐怕早就沦为鱼儿的盘中餐了。

有些游鱼从火潭中飞射出来，被冷寒铁他们闪身躲过，再一脚扫进冰潭中。这时惊人的一幕出现了：游鱼如同烧红的铁块坠入冷水中，只听得"刺啦"一声，整个身体顿时变得僵硬。潭水似有感应，波纹起伏，朝着游鱼的方向袭来。更让人感到心惊的是，这些波纹或说水仿佛具有强酸性，那些沉入水中的游鱼在水流的冲刷下，很快被分解成一块块小如浮萍般的碎片，紧接着这些碎片也都被潭水消融掉，最终冰潭里空荡荡的一无所有，好像什么事情都没有发生过似的。

冷寒铁看得心头狂跳不已，同时又纳闷：潭水拥有这等"法力"，为何当初却对我们一行人网开一面呢？

众人撤退到阴阳双潭的边际，确认游鱼不会再向他们发起攻击，冷寒铁按捺不住心头的好奇，伸出左手探入冰潭水中。顿时整个手指仿佛有千万根针扎了进来，冷寒铁甚至有一种错觉：在这一瞬间里，潭中伸出了无数把刀，飞快地将他手指上的皮肉全都剔光。强烈的痛感让他忍不住"哎哟"叫了一声，慌忙地从水中拔出手指，下意识地将它往身后的背囊上擦去，想要将凝结在上面的水珠拭干，避免其继续"祸害"手指。他的手指触碰到的乃是一片黏腻——在先前从河底滑落到冰潭时，他的背囊上沾染了大量黏黏腻腻的黑色物质。这些黑色物质带有一定的腐蚀性，可如今与冰潭水接触在一起，却具备了某种神奇的魔力。冷寒铁觉得原来手指处的刺痛顿时消失了大半。

"难不成这种黑色物质是潭水的克星？"冷寒铁心头一动，扯过背囊将整个手指头包裹住。果然，所有的痛楚刹那间消失得一干二净。不一会儿，他伸出手指，发现上面除了有些变黑外，再无其他任何异样。

思忖了一下，冷寒铁将手中的冷檀木枯枝插入冰潭中。冰潭水似乎对死物"无甚兴趣"，水波不兴。他重新退了回来，成功地勾引出火潭中的一条游鱼冲出水面前来袭击。冷寒铁闪身避过，右脚如闪电般地伸出，一把将游鱼踩在自己的脚下。游鱼拼命挣扎，但无法挣脱他的"魔掌"。冷寒铁从背囊上刮下一小块黑色物质，涂抹在游鱼身上，再将它一脚踢入冰潭中。习惯了高温的游鱼一进入冰冷的冰潭中，顿时冻僵住。不过这次它只如秤砣一般地沉下去，并没有引来潭水如刀削般的围攻。

火潭鱼具有强攻击性；冰潭水可以克住火潭鱼；黑色物质可以克住冰潭水……冷寒铁确信这并非是某种巧合，而应该是一种人为的安排。那么，这种安排有什么意义呢？

虽然冷寒铁有意再多探索阴阳双潭的奥秘，可是林从熙等人却在催促冷寒铁快走。原来，冰潭冒出的冷气冻得众人直打哆嗦。原先靠在火潭旁他们还可以取暖，如今起身离开，顿时觉得阵阵寒意直透脊髓，根本不是寻常人所能抵抗得住的。

无奈之下，冷寒铁只得带着满腹疑问朝着地底深处走去。

地底下暗无天日，伸手不见五指。冷寒铁举着火把走在最前面，其余人排成一列，将右手手掌搭在前方人的肩膀上，亦步亦趋地跟着前面的人行走。不知为何，每个人的心头都有一种异样的感觉，觉得自己就像是献祭的羊羔，被赶往死亡的桌案。

地底下氧气不太充足，火把只能散发出微弱的光芒，并且升腾起阵阵浓烟，熏得众人根本无法看清四周的情景，只能深一脚浅一脚地摸索着往前走。他们感受到脚下的路高低不平，并且黏腻不堪，类似于走在苔藓上的感觉。但蹲下去仔细抚摸，却又是平常的石头路，虽然有一点潮湿，却并没有什么黏腻。

众人在石洞里兜兜转转地走了两个多小时，脚下的路却似乎永远没有一个尽头，不觉心头疑窦渐起，"我们是否走错路了呢，又或是在兜圈子？"

冷寒铁转头问卜开乔："你能够判断出来我们是在兜圈子吗？"

卜开乔揉着被松脂浓烟熏得红肿的双眼："这么重的烟雾把我的眼睛都熏坏了，啥都看不清楚。"

巴库勒直截了当地说："我们没有兜圈。只是呢，这条路弯弯曲曲，我们看似走了很远的路，实际上如果放到平面上来看，并没有前进几百米。"

林从熙好奇地问："你怎么知道的？"

巴库勒掀动着鼻翼道："你们没有闻见空气中弥漫着硫黄气味吗？"

林从熙使劲地抽了抽鼻子，道："有吗？我没有闻见啊。"

巴库勒淡淡地说道："在我们西藏地区，到处都是温泉与沸泉，所以我对这种硫黄气味十分熟悉且敏感。"

林从熙不解地望着巴库勒："你们西藏又不靠海，仅有一些江流，哪来的那么多沸泉？"

巴库勒眼中流露出复杂的神色："在我们藏族的传说中，我们生存的土地下面藏着一座巨大的海洋。相传当年大地之母滚多桑姆在洗澡时，不小心将澡盆连同澡盆中的水掉落到西藏，沉入地底。所以整个西藏，乃是建立在滚多桑姆的澡盆之上，也就是悬浮在一个巨大的海洋上。统治这片地底水域的，便是龙神。"

滚多桑姆乃是苯教神系中居于天界的最高神滚多桑布的配偶，其原始含义为"无限空间伟大之母"或"大地之母"。她的形体会发亮，而且光芒四射，是与希腊神话中宙斯的儿子阿波罗相似的光明女神。

苯教认为天和地是阴阳统一体，而地之下则属于龙的世界。龙神仪轨及其画像中，被描绘成穿一身羽毛长袍、象征雾的无缝隙的水质丝绸长衫，骑一匹带白色水纹的蓝马，手捧一只装满宝石的水晶花瓶。龙神家在水底，水底有她居住的五百座龙宫。她还可以游动居住，每一户人家都有龙王的居处。故而，当地人每逢藏历新年，都要在灶后被烟熏黑的墙上，用糌粑面画一只蝎子和一个"雍仲"符号，在其旁还要画上酒壶或茶壶以及供奉食品，以祭龙神。藏戏《顿月顿珠》中就有为祭龙神，需要把一个属虎的少年掷下湖去作为祭品的情节。

林从熙将信将疑："就一个神话，能代表事实吗？"

王微奕开口道："依老夫之见，神话往往反映了原始人类的世界形象。

只是呢，原始人类的思维比较简单，因此所留下来的描述与事情真相多半存在着一些差别，需要我们运用一定的技巧去填平它，才可以还原出其真相。比如，我们都知道神话传说中，共工与颛顼争夺帝位，失败后撞倒不周山，导致天崩地裂，对此《山海经》有记录道：'共工与颛顼争为帝，怒而触不周之山，天柱折，地维绝。天倾西北，故日月星辰移焉；地不满东南，故水潦尘埃归焉'。倘若你不是将它当作一则神话，而是当作某种历史记录，就会发现，它遥遥指向的，极有可能是 2.5 亿年前的那一场彗星撞地球事件。"

　　科学家们认为，在 2.5 亿年前，一颗直径约为 13 公里的彗星撞击了地球。这场撞击导致地球上 90% 的海洋生物灭绝，70% 的陆地生物因为没有植物可食而消失。这场大灭绝是在地质年代表中二叠纪和三叠纪之间的分水岭事件，也是地球在史前遭遇的 5 次类似灾难中最严重的一次。

　　王微奕继续道："在远古时期，西藏地区本是一片汪洋，地势较低，华夏的河流都往这边西流。现在科学界公认，喜马拉雅山脉的形成是因为印度洋板块与欧亚板块相撞并挤压，将地壳抬高，于是沧海变成了高原。但还有另外一个观点认为，西藏境内的地壳抬高，是因为一颗从天而降的彗星钻入了地底下。这颗彗星的体积是惊人的，同时蕴含着巨量的水。这一撞之下，岩浆喷流而出，地势抬升，青藏高原包括四川、云贵高原隆起，而且将地球的地轴撞得偏移了些，天上的星辰也都移位了。同时呢，被抬高了的喜马拉雅山脉自然不再成为水流的终点，于是华夏的河流就改成往东南方向奔流。诸位不觉得这一幕与《山海经》中所描述的共工撞倒不周山后所出现的情景——'天柱折，地维绝。天倾西北，故日月星辰移焉；地不满东南，故水潦尘埃归焉'十分相似吗？"

　　林从熙眨巴着眼睛，将信将疑道："听起来有点道理，但证据呢？"

　　"证据之一是西藏周围的山脉，包括喜马拉雅山脉、祁连山脉等都存在着一种特别的弧形，像极月球上的环形山，这是远古陨石撞击的标志；同时，在西藏找到大片的火成岩，经检测这些火成岩的年龄在 2.5 亿年左右。此外在喜马拉雅山的东西两侧有明显的岩浆溢流口。最为直观的是，西藏有着为数众多的温泉与沸泉，其中以羊八井地热最为有名，不仅遍地都是温泉、喷泉、热水湖等，并且水温是中国温泉中最高的，高达 93℃至 172℃，每小时涌出的水汽混合物高达 500 吨到 600 吨，这些都不能不让人怀疑其地底下是否潜藏着巨大的水量，并且这些水一直通到炽热的地幔。"

王微奕的话语就像是一阵喷泉在冷寒铁的脑海中冲决而出，令他的太阳穴突突地跳动不止。曾经封藏起来的记忆如同不安分的魔鬼，竭力地想要突破理智的桎梏，重返灵台，将他带回到那段疯狂、暴烈而又刻骨战栗的一幕。他忍不住呻吟了一声，捂住了脑袋："王教授，你不要继续往下说了……"

所有人全都惊异地望着他。王微奕忽地醒悟过来，失声道："莫非，莫非冷长官你在西藏里见到过那些地底下的人？"

冷寒铁低低地嘶吼了一声，鲜红的血丝蔓延进他的眼中。

巴库勒见状不妙，急忙伸手抱住冷寒铁："冷大，你要冷静下。"

被压抑下来的痛苦记忆，却让冷寒铁变成了一只猛兽，拼命地想要挣脱巴库勒的束缚，咽喉间不断地发出低低的嚎叫声，经过洞穴的扩散，显得阴森恐怖，让人忍不住全身起了鸡皮疙瘩。

楚天开见势不妙，急忙一掌砍在冷寒铁的后脖子上，将他打晕过去。

大家摸了　把额头上的汗，不禁暗自叹道："好险。"巴库勒朝王微奕投去责怪的眼神："王教授，下次你可千万不要再在冷大面前提及这些事，免得触动他的回忆。"

王微奕凝望着陷入昏迷的冷寒铁，眉心跳动，喃喃道："老夫不解的是，究竟是什么样的人和事，才能让冷长官变成这般模样？"

楚天开犹豫了一下："我更加好奇的是，当年与冷大一起执行任务的莫子棋，怎么会与唐翼有那么深的渊源，乃至于唐翼会将他的死归咎在冷大身上，意欲替他报仇，这个……"

　　这个疑问同样盘旋在巴库勒的脑海中。身为特工人员，他们深知每一次行动都是九死一生，能够活着回来是命大，如果不幸殒命也都纯属正常。一次任务的失败，不能简单地将队员的死伤全都归咎于指挥长官，否则的话谁还愿意领兵出战？因此唐翼的反应着实有点古怪。

　　林从熙眨巴着眼睛，迟疑道："有些话我知道说出来可能会亵渎唐长官的一世英名，只是……"

　　楚天开心头一颤："你这话是什么意思？"

　　林从熙期期艾艾地说道："先前唐长官在的时候，我本想将这份猜想烂在肚子里。可既然二位长官问起，所以我就……，怎么说才好呢？"

　　楚天开与巴库勒交换了下眼神，将林从熙拉到一旁，确认他们的对话不会被王微奕等人听到，这才声色俱厉地对林从熙说："你想说什么就说吧。不过我警告你，你要是乱嚼舌根子，给唐长官泼脏水，我可对你不客气！"

　　林从熙急了："我说了只是猜测，死无对证的事。你要是这般断言，那我还是不说为好，否则我怕说完脑袋被你拧下来。"

　　巴库勒伸手止住楚天开，对林从熙说："你就如实相告吧。我保证不会动你一根寒毛就是。"

　　林从熙瞟了楚天开一眼："楚长官你可也要与巴长官一样的想法才行。那个，我之前行走江湖时，知道龙阳君之间往往会以表兄弟相称，用于掩饰真实的关系。呃……呃……我猜唐长官与所谓的莫子棋先生，该不会也是这种关系吧？"

　　巴库勒如同丈二和尚摸不着头脑："龙阳君？这是个什么东西？"

　　楚天开明白这词的含义，于是厉声道："猴鹰儿，我不许你在这里胡说八道，编排长官！"

　　林从熙掀动了下嘴唇，最终没有辩解，默默走回到王微奕身边。

　　巴库勒抓着楚天开追问"龙阳君"的来历，待听清是何含义时，不觉惊呆了，然而澄清了心绪后，结合唐翼和莫子棋平常的表现，却不得不承认这极有可能是事实。

楚天开始终无法接受这个答案："这个猴鹰儿真是胡说八道，信口开河。我真想撕了他的嘴。他把我们军队想象成什么了？"

巴库勒却比他看开得多："我觉得这没有什么大不了的。就好比嘛，有时候我会想，我要是个女人，恐怕也会忍不住爱上我们的冷大。"

楚天开的嘴巴张成了"0"形，下意识地后退了两步，双手抱胸："老巴，你不会也好这口吧？"

巴库勒戏谑地一笑："来，给哥抱一个。"

楚天开大惊失色，摆出防守的架势："老巴，你疯了吧？"

巴库勒哈哈大笑："瞧你紧张的样子，我对你没有任何兴趣。"

楚天开紧张的情绪这才缓和下来。

另外一边，王微奕笑着问林从熙："你告诉他们真相了？"

林从熙惊异地抬起头："王教授，你也跟我一样的猜测？"

王微奕倚靠着石壁坐下休息，伸手拍了拍身边的空地。林从熙顺从地坐下。

"据我所知，这是常有的事。比如《诗经》中的'死生契阔，与子成说。执子之手，与子偕老'原本说的就是战友之间的誓言。而在古希腊曾出现过一支这样的军队——底比斯圣队。这支军队战斗力惊人，竟然接连打败了超级战士斯巴达的军队，成为继斯巴达之后古希腊世界的新霸主。"

林从熙听得目瞪口呆，叹道："这些话你应该对楚长官他们说的。"

王微奕笑了："你对他说出这些话，他只会有两种反应，一种是认为你在挑衅他，还有一种是认为你在调戏他。无论哪一种，他都不会给你好果子吃。"

林从熙勉强着自己将心中要说的"老狐狸"三个字绞碎了，更换上一句："姜还是老的辣。佩服！"

王微奕悠悠地说道："其实，从人性的角度来说，同性之爱并无甚不妥。柏拉图说，人类最初的形态就是男男、男女、女女三种性别，只是后来被一剖而开，于是每个人就各自寻找灵魂的另外一半。从这个角度来说，男男、女女之间的搭配，也都符合人类最初的本性。弗洛伊德的学生荣格就说，每个人心中都存在着异性倾向，其中男性潜意识中的女性倾向称作'anima'，女性心中的男性倾向称作'animus'。也就是说……事实上不仅是人类，许多动物也都有类似行为，比如绵羊和鸟类。"

林从熙刚想继续发问，忽然身后的石壁中传出一声凄厉地哀号。哀号声如同一条燃火的鞭子抽打在他身上，让他忍不住跳了起来："你听到了什么吗？"

王微奕同样神色变幻莫测："你也听到了，石壁那端有人在哭号？"

"你确定是人，而不是鬼吗？"不过这样的疑问只在林从熙的心头盘旋，而没有向王微奕说出。

王微奕往巴库勒和楚天开方向丢了一颗石子，示意他们过来。

"石壁后面有人！"王微奕简要地把先前听到的声音告诉他俩。

巴库勒和楚天开顿时将唐翼的事丢到脑后，将耳朵紧紧地贴在石壁上，然而他们听了半天，传入耳中的只有一片沉寂。

"你们确定先前没有听错吧？"楚天开问。

王微奕摇了摇头，坚定地说道："不会。如果说一个人出现幻听还情有可原，不可能老夫和林掌柜同时出现幻听。我俩都听得清清楚楚，是有人在石壁后面惨叫。如果老夫猜测没错的话，这石壁背后应该大有文章。"

巴库勒和楚天开相互对视了一眼，低声商量道："要不还是把冷大弄醒，由他来做决定？"

话音未落，他们听到一声轻微的呻吟，紧接着是一个恼怒的声音传来："刚才谁对我下的手？"

楚天开急忙岔开这个话题，道："冷大，这石壁后面有人发出惨叫，你快过来辨认下。"

冷寒铁闻言，不再计较被打晕的事，起身走到石壁边，侧耳倾听了一会儿，抬起头来，目光凌厉地盯着楚天开："有什么声音吗？"

楚天开心虚地指着王微奕和林从熙："是他俩听到的。"

王微奕无奈地摇了摇头，起身走到倚在石壁上打瞌睡的花染尘身边，将她推醒："抱歉啊，染尘姑娘，需要借用你的耳力辨识一下，石壁后边是否有人存在。"

花染尘揉了揉困倦的双眼，撑着石壁直起身："给我一分钟时间，让我调整下状态。"

王微奕点头。

两分钟过去后，花染尘摸着耳朵，狐疑道："好像是有人唔唔挣扎与喘气的声音，不过这个声音十分微弱，我只能听见一个依稀大概，不敢十分肯定。"

冷寒铁闻言，却毫不犹豫地命令巴库勒："炸开这堵墙！"

巴库勒吓了一跳，"冷大，你确定？"

"如果你能闻见空气中的硫黄味，可以想象得到我们现在所走的这条路极有可能是个陷阱，会遭遇到沸热的地底温泉喷发攻击。倘若这石壁后面真的有另外一个洞穴，那么至少我们可以多个选择。"

"可是……"楚天开犹豫着说："如果后面真的传来的是临死前的哀号，那么说明里面极有可能是个龙潭虎穴。我们贸然打开它，有没有可能造成引狼入室？"

冷寒铁沉吟了一下："如果我所料不差的话，石洞那头应该是土匪头子刘开山。因为能进入这地下世界的，只有他一人。而且我怀疑他掌握有我们不知晓的情报，所以他才可能抢在我们之前抵达这里。不排除他的路线，才是通往金殿的正确路径。无论如何，有他替我们打头阵，就算有危险我们至少多了个缓冲时间。"

楚天开不复言语，在石壁上找到一个裂缝，用军用匕首将其扩大，足以放入一颗手雷，然后拉开手雷的引信，塞入缝隙中，纵身跃到观察好的一块岩石后面进行躲避。

"轰"的一声巨响，石壁被炸开了一个缺口，但是进深仅有半米左右，呈露出来的还是坚硬的岩石。

冷寒铁走上前，用匕首的把柄敲击着岩石，里面发出"咚咚"的声音。很显然这后面的石壁并不厚。于是他搬起一块被炸飞出来的石头，竭尽全力朝着石壁砸去。一下，两下……他接连砸了十多下，震得虎口出血，却没有出现预想中的石壁开裂的效果。

卜开乔走了过来，伸手抓过巴库勒手中的火把，将它靠近石壁，仔细打量起来。不多时，他好像瞧出了什么端倪，将火把递还给巴库勒，然后伸手抓起一块尾部尖锐的石头，对着石壁有规律地敲打起来。他敲打的力度逐渐增大，但即便是最大的力度也远不及先前冷寒铁的发力，可不知为何，大家都觉得整座山洞都随着他的敲打而产生了震颤，就连脚底下都开始摇晃起来。

大家面面相觑，不知道卜开乔葫芦里卖的究竟是什么药。只有巴库勒忽地脸色大变道："好浓重的硫黄味！地下的温泉应该喷发了！"

很快，一阵水蒸气从石洞深处飘了过来。

楚天开脸色微微发白，从水蒸气的浓重程度可以看出，地下喷泉的规模应该是非常巨大的。倘若之前他们没有停下来，而是进入喷泉区，恐怕这个时候一个个全都被烫成了光猪。

卜开乔似乎对水蒸气怀有一丝忌惮，于是加大了敲打力度。只听"哗"的一声响，他面前的石壁坍塌了，露出一个约莫一米宽两米高的洞穴。

四

巴库勒不假思索地掏出一颗手雷，想往洞穴里丢，却被冷寒铁按了下来："别冲动，进去看清楚了再行动！"

巴库勒点了点头，将手上的火把朝着洞穴深处用力地丢了出去。出乎他意料的是，火把并没有如他想象中的那般飞射出去，而是如同遭遇了定身术，径直停滞在半空中，晃荡了几下，随后一动不动，只有火苗犹然在跳动着，似乎心有不甘地想要挣扎出来。

借着闪耀的火光，冷寒铁发现他们破壁而进的，与其说是个洞穴，不如说是条甬道。甬道宽约一米，不知有多深。最为重要的是，甬道乃是斜斜向下，并且地面十分光滑。人走在上面倘若不小心滑倒，恐怕就再也站不起来，只能一路地滑下去，一直滑向黑魆魆的无尽深处。

而在火把的前方，隐约可以看见有一道黑影笔直地站在地面上，仿若一尊雕塑，无奈光线朦胧，看不清他的真实面目。

但仅仅是一个轮廓，冷寒铁他们便认出那正是刘开山！这也意味着，先前林从熙他们听到的惨叫声，正是刘开山发出的。可是他为什么动也不动地站在那里呢？难道他是被什么东西给吓破了胆？

若是放在地面上，林从熙他们定然对这个猜测嗤之以鼻。身为铁胆帮帮主，刘开山惯来是个心狠手辣、凶悍残暴的角色，说他会被吓呆，这就像说天会塌下来一般可笑。可是在这如鬼洞一般的地下世界里，在经历了种种的诡异经历之后，谁也不敢再轻易去对一个人一件事盖棺定论，因为一切皆有可能。

"我去看看！"楚天开打了一声招呼，径直朝刘开山方向走去。虽然他知道地面的光滑程度远远超过他的想象，加了一万分的小心，但他还是一不留神，脚底一滑，整个人顿时跌倒在地，顺着斜坡往下滚去。

冷寒铁来不及阻挡楚天开的莽撞行为，只能大叫了一声："小心！"然后紧随其后，沿着斜坡滑去。不过与楚天开的"失足"不同，冷寒铁乃是用脚交替抵着石壁，来缓滞下滑的速度。

只一眨眼的工夫，楚天开已滑到火把近前。火光的近距离照耀让他看清了，将火把定住在半空中的，乃是一道近乎透明的蛛网！蛛网细密宽大，将整个甬道全都沾满，只要有任何稍大一点的生物不小心撞了上去，定然难逃这天罗地网。而在这光线昏暗的地底下，倘若没有火把作为警示，人很难发现蛛网的存在。不过诡异的是，刘开山并没有粘在蛛网上，而是背对着他们立在蛛网的背后，倘若仔细望去便会发现他是被粘在另外一张蛛网上。

楚天开在心头盘算了一下，虽然此处出现蛛丝显然是个陷阱，可是以他近180斤的体重外加下滑的冲力，突破这小小的蛛丝应该不是难事，更何况刘开山可以"破网而出"，进到前方位置，那么这蛛丝应该对自己构不成阻挡。

谁知道他的双脚接触到蛛丝之后，才惊觉自己的想法太天真了：眼前的蛛丝竟然有着超常的黏性与韧性，不仅将他的双脚牢牢地粘住，并且成功地化解了他的冲力，甚至将他往后弹了一点。

楚天开大惊失色，下意识地站起了身，伸手想要去扯断蛛丝的束缚。但他很快发现，这是一个无比错误的决定：被粘住双脚，他脱掉鞋子尚有逃离的机会；而双掌一按上蛛丝，就如同被最强劲的胶水粘住，再也无法抽开，更无法扯断。最让他惊恐的是，很快地他的手掌处传来一阵酥麻的感觉，很显然蛛丝上沾有毒性！

这一切都只在瞬间发生。而这时冷寒铁已追近他的身侧。楚天开急忙大喊了一声："小心蛛丝！"

冷寒铁早就注意到楚天开的异状，不敢怠慢，急忙双脚蹬住甬道的墙壁，缓住身躯不再下坠，然后伸手掏出黄金匕首，挥手朝蛛丝割去。黄金匕首乃是人间神器，削铁如泥、吹发即断。在冷寒铁的设想中，即便蛛丝再厉害，也抵挡不住黄金匕首的锋芒。谁知道一挥之下，他感觉自己仿佛戳入了空气中，那些凶猛的攻势如泥牛入海，根本无法伤及蛛丝半毫。

他心头不觉一沉，下意识地抬头去观察眼前的蛛丝。粘在蛛丝上的火把渐渐地微弱下来，如鬼火般闪动的光芒中，映见一团银光划过黑暗。他凝神望去，一只足有钵盂大小的银色蜘蛛似乎被楚天开的挣扎所引发的震动吸引住，正飞快地从洞顶上方往下爬，以它的速度，恐怕不消五秒钟就可以抵达楚天开的位置。

"小心蜘蛛！"冷寒铁拔出手枪，对着银色蜘蛛开了一枪。银色蜘蛛四裂而开，汁液横飞。

冷寒铁没有想到银色蜘蛛竟然如此不堪一击，不觉怔忪了一下，一丝危机感飘入他的心头。果然，只听得楚天开大叫起来："天哪，好多的小蜘蛛！冷大快救我！"

冷寒铁的一枪虽然将银色蜘蛛打得支离破碎，跌落在地，可是银色蜘蛛并没有就此死去，而是"化整为零"，从它死去的躯体里钻出近百只小蜘蛛。这些蜘蛛有黄豆大小，行动迅猛，从四面八方朝楚天开和冷寒铁围拢过来。

不用脑子思考，冷寒铁也清楚，这些银色蜘蛛肯定是人为地布置在这里，构成一道凶险的机关，所以它们定然是有毒的。于是他一把拉住楚天开的后背衣服，用力向后一扯，哪知非但没有将楚天开拉离蛛丝的黏附，反倒险些被晃荡起来的蛛网粘住自己。幸好他反应迅速，见势不妙急忙用力往前一推，带动楚天开和蛛网往前飘荡起来。他则借机就地一滚，从蛛网与斜坡的空隙间钻了进去，站在了两张蛛网之间的位置。

银色蜘蛛的反应异常迅捷。就在冷寒铁刚刚立定之际，早有五六只蜘蛛朝他奔扑而来。冷寒铁抬脚踩去，可是令他惊异的是，这些蜘蛛仿佛是不死之身，被他踩爆的蜘蛛再度"化整为零"，化为近百只蚊蚋大小的蜘蛛从他的鞋底下爬了出来，再度向他发起攻击。

冷寒铁悚然，领略到了这些蜘蛛的威力：倘若它们可以无限地分裂生长，那么人类根本就不可能消灭它们，除非是用高温将它们全都烧死，或者是引来激流将它们冲走！

面对蜘蛛的来势汹汹，他不敢怠慢，脚底一扫，将那些蜘蛛扫荡开。但是蜘蛛并非这般轻易被打发掉，它们很快就调整好阵形，重新杀将过来。而在这短暂之间，有几只小蜘蛛已经在他的鞋底吐了一点蛛丝。这些蛛丝仿佛是世间最强力的胶水，顿时将冷寒铁的鞋子与地面粘在了一起。

冷寒铁心头一颤，顿时明白蜘蛛的凌厉所在。倘若他不能在短时间内寻得脱身之道，那些蜘蛛将会布下天罗地网，将他黏附在原地。动弹不得的冷寒铁，必然就像眼前的刘开山一样，成为蜘蛛的美餐。

情急之下，冷寒铁迅速从背后拔出一支蘸有火麒麟火油的火把，将它凑近蛛网上的那只火把引燃，然后朝着地面上的银色蜘蛛挥舞。果然那些蜘蛛对于火把有几分忌惮，纷纷散开。但冷寒铁还没来得及高兴，发现火把遭遇了与他一样的命运：被地面上的蛛丝粘住了！他心头大急，使劲一抽，不料用力过猛，火把脱手而出，飞向身后的蛛网，不偏不倚刚好落在楚天开的手臂下。火苗被气流挟裹着，窜向楚天开的衣袖，瞬间将棉纱点燃。楚天开忍不住惊呼了一声！

冷寒铁心中暗暗叫苦，想要将火把拨开，无奈双脚被粘在地上，手臂无法企及蛛网。他掏出手枪，对着火把开了一枪。子弹打在火把上，火星四溅，有的甚至掉落在楚天开的脸上，令他忍不住号叫了声，更加糟糕的是，有火星滴落在他的裤子上，将裤子也点燃了！

面对楚天开苦涩的脸庞，冷寒铁投以一个抱歉的眼神，然后双手飞快地在身上抚摸了下，摸到了他们之前从阴阳双潭边采集到的铁檀木，不假思索地抽了出来，将它往楚天开身上撩去，将他身上的火星挑落开，避免火势扩散，然后再将它当作刀子一般，刮着火把上面的松脂，希望可以借此让火苗减弱一些乃至熄灭。

虽然他努力地控制手上的动作，不让铁檀木触碰到蛛丝，免得重蹈覆辙又被粘住。可心急之下，难免出现纰漏。一粒火星从火把上迸发出来，刚好掉落在他的手背上，灼得他轻微地抖了一下，铁檀木不由自主地滑向了蛛丝。就在他暗叹这顺手的工具也将被蛛网收了去时，一个令人意外的情形发生了：铁檀木竟然穿透了蛛丝的牵引力，将触碰到的蛛丝化为平常的蜘蛛丝，只轻轻一拂就断了！这个发现令他心头一阵狂喜，三两下将粘在楚天开身上的蛛丝扫荡干净，将他从蛛网上"释放"出来，同时用铁檀木在地上一扫，将一干逼近上来的蜘蛛扫了开去，最后再将鞋底上粘到的蛛丝刮掉，将双脚解放出来，然后与楚天开一起手脚并用地爬上斜坡。

斜坡上，巴库勒伸手将冷寒铁他们拉了上去。在先前的危急情景下，林从熙曾着急着想要下去接应，却被巴库勒制止了："倘若冷大他们都无法应付得来，你下去只会是添乱。"

楚天开的衣服上犹然粘有一点蛛丝，巴库勒一经触碰，顿时两个人粘在一起，彼此四目相对，尴尬之极。尤其是楚天开想起巴库勒先前有关龙阳之性的话。他急道："冷大，快点帮我俩分开。"

冷寒铁带着一丝戏谑之色，用铁檀木将他们分开。

楚天开跌坐在地，喘着粗气，心头犹然带着一丝慌乱："那个蜘蛛网……实在是太可怕了。"

冷寒铁将下面的情形简要地向王微奕描述了下，最后问道："王教授，你听说过什么蜘蛛可以自动分裂，生生不息的吗？"

王微奕以手抚额，目露惊异之色，喃喃地说道："难道是它吗？"

众人望着王微奕，但瞧着他的神情，心都不觉沉了下去。只听得王微奕沉声说道："如果说有这么一种永生的蜘蛛，那么应该就是生存在黄泉路上的银魂蛛！"

黄泉路！对应起他们先前所见到过的冥河——阴阳双潭，难道他们真的是行进在地狱的边缘？

王微奕嗫动着嘴唇，仿佛是将黑色的光线嚼烂了吞入肚中，再吐出成蜘蛛的夺命丝，将众人的心一点一点地提吊起来："银魂蛛正是黄泉路的守护者。传说中它们吐出的蛛丝，坚韧如钢丝，黏腻如胶，可以黏住世间一切生灵，使其无法脱身。银魂蛛的'银'字，指的是它们的身体色泽为银色，但实际上应写作'引'，亦即牵引住人的灵魂。"

楚天开咽了一口唾液，道："那它们为什么会死不了呢？"

"因为它们吃的是人的灵魂，于是就有了不死之身。无论遭受到多大的打击，它们只会化整为零，变成更小只的蜘蛛，将体内吃进的亡魂分附在每一只小蜘蛛上。据说这种变身可以持续五次才会终止，而第五次时这些蜘蛛已经只有细尘般大小，任何暴力打击对它们都已失效。而一旦外界的危险解除，这些蜘蛛将会重新合体，即通过自相残杀、互相蚕食的方式，将那些同类一只一只地吃进肚子，直至重新变成一只母体蜘蛛，完成一场蜕变。如果母体蜘蛛没有遭受威胁，活得太长接近衰老时，也会通过自我爆裂的方式，让自己变成数十只小蜘蛛。这些小蜘蛛重新整合成母体时，它就会重获新生。从某种意义上讲，银魂蛛处于永生状态，除非生存环境发生剧烈变化，比如说被长时间曝晒在高温中，或者是投入沸水中烹煮才会致命。"

众人全都觉得不可思议，人类孜孜以求的长生不老愿望竟然会在一只蜘蛛身上得到了实现！

事实上，地球上有很多可以活到"高寿"乃至永远不死的生物，比如说生存在南极冰冷海底的"南极海绵"，目前推测最长寿的有 1550 岁。而一种名叫"水熊虫"的微小缓步动物，其生命力之强堪称是宇宙无敌，是目前已知的唯一可以在外太空中存活的地球生物。它们能够在恶劣环境下停止所有新陈代谢，进入隐生状态，然后可以经受接近绝对零度的极端寒冷的温度（-273℃）或是超过水沸腾的温度（151℃），可以存活在太空中几乎不受有害辐射的影响，可以在没有新陈代谢的情况下存活十年……而真正拥有不死之身的，则是另外一种身长不足5毫米的海底生物——灯塔水母。灯塔水母大都生活在温暖的海水中，当它们受伤或者生病时，它们可以将自己附着在海底，并转变成珊瑚虫幼体，相当于回到了出生时的状态。从理论上说，这个循环可以不断重复下去，也就是说，灯塔水母可以永远存活，无须面对死亡。曾经有一位研究灯塔水母的科学家观察了4000条灯塔水母，确认它们全部都能返老还童，没有一条死亡。

对于冷寒铁一行人来说，这些不死的生物不在他们的知识范畴之内，他们更多地震惊于眼前的银魂蛛的超级生命力，但因此也有一个疑惑浮现在心头——楚天开问道："王教授，您说这些银魂蛛乃是吃人的亡魂为生，可是这里千百年间都被封闭住，哪来的食物供应，它们怎么能存活下来呢？"

王微奕眉峰中的忧虑更深了："不错，这正是老夫所担忧的。银魂蛛的来历见于佛教中的一个小派别萨迦派的典籍记录。萨迦派教义中讲到，银魂蛛居于黄泉路边，摄取人之魂，永生不死。老夫以为，佛教之言，许多时候会有夸大之处，但却未必是空穴来风。银魂蛛吃人的灵魂未必是真，但能以人的血肉为食却应该属实。很简单的一个道理，蛛丝那么强的黏性，很明显其目标是针对大型动物的，自然包括人类。"

众人不觉脊梁骨一凉，尤其是楚天开。他先前被银魂蛛蛛丝缠住差点丧命，所以这时思维也走得最远："可是千百年间，不是说只有鬼谷子一人来到这里又全身而退吗？难不成这些银魂蛛可以不吃不喝，死守千年吗？"

冷寒铁替王微奕回答了这个问题："谁说只有鬼谷子一人进来过？你没看见还有刘大土匪吗？他既然可以进来，自然还有其他人能进来！"

"那……"楚天开将心头的最后一个疑问释放出来："他是怎么知

道这条路的呢？"

　　这也正是一直盘旋在冷寒铁心头的一个疑问。他在心里反复推敲过，如果刘开山掌中握有进入密道的"钥匙"的话，那一定是在与他们分开之后获得的。只是让他不解的是，这个"钥匙"刘开山是在哪儿找到的？他尤为不解的是，前后有两张银魂蛛网，为什么刘开山突破了第一张网，却被第二张网缚住？如果说他是从相反方向进来的话，那么他被蛛网粘上的话，应该是面对着冷寒铁他们的方向才是，不该是背朝着他们。

　　总之，这个密道里充满了诡异，所有的答案都掌握在刘开山的手中。可是从眼下情形来看，刘开山应该再也没有机会回答他们的问题了。

　　"冷大，我们现在怎么办？"巴库勒问道。

　　冷寒铁反问道："你们觉得踏入地热喷泉区，跟闯开这个蜘蛛阵，哪个生存概率更高？"

　　巴库勒思索了下，很快就有了答案："还是蜘蛛阵吧。"

　　冷寒铁点了点头，问王微奕："王教授，你说这个铁檀木为什么可以克制银魂蛛丝呢？"

　　王微奕摇头道："这个请恕老夫孤陋寡闻，不知其中缘由，只能理解是卤水点豆腐，一物降一物。或许是这铁檀木皮比较特殊，不易被蛛丝粘上。"

　　冷寒铁若有所动，用黄金匕首挑起铁檀木上的一截蛛丝，将它引向铁檀木的末端——那里是木棍的横截面，除了一点树皮外，大部分都是树心。黄金匕首一接触到铁檀木的横截面，就像是失散多年的夫妻再度重逢一般，顿时紧紧地"拥抱"在一起，难舍难分。冷寒铁费了很大的力气才将黄金匕首从铁檀木上拔下来，再在树皮上蹭了蹭，将锋刃上的蛛丝全都去掉。他抬起头望着王微奕："既然这根铁檀木有如此特殊能力，为何前人就没人注意到，用它来对付银魂蛛呢？"

　　王微奕对着黄金匕首努了努嘴："冷长官，你觉得世间有几人持有这样的利刃，可以砍下铁檀木呢？"

冷寒铁恍然大悟：铁檀木坚逾金石，寻常的刀斧砍在它的枝干上只会留下一点白印，只有黄金匕首这样的不世神器才能将它砍斫下来，为他们所用。

巴库勒又抛出一个问题："冷大，我们是现在直接冲进蜘蛛阵，还是等那些小蜘蛛自相残杀完，重新变成一只蜘蛛后再行动？"

冷寒铁明白他的意思：单只银魂蛛虽然攻击力强大，可是他们有铁檀木来对付，存有一定的胜算；而那些分裂的小蜘蛛数量庞大，体积细小，稍微不注意就会被它乘虚而入，显然要难对付得多。可是银魂蛛要合体，需要一定的时间，他们的干粮和火把都不足以支持他们在地底坚持太长的时间。

沉吟了片刻，冷寒铁问王微奕："王教授，你说银魂蛛会以人类为食物来源，对吧？"

王微奕苦笑："这仅是老夫凭借着一点佛教记载推断而来，不敢妄下定论。"

冷寒铁点了点头："那我们不妨来做个验证。"

所有的人全都期待地望着冷寒铁，只见他将一截铁檀木缠绕在腕间飞索的末端，随后瞄准前方，手腕一抖，铁檀木从第一个蛛网处撕开一个缺口，径自飞向第二个蛛网，将绑缚在蛛网上的刘开山"释放"了出来。不待他跌落到地上，飞索已与他身上残余的蛛丝粘连在一起。随后冷寒铁发力抛高一扯，顿时将刘开山带向空中，如飞蛾扑火般地撞向第一个蛛网，粘了个结结实实。冷寒铁抽动飞索，令飞索末端的铁檀木打断飞索与刘开山的粘连，随后右手用力后撤，将飞索收了回来，又用黄金匕首切掉粘有蛛丝的部分，将剩余的飞索重新纳回。

冷寒铁的用意很明显：地底下久缺食物，就算银魂蛛可以在缺少食物的时候进入隐生状态，不吃不喝地潜伏数百年乃至数千年，可是先前它们已经被"猎物"唤醒了，那么定然会被饥饿所折磨。这时候出现一具人类尸体，就可以将它们全都吸引过去，从而为冷寒铁他们让开路。

等待了约莫半个小时，冷寒铁估摸着地面上所有的银魂蛛应该全都开始享用"大餐"，于是找林从熙要了一颗夜明珠，随后吩咐了众人几句，待确认所有人都明白了自己的用意后，他第一个踏前几步，将手中的铁檀木笔直地戳向光滑的地面。铁檀木的树皮十分光滑，不会粘连上蛛丝，可是末端的横截面却会被蛛丝黏上。这些蛛丝黏力惊人，寥寥数缕就足以将铁檀木牢牢地固定在地面上，形成一个锚点。

冷寒铁以铁檀木作为支撑，稳住身体，随后卜开乔、林从熙、巴库勒、王微奕、花染尘、楚天开依次从爆炸的洞口踏进斜坡，分立在他背后，双手搭在前一个人的肩膀上，同时弓起身子，形成一列。

待确定所有人都已到位，冷寒铁手底用力，将铁檀木翘起一个角。七个人的斜坡坠力加在一起足有五六百斤，超出了铁檀木的承受力。它顿时脱离了地面的吸附力，七个人就像滑雪一般地朝下滑去。

第一道蛛网上，冷寒铁他们先前撕开的破洞犹在。那些银魂蛛忙着吸食食物，无暇来修补破开了的蛛网。冷寒铁一手托着夜明珠，一手举着铁檀木，带领队伍呼啸着穿过第一道蛛网。他看见粘在蛛网上的正是刘开山，只见他脸色蜡黄，全身上下爬满了银魂蛛。这些细小的银魂蛛如同血吸虫般在吸食他的肉，喝他的血，将一个五大三粗的汉子吸食得干瘪了许多。而短短的半个小时内，那些银魂蛛的体积增长有近一倍。可以想象得到，等到刘开山全身的血肉尽入银魂蛛的腹中时，它们的体积还将增长数倍。在漫长的岁月里，刘开山的血肉将成为维系它们保持微弱生命力直至下一场饕餮大餐的营养来源！

不知是否是因为昏暗光线所带来的错觉，在与第一道蛛网交错而过的刹那，冷寒铁瞥见刘开山的眼珠子动了一下！他的心头猛地震颤起来：刘开山竟然还没死？！难道银魂蛛竟然可以将人的身体麻醉后，又令其神经保持清醒不会死去，从而实现食物自动"保鲜"的功效，留下来慢慢享用？这是多么悲惨的命运！不知道这是否是因为刘开山生前杀戮太重所遭受的报应呢？

来不及多想，他已迎头撞上第二道蛛网。在先前他们等待的片刻时间里，这张网上的银魂蛛已将被冷寒铁破坏掉的部分补缀完成了大半，重新结成了一张"拦路网"。硕大如圆碟的银魂蛛正立在蛛网的中心充满怨气地盯视着冷寒铁一行。

冷寒铁盘算了下，铁檀木虽然可以破解掉蛛网的阻拦，可是他并没有把握在瞬间里将蛛网撕开一个洞并且清除干净，一旦有人不慎被蛛丝粘住，后果不堪设想。

想了一下，冷寒铁决定不冒险，于是伸出铁檀木，用力地朝地面按去。在先前通过第一道蛛网时，他曾挥舞铁檀木破坏掉一些阻在前面的蛛丝以扩大洞口，因此新缠了一点蛛丝在铁檀木上，无形中令铁檀木的黏力增强了许多。加上他乃是使上全力，于是铁檀木顿时如同定海神针一般在地面上牢牢立定，将整支队伍的冲势拖拽住。

站在冷寒铁身后的卜开乔等人没有想到会"急刹车"，一个个收势不住，纷纷撞到前面人的背上。所幸冷寒铁身强力壮，加上有卜开乔这么一个"肉垫子"作为缓冲，于是在一番慌乱之后，众人很快就稳住身躯，重新站好队形。

一行人与一只蜘蛛，就这样面对面地对峙僵持着。

冷寒铁思索着如何将这只银魂蛛安然送走，卜开乔的眼神却被地面上散落的一个包裹以及其他碎片所吸引："哎哎哎，这个不是刘大当家的吗，怎么掉这里了？"他转身朝着挂在蛛网上的刘开山背影大喊了一声："刘大当家的，我帮你把行李拣一下，不介意吧？"

这注定是一个"无法拒绝"的请求，卜开乔乐呵呵地说道："既然你不开口说话，那我就权当你同意了哦。"说完他从背上拔出自己的那根铁檀木，一把将地面上的包裹挑了起来，挂在手臂上。

此时，冷寒铁也找到了主意，对卜开乔道："把里面的东西取出，包裹给我。"

所谓包裹，实则就是一条大方巾。卜开乔虽然不明所以，但还是依言将包裹打开，将里面的东西一股脑儿全都倒进冷寒铁背着的背囊中，然后将包裹递到冷寒铁的手中。冷寒铁则将左手中的夜明珠塞在卜开乔的手中："拿好！"

冷寒铁将包裹抖开成一条大方巾，如一道白练般地袭向银魂蛛。银魂蛛感受到风声，知道危险在即，但它的反应速度远非冷寒铁的对手，只一下子就被大方巾兜住。几乎同时，包裹被银魂蛛吐出的蛛丝粘住。冷寒铁以脚抵在面前的铁檀木上，稳住整支队伍的队形，然后劈手夺过卜开乔手中的铁檀木，用其割裂开蛛网，让银魂蛛与大方巾一起落地，然后又用铁檀木托了下包裹，将手中握有的那截大方巾飞快地在银魂蛛身上缠了两圈。黏腻无比的蛛丝与布料结合在一起，形成了一个桎梏，牢牢地将银魂蛛困在里面。他不敢怠慢，用铁檀木往前一送，将银魂蛛连同包裹一起抛向蛛网，牢牢地粘在了边上的角落里。随后他挥动铁檀木，将蛛网挖出一个近两米高一米宽的洞来，再用力拔出粘在地面的那支铁檀木，整支队伍顿时飞速向前滑行出去。

滑行了大概十米左右，斜坡突然变得陡峭起来。坡度接近60度，顿时他们的下滑速度大大加快，只听耳边的风呼呼地刮着，夜明珠所散发出来的一点微末光芒被急速的气流切割得几乎忽略不计。卜开乔、花染尘、林从熙等人一时适应不过来，惊叫声迭起，险些被甩出队伍。所幸巴库勒和楚天开临危不乱，牢牢地抓住他们的肩膀，将他们拽回队伍中来。

冷寒铁的脑海中忽然闪过一句话："盲人骑瞎马，夜半临深渊"，一种不祥的感觉如同巨锤般砸向他的脑袋，令他的肾上腺素瞬间飙升，全身的血液全都涌向大脑。几乎是一种下意识的行为，他竭尽全力地将两只手上握持的铁檀木同时戳向地面。粘有蛛丝的铁檀木发挥了应有的作用，成功地止住了他们的下坠之势。只是这次的"急刹车"远比先前的那次要突然与猛烈得多，冷寒铁身后的人全都收势不住，狠狠地撞向前面的人，最终所有的力量汇聚在冷寒铁的身上。冷寒铁咬紧牙关，死命地紧握着手中的铁檀木，总算没有被他们撞飞出去。但卜开乔手中的夜明珠却再也握持不住，径自飞了出去，在无边的黑暗中掠出一丝光明，随即沉沦了下去——真正的沉沦，冷寒铁真切地听到它入水的"噗通"声响。

在斜坡的尽头，距离他们不足五米远的地方，乃是一个地下湖！湖面上出现了诡异的一幕：掉落水中的夜明珠并没有正常地朝下坠去，而是如同被一只手托住一般，在水中滴溜溜地旋转，同时发出荧荧的磷光。借着磷光的照耀，大家勉强看出，湖面大概有五十米宽，纵深却不知道有几多。整个湖面的水呈乳白色。千百年间的沉寂被冷寒铁他们一行人的到来所打破，有大大小小的多个涟漪在湖面上扩散，甚至间或传来"哗啦"声响。

冷寒铁凝聚起全部目力，勉强看出，围绕着夜明珠打转的乃是无数的小鱼，这些小鱼与他们先前在火潭中所见到的鱼儿一致。而夜明珠之所以能发出磷光，正是因为它受到了热源的激发——夜明珠的主要成分乃是萤石，其晶格中混入了少量的稀土元素，如钇等。这类萤石具有热发光性，在受到能量的激发如热水的浸泡后会产生磷光。夜明珠的磷光对于潭中的小鱼具有刺激作用，于是它们纷纷从四面八方簇拥而来，对夜明珠发动攻击。无奈夜明珠不仅十分坚硬，并且通体光滑，让小鱼根本没有下口的地方，这使得它们越发地焦躁，有些鱼儿甚至互相残杀起来。

毫无疑问，眼前的水潭乃是一个火潭！倘若先前冷寒铁没有及时收住下坠之势，那么他们一行人将如同一串糖葫芦一般接连掉进火潭里。火潭的威力他们曾见识过，除了这种超级耐热的小鱼外，其他的生物一旦掉落里面必死无疑。

冷寒铁悄悄抹了一把冷汗，但危机并未解除——他们犹然处在高度倾斜的坡上，只靠两根铁檀木粘着一点蛛丝来阻挡下坠之势。而这种局面根本无法维持多久，因为人立于斜坡上，肌肉呈高度紧张的状态，很快就会疲累。一旦疲累压倒了意志力，那么人就会像个皮球一般滚落下去。要想解除危机，就必须尽快让大家撤到左侧的湖边——那里有一块十平方米左右的开阔地，足以容纳他们所有的人。

　　冷寒铁朝大家打了个招呼："大家保持平衡，跟我走。"待得到所有人的确认后，冷寒铁小心地去拔地上的铁檀木。不料由于他先前用力过猛，铁檀木牢牢地粘在了地面。他连续试了几次，都没有成功，于是只好用一只脚抵在一根铁檀木上，空出双手抓住另外一根铁檀木用力猛拔，结果铁檀木虽被拔下，但整个人却失去重心，再加上所有人的体重这时几乎全都压在他的身上，而他全身的平衡全依赖于单脚抵住的另一根铁檀木，这样身体便失去平衡，顿时脚下一动，从铁檀木上滑开。整支队伍瞬间失去倚仗，以失控的态势飞快地朝下冲去！

　　斜坡的尽头就是火潭！冷寒铁心中大急，无奈地面又陡又滑，他手中的铁檀木失去大半的蛛丝，根本无法阻止七个人的强大冲力。万分危急之际，团队的力量发挥了作用：队伍最末端的楚天开一手抓住前面的花染尘，一手抓住冷寒铁遗留在地面上的那支铁檀木，登时将自己和花染尘带离队伍，减少了部分对冷寒铁的压力。与此同时，站在冷寒铁身后的卜开乔收回攀在冷寒铁肩膀上的双手，并将其张开来，再猛的一个转身，抱住身后的林从熙，然后肥硕的身躯前倾，双脚撑地，以自己的体重和蛮力来对抗重力的牵引。

　　楚天开和卜开乔的行动卸去了施加在冷寒铁身上的强大压力，于是他需要控制的仅是自己的身形。这时他使出一个千斤坠，总算在距离火潭半米的地方稳住身躯。之后他没有任何犹豫，急忙转身，伸手抵在被同伴的惯性推着滑行的卜开乔的身上，扶住了他的身躯。林从熙等人收势不住，纷纷扑入卜开乔或冷寒铁的怀中，被二人接引了下来。就这样大家有惊无险地抵达湖边的平地上。

　　如今停留在斜坡上的，只剩下楚天开与花染尘两个人。而湖心中的光明渐渐暗淡下来，却是那些鱼儿无法咬开夜明珠，选择了放弃，任其逐渐往水底沉去。倘若没有了光明的指引，楚天开和花染尘想要准确地抵达平地，无疑是个挑战。

冷寒铁意识到这一点，朝楚天开喊道："调整角度，直接滑向我这边！"

楚天开点了点头，一只手揽住花染尘的腰，另外一只手抓住铁檀木，以它为支点带动身体晃动起来，待看好了方向，手一松，朝冷寒铁滑过来。冷寒铁快速出手，一把抓住楚天开的腰带，顺势推向巴库勒，卸去大半下冲之力，巴库勒伸出独臂，总算将两人接应了下来。

"好险！不过这地底下怎么会有大湖呢？"一旁的林从熙叹道。

从地质的自然构造来看，这个湖出现得有点突兀，因为四周并没有流水注入，并且周遭的岩石都是规整的，唯独湖的部分突然凹陷进去几十米，所以更像是人工开凿并引来地下温泉而成。更重要的是，冷寒铁他们注意到，整个湖的四周岩壁全都被打磨过，与他们先前经历过的斜坡地面一样光滑。也不知道当初构建这座山脉的文明究竟使用了何种手段，才可以完成这么大规模的人工凿湖和石头打磨工作。倘若是以现代的科技手段来施工，恐怕也将是一场浩大无比的工程，而且还未必能做到这般光滑。

整个神农架里存在着太多的未知、未解之谜。它们仿佛人类文明历史中的黑洞，湮没于时间的荒尘中，但熠熠的光芒就像磁铁一般吸引着无数的后来人，穷尽一生来对其进行解读。

历史的进程，并非如许多人想象得那般是直线进行的，而是曲折乃至倒退着进行的。地球的自我恢复能力是非常强大的。倘若我们生存的地球上的人类灭绝了，只需要数百年时间，人类绝大部分的生存痕迹都将被抹除——包括书籍、家具、建筑、钢铁产品等；几万年之后，金字塔、长城、美国总统山等最后的人类建筑将垮塌；1500万年之后，玻璃和塑料将是人类存在过的最后证据；3亿年之后，包括核废料在内的所有人类痕迹将被清扫一空。那么，我们怎么就能断定，在地球漫长的46亿年历史中，我们是大自然进化出来的第一批高级生命？我们现在所达到的文明程度，就是历史的顶峰？我们人类，就是地球无可争议的统治者？

至少冷寒铁他们心头对这个问题持着怀疑态度。当你站在暗无天日的地底下，面对这明显有着人类印记的宏伟工程，你会产生出一种深深的渺小感。你会觉得自己仿佛是只小蚂蚁，在与巨人进行着默默的对视。

一行人中，最为激动的莫过于王微奕。作为一名历史学家、考古学者，他深知这地底世界的存在，其背后所隐含的文明内容极有可能会改变人类的历史进程。遗憾的是，他们缺少足够的光线和光阴来仔细勘测这一切，他只能将所有的激动全都收藏在心间，祈祷着自己有机会走出神农架，将所见所闻进行整理，同时可以带着外面的考古队重返此间，将这些湮没数千年乃至数万年的文明遗迹挖掘出来。

没心没肺的卜开乔对思古幽情没有任何兴趣，他所有的注意力全都放在他捡到的刘开山的包裹上："冷大，快给我看看，我都捡到了些什么好东西？"

冷寒铁将刘开山的遗物全都倒了出来，只见有一支黄金配枪，一枚金包虎牙——这两样都是他们进入神农架后，从一具挂在树上的死尸身上找到的，当时一并找到的还有《神农奇秀图》，这些原本都是刘开山的心爱之物，但刘开山一口咬定死者乃是他的手下李大鹰，只是因为一些因缘巧合携带了黄金配枪、金包虎牙和《神农奇秀图》。此外，冷寒铁他们还找到一点肉干，一张古老的羊皮纸，多把飞刀，以及一个油纸布包。

冷寒铁将黄金配枪的弹匣退了出来，里面的子弹是满的。他再捡起一把飞刀，只见刀尖已经钝化，可见其使用频率相当高，不觉心头动了一下。

王微奕则将羊皮纸摊开了。一股陈旧的气息扑面而来，羊皮纸上泛着黄，边角已有些残破。纸面上隐隐约约画有一些图案，但经过岁月的摧残变得漫漶，在昏暗的地底下根本无法辨清。

冷寒铁拆开油纸布包，从中掉落两根蜡烛和一盒火柴。他先是一喜，随即忍不住责怪起自己：怎么就没想到在地底下使用蜡烛呢？虽然蜡烛的光亮比不上手电筒，可是它却可以适应各种环境。即便蜡烛被水浸湿了，只需要用火柴将蜡烛芯烤干了，就可以点燃起来。而且在有需要的时候，可以用它作为热源。在地底下只要能做好防风措施，它的实用性一点都不亚于手电筒。

冷寒铁将一根蜡烛点亮，把它凑近在羊皮纸上。火光将纸上的画面从荒芜的时光中攫取了出来。冷寒铁他们看见，上面共有六幅画。尽管画面上的笔迹有几分模糊，但仍然勉强可以分辨得出来。画面乃是进入地底机关的指引：第一幅图中，一道闪电劈中河道中一条翻滚的大鲤鱼身上。第二幅图中，一道人影扒着大鲤鱼正往水底潜去。第三幅图中，地底洞穴内，某人推动着一个石笋，石笋内裂开一道缝，可以看见有台阶通往下一层空间，而在他的前面是一条瀑布，水流倾泻而下，一条大鲤鱼夹杂其中，在瀑布的顶上，有一道闸门正在下降中。第四幅图中，有三个齿轮，由小到大地排列，中间用皮带连接起来，某人站在第一个齿轮前，伸手拨动齿轮上的一个开关，齿轮旁边乃是个台阶。第五幅图中，一排的乱柱之间，某人正举步前行，他走过的路线被用点和线勾勒出来，可以看出是个北斗七星的形状。第六幅图中，某人立在一个巨大的门前，双手扳住一个圆形的齿轮，门被他从旁边打开出了大半，可以看见门后边有个飞天一般的人物悬浮在半空中，伸出手来做出请进的动作。飞天的下面有一道长长的斜坡直通羊皮纸的尽头。

作为从水底世界里走过一遭的人来说，这样的画面并不难懂：刘开山曾抢在冷寒铁的前头，骑着大鲤鱼与冷寒铁相继进入水底世界。随后刘开山启动机关，让自己进入下一层地底世界里，却将冷寒铁困在第一层石室中。所幸冷寒铁他们发现了潜藏在水底中的透明管道，利用它"杀出一条血路"，跌跌撞撞地返回地面。刘开山却一路高歌猛进，躲过地底的迷宫或说迷魂阵，最后来到关着银魂蛛的大门前。他满心以为这是开启金殿的最后一道门，打开了这道门之后，迎接他的将是数不清的荣华与富贵，却没想到那里竟然埋伏着两只银魂蛛，在等待他的自投罗网。

最后一个穿透冷寒铁大脑的疑问是：刘开山如何穿越过第一道蛛网，

随后被第二道蛛网粘住呢？

倘若光线够好，时间够多，冷寒铁其实可以从现场找到蛛丝马迹，发现真相，那就是：在刘开山进入狭长的通道时，迎接他的只有一道蛛网——第二道蛛网。第一道蛛网并非用来阻止入侵者的进入，而是用来阻拦他们的逃跑——在平时，第一道蛛网上的银魂蛛会拉出两条长长的蛛丝，从蛛网的两端一直通向岩壁的洞顶，之后它与第二道蛛网的银魂蛛一起，踞坐在洞顶，一点一点地收缩着蛛丝，从而一点一点地将整张蛛网拉起来，一直贴近于洞顶，就像一把不用了的梯子被收拢起来一样。当外界的人或物冲撞到第二道网时，第一道网就会产生感应，瞬时打破尘封，从洞顶撒落下去，与第二道蛛网前后夹击，将来犯者一网打尽！刘开山当初正是触碰到了第二张蛛网，被粘在上面之后同时触动了第一张蛛网落下，才将他牢牢地困在其中。银魂蛛并非真的会摄魂，但却会摄食人的血肉。最重要的是，它与轮蛛一般，并不是将人咬死或者毒死后再慢慢享用"美食"，而是往人体内注入毒素，让人体的四肢变得僵硬无法行动，然后再一点一点地吸食人的血肉。一般情况下，一个人要七天左右才会在无比悲惨的状态下死去，而且他的死亡也并非是被银魂蛛吸光血肉，而是渴死的。人一旦死了，银魂蛛知道食物即将不新鲜，于是它会自我爆裂成上百只"子民"，让它们一起快速地吸食猎物，每一只"子民"在饱食后会迅速生长，一旦达到它们体积的极限——如钵盂般大小之后，就会再度爆裂成下一级的"子民"，直至在几天之内将一具尸体啃得干干净净，连骨头都不放过——银魂蛛能释放出一种酸性物质，将人体坚硬的骨骼溶解后再进食。当吃光了猎物之后，银魂蛛会静静地躺上一个月左右，等到将吞噬进来的食物完全消化之后，才开始相互蚕食，将同类当作食物吃掉，如此往复大概一年之后，分裂出来的小银魂蛛就会重新合成母体。这时没有食物的银魂蛛将陷入隐生状态，形同一具干尸，直至被下一个猎物所唤醒。

巴库勒凝视着黄金配枪和飞刀，不无疑惑地问林从熙："猴鹰儿，你与刘大土匪算是旧时相识，你可知道他擅长使用飞刀甚于枪？"

在组建这支寻宝队伍之前，军统曾将每个人的身份背景全都挖得一清二楚。刘开山的记录中，清楚地写着：男，三十八岁，"铁胆帮"匪首，心狠手辣，但讲义气，懂武术，枪法极好。

记录里丝毫没有提及刘开山擅于飞刀，亦即，在刘开山的生平中，从未向其他人展示过他的飞刀技巧。这是极为蹊跷的一件事。虽说江湖人会留一手用来作最后的防身救命之用，但刘开山既然能将枪法练得出神入化，那就没有理由在进入神农架之后将其藏拙，反倒暴露自己擅长刀法的特长。

林从熙垂下眼睫毛遮盖住眼神："不知道巴长官是否还记得陈博士临终时说过的那句话，刘开山不是刘开山，而是刘开山……"

巴库勒点了点头，这也是多日里令他困惑的另外一件事。

林从熙顿了下，道："巴长官，你们有没有怀疑过，这个世上有两个刘开山，其中一个是铁胆帮帮主，也就是我们在树林里见到的那具死尸；另外一个呢，乃是他的替身，就是前面洞穴内的那个人。"

巴库勒犹疑："如果这个世界上真有两个人长得如此相像，那么只能说要么经过易容，要么是孪生兄弟。但是……"

"不用但是了。"林从熙直截了当地说道："刘大当家的确有个孪生兄弟，叫作刘开善，善良的善。"

刘开善正是"刘开山"加入寻宝队伍时报上的名。巴库勒等军方以为那是他的伪装，却没想到那竟然是他的真实身份！巴库勒难以置信地说道："不可能吧？如果他真有个孪生兄弟，军部不可能毫无记录。"

林从熙的嘴角微微抽搐着："很简单，因为他们兄弟生下来之后就被拆开了，一个被送到湖南老家养育，另外一个则在新疆长大。成年后，在湖南的孩子成了铁胆帮的帮主刘开山，在新疆长大的孩子则成了一名独行大盗刘开善，但几乎没有人知道他的真实姓名，只将他唤作'沙漠飞龙'。"

“沙漠飞龙！”巴库勒失声道：“就是曾经一个人抢劫鸣钺商队并将整个商队十几个人杀死的沙漠飞龙？”

“沙漠飞龙”乃是新疆一带一个传奇人物。传说中他独自栖身于沙漠深处，常骑着一匹骆驼神出鬼没，专门劫杀那些在沙漠中行走的商队，并且心狠手辣，从来不留活口，因此几乎没人见到过他的容貌，也不知道他的真实名字。所谓“飞龙”二字，既是指他在沙漠中呼风唤雨，无人匹敌，也有“神龙见首不见尾”的意思。

因为“沙漠飞龙”臭名昭著，两年前西北的商行凑了五千大洋悬赏他的人头。重赏之下必有勇夫。有不少贪财的杀手，乃至整支军队进入沙漠企图猎杀“沙漠飞龙”。“沙漠飞龙”大概也知道双拳难敌四手，于是销声匿迹，从新疆沙漠中消失。江湖上各种传言纷纷，但谁也没有想到他竟然会潜入到湖南，成为“铁胆帮”的帮主。

不过，将各种线索串联起来，巴库勒却不得不承认，林从熙说的极有可能是实情——首先，“沙漠飞龙”最擅长的是飞刀；其次，两年前铁胆帮帮主刘开山怀揣《神农奇秀图》，带着手下李大鹰、陆四眼、吴秃瓢等人一起前往神农架寻宝，可是很长时间里却没有半点消息传回。直至半年后，刘开山孤身一人返回铁胆帮，但却性情大变，最终与帮内的一干兄弟发生内讧，整个铁胆帮瓦解，仅有少数几个心腹依然追随他。很显然，真正的铁胆帮帮主刘开山乃是飞机失事摔死在神农架的密林中，也就是他们找到的那具携带《神农奇秀图》的尸体，而顶替他的身份回到铁胆帮的正是他的孪生兄弟刘开善，最后混入冷寒铁他们的寻宝队伍中的也正是刘开善！

想到这一点，巴库勒不禁惊出一身冷汗，同时忍不住愤愤地骂起那些打探情报的军统特工，“真是一群酒囊饭袋，竟然会犯这么大的错误，把这么一个危险人物塞进队伍！”随即他警觉地望着林从熙，“这些信息，我们军统偌大的情报系统都不知道，你一个古董掮客怎么如此清楚？而且你既然知道这些内情，为什么到今天才跟我们说起？”

林从熙苦笑道："巴长官，你要知道，我猴鹰儿是在铁胆帮的地盘上混饭吃的。倘若我把刘大当家的身份给戳穿了，将来他要是出了神农架，我还要不要活？"

"好，就算你顾忌着刘大土匪找你秋后算账，要等到他死了才敢跟我们说实话，那么前半个问题你怎么解释？不要说是你推理出来的？"

"很简单。刘大当家他们兄弟之间能够相互接上头，总需要有个中间人来传递信息。这个人虽说是刘大当家的心腹，可未必代表他就不会被人收买，尤其是面对一根金条时。巴长官，你们知道的，我猴鹰儿明里做的是古董买卖的事，可说白了就是替黑白两道的权贵跑个腿，替他们收罗心头好，因此最需要的就是眼线。哪里有什么好东西，哪里出了什么幺蛾子需要回避下，这些都是需要随时掌握情报的。因此在有些方面上，我比你们明面上的调查要知道更多的内情。我说的都是实情。巴长官，你要是信任我就不要再多追问，总之我猴鹰儿既然能把这些事实都向各位和盘托出，就足以说明我与各位长官合作的精诚之意，至少断不会起害人之心。"

"哼，谁知道你是揣着什么好心。"巴库勒不屑。不过他知道各行各业都有自己的规矩，有些话林从熙是绝对不可能向他们掏底的，因此不再纠缠这件事，转向另外一个问题："我问你，刘大土匪知道这里面的路线和秘密，是不是你向他卖的情报？"

林从熙大喊冤枉："我只卖给他那幅《神农奇秀图》。但你们都知道的，我根本就没有参悟出里面的奥秘，刘大当家的应该也没有，否则就不会有那般下场。"

"这个问题不用争论了。"冷寒铁将目光从羊皮纸上收起，"很显然，刘开山，额，应叫刘开善了，是在与我们分开之后，无意中找到了这份画图，并照它的指引来到这里。不过，这图有可能是个诱饵，为的是将人吸引到此间给银魂蛛喂食。从地面上的残片来看，千百年间进入这里面并被银魂蛛吃掉的应该不在少数。也就是说，流传在世界上有关金殿的藏宝图恐怕远远不止我们看到的那份《神农奇秀图》。这里面恐怕藏有阴谋。"

　　刘开山的身份澄清了，可是众人的心头却增添了一份沉重。从一开始大家心里都清楚，这是一支貌合神离的队伍，但谁也没有料到，这里面的水竟然这么深，尤其是刘开山的身份多次转变，从一名船上打工苦力刘开善转变成大名鼎鼎的铁胆帮帮主刘开山，然后又从铁胆帮帮主刘开山变成"大漠飞龙"刘开善。此外，如果说林从熙洞悉"大漠飞龙"刘开善的真实身份还情有可原，那么陈枕流一个深居书斋的博士，又怎么知道刘开善的庐山真面目，并且在受伤之后与他会合在一起？难道他是刘开善安插的探子不成？

　　巴库勒猛然想到，当初为引诱刘开善所饲养的秃鹫时，陈枕流从身边掏出一块尸玉，而且还是原本塞于死人肛门的玉块，如今看来极有可能是给对尸臭气味超级敏感的秃鹫一个信号指引，让它随时都可以找到冷寒铁一行的位置并传达给它的主人刘开善。

　　巴库勒不由自主地将目光移向王微奕：如果陈枕流有通匪的嫌疑，那么作为他的老师，王微奕是否还是清白的？他张了张口，想问，却又收了回去。因为他知道，这注定是一个没有答案的问题，只会将队伍里的关系进一步搞乱，乃至加剧崩裂。他只能在心底暗暗留了一双眼，用来监视在场的每一个人。

　　相对来说，他原本真正能够信得过的，只有冷寒铁和楚天开，但是冷寒铁在心底藏了太多的秘密，并且又有一只魔鬼潜藏在他的意识中，随时可能让他从人变成兽，这使得他对冷寒铁无法真正放心；而经历了唐翼的背叛，他对楚天开的信任也减少了三分；其他的人中，花染尘的日本间谍身份已经公开化，所以反倒变得无害；林从熙的真实身份虽然未曾挑明，但他和冷寒铁心知肚明，知道在找到金殿之前可以与他保持合作；只有卜开乔的大智若愚，王微奕的深藏不露，让他隐隐地有了一丝寒意。这两个人中任何一个人反水，都极有可能造成这次行动的失败。

　　想到这些，他心中忍不住涌起一股杀机：既然不是同路人，那何不先下手为强？王微奕目前暂且还看不出他的伪装，并且行动组离不开他的渊博学识，可以先留他一命，至于卜开乔，其生死对于他们接下来的行动并无太大影响，不妨先解决掉。

不过，所有的行动都需要获得冷寒铁的认可。他将目光转向冷寒铁，却发现他根本就没有察觉自己的杀机，而是陷入另外一个问题的思索：他们该如何跨越火湖？

他们先前见识过阴阳双潭中火潭的威力，而眼前的乃是面积扩大数百倍的火湖，人若贸然下水，等待他的命运将是尸骨无存。眼下的困局是：偌大的火湖成为一道天堑，要想通过，要么从火潭上空飞过，要么从光滑的石壁上滑过。这两者都属于超能力，谁能拥有？

冷寒铁闭上双眼，将各种方案在心头过了一遍，最后明确了一个方向：想办法从石壁上越过！

可是石壁那么光滑，就连苍蝇趴在上面恐怕都要劈腿，人又怎么能过去呢？除非有人在上面搭个天梯……

天梯……冷寒铁的心头不觉一动，将目光投向铁檀木。对哦，这不是搭建天梯的绝佳材料吗？一个念头在他心中渐渐成形，让他忍不住眉角微扬："我找到办法了！"

所有人的精神全都一振，纷纷望向他："什么办法？快说快说！"

冷寒铁卖了个关子："你们收集一下所有的木材，包括火把和铁檀木，将它切成一节一节，每节大概巴掌长短。记住，至少要100节，要能承受得起200斤的重量！"吩咐完毕，他捡起一根铁檀木，持着一颗夜明珠往来时路上艰难爬去。

众人眼巴巴地看着他，一时间都猜不出他折返回去有何目的，但也没有多问。

大半个时辰过去，众人刚将木头切完，冷寒铁便返回来了。只见他赤裸着上身，一手托着夜明珠，一手平举着铁檀木，风驰电掣般沿着坡道滑落下来，全不顾及可能会一头栽进火湖里的下场，仿佛身后有一头洪水猛兽在追赶他似的。

"老巴，拉我一把！"冷寒铁大喊。

巴库勒一惊之下，急忙起身，抛出手边的绳索，单臂发力，将冷寒铁硬生生地从斜坡上扯向他们所在的平台。

"大家快闪开！"冷寒铁继续大喊。

众人不明所以，但全都被冷寒铁的半裸模样及焦灼的语气吓了一跳，急忙给他让出一个空间。

冷寒铁用手臂压了下巴库勒结实的胸膛，卸去残余的冲力，然后将手中的铁檀木用力朝着火潭上空的洞顶一抖。众人这才注意到，他的衣服盘结成一团，挑在铁檀木的顶端。这一抖之下，衣服被抖散开，里面包裹的一团白色身影径直飞向火湖上空，最后稳稳地落在火湖的洞顶。

众人吓了一跳，冷寒铁竟然将一只银魂蛛给"捕获"过来，这不是引狼入室吗？

冷寒铁腕间的飞索如蛇信子一般飞出，缠住从空中掉落的衣服，将它扯回潭边。它一落地，就因为上边沾了大量的银魂蛛蛛丝，被牢牢地黏在地面上。

冷寒铁简短地下达指令："大家将手中的木头一端粘上蛛丝，我们要在悬崖峭壁上搭出一条路来！"

大家这才恍然大悟：银魂蛛的蛛丝乃是世界上黏性最强的黏合剂，用它与木头搭配，就可以牢牢地粘在火湖上方的岩壁上，从而形成一条栈道……想通了这一点，大家不禁对冷寒铁佩服得五体投地。只是不解的是，冷寒铁为什么要"绑架"一只银魂蛛过来，并将它抛掷到火湖的上空呢？

冷寒铁没有解释，只是吩咐林从熙："你练过高空走飞索，你在最前方给大家开路吧。"

林从熙慨然允诺，正准备动手，却被冷寒铁止住："稍等片刻。"

林从熙不解地望着冷寒铁："那……要等到什么时候？"

"等待那只蜘蛛给我们信号。"

林从熙不明所以，只能默默地站立在原地，等待着冷寒铁的指令。

就在这时，花染尘突然脸色一变，道："那些蜘蛛来了！"她以手指向他们来时的斜坡方向。

冷寒铁当即抓起一根蜡烛，一刀削断，再将上半截蘸了点蛛丝，然后往斜坡上方一丢，让它稳稳地粘在斜坡上，再将一根火柴点燃，粘在铁檀木的末端，向前几步，点燃蜡烛。

蜡烛的光芒虽然不是很亮，但至少可以将方圆五米内的情形给映彻出来。只见一些白色的斑点正在快速地朝着他们的方向奔袭而来——正是第一张蛛网上的银魂蛛。大概冷寒铁先前抓捕了它们的同伴，而它们之间有着共同防守的同盟，于是气势汹汹地杀将过来。

大家深知银魂蛛的厉害，不觉惴惴地往后退了一步，不知该怎么将它们一网打尽。倘若只是一只母体蜘蛛，相对还好对付一些，可是这么一大堆小蜘蛛，又是在这等昏暗的环境下，谁也难保不会有一两只成为漏网之鱼。一旦被它侵近身边，那可就惨了。

念及此，巴库勒"先下手为强"的想法又冒了出来，手执铁檀木准备要冲上前去，却被冷寒铁一把揪住："你做什么？你能打得死它们吗？别傻了，快把衣服脱下来。"

"脱衣服？"巴库勒几乎无法相信自己的耳朵，结结巴巴地问："脱衣服才能打得死这些蜘蛛吗？它们怕裸体的人类？"

冷寒铁哭笑不得："你先别管，把衣服脱了就是。"

巴库勒三下五除二地将上衣扒了下来，紧接着又要去脱裤子，却被冷寒铁一把按住："你要做什么？"

巴库勒一脸茫然："不是你让我脱衣服的吗？"

"我又没叫你脱光！"冷寒铁边说边将腕间的飞索缠在巴库勒的上衣上，并进一步嘱咐着大家，"都不要动，不要打乱它们的队形，让它们更靠近些。"

　　大家见冷寒铁这副模样，知道他已有应敌之策，全都暗暗松了一口气，静静地观望冷寒铁的行动。

　　待银魂蛛距离它们只有一米之遥时，冷寒铁出手了。只见他抖动飞索，卷着衣服飞向火湖，从火湖中浸了些水，然后甩向银魂蛛。火湖的水看着与平常的湖水没啥两样，但却隐藏着上百度的高温。银魂蛛虽不惧暴力攻击，但却无法抵挡高温的烧灼。"哧溜"一声，大半的银魂蛛直接被烫熟。冷寒铁手底不停，将剩余的银魂蛛也用衣服扫落火湖中，沦为潭中鱼儿的美食。

　　一场在众人预想中的恶战就这样轻易地结束了。不可一世的银魂蛛全军覆没，而冷寒铁他们的损失只有一件衣服。衣服浸了火湖的水，这时已经千疮百孔，褴褛不堪，形同一张渔网。着实难以想象，如果是人入水那该会是怎样的惨状！

　　城门失火，殃及池鱼。冷寒铁他们与银魂蛛的战斗，最终受到伤害的却是火湖里的透明小鱼。当银魂蛛落进火湖中时，那些小鱼争先恐后来啄食，然而不多时，就一只只地翻着肚皮浮了起来——银魂蛛的剧毒，又岂能栖身在鱼儿的腹中？

　　没有了小鱼的"欺压"，原本逐渐沉于水底的夜明珠又渐渐地浮了起来，重新散发出清冽的光芒。冷寒铁他们惊喜地发现，经过火湖的涤荡与热能供给，夜明珠光芒大盛，恍若一盏耀目的灯笼，将大半个湖面都照亮了。

　　林从熙望着火湖中漂浮不定的夜明珠，不觉心动："这个潭水的浮力好大，可以将夜明珠托起来。如果我们有一艘合适的船，直接渡过这片水域应该不成问题。"

　　巴库勒呛他："这么高的水温，什么船能在上面自由地航行而不会被溶解？"

　　林从熙不服："这个有大把吧。且不说钢铁的熔点远远高于100°，就算是木头只要浸了水，也都无碍。"

巴库勒反唇相讥："钢铁是可以耐热，可是人耐蒸煮吗？你试试看，把自己放在一口铁锅上！"

林从熙深知继续辩解下去只会自讨无趣，于是不再还口，只是在心间默默地反驳："傻子一个，难道就不懂得在船上做个隔热层吗？"

冷寒铁仿佛看出了他的心意，沉声道："这水潭中的凶险，恐怕远非我们眼见的这些。总之一点，倘若驾舟行驶在水面上，中间一旦覆船，我们就完了。"

大家默然。

夜明珠的光芒将火湖上方的银魂蛛母体给"揪"了出来。冷寒铁发现它已经从洞顶上方垂着蛛丝下来，距离潭面不足一米。火湖的热度将它又倒逼了回去。冷寒铁岂会给它这个机会，手中的飞索连同浸了火湖水团成一团的破烂衣服仿佛一记重锤袭向它。

顿时，银魂蛛就像一个被砸烂的香瓜一般，四溅而开。它的一级生命终结了，化身成近百只次一级的小银魂蛛。这些小银魂蛛如同植物的种子一般纷飞飘落进火湖中，招引来残余的小鱼狂欢啄食。很快，空气中弥漫出轻微的烧焦气味，紧接着又有大量的小鱼翻着肚皮浮上水面。

冷寒铁用衣服将蛛丝牵引到岸边，然后将衣服死死地缠在林从熙的腰间，对他说道："可以行动了，小心别碰到蛛丝。"

林从熙恍然大悟。虽然说他练过走钢丝，在半空中操作毫无问题，但是谁也无法保证蛛丝与石壁的黏合力足以承受起一个成人的重量，最重要的是，谁也无法承担起掉入火湖中的灾难性后果。而银魂蛛的蛛丝不仅黏性十足，而且十分坚韧，小小的一根蛛丝足以承载住两百斤的重量。这样，即便林从熙一时不慎有个闪失，这条"安全绳"也可以救他性命。

想到此，他不禁暗暗佩服冷寒铁的心思之细致，考虑之周到，尤其是思维之敏捷，竟然能够在这么短的时间内找到妥善解决跨越火湖的方案，这样的智慧远远超出了队伍中的任何一个人。

林从熙开始行动，准确地说整支队伍开始联合行动：大家站成一列，相互传递着蘸过蛛丝的木桩，递给最前面的林从熙，让他将木桩用力按在石壁上，再用一块石头敲打一番，确认已经粘牢，再继续下一个落脚点。每个落脚点之间保持一米左右的距离。冷寒铁估算得没错，整个火湖约有 100 米长，大致需要 100 根木桩。

　　整个架设过程中，出于安全考虑，冷寒铁只安排了林从熙与他们三名特工一起来执行铺路任务，王微奕他们则留在平台处，负责将蛛丝粘在木桩的底部，交由来回穿梭的冷寒铁，冷寒铁再交到中间位置的巴库勒和楚天开，最后传递林从熙手中。如此分工合作，大概三个小时后，他们终于完成了这项艰难的工程。冷寒铁等三名特工再负责接应王微奕、花染尘等人踩着木桩走过火湖。

　　算下来，他们从进入地底到现在，约莫过去了八个小时。中间大家只经历了一次短暂的休息，一个个早已疲惫不堪。因此他们需要吃点干粮，先休息一下再行动。

　　有着火湖的烘烤，地上十分温暖干燥，如同躺在火炕上，众人吃了点东西，很快沉沉睡去。

五.

大概睡了两个时辰，突然一阵枪声将他们从睡梦中惊醒。冷寒铁一骨碌爬了起来，摇了摇脑袋，侧耳倾听。花染尘等人也纷纷爬起，面现紧张之色。这地底下除了他们一行人之外，还会有谁呢？

第一个跳入冷寒铁脑海中的是刘开善，但很快就被他否定了。在率众穿行银魂蛛布下的蛛网时，他瞥见刘开善的眼珠子有在转动，怀疑他极有可能只是被银魂蛛注入毒素导致全身麻痹，无法动弹，但是一息尚存，神智犹在，于是在第二次重新返回蜘蛛阵掠夺蛛网时，他用飞索缠着铁檀木，击中刘开山的玉枕穴。以他的手劲，别说刘开善这样的垂死者，即便是一个壮汉也要当场毙命。这并非是因为他的心慈，不忍心坐视刘开善在痛苦与绝望中死去，而是他有意斩草除根，不给刘开善活下去的机会，避免他再给自己的队伍增添无谓的麻烦。

既然刘开善死了，那么先前开枪的难道会是灰衣人？当时他潜藏在水中用河底淤泥疗伤，并从背后开枪偷袭了唐翼，却也被唐翼一枪击中左胸，然后被一只大鲤鱼拖走。莫非大鲤鱼当时并非是在袭击灰衣人，而是为了救他？可是，就算灰衣人侥幸存活了下来，那么他怎么到的这里，开枪又是针对谁？

虽然在睡梦中听得不太真切，但冷寒铁可以肯定的是，开枪的人至少距离他们有上百米远，所以很显然目标并不是他们。

怀着满腹的疑窦，冷寒铁指挥着王微奕等人找好藏身之处躲藏起来，留下楚天开照看他们的安全，自己则与巴库勒各自手执一颗夜明珠来照明，小心翼翼地往前探看究竟。

越往里面走，岩洞越开阔，从最初的四五十米的宽度一直扩展到两三百米，高度也从原来的三十余米升至近百米。在这样寥廓的地下空间里行走，使人深深地感觉到一种卑渺感，仿佛自己成了宇宙间的一只蝼蚁，爬行在宇宙的洪荒时代。更让冷寒铁感到不安的是，整个岩洞到处都可以找到人类活动过的痕迹。最简单的是，地面虽然不似先前的斜坡那般光滑如镜，可明显可以感觉到被人为地修理过，几乎没有什么凹凸不平，而是一马平川，没有任何石柱石笋存在，仿若一条超级宽阔的大马路。

没有任何遮挡可以护身的冷寒铁和巴库勒神经绷得紧紧的，将夜明珠放入兜中隐去光芒，然后将身体紧贴在石壁上摸黑前行。同时耳听四方，提防着随时可能从黑暗处打来的冷枪，因此，他们的行进速度有限，五分钟里大概只前进了两三百米。

就在冷寒铁他们茫然着，不知该向何处搜寻时，突然一阵激烈的枪声从前方传来，同时夹杂着一些人类的呼声。

地底下真的有人，并且还持有枪械！冷寒铁大吃一惊，急忙一扯巴库勒，两个人趴倒在地，耳语了几句，然后分散开来，匍匐前进。

大概又前进了三十多米，突然间不远处传来一个声音："杜振宸，梁翔，你们两个混蛋！你们就算不念着在军舰上的旧情，至少也要想一想你们的任务。你们拖着我们留在这里，难道我们就可以给你们充当垫脚石，让你们逃出这个鬼地方吗？别做梦了！我劝你们收枪吧，大家心平气和地坐下来谈一谈，一起找到离开这个鬼地方的办法。你们要是再冥顽不化，别怪我们不客气了。别说我们的人数、火力比你们强得多，就算是把你们困在这里，饿都可以把你们饿死！"

冷寒铁的身躯一震，怔住了：杜振宸、梁翔不是别人，正是当初在军舰即将沉没的时候，留守在金属圆柱体中并被推入江中的那两名特工！

在外人看来，将两个大活人封在一个密闭的金属圆柱体中，然后投入水底仅留下一点食物、清水，两罐氧气和一个军用电台，这无疑是一种自杀的行径。冷寒铁他们当初在接到这个任务时，也有过极大的争议。支持者认为，神农架这段水域曾经沉没过数艘大船，可是派蛙人进入水底进行探查，却什么也找不到，这绝对有问题。因为水域最深处才不到一百米，底下尽是厚厚的淤泥，无论如何，铁船都不可能沉陷进淤泥中并消失得无影无踪。最重要的是，有人曾在相隔20多公里的另外一段水域捡到过沉船上的救生艇等物件，而这两段水域之间并没有直接的水路相通，说明在地底下应该潜藏着某个神秘的通道。反对者则认为，既然先前的船只沉没水底并且没有任何人生还，那就意味着即便有通道也只是通向地狱，下去探寻意味着白白送死，毫无意义。

双方意见不一，最终特工队的杜振宸、梁翔二人挺身而出，主动下水……

当初军舰沉没水底时，花染尘曾凭借耳力的天赋识别出军舰上的人在水底下并没有死亡，但其后，无论是军舰上的船员，还是金属圆柱体中的特工便都再也没有任何声音了，因此冷寒铁他们默认了这些人全部殉难。万万没想到的是，如今他们竟然在这暗无天日的地底下再次重逢！这简直是一个惊天奇迹！

冷寒铁和巴库勒强忍住心头的狂喜，加速匍匐向前。就在这时，黑暗中再度响起了枪声。枪声的发起位置乃是先前说话者的藏身之处。很显然，开枪者乃是杜振宸或者梁翔，他们直接用行动来表达对敌人的轻蔑。只是枪声只响了一次，可见杜振宸他们对子弹十分珍惜，很有可能接近于弹尽粮绝。

敌人似乎也意识到了这一点，于是很快地发起反击。他们的反击要猛烈许多。冷寒铁能够感觉到子弹"嗖嗖"地从他们的头顶飞过。不过彼此都身处黑暗中，这样的开枪更多的是出于壮胆与发泄，并没有什么准头。

枪声持续了有一分钟，随即被先前的声音喝止，紧接着一连串的劝降声传了出来："姓杜的，姓梁的，你们给我听着，我只是念在大家曾经相处过一场，不想你们就这样稀里糊涂地死去，所在才在这里浪费口水。你们别敬酒不吃吃罚酒。子弹不长眼，回头你们身上多几个血窟窿可别怪我。"

冷寒铁听得出来，这是军舰的舰长孔浩东的声音。他再向前趋近了几米，让自己更加靠近孔浩东一行。

孔浩东的声音回旋在洞中："给你们脸不要脸，别怪老子翻脸！兄弟们，给我上，干死他们！"

这时，有灯光骤然闪亮，朝着杜振宸的方向照射过来。可是迎接他们的，并不是杜振宸的投降，而是冷寒铁和巴库勒的精准射击。三名现身的船员瞬间被击毙。藏身于黑暗中的孔浩东与其他船员见势不妙，立刻扭头就跑，边跑边发出惊叫声。他们想不通，一直被他们压制着打，只能偷偷放冷枪的杜振宸怎么突然间拥有了这么强大的火力与杀伤力？难道他是一直在扮猪吃大象？

见得孔浩东他们已经逃离射程范围内，冷寒铁压低了声音，喊道："杜振宸，梁翔，是你们吗？"

黑暗中传来一阵颤抖的声音："你是……冷长官吗？"

"是我，还有老巴。"

"天哪……"随后是长达一分多钟的沉默，显然对方正在竭力地控制着激动的情绪，"冷长官，我真没想到……没想到还能活着见到你……我是杜振宸，梁翔已经牺牲了。"

冷寒铁强压住心头的波澜，说："你先别着急着出来，我和老巴先打扫一下战场。"说完，他弯腰走过去捡起了地上的一盏灯，发现它竟然是一个小型的探照灯，后面连着长长的电线。他倒转灯光，朝着黑暗处照去，一个两米高一米左右宽的洞口霍然出现在眼前。还未等他看清洞里的真实情形，探照灯的光就熄灭了。他伸手拍了拍灯，确认不是灯泡的故障，而是被人为地断了电。

这时，一个念头钻入他的大脑里："难道这里面也有电力供应不成？"

杜振宸从隐身之处走出，凭借灯灭之前在脑海中的定位，走到冷寒铁面前，双脚一碰，给冷寒铁敬了个礼："冷长官好！杜振宸……"

冷寒铁制止住了他："不必拘泥于这些礼节。你先带我们找个安全的地方，好好讲一下这段时间里你们的经历。老巴，你去把王教授他们一起带过来吧。"说完，冷寒铁从兜里掏出夜明珠，递给杜振宸，用来照明。

巴库勒往来时的方向跑去，杜振宸则带着冷寒铁来到一堵石壁之前，然后向冷寒铁做了一个手势："冷长官，请进吧！"

冷寒铁先是一愣，随即凝神观察，才注意到石壁中间有一道细小的缝。他狐疑地伸出手去触摸那道缝，发现触到手的并非是坚硬的石壁，而是柔软似布的触感——这竟然是一块与石壁一模一样的"布料"挂在石壁上，形成了一道门帘子。帘布大概有三厘米厚，不知道是什么材质，摸着有几分像布，但质感又坚韧柔滑许多，并且异常沉重，足有一两百斤重。最重要的是，它与岩壁上方天衣无缝地粘连在一起，只有边上露出一道发丝般的细缝。这样的细缝不要说在地底下这等昏暗的环境下难于发现，就算是光线明亮，不凑近了也根本发现不了。他伸手将那块帘布掀开，露出背后的一个洞穴。

这个洞穴约有三米高，面积在二十平方米左右。杜振宸他们先前所乘坐的金属圆柱体正矗立在帘布的后边。冷寒铁绕开圆柱体的阻挡，饶有兴趣地走进洞穴，发现里面十分暖和，比外面的温度至少要高出 5 度以上。洞内空空如也，除了地面上堆着杜振宸的一点杂物。

冷寒铁刚想举步好好观察一下石洞，却被杜振宸伸手拦住："冷长官，请小心地下的洞口。"

地下还有洞口？冷寒铁将手中的夜明珠放低了一点，这才发现，在地面上有两个直径大概在半米左右的椭圆，其中一个的上方架着两条没有子弹的长枪，长枪上放着一个头盔，另外一个的上方空空如也。他在光秃秃的那个洞口前蹲下，伸出手去，发现从洞口里往上喷涌着一股潮湿而又温暖的气流。

杜振宸赧颜道："报告冷长官，这个乃是我方便的地方。旁边的这个是我用来取水的，冷长官如果想要观察就看这个吧。"

冷寒铁若有所思，直起身来环顾了下四周，点了点头道："看来这个石洞本来就是被设计者用来当厕所的。"

"厕所？可是……这个蹲坑未免也太大了吧。每次我都只能蹲在一侧。"

冷寒铁想起王微奕提及的巨人，心头暗暗地有了答案："不是蹲坑太大，而是我们个子太小。"

杜振宸"哦"了一声，心头却掠过一片疑云：我们都是一米七八的身高，放在古代可以叫作八尺伟岸男子，还叫矮小？不过被冷寒铁提醒了下，他看着那两个椭圆的洞口，越看越觉得与厕所的蹲坑相似，想起自己每天在别人用过的厕所里取水喝，不由苦笑。

冷寒铁将夜明珠送至地面的洞口，无奈光芒太过微弱，无法看清里面的情形。杜振宸见状，道："我们刚进来的时候，有个手电筒。我照过了，洞内深不见底。我怀疑下面有地热存在，所以总是呼呼地往外吹送暖风。"

如果他们先前没有炸洞改道，如今应该是走到温泉区了。冷寒铁心中有了底，不由得佩服起古人的智慧。用地热温泉的蒸汽来充当"自动马桶"的清洗剂，保持厕所的洁净，这实在是个异想天开的好办法。

冷寒铁转了一圈，疑惑地问："你一个人，弹药有限，又缺少灯光，怎么可以与孔浩东他们对峙这么长时间？"

杜振宸指着挂在帘布上的一个铃铛："喏，这个就是最好的警示。每次有人经过孔浩东他们先前撤退的通道时，铃铛会受到共振而产生摇动，发出声响。我只是以逸待劳，但孔浩东他们却始终摸不准我的位置，这样自然就易守难攻了。"

"这么神奇？"冷寒铁只能暗暗赞叹设计者的匠心，随即又朝杜振宸提出一个问题："孔浩东他们为什么要追杀你？按理说在这里，大家应该同舟共济才是呀。"

杜振宸的神色黯淡了下来："因为我与他们之间别无退路，只有相杀。他们那边遇到了绝路，于是认定生路在我们这一边。可是这么多天里，我仔细搜索过了这片区域的每一寸地方，最外面的那个水湖就像个炼狱，可以将人的骨肉全都销毁，根本不可能逃过去。于是呢，这就形成了一个死局。就算我同意跟孔浩东他们合作，让他们进入这片领域，一旦他们发现此间也是死路一条，人心必然被打乱，到时他们肯定会选择用我来祭刀。这样的话倒不如战死，至少还像个爷们儿。"

冷寒铁沉默了。杜振宸对于人性的认知无疑是深刻的。孔浩东他们虽然侥幸从舰沉江底的厄难中活了下来，可是却被困入另一场死局。但是求生的欲望一旦被挑动起来，就如同干柴遇到火星，除了熊熊燃烧直至焦黑外，别无所选。因为珍惜侥幸得来的第二次生命，他们会不顾一切地扫除任何阻碍他们生存的绊脚石。他们认定逃生的路在杜振宸这边。杜振宸不肯让路，他们便将他视为敌人，因为他们心存生的希望；杜振宸倘若真的让路了，而他们发现唯一的希望亦是条死路，理智必然会崩溃。而理智崩溃后的他们将变成野兽，那时杜振宸定将成为他们发泄绝望的对象。因此杜振宸别无所选，只能死战到底，并将最后一颗子弹留给自己。因为他清楚，落到孔浩东他们手中的命运将是多么悲惨！

就在他们相顾无言时，外面传来巴库勒轻轻的呼唤声："冷大，你们在吗？"

冷寒铁挑开帘布，朝巴库勒一行招了招手，示意他们进来。

巴库勒等人与冷寒铁的反应一样，对帘布与岩石浑然一体的设计啧啧称奇，对于室内的"暖气"更是止不住地连声惊叹，不过大家更加好奇的是，杜振宸是如何从水下逃生，并在缺粮少弹的地底下支撑了这么多天？

杜振宸一个人枯守在暗无天日的地底多日，谁知竟然能与冷寒铁他们再度相逢，心中的激动可想而知。他吃完了一条干肉之后，话匣子再也压抑不住，滔滔不绝地将前番的经历和盘托出：

原来，此前军舰即将沉没之际，杜振宸与梁翔两人按照事先的安排，进入金属圆柱体中。这个圆柱体乃是军部特别定制而成，主要成分都是合金，内部的墙壁镶嵌了一层橡胶用来减少震荡，避免里面的人一旦固定不住而冲撞受伤。另外，仓内留了两个用石英玻璃定制的圆形小窗口：一个窗口在边上焊制了一盏灯，采用干电池供电，其发出的光柱可以在水下照出三十米左右，用于探察圆柱体外的世界；另外一个小窗口则在杜振宸他们视线的正前方，供他们观察外面的情形。杜振宸他们所携带的装备很少，只有一点干粮、清水，两个氧气瓶，以及六枚手雷、两支手枪，外加一百发子弹，两支信号枪，此外还有一点医疗救生用品，三支防水手电筒，十根蜡烛和五盒防水火柴。所有的物资与人全都牢牢地固定在圆柱体内，防止他们在水下翻滚的时候因碰撞而受伤。

在金属圆柱体被推入冰冷的江水后，一开始杜振宸他们还可以看到一点光明，可以瞥见水底惊走的鱼儿和浮游生物，但很快他就陷入了无边的黑暗中。他们感觉到一阵震颤，仿佛已经抵达江底。他们打开设置于手边的光源开关，可是让他们感到惊恐的是，尽管打开了灯光，眼前依然是黑乎乎的一片，仿佛所有的光线全都被一只怪兽给吞噬了。大脑内短暂地一片空白后，杜振宸反应过来，他们应该是陷入了江底的淤泥中。千百年间，江底沉积了至少数米深的淤泥。而金属圆柱体加上杜振宸二人的重量，使得它深深地嵌入淤泥里。这个发现让杜振宸感到无比的绝望——在水底他们还有一线生机，可以推开密闭门潜游出去，但是在淤泥里就得活活被困死。

就在杜振宸认定自己将要命丧于此时，突然金属圆柱体停止了下沉，并且开始向上震动起来，仿佛底下有个柔软的生物在不停地拱动似的。杜振宸的心顿时提到了嗓子眼！事态好像朝着好的方向发展。杜振宸发现金属圆柱体外探照灯的光芒慢慢地透了出来，在幽暗的空间中扩散。一股古怪的力量在挤压着金属圆柱体四周的淤泥，将它们逼开了大概半米的距离。紧接着，金属圆柱体重新启动下沉。不过这次的下沉与之前不同。杜振宸直觉上像是有一双手停在他们的下面，其中一只手托着他们，一只手拨开淤泥，护卫着他们一路向下。

在经历了最初的震惊与不解后，杜振宸与梁翔终于看清了眼前的情形：他们所乘坐的金属圆柱体被一个巨大的气泡包裹住，这个气泡撑开了四周的淤泥，也保护住他们的下坠不会太快。一时间他们有一种错觉，自己根本不是身陷地底，而是漂浮在太空中。

在这样奇妙的历程中，人会忽略掉时间的流逝。杜振宸不清楚他们究竟下沉了多久，行走了多远的距离，他更多的是沉浸在一种迷惘的情绪中，直至一阵天翻地覆的旋转将他揪醒过来。他先是心头一惊，以为自己遭遇到覆灭的命运，但他很快反应过来：他们着陆了！大气泡带着金属圆柱体结束了漂浮的状态，成功地抵达陆地，并在惯性的作用下连续翻滚了五六个跟斗。终于，大气泡静止了。杜振宸和梁翔从被颠得七荤八素的状态中脱离出来，然后打开固定住自己的扣具，踉跄地走向密闭门。打开仓门，外面一片漆黑，只有金属圆柱体的灯光照射出来了一点光明之地。可是目之所及处，只有无尽的荒凉。他甚至怀疑自己被抛掷到地狱的边缘。

杜振宸与梁翔小心地用手指触碰大气泡，发现它十分柔软，又坚韧无比。他们试着用拳打、脚踢的方式想要打开一条出路，但所有的力气全都如泥牛入海，根本无法伤及大气泡一分一毫。他们惶恐了，于是拔出手枪，对着它连开数枪。子弹将大气泡往外顶出了一个尖头，但是却无法穿透它。"难道我们要被困死在这里面？"怀着不甘等死的心情，杜振宸和梁翔两人将金属圆柱体平放着推动，从而带动整个大气泡往前移动——杜振宸的想法很简单：大气泡虽然坚韧，可它毕竟不是铜墙铁壁。将金属圆柱体作为磨盘一般，碾压着大气泡与地面剧烈摩擦，总会将它磨烂吧。也不知推了多久，两个人汗流浃背，气喘吁吁。金属圆柱体在经过长时间的摩擦后温度亦升高了许多，变得有些烫手。最终，在他们几近绝望之际，他们终于听到了期盼已久的"嘭"的一声巨响，大气泡破裂了！

　　喜出望外的杜振宸急忙开始确认自己究竟身在何方。他们将金属圆柱体旋转了360°，利用它所照耀出来的光芒环视了下四周的环境。眼前的环境与他们记忆中的地球上的任何角落都没有半点交叉的地方：光秃秃的岩洞，上下左右都是冷冰冰的岩石，前后则被两个照射不到边际的深湖拦截住。他们根本无法辨别出自己的位置，只能任凭无边的黑暗与无尽的莽荒一点一点地吞噬掉他们求生的欲望。

　　杜振宸和梁翔商量了下，决定先往右边的深湖（亦即冷寒铁他们先前经过的火湖）打探究竟，想着能否从湖的对岸找到一线生机。于是他们关掉探照灯，改用手电筒照明，朝着火湖方向走去。

　　火湖从外观上看与寻常的湖并无二致，水面平静，没有一丝波澜，一层若隐若现的氤氲笼罩在上方，只有湖边明显升高的温度，昭示着它隐藏的狰狞。但这些信息被急于找到出路的杜振宸和梁翔给忽略了。这并非是因为他们的观察力不如冷寒铁一行，而是因为他们没有经历过冷寒铁他们那样的重重危机，更没有见识过诡谲难测的天地造化以及凶险异常的机关——梁翔在火湖边缘蹲了下来，笑道："这应该是个温泉吧。看来我们的运气不错，可以泡个温泉澡。哟，里面还有鱼啊。弄个网每天捞几条上来打打牙祭充充饥，够我们支撑段时间。看来老天待我们还算不薄……"

　　他没有半点防备，伸手准备掬一捧水来洗洗脸。然而手刚探进潭中，他即"嗷"的一声惨叫，仿佛水底下有凶猛怪兽咬住了他似的。杜振宸吓了一大跳，急忙上前准备去拉梁翔。然而已经晚了：如油锅一般的火湖，瞬间将梁翔的右手上的皮肉全都烫掉了，只剩下焦黑的骨骼。而几乎是在他触水的一瞬间，火湖中那些自在悠游、看起来没有半点危险的透明小鱼们突然暴起，从水中弹跳起来，如箭一般地射向梁翔的颜面和脖颈。右手上传来的剧烈疼痛粗暴地撕碎了梁翔的正常反应能力，让他根本来不及对鱼儿作出任何抵抗的动作。一条小鱼咬住了他的左脸，锯子般的利齿一下子就撕扯掉一块肉，随即跃回水中；另外一条小鱼咬中了他的喉管——这是致命的杀招！鲜血如泉水一般从被咬开了的喉管中喷洒出来。弥漫的血腥气顿时将整个火湖中所有的鱼儿全都吸引了过来，并陷入了疯狂的状态。

于是杜振宸看到了恐怖的一幕：不足十秒钟的时间里，梁翔身上只要是裸露的地方，比如脸、脖子、手等，全都挂满了鱼儿。这些小鱼如同最凶悍最精准的捕猎者，每一次弹跳起来都要从梁翔身上扯下一小块肉。可怜的梁翔如何能够应付这样惨无人道的攻击？他甚至无法再发出一声哀号，即从岸边一头栽落进火湖中，招引来更多的小鱼疯狂地啃咬。

杜振宸拉住了梁翔犹然跨在岸上的一条腿，将他从水中拉了起来。可仅仅是短短的几秒钟里，梁翔的脸、脖子与半条胳膊几乎全被小鱼啃光了。这些小鱼的凶残程度比起食人鱼有过之而无不及。即便是梁翔被拉扯上了岸，它们依然不肯罢休，继续从水中弹射起来，冲向梁翔的肉身。有的甚至向杜振宸发起攻击，想要逼迫他放手，将猎物归还它们。

杜振宸狂乱地大叫，挥舞着手中的手电筒，将逼近自己的小鱼击打出去，同时快速地拉扯着梁翔残余的躯体往后撤，一边拉扯一边抖动，将残附在他肉身上的小鱼抖落下来。

小鱼虽然生命力极强，攻击能力举世罕见，但毕竟只有半根筷子般大小，无法抵抗人类的力量，只能眼睁睁地看着杜振宸涕泪交流地号叫着，拖着梁翔的半截尸体渐行渐远，自己则含恨扑跳着返回火湖中。

楚天开等人听到这里，不禁为梁翔的悲惨命运嗟叹不已，心中亦暗自怵惕：幸亏这样的命运没有发生在自己身上。

林从熙脱口而出："那你后来把你同伴的那半截尸体怎么处理了呢？该不会还是丢进湖里吧。我看这里边都是岩石，埋葬不了人。"

杜振宸淡淡地说道："我把他埋进我的肚子里了。"

林从熙惊恐地说道："什么意思？"

杜振宸额角的青筋蹦跳了下，没有开口。

众人一阵默然。良久，冷寒铁才问杜振宸："那之后发生了什么呢？"

在杜振宸退离火湖不足半个小时后，空中再度传来一声巨大的爆破声，像是另外一个大气泡破灭的声音。这个声音让杜振宸精神为之一振，直觉上应该是当日里一起坠江的孔浩东一行。对于惊魂甫定的他来说，再没有比能够遇见同类更加高兴的了。他侧耳听了下，发现声音来自左边湖水的对岸。有了梁翔的前车之鉴，他不敢贸然触碰眼前的湖水，于是朝梁翔的尸体磕了个头以示谢罪后，将他的一只脚浸入水中。与他设想中的一样，湖水果然大有问题：梁翔的脚触碰到湖中的水，刚开始看上去并没有什么变化，可是等把他拖拽起来时，不小心碰到岸边的石块，皮肤竟然脆化到片片剥落，很快就只剩下一截干净无比的白骨——超低温的湖水可以在瞬间将人的血肉之躯冻成一坨，然后轻轻一敲就碎了。杜振宸吓得急忙将尸体拉回岸上。好不容易才将一颗心平静后，他想打开金属圆柱体的灯朝对岸示意自己的存在。可是在先前的滚动中不仅碾坏了大气泡，也压坏了探照灯。无奈之下，他只好举起手电筒朝着对岸乱晃。只是这样的行为纯属徒劳。水湖上方漂浮着一层水汽，如同一道镜子一般，将所有的光芒全都遮掩住。

杜振宸不愿意坐待孔浩东他们找到自己，于是举着手电筒，四处查找有没有可以跨过冰湖的路。皇天不负有心人，他终于在距离冰湖大概30米的一块岩壁上找到破绽，发现一块岩石有轻微的裂缝。他伸手去推，发现那是一块与岩石外观一模一样的帘布。帘布后面，乃是一条长长的通道。他沿着通道一直前行了大概50米，前面被一道石门挡住去路。他寻找了半天，都没有找到打开门的机关。

就在他如一只蚂蚁绕着一块远超过自己负载力的干肉团团转时，门后面传来细微的声音。他将耳朵紧贴在石门上倾听，隐约听到有人吆喝的声音，以及各式各样的怒骂声。其中有一个骂声朝着他的方向越来越近。杜振宸依稀分辨得出来，正是舰长孔浩东的声音。他本想开口高声与他打招呼，但想了下，却按捺住，继续倾听。

孔浩东几乎一直都在骂骂咧咧中，骂的话语除了有军方不该摊派他们这一鬼任务外，其余的基本上就是集中在冷寒铁他们身上："要是让老子再次遇到他们，非得把他们一个个宰了不可……"

仿若有一盆冰水从杜振宸的头上浇了下来，刚才找到同类的兴奋瞬间化为乌有。一道石门，原本以为会截断自己的寻生之旅，眼下看来却是自己的逃生之门。他冷静一想，如果自己是孔浩东，此刻定然也会对冷寒铁他们恨之入骨。在军舰上，孔浩东慑于冷寒铁他们的强大武力不敢造次，只能忍气吞声；可是在地底下，面对落单的杜振宸，孔浩东他们定然是如虎扑羊，不将自己剥皮剔肉才怪。

杜振宸只能寄希望于孔浩东那边能够找到生门，这样自己可以伺机尾随其后，一起逃出这个鬼地方。

不过孔浩东那边的处境也不妙。杜振宸听到有人在狂呼："快搬快搬，船快要被融化了。"紧接着传来阵阵的惊呼，跟着有人冒冒失失地跳进了冰湖，瞬间只剩下一具白骨在湖水间沉浮，又引来一阵惊呼。不少人惊恐到崩溃，开始号啕大哭。杜振宸听到枪响了三声，不知道是朝天开还是射向人群，接着是孔浩东的声音传来："哭有个屁用！都给我振作起来！说白了，大家在江底时都已经死过一回，现在能够捡回一条命，多活一天都是赚的！而且，既然老天这么厚待我们，沉入江底都可以死里逃生，那还怕个球？大家要相信大难不死必有后福。说不定这底下有什么宝贝等着我们呢！要不姓冷的他们也不会费那么大心机把船开到这个地方，还推了两个人下来。大家打起精神，好好找一找，找到了每个人都有份！"

孔浩东的一席话顿时燃起了船员们的斗志，哭声消失了，代之以各种干活的号子声响起。应该是孔浩东在指挥着船员将船上的粮食弹药等物资搬下来。这时杜振宸听到门后传来一个惊喜的声音，"舰长，这里应该是一道门！"

杜振宸惊了一下，下意识地把耳朵从石门上移开，但他想了下，继续贴在上面倾听。只听见孔浩东招呼着船员过来："你们找个工具，要薄一点的，看能不能把它撬开。"

不多时，有人回应道："铁锹来了！"紧接着是一阵"嗨哟"声，显然铁锹和人力不敌石门的牢固。

孔浩东恼羞成怒："调转军舰上的炮口，给我轰开它！"

有人提醒他道："舰长，军舰快要融化了，为避免爆炸所有的炮弹都搬下来了！"

"快融化了，那还不抓紧时间来做这事！回头你用手给我掰开这门吗？我宣布，谁要是可以自愿去军舰上操作大炮，把这个石门炸开，我立刻奖励他100块大洋！当场兑现，过时不候！"

杜振宸悄悄地退出了通道。

孔浩东他们如果炸开了石门，那么接下来定然要对自己展开屠宰。他必须在他们打开石门之前做好准备。

杜振宸快速跑出石洞，回到冰湖湖岸，将附近的石壁全都用手敲了一遍。很快，他找到了另外一块帘布及其背后的石洞。他丝毫不敢怠慢，努力将金属圆柱体推倒，推着它朝石洞方向而去，将它藏在石洞内。紧接着他回到通道处，想要将上面的帘布拆解下来。不料帘布十分牢固，即便他连拉带拽，都无法将它扯落下来。

他心头的焦虑到了极点：孔浩东他们只要发现这块帘布，自然就会找到他的藏身之处，自己必须赶在他们打开洞门之前将它毁尸灭迹！

就在他心生绝望之时，忽然间一阵震耳欲聋的爆炸声在耳边响起，在整个地下空间的震颤中，强大的冲击力直接将他抛出了半米远。令他欣喜欲狂的是，火炮强大的攻击力不仅将石门轰开了一个大洞，而且将通道内的许多石壁都震得塌落下来，包括连接帘布上方的石条。

杜振宸顾不得身上的疼痛，急忙爬起来，连拖带拽地将帘布硬扯到冰湖处，将它丢进水中。令他惊异的是，冰湖的强腐蚀性对帘布不起任何作用。帘布漂浮在冰湖上，仿若一大片在水面绽放的黑莲花。

无奈之下，杜振宸又跑至通道处，捡了几块大石头，奋力丢在帘布上，将它沉坠水底。石头砸在水面上发出的声响引起了孔浩东一行的注意："什么人"？

孔浩东他们虽然用军舰上的大炮轰开了石门，可是掉落下来的石头却阻住他们的去路，只能先行清理石头来开出一条通路。这个时间足以让杜振宸将自己的行踪"毁尸灭迹"，但没想到最终被石块落水的声音所出卖。

杜振宸深知在正面战场上自己根本不是孔浩东他们的对手，唯一的机会便是潜伏起来，伺机而动，打点冷枪。于是，面对孔浩东的喝问，他没做任何回应，而是悄悄地退回到自己的"小屋"中，检查武器和食物，做好打持久战的准备。

孔浩东他们见没有任何回音，怀疑会不会是先前开炮引发石壁掉落冰湖发出的声响，于是不再追问，只是暗中留了个心眼，然后加快清理石块的进度。

当通道被打通后，孔浩东指挥所有的船员带上武器与照明工具，四散着寻找敌人的踪迹，以及查探其他的生路。

杜振宸躲在金属圆柱体内，将帘布拉开了一条缝隙，瞄准着灯光闪烁处，"啪啪啪"果断开了三枪。

黑暗中，传出三声惨叫。紧接着有人大喊："快灭灯，快撤！"

四周重新陷入一片黑暗与沉寂，只有杜振宸面前的帘布簌簌作响——杜振宸很快判断出，这个帘布可以与通道产生共振，只要有人从通道经过，它就会发出声响。这个意外的发现令他喜出望外，这样的话他就可以时刻监视孔浩东他们的异动。

待确认孔浩东一行都已经撤离后，杜振宸悄悄地出了金属圆柱体，来到被他击中的三人面前。他们手中握持的乃是军用手电筒，在被击毙后一直没有关闭，依然在发光。杜振宸先将他们身上的枪支弹药等物资全都捡到自己的小房间内，再把尸体拖到冰湖边缘加以冷冻——这些都成为日后支撑着他熬过近二个月时间的物资。而他的水源则来自小房间内的"地暖"：他先将头盔放在冰湖旁边冰冻后，再放在温暖的"地暖口"。温度的差异使得水珠很快就凝结在头盔内。一个晚上的话大概可以获得小半个头盔的水。这些水勉强够他一天饮用。

在这三个月的时间里，杜振宸先后击退孔浩东一行十几次的进攻。这主要是帘布太逼真了，与岩壁浑然一体。最主要的是，帘布能够抵挡得住子弹在高速旋转下所带来的巨大冲力。偶尔有流弹击打在帘布上，只能将帘布往后牵动两三厘米，随即就力竭而掉落。杜振宸第一次打死了三名手持手电筒的船员，这令孔浩东他们心怀忌惮，不敢明火执仗地来搜查，因此始终没有找到杜振宸的藏身之处。不过，随着时间的推移，他们渐渐地猜到袭击他们的乃是杜振宸与梁翔，于是换了策略，以喊话攻心为主，武力进攻为辅。他们每次进攻之前都必然要先进行一番攻心计，或者晓以利害，或者诱以美食，但每次都被杜振宸用枪声打断。时间在相互的拉锯战中慢慢地流逝，双方都陷入了一种茫然而又焦灼的情绪中。谁也不知道出路在哪里，谁也不知道是否还有明天。于是，对方的存在甚至成了一种精神的依赖。可以听到对方的枪声甚至成了一种安慰，那至少代表在这个暗无天日的地底下，自己并不是孤单的，还有人与自己分享一样的命运。大家相互间都把生存的希望寄托在对方身上，哪怕心知肚明这不过是个肥皂泡，终有一天要破碎。但谁也不愿意主动将这个肥皂泡捅破。因为一旦捅破了，就意味着绝望扑面而来，他们必须要去直面冰冷而又残酷的现实。生命不可承受之重，使得他们变成了一只将脑袋埋入沙子里的鸵鸟，假装耳不听眼不见，就能够摆脱命运之缰的绑缚。

杜振宸比孔浩东一行幸运的是，他等来了冷寒铁，他的援军、上级领导、精神领袖。这意味着他无须再像一只老鼠般地躲着孔浩东；他也不必再像一支秋天的芦苇一般等待着命运寒刀的摧残，而是可以直起腰杆跨越苦难。

倚在温暖的小房间里，听着杜振宸叙述他的经历，大家都唏嘘不已，甚至在心中暗暗设想，要是自己被困在这个鬼地方三个月，精神会不会崩溃，甚至直接向孔浩东投降？巴库勒忍不住向杜振宸敬了一个军礼："你是真正的军人。我等以你为楷模！"

杜振宸眼睛湿润了："我只不过尽了一名士兵的职责罢了。"

冷寒铁将目光移向王微奕："王教授，你觉得那个气泡是怎么回事？"

王微奕缓缓道："是否我们可以理解成那是一个穿行于两个世界的运输工具？"

"运输工具？"冷寒铁玩味着这句话，"据我们所掌握的资料，先前不止一艘船曾在此间沉没过。如果都是被气泡接应到这里，那船和船上的人又去了哪里呢？为什么这里找不到他们的行踪，难不成消失了？"

王微奕叹了口气："这个问题老夫也在好奇与纳闷中。倘若有机会能够解开这个谜团就好了。"

"江底，淤泥，大气泡，地下岩洞……"冷寒铁极力地想要把这几个元素关联起来，可是任由他绞尽脑汁，也找不到一条线索可以将其串联起来。无奈之下，他只好将思维转向另外一个问题，"大家说，应该怎么解决掉孔浩东？"

先前，他们虽然以少胜多，歼灭了孔浩东他们3名船员，并成功将他们逼退，可是冷寒铁心里清楚，这不过是胜在敌明我暗，且打了对方一个措手不及。倘若真的开战，尽管冷寒铁他们的单兵战斗力要比孔浩东他们强上许多，可是在视线严重受挫的情况下，战斗力很难发挥出来。而孔浩东他们的武器装备和人员数量都远比他们更占优势，这种情况下鹿死谁手还很难说。冷寒铁有点后悔，不该将银魂蛛给消灭光了，否则有机会送上一两只给冰湖对岸的孔浩东团队，说不定可以省掉不少麻烦。

如果想要以最小的代价来消灭孔浩东他们，最好的办法就是奇袭。可是先前冷寒铁他们发动的攻击已经让孔浩东警醒，定然会加强防范。而两地之间只有一条通道相隔。据杜振宸介绍，孔浩东他们用一块大钢板将洞口堵死，再用石头挡在大钢板后面，根本就是坚不可摧。冷寒铁他们想要出其不意攻其不备，那么最好的办法就是横渡冰湖。

可是冰湖又岂是那般容易逾越？不要说它的水温可以将人冻成冰渣，

单凭它的古怪浮力就足以止住人的非分之想。先前冷寒铁跌落进入口处的冰潭中，不过游了十米即累个半死，如果将这个游泳的距离延长十倍，恐怕冷寒铁根本游不到对岸就已沉入水底。

大家商议了几个方案，却没有一个可行。临了，冷寒铁焦躁地甩了下手："既然没有可行的方案就不想了。老巴，你先跟我一起去打探下孔浩东他们的情况再说。"

两个人整理好武器，携带了冲锋枪、手枪和手雷，再找杜振宸要了把手电筒，一起出了小屋，慢慢地向杜振宸指引的那条通道走去。

这条通道与冷寒铁他们先前经历过的银魂蛛通道有很大的差别。银魂蛛的通道活像是用某种特殊的机器直接掏出来的，接触面光滑如镜，而眼前的这条通道则明显可以看到人工刀斧开凿的痕迹，十分粗糙。如果要做个对比的话，可以理解成是公元 22 世纪的工程与 2 世纪的工程的区别——说不定差别还会更大，冷寒铁并不敢保证 22 世纪人类的科技水平能否达到这个级别。他的心头陡然震颤了下：王微奕说过，核武器爆炸的瞬间所产生的剧烈高温会让石头融化，光滑似玻璃。那些光滑的通道有无可能是用精确的、小型的核弹开凿出来的？

正如杜振宸所言，通道的尽头原本是一道石门，石门被炮弹轰开后，已通行无阻。但孔浩东为了阻止杜振宸的偷袭，于是用一块从军舰上拆下来的钢板挡住了破洞，钢板背后再用巨大的石块压住并用铁棍别住。除非是用大炮轰开，否则人力根本不可能推开这道门，因此孔浩东他们并不担心安全问题。

令冷寒铁倍感意外的是，从破了的石门缝隙间竟然漏进来一点暗红色的光芒，虽然十分微弱，但在四周一片漆黑的环境下却显得格外醒目。难道孔浩东他们把军舰上的全套照明设备都搬下来了？他狐疑地掏出黄金匕首，在钢板的侧边掏出了一个小洞，将眼睛凑上去，朝外观望。

与冷寒铁他们这端无边黑暗不同的是，石门背后的洞顶上，闪耀着一抹红色的光芒，如同一颗能量即将耗尽的太阳，勉强地为人世间播撒最后残余的一点光明和温暖。借着光芒，冷寒铁发现石门背后的空间十分宏伟，从见到的场景推算至少有几千平方米。如此空旷的场地上，横七竖八地摆放着上百个箱子，都是孔浩东他们从军舰上抢搬下来的。大多数箱子都已被打开，里面空空如也。很显然，在地底下三个月的时间里，几乎耗尽了孔浩东他们储备的物资，所以他才那么急切地想要征服杜振宸。只是整个空荡荡的场地上，只在石门的侧边有个人倚在石壁上一动不动，应该是在值夜中，而孔浩东等人全都消失不见。

冷寒铁认真观察了一番，确认无法在地面上找到孔浩东的踪迹。他再凝神定睛，终于发现，空中流转的红色光芒，是从几百米外的一处地底散发出来的。因为隔得远，他无法看见那边的真实情景，但依稀可以判断出来，那里应该是一处跨度不小的断崖。断崖的对面是什么，他就不知道了。

一边是断崖，一边是冰湖。难怪孔浩东他们会将生存的希望全都寄托在杜振宸这边。

确认再也发现不到什么有用的信息，冷寒铁朝巴库勒打了个手势，两个人从通道处退了回来，再举着手电筒将四周的环境仔细地观察了一遍。正如杜振宸所描述的，他们脚下的这片岩石乃是夹杂于火湖与冰湖之间的一块陆地，除了先前走过的那条通道外，其他的路都被坚硬的岩石封死。倘若他们想要继续前进，要么采用武力硬攻开孔浩东的防守阵线，要么就必须想办法横跨过冰湖，出其不意攻其不备。

眼下唯一的选择看来只能是重施故技，利用银魂蛛的蛛丝来搭建一条暗道，再伺机而动。冷寒铁看了下时间，已是深夜十一点。巴库勒坚毅的脸庞上带着一丝疲惫。他叹了口气，道："走吧，我们先回去好好休息一下。"

这是大半个月以来他们睡得最安稳最舒适的一个晚上。小房间内温暖如春，屏蔽了外界的种种干扰，没有毒虫，更没有潜在的危险。每个人的神经都松弛下来，享受这难得的宁静与安逸。

六

大家醒过来时，已是第二天的清晨。冷寒铁伸了个懒腰，感觉神清气爽，全身舒泰，昨晚的沮丧感全都一扫而空。他简单地吃了点干粮，对巴库勒道："老巴，走，行动！"

杜振宸主动请缨："带上我吧。憋了两个多月，我全身都快锈死了。再不动一动，我都觉着自己快要成废人了。"

冷寒铁笑了笑："好，一起走。楚天开，你照顾好王教授。留意孔浩东他们的动向，如果有什么不对劲的地方，及时鸣枪示警，我们会立刻赶回。"

楚天开回道："是！"

走在坚硬的岩石地面上，杜振宸脚步轻盈。他以一种愉快的声调问冷寒铁："我们要去哪里呢？"

冷寒铁简短地回答道："到火湖对面去。"

杜振宸的眼前顿时浮现出梁翔死时的惨状，脚底不觉一滞："啊？"

巴库勒看出他的心思，笑着安慰他道："不用担心。你就不想想我们是怎么过来的吗？"

杜振宸恍然大悟，摸着脑袋不好意思地笑了："对哦，我还一直忘了请教你们是怎么来到这里的。"

"到了你就自然明白了。"冷寒铁道："老巴，回头还是你我到对岸去，杜振宸你在岸这边接应。"

杜振宸张了张口，最后抗命的话还是收了回去。

站在火湖边，杜振宸目瞪口呆地望着石壁上的木桩，"这个……你们是怎么做到的呢？这么细的木条能撑得住？"

"能，不信的话你现在可以试试。"巴库勒说完，举步就要往木桩上踏去。

"先等等。"冷寒铁一把扯住了他，"今天的鱼儿有点古怪。"

巴库勒和杜振宸顺着手电筒的光芒望去，只见火湖中的鱼儿失去了先前里的悠闲，变得狂躁不安，在水中快速地四处游荡，不时地跃出水面。

杜振宸见识过鱼儿的残暴，见状更加不安："这些鱼疯了吗？"

冷寒铁眉峰深锁："不是一个好信号。我能猜到的一个原因是它们昨天吃的银魂蛛在作祟，另外一个可能是湖水环境出现恶化，它们产生了应激反应。"

巴库勒的心不由得提了起来，吞吞吐吐地对冷寒铁道："冷大，我们非去对岸不可吗？"

冷寒铁凝视着湖中的鱼儿，毅然决然地道："我们必须拿到蛛丝，再造出一条天桥通向冰湖对岸，从而在最快的时间里解决掉孔浩东他们。此地不宜久留，夜长梦多恐怕会生出新的风波。"

"冷大，你直说吧，要我怎么做？"

"看眼下情形，你还是留在这里接应我吧，我一人去冰湖对岸寻找蛛丝就可以。"

"这个不行！"巴库勒断然拒绝，"我怎么可以让冷大你只身独涉险境呢？我强烈要求大家同进同退！这些鱼儿如此嚣张，石壁上的木桩又那么狭小，连转个身都不行。有我替你断后，至少你可以免去些后顾之忧。"

"然后你呢，就来充当活靶子，任鱼儿撕咬？你觉得我会坐视这事发生？"

"不管怎样，我决计不会让你独自去面对这些风险！"

　　杜振宸突然想起一事，道："冷长官，老巴，你们就别争执了，我突然想到一个法子——我们现在住的岩洞前面的那块帘布不知道是什么材质制成的，刀枪不入。如果拿来遮挡在你们前面，应该可以抵挡得住鱼儿的利齿？"

　　巴库勒眼前一亮："这个主意好！我立刻去把帘布取下来。"

　　冷寒铁叫住了他："不要！那块帘布与岩壁融为一体，先不要破坏，说不定日后还有他用。杜振宸，你不是说曾将另外一块帘布丢入冰湖中了吗，我们想办法把它重新捞上来。"

　　"可以可以！"杜振宸激动地道，"我在帘布上面压了两块石头，让它浸没在水中。不过我观察过了，它实际上就下沉了不到半米，还有边角漂浮在岸边呢。找个东西捞它一把，应该很容易打捞上来。"

　　三个人重新回到冰湖处。杜振宸从小房间里取出一把没有子弹的长枪，将其戳入冰湖中。片刻间，他有了发现，对巴库勒道："老巴，能否帮忙搭下手？"

　　巴库勒与他一起握住长枪的枪柄，发现下面异常地沉重，至少有两三百斤。两个人费力地将它一点一点地往上撩拨。冷寒铁从小房间里取出另外一把长枪，别在露出水面的帘布上。三个人一起发力，费尽九牛二虎之力才将整张帘布拉了出来。

　　杜振宸喘着粗气道："小心，这上面沾着的水十分厉害，手别碰到。"

　　冷寒铁早有准备，取出一个手套戴上，再在手套上抹了些他们进入地底时所蹭上的黑色物质——黑色物质被证明可以有效中和湖水的侵蚀，随后掏出黄金匕首，动手将帘布末端连着的石块切割下来。

　　帘布虽然坚韧无比，但却抵不过黄金匕首的锋芒，很快就被切割开了。没有了石头的累赘，帘布减轻了大约一半的重量。冷寒铁伸手抓住帘布的一端，用力一抖，上面黏附的水珠纷纷滚落。他再拖着帘布往前走了十多米，将残余的一点水珠全都抖落。

　　巴库勒望着帘布，心头产生了一个问题："冷大，你说这个帘布我们怎么使用？真的把它提在身体前面，能挡得住鱼儿的攻击吗？"

冷寒铁反问道："你觉得你有力气，一直提着它走过火湖吗？"

巴库勒老老实实地道："不能。"

倘若是在平地上，提着百来斤的东西走过一百米对巴库勒来说实属易事，但是在悬崖的侧边，只有狭窄的落脚处，又有鱼儿的攻击干扰，难度就会大大增加，即便是冷寒铁也无法做到万无一失。

冷寒铁估算过了，鱼儿虽然有极强的弹跳力，但是囿于体积有限，最高也只能跳起一米多，也就是说，他们只要包裹住小腿就足以抵抗鱼儿的攻击，而且这样又不会影响他们的行动。帘布太重了，即便人可以支撑得住它的重量，木桩也未必能承受得起。

确定了方案后，执行起来就很简单了。冷寒铁切割下四块帘布，像护腿一般地包裹在腿上，再用绳子将它牢牢地绑住。帘布虽然坚韧无比，但质地十分柔滑，绑缚在腿上并不会觉得难受。冷寒铁试着伸展了下双腿，发现行动无碍，不觉十分满意。

三人重新来到火湖边。有了帘布护体，冷寒铁就不再阻止巴库勒一起行动，只是叮嘱他要小心。他们先前所采集的铁檀木多半都用来充作木桩，现在只剩下一根。冷寒铁将它递给巴库勒，自己则手持一杆长枪在前开路。

正如他们所预料，湖中的鱼儿见到他们，顿时展开疯狂的扑击。几乎他们每踏出一步，都会招致十余次攻击。有些鱼儿被他们用长枪或者铁檀木挑落下去，更多的还是直接咬在帘布上。无奈它们的利齿不敌帘布的坚韧，只能含恨而归。

冷寒铁见到帘布确实是鱼儿的克星，心头暗自松了口气，开始加快速度前进。

鱼儿见自己的攻击无法阻挡冷寒铁他们的进程，顿时变得更加躁动，于是开始改变策略，将攻击目标转向固定帘布的布条。这一招果然奏效。普通的布条根本不是它们的对手，很快就被撕扯得七零八落。失去布条约束的帘布顿时披散开来。倘若最上边的两条布条也被攻破的话，恐怕帘布就要掉落火湖中。一旦失去帘布的保护，冷寒铁和巴库勒的血肉之躯很难抵挡鱼儿的疯狂进攻。

巴库勒急了，从怀中取出一个手雷，望着冷寒铁："冷大，再这样下去的话，我们恐怕走不到一半就要被它们围困住了，还不如趁现在拼个鱼死网破！"

"不可以！"冷寒铁斩钉截铁地说道："我们还没到两败俱伤的境地！脱衣服来反击它们。"随后他又对着岸边的杜振宸高声喊道："你去把剩余的尸体拿来丢进湖里，把他们引开。"

杜振宸拍了下脑袋，"我怎么忘了这事！"说完急忙朝冰湖的方向狂奔而去。

冷寒铁脱下上衣，将它抡动起来，顿时在身边形成了一堵墙。那些疯狂跳起的鱼儿一碰到衣服的边角，就如同被锤子击中一般飞了出去，落到两米开外的地方。

杜振宸如同一只飞鸟般地奔了回来，气喘吁吁地将一截人腿抛入火湖中。顿时，原本攻击冷寒铁他们的鱼儿全都被吸引过来，疯狂地撕扯着瞬间被烫熟了的人肉。

巴库勒问冷寒铁："冷大，要不要让杜振宸丢个手雷下去，把这些鱼儿全都炸死？"

冷寒铁摆手止住他的行为："别节外生枝。你不知道这个水湖中究竟还有什么幺蛾子，要是下面潜藏着更大的物种被你炸起来，那麻烦可就大了。"

巴库勒缩了下脖子：小若手指的鱼儿都可以给他们带来这么大的麻烦，如果体积增长十倍百倍，恐怕直接就可以把人扯下湖了。

少了鱼儿的干扰，冷寒铁他们很快就走到火湖的对面。"你在这里等我吧，我取了蛛丝就立刻回来。"

巴库勒点了点头，目送着冷寒铁慢慢地沿着光滑的斜坡往上挪动，不多时消失在黑暗中。

无边的黑暗让时光变得特别慢。有一阵子，巴库勒都怀疑自己即将被黑暗所吞噬、消化掉。他开始暗暗敬佩杜振宸能够独自一人在这样的环境中坚持上三个月——从某种意义上，杜振宸应该要感谢孔浩东他们的持续骚扰，让他将大量的注意力放在如何防范与击退孔浩东的身上，而忽略了对自身处境的考量。倘若地底下只有杜振宸一人，即便有锦衣美食供应，恐怕也是要疯掉的。英国作家丹尼尔·笛福笔下的鲁滨孙能够在荒岛上独自生存 28 年之久，乃是因为他有不少动物比如山羊做伴，以及后来救下的仆人"星期五"一起相依为命，最为重要的是，他是在光明的世界里。人可以忍受孤独，也可以忍受一定的黑暗，但无法忍受孤独加黑暗的混合打击，所以坐牢的人最怕被关"小黑屋"。没有光线，不知道时间，听不到人声，于是时间变得无比漫长，即便是毅力再强的人，也都很快崩溃。

闲坐无聊，巴库勒干脆双腿交叉，进入龟息的状态中。也不知过了多久，他被一阵摇晃惊醒，"好了，走吧。"

巴库勒张开双眼，只见冷寒铁站在自己面前，一脸的疲惫，于是喜悦地站起身，问道："拿到了？"

冷寒铁似乎心事重重，没有回话，只将手中的铁檀木举给他看，只见上面缠了一大团的银魂蛛丝。冷寒铁挑了一点蛛丝，将它涂抹在两个人身上的帘布上。帘布很快粘牢在一起，形成一个坚不可摧的铠甲。如此一来，火湖中的鱼儿怎么攻击他们都不怕了。

事实上，鱼儿根本就没有去骚扰他们，因为它们全部的注意力都在湖中的人腿上……

回到这边，杜振宸感觉到冷寒铁情绪有些不对，又不敢开口问，只能与巴库勒交换了下眼神，默默地跟在他身后走回小房间。

有了蛛丝，大家立即忙碌起来。虽然先前他们采集到的火把和铁檀木基本上都用光了，但好在孔浩东他们用火炮轰开大门时，震碎了不少石块。大家挑拣出一些大小合适的碎石，将其一面打磨得略微光滑些，用来代替木头。林从熙挑拣出一块相对平整的石头，涂抹好蛛丝，往岩壁上一按。然而诡异的事情出现了，蛛丝仿佛失去了黏力，石头直接从岩壁上滑落开。

难道银魂蛛的蛛丝带有灵魂不成，一旦与母体脱离就失去黏性？冷寒铁疑惑地拿起另外一面石头，与第一块沾了蛛丝的石头按在一起，两块石头牢牢地粘住了。

蛛丝没有问题，那么剩下的唯一可能就是岩壁。冷寒铁伸手抚摸了下岩壁，手立刻缩了回来。上面寒气砭骨，石头上粘了一层冰霜。"是这冰霜让蛛丝失效的吗？"冷寒铁取出黄金匕首，在岩壁上刮了刮。可是他的黄金匕首刚离开，岩壁立即又重新结上了一层霜花。

无奈之下，冷寒铁只得重新涂抹了一块石头，然后将其沿着石壁一点一点地往上挪动，发现要到两米以上时才有些许的黏力，倘若想要粘得牢固一点，至少需要在三米以上，而如果想要让石头能够承载住人的体重而不脱落，估计至少要在五米以上。这已经超出了两个人叠在一起的身高，在施工上失去了操作的可能性。

明白了这个状况后，大家不觉有些泄气了。难道只剩下硬攻一个途径？

冷寒铁的脸上阴晴不定。巴库勒瞧在眼里，悄悄地凑近他，低声问："冷大，你是不是先前去取蛛丝的时候，遇到了什么事？"

冷寒铁以脚尖捻着地上的一块小石头，仿佛在心中下了很大决心似的，对巴库勒道："你去把王教授请过来。"

巴库勒知道冷寒铁定然是遇到了什么棘手的事情，需要借助王微奕的博学，当下不敢怠慢，小跑着找到王微奕，将他带到冷寒铁的身边。

冷寒铁示意三人走到远离人群的地方，确认其他人不会听到他们的对话，才压低了声音问王微奕："王教授，我想向你请教一事，被银魂蛛咬死的人最后的命运会是怎样的？"

王微奕怔了一下："这个……老夫亦不晓得。这本是佛经中的一则小记载，并且描述的是死后的世界。老夫从未想到会在现实世界中真的见到这种蜘蛛，更不知它咬人之后会出现什么情景。怎么啦，冷长官，你是见到死去的刘大当家的有什么不对劲的地方吗？"

冷寒铁沉默了片刻，道："他失踪了。"

"失踪了？你是说，刘大土匪根本没死吗？"巴库勒失声惊问。

冷寒铁在脑海中仔细地回顾了一遍先前与刘开善相逢的几次场景，第一次是他见到刘开善背朝着他们被粘在第二道蛛网上；第二次是他用飞索将刘开善从第二道蛛网拉扯到第一道蛛网上；第三次是他们从刘开善身边滑过，当时他瞥见刘开善的眼睛动了一下，意味着他可能并未丧生；第四次是他独自一人回去取蛛丝，不忍心坐视刘开善再多受苦，于是用飞索连着铁檀木击中他的玉枕穴。以他的手力，刘开善焉有活命之理。可是他刚才再度返回时，却惊异地发现刘开善的尸体不见了，整个现场只遗下两张破碎的蛛网。冷寒铁仔细地观察了下，在地面上找到一些黏着的蛛丝，这些蛛丝的指向乃是通往火湖。也就是说，被他判定为必死无疑的刘开善从蛛网上爬下，沿着他们的方向前进，并最终消失在火湖里。这实在太过匪夷所思了！

冷寒铁猛然想起今天他们抵临火湖时，水中鱼儿异常翻滚的情形。这一切是否与刘开善有关呢？

一丝寒意穿透了他的骨骼，倘若刘开善真的在火湖的湖底，那该是多么可怕的一件事。

冷寒铁将他的猜测简要地向王微奕和巴库勒说了下，二人陡然变色，顿时觉得整个世界都充满了危机。

许多个念头在王微奕的心底呼啸而过，掀起一阵阵的惊涛骇浪。他闭上双眼，良久才重新睁开，艰难地说道："有无可能是银魂蛛注入刘大当家体内的毒素，改变了他的生命形态，让他产生变异，于是形同活死人一般，拥有了超能力？"

巴库勒脱口道："那不就是僵尸吗？"

冷寒铁紧紧地盯着巴库勒问道："刚刚我们从冰湖里拖拽那块帘布上岸的时候，你有没有觉得其重量远远超过布的正常重量？"

巴库勒点头道："理论上，以你我杜振宸三人的力量，拖动上千斤的重量不成问题。我观察过了，那块布最多百来斤，加上附着的石头应该不会超过三百斤。当时我以为是水的比重太大，压在布上，所以我们才那般吃力。难不成你怀疑水下有东西在拉扯着帘布不成？"

"走，我们再去看一看帘布。"

帘布依然平放在地面上。冷寒铁点了一节蜡烛，举着它绕着帘布走了一圈，最后在帘布连着的石头面前站定，眼神古怪："老巴，你过来看一眼。"

巴库勒在石头面前蹲下，仔细瞧了一眼，顿时忍不住倒吸了一口凉气：只见石头上面有五道深深的印痕，像是有人用指甲抠住石头抓出来似的。

能从坚硬的石头上抓出五道手指印，这是何等惊人的力量！难道水底下真的存有怪物不成？

巴库勒伸出手指，在石头上比画了下，印痕的尺寸与人类的手指相近，"难不成真的是刘开善留下来的？这不合理，不科学……"

冷寒铁的腮帮子高高鼓起，显然他在心中艰难地做着一个决定："我要下水去探个究竟！"

"你疯了吧？"巴库勒惊得跳了起来，"且不说水底下的怪物究竟是什么，就凭那个水温，就可以把你活活冻死！"

"我们进来时每个人身上都蹭了一层黑色的火油状的物质。我验证过了，这个物质可以中和冰湖的腐蚀性，能够支撑人不被冰湖伤害。"

"那也不行！"巴库勒断然道："你怎么知道这个冰湖跟我们进来时掉入的那个冰湖是一样的？万一火油物质不管用呢？你岂不是下去白白送死？"

"你知道什么？"冷寒铁低低地嘶吼道："昨晚我们过去查看孔浩

东他们的动静时，我就觉得有几分不对。那个值夜的人怎么可以那么长时间里做到一动不动呢？就算是睡着了，可是倚着石壁怎么平衡住身体？还有，孔浩东他们都去哪里了呢？为什么一个人影都看不到？这里面有古怪。"

血色从巴库勒的脸上不断流失："你的意思是，有人偷袭了孔浩东他们，杀死了所有的人，之后再潜藏进了冰湖中？那不对啊，既然他会选择对孔浩东一行人下手，为什么独独放过我们？我们的人数可远比孔浩东他们少得多，而且距离也更近，没有理由说舍近求远，贪多嫌少吧？"

冷寒铁将嘴巴往帘布处努了下，"你觉得那怪物为什么只抓石头，却不扯帘布呢？"

巴库勒的嘴巴渐渐地张成了"O"形："我明白了，那怪物惧怕这块帘布，而我们昨晚就睡在帘布的后面，所以它不敢进去，于是就改成去偷袭了孔浩东他们。如果真是这样的话，我们可以利用这块帘布来对付他……"

"先别多猜测，赶紧让大家撤回小屋子里。对了，把这块布带上。"

在冷寒铁和巴库勒的指挥下，大家很快撤离冰湖，进入有着帘布保护的小屋子。

"怎么了？"林从熙等人见到冷寒铁如临大敌的模样，不觉惴惴不安，"是孔浩东他们要攻打过来了吗？"

冷寒铁凝视着林从熙，道："你跟地底古墓打交道比较多，你如实告诉我，你听说过活僵尸吗？或者说，人被地底的某种生物咬过之后发生变异，进而攻击人类？"

林从熙目瞪口呆："冷长官，你的意思是，有活僵尸在袭击我们？"

有青筋在冷寒铁的额角微微隆起："你先别多问，就如实回答我的问题。"

林从熙迟疑着说："我曾听土夫子讲过。不过所谓的僵尸，多半是入土埋葬上百年乃至上千年而犹然不腐的尸体，这种情况大多与土壤有关，比如特别干燥或者是特殊的酸碱度阻止了空气进入从而避免腐烂，但并没有听说僵尸复活攻击人的事件。倒是早年我跟随东家的杂技团行走江湖时，偶尔有接一些白事。有一次，一名老太太刚刚过世，停殡在家里，她儿子是当地的一名富绅，想让老太太风风光光地走，于是花钱请我们杂技团热闹下。我们一直表演到深夜，就在即将结束时，作为孝子的富绅正跪在老太太的床前做最后几声干号，突然老太太复活过来，面色狰狞，一把抓住自己的儿子，朝他咬去。老太太生前已经卧榻三个多月，瘦得不成样子，简直一阵风都可以吹倒她。可是复活过来的她，却力大无比，我们五六个人一起拼命想要按住她，可是却被她屡屡掀翻在地，可怜她的儿子，被她活生生地咬断喉管而亡，鲜血喷溅起有三尺高。当时那个场景，说起来不怕大家笑话，我直接被吓尿了。后来还是我们的东家见多识广，从房间里拖出一只马桶，连屎带桶一起扣在她的脑袋上。传说中恶鬼都怕浊臭之物，所以老人教导我们说，要是半夜遇到鬼，特别是鬼打墙，最好就是停下来撒泡尿或者是拉泡屎，最不济的也就是狂吐唾沫，这样就可以破了邪祟的干扰。咳，扯远了。总之，被扣上马桶的老太太终于安静了下来。大家也顾不上什么脏与臭，一起冲上去，七手八脚地将她架起来，放进棺材中，再用钉子直接把棺材盖钉死。我东家再让人宰了一条黑狗，一只公鸡，取了黑狗血和鸡冠血，又让我刺破食指滴了几滴血，说是童子血，最后混合进了一点朱砂，用木匠的墨斗蘸着血水，在棺材上横九竖九地弹了十八道线，连棺材底部都要弹上，并且确保弹线不能断开。这中间老太太一直在棺材里不停地挣扎。不过说来也奇怪，用墨斗弹完线后，老太太就安静了。我东家告诉事主现在有两个选择，一个是将老太太继续入土下葬，但必须是竖着并且头朝下……另外一个选择是将老太太连同棺材一起烧掉，烧的时候还要一边往上面撒石灰。老太太生前只有一个儿子，就是那名被她咬死的富绅，于是主事的就落到他媳妇身上。小女人憎恨老太太杀死了自己的丈夫，于是选择了第二个，即烧毁棺材和尸体。烧尸体选择在正午时间，地点位于河边。我东家指挥着众人架起了一堆木头，又往上泼了一桶油。火很快燃烧起来。这时，让人毛骨悚然的事情再度发生：躺在棺材里的老太太发出凄厉的号叫声，而且是人的声音，大叫说她还没死，为什么要烧死她，并大骂她的儿子丧尽天良，不得好死之类。当时所有的人全都吓呆了，老太太的媳妇更是跪在地上一个劲地流泪磕头。老太太叫了大概有一两分钟，最后被熊熊烈火给吞噬掉了。哎，几十年过去了，这一幕依然历历在目。王教授，你知识渊博，你说这老太太诈尸是怎么回事？"

"老夫没有亲眼看见，不敢妄下结论。有一种说法，诈尸可能与狂犬病有关，准确地说乃是狂犬病毒与其他病毒，比如说与麻疹病毒混合在了一起，于是产生了变异。这种变异型的病毒入侵到人的大脑中，会让病人进入假死的状态，之后又控制住人的大脑神经，令其爆发错乱性的行为，状若丧尸，攻击人类。这个时候的人类，实际上已成了病毒的傀儡，没有自我的意识，更没有自控能力，出现你说的那种咬死亲生儿子的事情也不奇怪。"王微奕咽了口口水，继续道，"传统认为，人死后尸体不能够让猫经过，否则就会诈尸。一种说法是因为猫的阴气很重，古埃及甚至将猫视同为冥界的守护者，因为它有九条命。当它从尸体上经过时，死去的人能够感受到它的召唤，去跟猫借一条命，而后复活，成为僵尸。还有一种说法是人死后还有一口气，如果被动物冲撞了，就会导致动物的灵魂附体到人的身上，引发诈尸。尸变后的死者会直立起来掐人，甚至会追着人跑，但只能僵硬着肢体，而且不能走直线，直到那一口气结束了之后才会重新躺下。即便诈尸后没有行为能力，入土后也会身体长毛指甲长长，状若僵尸。所以在守丧期间，一方面要严禁猫狗等动物接近尸体，另外一方面就是要准备些稻草。如果真有意外发生引起诈尸，旁边的人要快速用稻草遮盖在突然跳起来的尸体上面，这样它就会安静地任人摆布，重新躺回去。只是呢，这也是一种迷信的说法。尸体是会因猫经过而直立起来，但并非借命或者灵魂附体，而是因为猫的身上带有很强的静电。人刚死亡不久，其神经还有微弱的活动。就像有人试过，与死囚约定，斩首后如果还能够听到他说话，就眨两下眼。行刑当天，囚犯的脑袋落地后，该人立即跑到脑袋前追问你能够听到我说话吗，脑袋眨了两下眼。甚至民间流传一种说法，如果刽子手的刀够快的话，死囚在脑袋落地后还可以说话，比如说有死囚在脑袋与身体分家的刹那说了一句'好快的刀啊'。总之，这些残余的神经，会被猫身上所携带的大量静电触发，使其产生肢体反应，比如说坐立起来。但是多半也就是坐立起来而已，绝不会起来追人掐人。这种坐立起来的情形还时常发生在火化中。这是因为高温中，尸体上的手臂肌肉会急剧收缩，手指收缩成握拳状，头部稍稍翘起。于是给人的感觉好像是死者坐了起来，试图用手臂来护住自己的脑袋。"

杜振宸一拍大腿道："说到这个脑袋掉了还会行动这事，格老子的，我想起一事。有一次我在家里杀鸡，把它的脑袋切掉了，但没抓牢，被它一下子逃掉。结果你们猜我看到什么？那只没有脑袋的鸡喷着鲜血，在院子里狂奔乱逃，将我家女人和小孩吓个半死。最后大概一分钟后，它的血喷完了，才倒地身亡。因为这事，搞得我家女人和小孩留下了心理阴影，从此以后看见鸡就害怕，更不用说吃它了。"

王微奕道："你说的这种切除脑袋仍会行动的现象主要发生在一些动物身上，除了鸡外，还有青蛙等，主要是因为它们的脊髓可以作为神经中枢进行一些简单的反射，而这种反射不需要经过大脑。就像你如果敲击悬空腿的膝盖下部，会看到自己的脚向上弹起。"

冷寒铁皱着眉头，问道："除了狂犬病毒外，还有没有被其他动物或者细菌感染而变成僵尸的案例？"

王微奕道："大自然界中存在着这样的案例。比如说，有一种名叫刻绒茧蜂的寄生虫，可以在宿主毛毛虫体内产卵，然后孵化出无数饥饿的幼虫，这些幼虫会寄生在毛毛虫体内以它的肉体为食，之后咬破它的皮肤爬出。这时的毛毛虫并不会死，而会被刻绒茧蜂控制着，替它们守护这些幼虫，直至其长大成熟后自己才死去。类似的事情还发生在寄生蜂金小蜂和蟑螂身上，即金小蜂会产卵在蟑螂身上，并让它成为幼虫活着的食物。另外，一种名叫 Cordyceps 的寄生菌会感染蚂蚁的大脑让其变成僵尸蚂蚁，然后驱使它前往最适宜真菌生长和传播的场所，最后再杀死蚂蚁。有此功能的还有金线虫。金线虫常常在水中产下幼虫，幼虫孵化后依附于水中的植物。蟋蟀和蝗虫等昆虫如果食用了这些植物，就会被感染。这些幼虫会在蟋蟀或蝗虫体内逐渐长大成熟。一旦成熟后，金线虫就会将蟋蟀和蝗虫变成僵尸，驱使它们自动投水自尽。通过这种残忍的方式，金线虫又回到水中产下更多幼虫，重新开始新一轮生命轮回。"

林从熙由衷地赞叹道："王教授，你简直就是一个行走的百科全书，啥都懂。"

王微奕谦虚地说道："哪里哪里。只是老夫一生钻研考古，时常要与古墓打交道，所以僵尸和病毒这些都在我们的涉猎范围之内，毕竟我们也想每次能够平安归来。"

冷寒铁紧追着先前的问题："那倘若银魂蛛的体内含有特别的病毒并注入到人体内，有可能引起人体的病变，会变成具备超强攻击力的僵尸，对吗？"

"不排除有这种可能。"王微奕斟酌着字眼道："人的大脑是非常神秘的东西，迄今为止我们对它的认知非常少。如果银魂蛛真的咬过刘大当家的大脑，那么不排除他会发生变异。至于这种变异性会不会增强他的攻击性，这个老夫不敢妄下断论。不过呢，一般说来失去了人类意识的人类，其残暴性会大增。这一部分是由于病毒的支使，另外一方面也是因为感染者的睡眠会变得很差乃至没有睡眠。即便是正常人，只要长时间不睡觉，大脑里的理性就无法控制住本能的恶魔，变得狂躁、残忍与嗜血。相传前几年苏联利用死囚犯做过一个剥夺睡眠的实验，将五名死囚犯关在一个房间里，再往房间里灌入毒气，这种毒气可以刺激人的神经，让人无法入睡。当实验进行到第五天时，有犯人就开始崩溃，大喊大叫。到了第十天，囚犯们用撕下来的书页蘸着排泄物，将实验房间的玻璃贴得严严实实，然后陷入了死寂中。到了第十四天的时候，实验者觉得不对劲，破门而入，发现整个房间内变成了一个人间地狱，到处都是鲜血，四名囚犯如同食人魔一般吃掉了其中一名同伴，甚至还撕扯下自己的肠子和内脏吃掉。最为恐怖的是，四名幸存者被抢救出来之后，非常抗拒睡眠与麻醉，甚至在内脏严重受损的情况下仍能强力攻击护送他们的士兵，导致五名士兵和两名实验者死亡。最后没办法，医生被迫在完全没有麻醉的情况下，给剩余的两名实验者将被扯出来的内脏安放回去。而实验者非但没有痛苦的表现，脸上反倒会不时露出微笑，仿佛在享受手术所带来的剧痛。在手术结束时，其中一位竟然要求医生继续切——因为他们抗拒正常的氧气环境，实验方没有办法只能将他们重新移回实验环境中，重新注入提神的毒气，让他们继续保持没有睡眠的生活方式。最后，一名无法忍受他们魔鬼般状态的研究员在崩溃的情绪下枪杀了他们。实验方切割开他们的尸体，发现他们的血液中含有普通水平 3 倍的氧气。过量的氧气可能会造就他们异于常人的身体状况，包括对疼痛的感知度降低，肢体的能量增强。如果刘大当家真的被银魂蛛感染变成了僵尸，那么我们需要小心，随着时间的流逝他可能会变得越来越残忍。"

　　所有的人全都沉默了下来，空气中流转着难言的压抑。所谓僵尸，说到底不过是野兽本能被激发起来的原始人。我们的祖先能够在地球上称王称霸，靠的并不单纯是智力，更多的还是血腥手段与残忍性。世界上没有任何一种动物会比人类更加残忍，至少说老虎狮子等大型猛兽猎杀其他动物时，只会在尽快的时间内降服对方或者是咬死对方，以获取对方的血肉来果腹，并且这种攻击多半不会针对自己的同类。但人类却可以视自己的同伴为死敌，并制造出无数种的花样和酷刑，从炮烙、人彘、宫刑到凌迟处死等，让受死者饱受痛苦折磨，而执刑者却从中获得了一种变态的感官享受——以杀死同伴来取乐的只有人类。历史上，许多个民族诞生了，但却又被其他民族灭掉。这是人类融入血液里的本性，来源于我们祖先在亿万年间与地球上各种生物惨烈厮杀的记忆遗传。比如说一万两千年前，我们智人祖先无意之中从欧洲走到了美洲，结果美洲的生物遭到了毁灭性的破坏，北美 47 个属里灭绝了 34 个属，南美 60 个属里灭绝了 50 个属。猛犸象、乳齿象、大地獭、巨型骆驼乃至重达 7 吨的古巨蜥，在人类祖先的残杀下消灭殆尽。所以，这个世界上，最为恐怖的不是鬼，而是失去理性的人类！在正常情况下，人类的这些原始本能被道德和法律约束在潜意识里，就像是孙悟空被如来佛困在五指山下，虽挣扎但却无法主导自己的命运，而一旦被解封，那么人类就会重新回归成那个无法无天、大闹天宫的孙悟空，不可一世，神挡杀神，遇佛杀佛。

"那我们该怎么对付这样的僵尸呢？"杜振宸艰难地问。

王微奕苦涩地答道："老夫一辈子挖掘过的古墓至少有上百个，但僵尸却从未遇到。准确地说，这样的僵尸本不是我们考古人员研究的对象，它更应该划归到生物学家乃至特别的机构。所以老夫也没办法。"

楚天开道："只要有枪在，什么僵尸我都可以把它打成个筛子。这一路上我们对付的各种稀奇古怪的生物还少吗？我就不信这僵尸还会刀枪不入。"

冷寒铁的太阳穴噗噗跳动，总觉得有什么记忆想要从潜意识的巨大深渊中爬出，而这些记忆乃是最为黑暗、最为残忍的恶魔，乃是被他用极端的手段才镇压下去。一旦冲决而出，定然会掀起一场血雨腥风。他几乎咬碎了牙齿，才勉强抑制住记忆的强力撕扯。

巴库勒瞧出了他的不对劲，担忧涌现心头，急于想找个话题分散冷寒铁的注意力，于是走到帘布后面，掀开它朝外面随意一看，忽然间惊呼一声："咦，孔浩东他们遗下的灯亮了！"

所有的人全都一震，急忙走上前去查看。果然，孔浩东他们昨天被冷寒铁他们打退后遗留下来的两盏灯正孤零零地躺在地上散发出惨白的光芒。这些光芒被黑暗包裹着，显得那般微弱与渺小。

在冷寒铁他们的推算中，孔浩东他们应该是昨晚全都被僵尸刘开善杀死，那么会是谁接通的电？难道是为了给僵尸照明，以便更好更快地找到冷寒铁一行人吗？

胖胖的卜开乔行动最慢，艰难地挤开人群，嘴里嘟囔道："给我看看，给我看看。哎，这个破铁疙瘩放在门口真是碍事。为什么不把它扔掉呢？"

他口中的破铁疙瘩乃是护送杜振宸他们来到此地的金属圆柱体。说者无心，听者有意，冷寒铁心头猛地一动，问杜振宸："我记得这上面安置了一盏灯，亮度颇高，现在还能开启吗？"

杜振宸无奈地耸了耸肩道："灯应该还是完好的，可是电池已经耗光了。冷长官，如果你想要照明的话，为什么不利用眼前的灯呢？"

冷寒铁淡淡地回道："你觉得这灯在冰湖下面还可以使用吗？"

所有人吓了一跳，巴库勒更是跳了起来："冷大，你真要进入水底吗？这怎么能行！眼前的冰湖太过古怪了，更何况还可能藏有僵尸，稍微有一点意外就是死无全尸啦！"

冷寒铁正想要批评巴库勒还会不会好好说话，突然间对岸传来隐约的枪炮声。冰湖虽然只有上百米的宽度，但其透上来的寒气似乎连声音都可以冻结住，于是枪炮声只能从湖边通道那边传过来，显得十分不真切。至于人员的呼喊声，则是完全被屏蔽掉了。

枪炮声虽然微眇，但却如同一记铁拳击中大家的心房：莫非孔浩东他们仍然活着，但却遭遇到致命的攻击？

孔浩东他们身处的位置，与冷寒铁他们有几分相似，都是一块飞地，两边是绝境，两边是岩石。如果有人能够偷袭他们，那么很大可能就是从冰湖里窜出的！

想到此，冷寒铁更加坚定了自己的想法，对巴库勒等人道："不要啰唆！再拖延下去说不定我们所有的人都要死在这里！冰湖虽然古怪，但先前我们用枪支浸在水里挑动帘布未见腐蚀，说明它对金属不起作用。这个金属圆柱体是合金特制，并且绝对密闭防水，你们快将我连同金属圆柱体放入湖水中，待确认下面的情形后立即拉上来，不会有什么危险！"

巴库勒等人再也无法反驳，只能默默地帮助冷寒铁将金属圆柱体推向探照灯旁边。冷寒铁掏出黄金匕首，在金属圆柱体的上方戳了一个洞，再让杜振宸将一个探照灯的灯头取下，将电线从洞孔里穿了进去，与原来的金属圆柱体内的电线连接在一起作为电力供应，将照明灯重新点亮。冷寒铁同时指挥巴库勒用黄金匕首将地上的帘布裁下两条，用银魂蜘蛛丝作为黏合剂粘在金属圆柱体上，当作拉绳。再用帘布的碎屑混合银魂蜘蛛丝将电线孔填死，避免水流进去。尽管大家七手八脚地加快速度，但忙完这一切时间已经差不多过了5分钟。

冰湖对岸的枪炮声已经停歇，想必是抵抗结束了。不知道为什么，大家在心里头都认定是孔浩东所率领的舰队船员全军覆没，而那名杀手结束杀戮之后，正将目标转向自己，于是不自觉地加紧了速度。待冷寒铁进入到金属圆柱体后，齐齐动手，推动着它往冰湖滚去。巴库勒、楚天开、杜振宸、卜开乔四个人手中紧紧地拽着布条，一旦发现情形不对，随时准备发力将金属圆柱体拉起。而王微奕和林从熙挎着冲锋枪，一旦看见任何异常生物，将毫不犹豫地扣动扳机。

在众人紧张的注目下，金属圆柱体缓缓地浸入水中。照明灯将冰湖的神秘面纱扯开了一点。大家可以看见水面上不断地升腾起丝丝缕缕的白雾，这些白雾如炼乳一般笼罩于冰湖上方，形成了一道白色的隔离墙。即便是特制的水下照明灯，也只能穿透两米左右的距离。即便是这两米的距离，也只能从水底下观察到，站在岸上，人看到的是灯光被白雾一点一点地吞噬掉，最终整个水面上只余幽微的寒光，给人形成一种错觉，仿佛他们是将冷寒铁装入棺材中，下坠到一个白色的地底世界。这个世界属于永恒的黑暗，由魔鬼来统辖。

受这种错觉所折磨，巴库勒他们强烈地想要将冷寒铁从湖水中拉扯起来。可是冷寒铁却不断地敲打着金属圆柱体的墙壁，这是他们约好的信号，亦即继续往下放。无奈之下，巴库勒等人只能强抑心头紧张，将手中的布条一点一点放出去，同时也将胸膛里的心一点一点地提了起来。

　　金属圆柱体中的冷寒铁心情与他们大相径庭：虽然完全封闭的金属圆柱体隔绝了冰湖水的进入，可是却无法阻挡寒气的渗入。冷寒铁仿佛置身于冰天雪地的南极，忍不住打了一个喷嚏，将侵入体内的寒气驱赶了出去。可是寒气却像赶不走的野狗，越聚越多。冷寒铁只能让自己的身体尽量靠近照明灯，从中吸取一点暖意。而随着灯光探照出来的范围逐渐扩大，呈现在他视网膜中的内容也越来越多，心头的震撼亦越来越大。这片水域的下面，远非表面看上去的那般风平浪静，而是隐藏着一个秘密，这个秘密就是：船只墓场！

　　照明灯能照射的范围有限，冷寒铁只能看见水底下潜藏着一个巨大的黑影，可是局部的熟悉感让他几乎可以判定，这是一艘现代的舰艇！谁也不知道究竟是什么力量将它从那个正常的世界拖拽到这个阴冷的水底炼狱中，谁也无法猜测出那些船员最终去了何方，但冷寒铁能感知得出来，船上带有一股强烈的怨气，而这股怨气被冰湖完全禁锢住。一种奇妙的感觉钻入他的心里：如果金属圆柱体往下沉没得足够深，他将看到一个船只博物馆，沉积着千百年间从上面江河中消失的各式船只。而冰冷的湖水如同一只巨大的章鱼一般将它们牢牢地吸附在水底，一方面是为了阻止外人的探视，另外一方面也是为了更好地封存住这些船只，就如同福尔马林液可以长久地保持住尸体的形状一般。

　　虽然身在金属圆柱体内，但冷寒铁仍能感觉到有一种力量将他往下扯去。可以想象，这些水中的船只，同样受到这股力量的牵引，千百年间一直在缓缓下坠中。新的船只摞在旧的船只上，如珊瑚礁一般，形成了一个不断生长的船只墓茔。

　　冷寒铁实在无法想象，眼前的冰湖究竟有多深，为什么要收取如此多的船只在里面？它究竟是大自然的无心之作，还是某种怪力有意为之？

　　这些层层叠叠的船只用它们的遗骸告诉冷寒铁一个真相：以他们目前的能力，根本无法跨越这座冰湖。如果想要强行横渡，只会让自己变成水中的一缕游魂，乃至于连魂魄都要被冰冻住。想到此，他用黄金比首的把柄一急二缓地敲击了下金属圆柱体，这个信号意味着巴库勒他们可以收起绳索，将他拉扯上去。

巴库勒他们早就在等待着这一刻，立即双手使劲，拖拽着金属圆柱体朝上升起。

可是事态的发展往往会按照最糟糕的剧本来进行。就在金属圆柱体缓缓露出水面时，一张干瘪的脸骤然"啪"地一下贴在了玻璃窗前，将冷寒铁吓了一跳：这与其说是人类的脸，不如说是地狱的使者——整张脸的上方中了一枪，将天灵盖掀掉了，露出里面的脑组织；在大脑的后边，则是一个血窟窿。原本是挂着一点脑浆，不过早被火湖与冰湖里的水冲刷干净。最为重要的是，整张脸因为长时间地浸泡在水里，皮肤已经变得褶皱、苍白，与瞳孔的形态一致。

冷寒铁几乎可以认定，这是一张死人的脸，正是被他和银魂蛛合力杀死的刘开善的脸！可正是这么一个本应该死去的人，如今却用一双死鱼眼在舷窗外死死地盯着他。在阴冷的水底，骤然见到这恐怖的一幕，不禁让人毛骨悚然，寒意透骨。

刘开善牵扯着脸部僵硬的肌肉，似乎想要挤出一个笑容，可是却被迷走的神经给扼杀掉了。但这样一个诡异的表情，却在无形之中更增加了人的心理压力。冷寒铁不由自主地后退了一步，瞳孔收缩，手指下意识地伸向黄金匕首。这是他眼下唯一可以信任的武器，他相信它的锋芒足以削掉世间任何一个人的脑袋，哪怕他是一具僵尸！

刘开善仿佛知道黄金匕首的威力，于是一个转身，"嗖"地不见了。

巴库勒他们只顾埋头拉扯着布条，竭力想要加快速度将金属圆柱体拖上岸。无奈冰湖中水的浮力明显比寻常的水要小许多，加上从水底下传来的一阵阵吸力，始终将金属圆柱体往冰湖深处拽去，因此拖动金属圆柱体并非一件容易的事。巴库勒他们将绳索深深地勒进掌心中，才勉强地拽动着金属圆柱体往上移动。

就在这时，一阵猛烈的冲击力从金属圆柱体的筒身导入到他们的掌心中，让他们全身如同被电到了一般，瞬间一阵酥麻，手心中的布条险些松脱。巴库勒怒吼了一声，将布条缠在断掌的手腕上，另外一只手紧紧地攥着布条的末端，然后奋起全身的力气，猛地一扯，勉强稳住了身躯，随后他一个转身，让自己背朝着冰湖，布条搭在肩头上，如同一头负重的老牛一般，身体深深弯起，竭尽全力地往前拉动布条。

刘开善的一撞之力固然凶狠，不过冰湖的水质特殊，抵消掉了他的不少力量，加上金属圆柱体乃是用合金材质铸成，坚固无比，而金属圆柱体内部贴着的橡胶层可以有效吸收掉震荡，因此一震之下，金属圆柱体与冷寒铁并没有任何损伤。冷寒铁更多的担心来自玻璃窗。虽然那也是特制的，但是硬度肯定比不上合金。倘若刘开善对着它来上一拳，说不定就因此开裂了。

刘开善仿佛也明白了这个道理，再度将变形的脸庞贴在玻璃窗上，对着冷寒铁绽放出一个古怪的笑容。很显然，接下来他瞄准的目标将是玻璃窗。一旦玻璃窗被打碎，冰冷的湖水将汹涌而入，即便不将冷寒铁冻死，也会因为重量的剧增压垮巴库勒他们四人，使得金属圆柱体永沉湖底，与那些船只遗骸永远相伴。

冷寒铁又岂会坐以待毙。他掉转黄金匕首，将刀锋抵在玻璃窗上。只要刘开善一拳击碎玻璃，那么黄金匕首也将刺穿他的拳头，两败俱伤。

刘开善再度出手了，瞄准的果然是玻璃窗，但却仿佛知道危险般地放过了冷寒铁所在的玻璃窗，而将攻击目标转向用来折射照明灯的那个玻璃窗。他的出拳是如此迅猛，只一击就将双层的玻璃窗给打烂了。此时的冷寒铁甚至来不及做出反应。他只在转头之际，发现冰冷的湖水已从破裂的窗口处涌了进来。

重击之下，巴库勒他们立刻发现了危机，开始采取行动：巴库勒四人咬紧了牙关，将全身的力量全部贯于手臂与腰上，齐齐发力，硬生生地将金属圆柱体拉升了半米左右，让玻璃窗远离水面，阻止了水流的涌入。与此同时，王微奕和林从熙动作生涩地拉开枪栓，朝着水中胡乱开枪。

他们虽然经过一点军事训练，懂得如何开枪，但在慌乱之中，根本无法进行瞄准，只能期盼着可以瞎猫碰上死老鼠，射出的流弹即便不会将刘开善击伤，至少也可以吓住他的进一步攻击。

刘开善似乎对子弹有所顾忌，就在枪响的一瞬间，他立刻闪身避开。不过他并没有选择退却，而是双手双脚一扭，整个人如同一条大鱼般地窜向金属圆柱体的底部。冰冷而又凝滞的湖水，对他没有任何约束力。这加深了冷寒铁心头的惊惧：一旦离开了金属圆柱体的保护，在水中与刘开善正面对决，他毫无胜算可言。

就在巴库勒他们估摸着再加几把劲就可以将金属圆柱体顺利拉扯上来时，突然间冰湖里传来一股巨大的力量，这股力量是如此之大，远远超出了四人的合力。顿时他们一个趔趄，不由自主地退后了几步，险些集体栽入冰湖中。全赖巴库勒咬紧牙关，任布条深深地嵌入肩膀的皮肉中，脚下沉坠的力量甚至将穿着的皮靴踏裂了，才勉强地稳住队形，不至于在这场拔河中一败涂地。但如此一来，他们先前的努力全都化为乌有，金属圆柱体又下沉了半米多，湖水重新灌注进来。最重要的是，四人已如同强弩之末，根本无法抵御刘开善的下一次进攻。

就在这危急之际，冷寒铁出手了。他整个人如大鹏一般地腾空而起，双腿劈叉，撑在金属圆柱体的中间部位，离开冰冷的湖水，紧接着挥动黄金匕首，一刀切开了连接照明灯的电线，然后将电线调转过来，抵在金属墙壁上。电流瞬间顺着墙壁与水流游走，一直传导到金属圆柱体的下端。而金属圆柱体内有着橡胶作为绝缘体，保护了冷寒铁不受电力袭击。

刘开善虽然强悍，不惧刀枪，但对于电流却没有抵抗力，顿时被电得全身一麻，四肢失去了控制，整个人沉入水底。

没有了刘开善的牵绊，巴库勒他们的压力顿时减轻了大半。他们喘了口气，集聚起全身残余的力量，拼了老命地将金属圆柱体往上拉扯。

解决掉刘开善的纠缠，冷寒铁并未就此住手，而是继续挥舞着黄金匕首。借助黄金匕首举世无双的锋利，他很快就将金属圆柱体的上端切开了一个半米见方的圆洞，再伸手一顶，将切开的金属板连同电线抛入水中，随即双手一撑，已跃上了金属圆柱体，双脚再用力一蹬，整个人随即腾空而起，直落岸边。脱离了险境，冷寒铁没有丝毫迟疑，黄金匕首一挥，将巴库勒他们手中绷紧的布条斩断，顿时圆柱体飞快地沉入水中，砸中刘开善，将他压在下方，一起沉坠。

冷寒铁顾不上喘气，立刻命令："老巴，你和小卜带着地上的布，护卫王教授他们进入通道。"

大家各自领命而去。楚天开和杜振宸不顾手脚酸软，陪着冷寒铁一起奔向小房间，然后搭了个人梯，扶持着冷寒铁将高达三米的帘布切割了下来。杜振宸原本还想要收拾下小房间里剩余的武器、头盔等物件，却被冷寒铁一把揪住："都什么时候了，还要这些东西做什么？难道你觉得你的装备比孔浩东他们的更加先进，或者是单凭那一把破枪就能打死僵尸？"

孔浩东他们留下的两盏灯中，一盏被冷寒铁用于金属圆柱体中的供电照明，另外一盏则还丢在地面上，幽幽地发着光。冷寒铁从边上经过时，伸脚一勾，即将地上的灯拾了起来，提于手中，将它对准冰湖照耀过去。

楚天开的心里"咯噔"了一下："冷大，你该不会是说，刘开善那个鬼东西还没死吧？"

冷寒铁还没来得不及回答，只听冰湖处传来"哗啦"一声响，紧接着一个如鬼魅般的身影从湖中一跃而出。灯光照到了他的容颜，正是只剩半张脸的刘开善。而即便是这半张脸，也失去了活人的特性，显出死人才有的苍白、僵硬与冰冷。如果仔细看去，就会发现刘开善裸露的皮肤上已经现出尸斑。种种迹象表明，这是一个原该早已死去的人。可是却复活了，成了不败的战神——有谁可以打败一个死人呢？

杜振宸先前没有与刘开善打过照面，陡然见到他这副模样，不禁一阵胆寒，脚底为之一软。

冷寒铁眼中凶光闪烁，飞快地从腰间掏出手枪，对准刘开善"啪啪"

就是四枪。他的拔枪和开枪全都迅如闪电，一气呵成，可是刘开善的反应更快，竟然全都闪开了，继续如同鬼魅一般地朝着冷寒铁他们的方向扑了过来。

尽管心中早有准备，但见到这一幕，冷寒铁仍然吃惊不已。在近距离中能够令自己枪法落空的，他只遇到过狮鹫。而刘开善能够躲开，这已经超越了人类的极限速度！当下里他不敢迟疑，抛下探照灯，奋起双臂，抡起上百斤的帘布，如同一堵墙般地朝着刘开善袭去。

按照冷寒铁的猜想，刘开善对帘布有着一种本能上的畏惧心理，不敢正面撄其锋芒，如此的话足以将他逼退。谁知道刘开善竟然不躲不避，探出如鬼爪一般的手，一把抓住帘布的一角，生生地将冷寒铁的攻势给破解了！

冷寒铁只觉得有一股大力从帘布的彼端传了过来，该力量之大，远非自己所能抗衡，急忙松开手中的帘布，反手拔出黄金匕首，飞快地将飞索缠在刀柄上，以飞索驾驭黄金匕首，如闪电般地刺向刘开善。

刘开善如同先前的冷寒铁一般，将帘布舞动起来，朝着冷寒铁的方向逼近过来。帘布的柔韧性加上刘开善的力量和速度，足以抵挡得住枪林弹雨的攻击，而一旦人体被帘布的边角所击中，就如同被一个飞快转动的绞肉机绞住一般，即便不会粉身碎骨也要伤筋断骨。

就在刘开善的帘布卷到面前时，冷寒铁的飞索柔弱得就像一只小鸟，一下子就被布帘卷了进去。飞索虽然不敌帘布，可是黄金匕首的锋芒却所向披靡，无人可挡。它轻易地撕开了帘布布下的天罗地网，同时把刘开善的右手的小拇指给切了下来！

刘开善虽然变为僵尸，没有了痛觉，可是却能感应到断指的危机，于是双臂一振，将帘布如同一块巨大的盾牌般抛了出去。

冷寒铁击中了刘开善之后，立即将飞索收回，将其调转了个方向，缠住楚天开与杜振宸的双腿，一扯，二人立即仆倒在地。帘布携着猛烈的风声从他们的头上掠过，狠狠地砸到通道的石壁上。石壁如同被炮弹击中一般，有石头簌簌地掉落下来。

　　刘开善眼见一击不中，立即展开新一轮的攻击。不过他对冷寒铁尤其是他手中的黄金匕首颇有几分忌惮，于是将目标转向楚天开和杜振宸，朝着二人飞快地扑了过来。楚天开二人亦非等闲之辈，反手拔出微型冲锋枪，对准刘开善就是一梭子。对于子弹刘开善留有本能上的畏惧心，急忙斜地里横飞出去，躲避子弹的袭击。

　　冷寒铁见楚天开二人身陷危机中，急忙揉身上前解救。他用脚挑起孔浩东死去船员留下的一个头盔，将它踢向刘开善的后背，随后手中的黄金匕首如同吐着信子的毒蛇，袭向刘开善的右腿。他观察到，刘开善已对肉体的疼痛和伤害失去反映，亦即哪怕他一枪击中刘开善的心脏也不会给他带来致命性创伤，因此只有切除他的四肢才能影响到他的行动力，从而找到将他彻底解决的机会。

　　无奈的是，如今的刘开善已非昔日吴下阿蒙，他的反应速度远在冷寒铁之上。他听见身后风声，立刻手臂一挥，将冷寒铁砸过来的头盔击飞，与此同时，他右脚踢出，踢在黄金匕首的刀把上。顿时黄金匕首失控，调转刀头奔向冷寒铁。冷寒铁一个懒驴打滚，堪堪躲过这一刀，然后手臂快速地拉扯飞索，重新夺回黄金匕首的控制权，再度朝着刘开善的方向挥去。他深知，高手之间的对决，胜负往往只在一招中，对付刘开善，绝对不能一招用老，更不能有所停滞，否则就会给到对方可趁之机。

　　但事实上，在他就地翻滚的时候，刘开善已经看到了破绽，身形一晃，准备再度发动攻势。就在这时，一条绳索从背后飞来，一把套在他的脖颈上——出手的乃是巴库勒。他在听到帘布撞击到洞口所发出的巨大声响时，就知道冷寒铁他们和刘开善交上手了，于是急忙吩咐卜开乔和林从熙照顾好王微奕和花染尘，自己折返回来，接应冷寒铁他们。

　　他第一眼见到的，乃是楚天开和杜振宸嘴角挂血地从地上爬起，冷寒铁狼狈地在地上翻滚躲避刘开善的攻势。巴库勒心中大急，飞快地从背后掏出绳索，施展他从草原上套马练就的手段，成功地将套索勒中刘开善的脖子。

刘开善虽然身体的行动速度和力量都获得了数倍的提升，但在智慧上却是严重受损，这才让巴库勒偷袭成功。可是他岂能甘心受缚，双手扯住绳索，一个用力，强悍的巴库勒收势不住，跟跄着朝刘开善的方向奔来。巴库勒吃亏在于他失去了一只手掌，为控制绳索，只能将它的末端缠在断腕上来施力，仓促间无法解开，只能径直冲向刘开善。迎接他的，除了刘开善狰狞的面孔外，还有钢铁一般的爪子！一旦被刘开善抓住，恐怕巴库勒的脖子将直接被拧断！

楚天开见状，不假思索地扑上前，一把抱住巴库勒的双腿，想要助他一臂之力，来对抗刘开善的蛮力拉扯。无奈即便合二人之力，依然不是刘开善的对手。两个人被一起拖了过来。

就在两个人距离刘开善的鬼爪不足半米时，忽然感觉绳索处传来一阵颤抖，紧接着那股巨大的拽力消失了。他们都是身经百战的战士，岂会错失这个良机，急忙一个翻身，解掉手中的绳索，迅速躲开刘开善。

一直笼罩在洞穴内的光亮突然消失，黑暗在瞬间收回失地，将所有的丑恶遮拢住。黑暗中，刘开善如得了羊痫风一般，全身抖动不止，同时竭力地想要将手伸向右腿部，无奈他身体僵硬根本无法弯腰，只能将腿高抬起来，但即便如此他依然无法触及腿部的"跗骨之蛆"。盛怒之下，他猛地将右腿砸向地面。只听得"咔嚓"一声，小腿径自骨折。他一抬腿，将断足甩起，然后双手抓住断了的右脚，用力一扯，将它如同一节甘蔗一般地拗断丢了出去！从断裂的伤口处流出来的不是红色的鲜血，而是绿色的汁液！同时，一条透明的触须从伤口处飞快地收缩回刘开善的身体内。

缠住刘开善右腿的，乃是冷寒铁掷出的电灯。就在巴库勒出手之际，冷寒铁改变策略，将飞索调转了个方向，"抓"起地上的探照灯，将灯泡一把磕碎，随后连同电线一起袭向刘开善，在他的脚踝上绕了个圈，缠在上面。电流顿时顺着破裂的灯泡导入刘开善的体内，将他电得全身颤抖不已。

事实上，支撑着刘开善不惧刀枪、形同鬼魅的，正是银魂蛛的毒素！当日里，冷寒铁为了不让刘开善活受罪，用铁檀木击破了他的玉枕穴。于是有的银魂蛛从血洞中爬了进去，进入刘开善体内。银魂蛛独特的习性使得它们在人体内也会吐丝。这些蛛丝牢牢地控制住刘开善的每一根血管，每一块骨头，并不断地往里面注入它的毒素。如此一来，刘开善就成为银魂蛛所控制的一具傀儡，没有痛感，行动如风，最重要的是，被银魂蛛毒素改造过的躯体，不畏火湖的酷热，无惧冰湖的奇寒，成为这黑暗地底世界的一名地狱使者！

不过，银魂蛛控制下的刘开善仍有它的克星，那就是电流！电流不仅直接造成它的酥麻，而且会破坏掉机体的生物电传导，使得它对刘开善这个寄体的控制力下降。所以，当银魂蛛发现被电流缠身，就立刻选择折断寄体的一条腿来挣脱。原本就是死人的刘开善对此毫无意见，也没有任何痛感。不过断腿仍然会给银魂蛛或说刘开善带来行动上的不便，一定程度上削弱了他的战斗力。

黑暗中，冷寒铁并无法看清刘开善的举动，他最后看见的影像乃是巴库勒手中的套索缠绕在刘开善的脖子上，于是喝令道：“老巴，套索甩起！”

巴库勒先前里抓住刘开善的触电时机，丢开套索逃离了他的魔爪，如今听到冷寒铁的喊话，立即意识到自己错失了反攻的机会，于是急忙蹲下身来摸了摸地面。幸运的是，套索虽然脱手了，但距离他的手边不足一米。很快他就抓到了套索，略微用力，发现绳索的另外一端传来反向的力量，知道刘开善仍困在套索中。当下里没有任何迟疑，巴库勒双臂抖动，套索在空气中发出响亮的“啪”的一声，将刘开善抓着绳索的手抖开，紧接着他右手举过头顶，奋力拉扯。他原本就比刘开善高出一个头，如今举着双臂，顿时将刘开善吊起，如同丢掷链球一般地甩动起来，准备加速到一定程度时再松手，将刘开善甩出去。

若是常人，脖子被绳子勒住，又被甩到半空中，恐怕只有伸长舌头等待窒息了，可是刘开善本是死人，套索对他起不到杀伤作用。他在半空中双手抓住套索，用力一扯，绳子应声而断。

巴库勒原本绷紧的身体顿时失去平衡，险些栽倒在地。刘开善也好不到哪里去，在惯性的作用下，整个人如同被枪打中的飞盘一般，斜飞了出去，"扑通"一声再度落进冰湖里。

冷寒铁深知冰湖根本困不住刘开善，只能将他的进攻缓滞一下，当下里急忙招呼巴库勒等人一起进入通道中，同时不忘带上帘布——帘布虽然不似他想象中可以克制住刘开善，但其独特的质地至少可以用来抵挡一下刘开善的进攻。

很快地，他们与王微奕等人顺利会师。就在他们与刘开善展开激烈厮杀的时候，王微奕、林从熙和卜开乔则与洞口挡住的石头进行着不懈争斗。可是令他们泄气的是，即便他们使上了吃奶的力量，也无法撼动对面的石头分毫。那块石头就像生了根一般，纹丝不动。见到冷寒铁他们平安归来，林从熙不禁精神大振："冷长官，你们快搭把手，一起把这块堵住的石头挪开？"

冷寒铁先前早就观察好了这扇临时拼凑起来的"防护门"——它是由一块钢板和一块巨石组合而成。巨石的重量应该有两三吨重，理论上撼动起来不是特别难。可是实际情况却出乎他的意料：即便他、巴库勒、楚天开和杜振宸一起加入进来，合力推动钢板，却依然纹丝不动。这说明一个问题：挡门的除了钢板和巨石外，应该还有其他的锚点在固定着！

这个发现让大家的心头都有几分焦躁。巴库勒摸出一枚手雷，道："冷大，不如我们将它直接炸开吧？"

冷寒铁望了他一眼："你觉得就凭这么一枚手雷，能够炸开眼前的石洞？"

"那该怎么办呢？"巴库勒几近绝望，"我猜刘开善很快就要追过来，我可不想死在他的牙齿下。"

"你们说什么？"林从熙惊声道："难道你们几个人合力都没能搞定他？他还成精了不成？"

巴库勒没好气地说道："没成精，但成妖了！妖到让人无法近身，更不要说杀他。先前要不是冷大机智，废了他一条腿，我都不知道还有没有命回来呢！"

冷寒铁没有说话，掏出黄金匕首开始切割挡在门口的第一重钢板。三厘米厚的钢板在黄金匕首的锋芒下，就像豆腐块一般，不多时就被冷寒铁切割了一大块下来，露出背后的巨大岩石。

"把它往侧边推！"冷寒铁下命令道。

所有人齐齐上阵，压榨出身体的每一分力气，终于将岩石往左边推动了三四十厘米，露出一道拳头般大小的缝隙出来，有灯光从中流泻了出来，将小半条的通道照耀得一片通明。大家不觉大受鼓舞，仿佛胜利的曙光近在眼前，只需要再多努力一把，命运的大门就将向他们敞开。

可是美梦总是容易被冰冷的现实所击败。一片吆喝声中，传来花染尘的一声惊呼："天啊！那是不是僵尸过来了啊？"

楚天开将手中的手电筒移向通道的入口处，果然看到一个全身湿漉漉的、脸上没有丝毫血色的瘸腿人正如同一头饿狼一般地立在阴暗处，空洞的目光让人发毛，仿佛里面潜藏着一条毒蛇在吐着信子，随时准备对人发动攻击。

巴库勒信奉先下手为强，于是毫不迟疑地捡起地上的一块石头，朝着刘开善砸了过去。他对自己的手劲和准头有着充足的自信，想着一击之下，即便不能将刘开善的脑袋砸得稀巴烂，至少也可以给他留下点痛苦的纪念。谁知道他的雷霆一击却被刘开善反拨回来，石头飞速朝着冷寒铁一行飞来。

所幸冷寒铁早有准备，一把拽起地上的帘布，用力一抖，将石头扫落。

但是对于瘸腿的刘开善来说，此刻却仿佛找到了一件顺手的武器，于是他捡起地上零落的石头，接二连三地朝着冷寒铁他们袭来。

帘布重达一百多斤，即便冷寒铁臂力再强，也不可能将它抢得水泼不进，于是在击落第三块石头之后，冷寒铁很快改变策略，选择了"龟缩"的防守方式——与楚天开一起，各执帘布的一边，将它如同屏风一般挡在身前，同时令身后的巴库勒等人捡起另外一块帘布挡在头上。如此一来，便能将刘开善掷出的石头——挡住。只是让他们发怵的是，刘开善仿佛是个永动机，如果他不停地掷，或是改丢三五十斤重的大石头，那该怎么办？

就在冷寒铁他们咬牙苦撑时，刘开善总算停了下来——他身边没石头了。

但短暂的平静并没让冷寒铁觉得轻松，相反，他的神经绷得更紧——恰如暴风雨来临前的天空，平静之下潜藏着最深的危机。他出声让巴库勒、杜振宸和卜开乔将王微奕和花染尘护在中心，同时保持警惕，小心刘开善的风雷一击。

果然，刘开善再度出手了。这次他抛掷的不再是石头，而是他自己！由于失去了一条腿，他不能快速奔跑，于是他将整个身体趴伏下来，以双手和单腿支撑住自己，如同一只大蟑螂一般在通道里快速移动。

冷寒铁心生怵惕，无奈刘开善的速度太快，让他根本腾不出手来拔出黄金匕首，只能眼睁睁地看着刘开善扭曲可怖的面孔逼近过来。在临近他们两米左右的时候，刘开善双手一撑，整个身体飞了起来，脑袋狠狠地撞在冷寒铁他们手中紧攥的帘布上，将他们顶得退后了几步。所幸站在他们身后的是卜开乔，他的体重和力量成功地化解掉刘开善的冲力，勉强稳住了队形。

刘开善撞击成功，整个人借势一跃，跃到冷寒铁他们的头顶上。头顶上是另外一块帘布遮顶，支撑者乃是巴库勒、杜振宸、卜开乔与林从熙四人。虽然人数占优，但实际战斗力要逊色于冷寒铁和楚天开。

刘开善跃上帘布，重重下压，将四人中最弱的林从熙压得腿一软，攥着的帘布不由地一松，顿时防御的队形朝着他的方向垮了下来。

　　冷寒铁见势不妙，飞快地掏出手枪，对着刘开善的脑袋就是一枪。子弹击中了他的脑门。可是并没有想象中的脑袋开花，子弹被颅骨给"夹住"了——被毒素改造过的刘开善的骨骼变得特别紧密与坚固，数倍于常人，即便是近距离的射击也根本无法将他击倒，反倒激发了他的凶性。他凶狠的转向冷寒铁，单腿一跳，双拳如风，朝着冷寒铁的颜面击来。

　　冷寒铁早有准备，"啪啪啪"将弹匣里的子弹全部打光。这些子弹一部分落空，一部分则击中了刘开善。可是子弹却如同击中破絮般，仅仅钻入皮肉不足一厘米之后就被"逼停"，只是将刘开善的身形阻滞了一下，退回到帘布上方。冷寒铁趁这机会，掏出黄金匕首，决意与他展开肉搏战。

　　刘开善貌似对黄金匕首颇为忌惮，趋前了两步后就停止住，似乎他有限的智力正在分析如何应对眼前的局势。

　　楚天开抓住这个时机，悄悄地潜到帘布底下，替换掉林从熙，然后朝着巴库勒等人使了下眼色，四个人各攥住帘布的一角，齐齐用力，先是往下一沉，随即猛地扬起，顿时将刘开善如同一个皮球一般甩了出去，滚回到通道的入口。紧接着楚天开将帘布抛还给林从熙，自己则奔回原来的位置，与冷寒铁一起执住另外的那块帘布，准备应对刘开善的下一轮攻击。

　　刘开善很快就站立起来，恢复到斗鸡般的状态，单腿独立，身体前倾，紧紧地盯着冷寒铁的方向，有冰冷的杀气从他的眼神中丝丝缕缕地挥发出来。

　　冷寒铁一边观察着刘开善的举动，一边小声地指挥着巴库勒他们行动，悄悄地将身体伏了下来。

　　眼下的刘开善就像是一个毫无知觉的机器人，机械地执行着一个使命——杀死对方！于是，在调整好状态和姿势之后，他故技重施，整个人再度如同一枚炮弹般朝着冷寒铁他们冲了过来。

　　冷寒铁抖动了下帘布。楚天开心领神会，将帘布举至下巴之下，等到刘开善距离他们仅有三米左右时，冷寒铁和楚天开猛地向前一冲，拽着帘布扑倒在地。

蓄势而发的刘开善根本料想不到扑了个空，更没有想到冷寒铁他们身后的王微奕等人也全都跟着趴倒在地，一时间收势不住，径自撞向挡住通道的巨石上。不过危急关头，他的反应也调整了过来，伸出双手来代替脑袋撞到巨石上。饶是他的身体被毒素强化过，但高速撞向巨石，双臂还是"咔嚓"一声折断了。而巨石先前被冷寒铁他们推得已有几分松动，如今在刘开善的大力撞击之下，顿时向后倾倒，露出一个半米见方的空间来，足以供人通过。

冷寒铁原本想乘胜追击，抓住这难得的机会，将刘开善彻底解决掉，谁知刘开善在判断出自己的处境之后，立即单脚在石壁上一蹬，整个人如离弦之箭般地倒飞出去，瞬间消失不见了。

冷寒铁只得放弃"痛打落水狗"的念头，招呼王微奕等人起身，冲出洞口，进入孔浩东他们的领地中。

七

正如大家所预料的那样，原本守在洞口的那名守卫倒在地上。乍看之下并没有发现伤口与血迹，但眼尖的卜开乔却突然跳了起来："他的脑髓被吃掉啦！"

大家定睛望去，果然守卫的头颅处露出一道缝，应该是天灵盖被打开之后又被合上。难道真的如卜开乔所言，刘开善杀死了守卫又将他的脑髓吃光？这个想法令大家不寒而栗，于是急忙齐齐动手，将巨石推动，重新将洞口堵死。

巨石的后面原本有一块厚木板顶着，所以冷寒铁他们先前无法推动巨石。不过在刘开善的大力撞击下，木板被震断了。冷寒铁他们将剩下的半截木板重新别在石头后面，以阻止刘开善攻进来。

忙完了这一切，大家才有心思来好好观察这一壁之隔的环境。与冷寒铁昨夜窥探到的情景差不多：这里是一片空旷的平地，足有上千平方米，地面上凌乱地摆放着一些箱子，大多数的箱子都已被打开且里边是空的。平地的尽头是一处断崖，有红色的火光不断地从断崖下方升腾而起。空气中充斥着一股刺鼻的硫黄味。冷寒铁他们几乎可以判定，断崖下应该是一处火山口，有熔岩在下面昼夜奔腾不息。如果说与昨晚看到的有不同之处，那就是摆放在地上的一台柴油发电机被启动了，电力连接到空中架起的一盏电灯上，将靠近洞口的地方照得一片雪亮。很显然，孔浩东他们一直以为所有可能存在的危险只会来自通道，于是对其重点防范，却完全没有想到死神会从他们视为生命禁区的冰湖湖底钻出。这个错误的判断导致了惨剧的发生：地面上横七竖八地躺着十余具尸体，这些尸体死相惨烈，几乎都被开膛剖腹，有的甚至连脑袋都被摘掉；没有一具尸体是完整的，整个空间布满浓重的血腥气。很显然，这应该都是刘开善所为。

众人见到死者的惨状，难免有一种兔死狐悲的恻然。虽然他们侥幸躲过刘开善的魔爪，并重创了他，但危机并没有消除。即便没有刘开善，他们依然面临着与孔浩东一样的窘境：被困在这个地方，耗费数月，耗尽所有物资却找不到出路，只能眼睁睁地坐着等死。

不过冷寒铁他们现在更关注的一个问题是：孔浩东一行有三十多人，而地上的死尸只有十多具，剩余的人去了哪里呢？

冷寒铁注意到，这些尸体几乎都是面朝着断崖倒下的，似乎他们在发现危险之后，想要逃向他们认为安全的地方，即断崖。难道断崖那边有着什么特别的设施不成？

想着这些，冷寒铁指挥着众人小心翼翼地往断崖方向走去。一路上，除了满地的鲜血外，没有任何危险的信号出现，也没有其他的尸体出现。

站在悬崖边，冷寒铁朝下望去，眼前的景象让他的眼眸中闪过一丝惊异之色：整个悬崖大概有 100 米宽，200 米深，在深渊底下有红色的岩浆在上下翻滚着，像一条巨兽的红色舌头在贪婪地伸缩，等待着将所有的入侵者吞噬掉。冷寒铁注意到，从岩壁上留下的痕迹来看，它在漫长的岁月里下降了 30 米左右，但是从未喷发过。正常情况下，岩浆都是存在于上万米深的地幔中，只有在某些特殊的地形中，因受地底的压力所挤迫，它才会冲破地幔喷发到地球表面，形成所谓的火山喷发景象。但是此间的岩浆更像是一条被绳索捆缚住的火龙，虽然保持着凶猛的姿态，可是骨子里却透着一股温顺，只在人类圈划出来的范围内来回波荡，而不会外溢出来。

相比于在非火山区的神农架出现岩浆这个不合理的存在外，更让冷寒铁感到心惊的乃是悬崖的岩壁与地面一样，表面十分平整与光滑。这根本不可能是自然形成的结果，而应该是人工开凿出来的。亦即，在遥远的时代里，有人硬生生地将这里的一截山脉挖开，并且打磨平整。这样浩大的一项工程，其施工难度远超埃及的金字塔，只能用"神迹"来形容！

王微奕小心翼翼的趴在悬崖边上朝下望去，难以置信地说道："人间奇迹，人间奇迹啊……凿开山体，引来熔岩，这样的丰功伟绩，唉，大概只能存在于当代人的想象中了吧。若非亲眼所见，老夫断然无法相信神农架下，竟然存在着这样宏伟的超级工程！"

冷寒铁忍不住出言相问："王教授，你觉得引入熔岩是为了什么呢？难道就是为了让世人无法逾越这个断崖？"

王微奕摇了摇头："老夫直觉上认为不是。若是想要阻截世人闯入，老夫觉得在地面上筑起一道高墙要简单许多倍。这样的超级工程，连同前面我们所见到的火湖与冰湖，肯定存在着某种关联……"

王微奕的话戳中冷寒铁的心窝："那王教授，你觉得这之间是什么关联呢？我先前也想过这个问题，无奈愚钝，一时还想不出来。"

"这个嘛，老夫与你一样，暂不得解。"王微奕安慰他道，"不过我们骑驴找马，随着证据链的完善，答案自然会慢慢浮出水面。"

林从熙也凑了过来，只看了一眼就忍不住惊呼起来："天啊，这不是地狱里的景象吗？王教授，你说这会不会是地狱使者之眼？你先前不是说过吗，火湖和冰湖是冥界的两条河，冥河能通往何处呢？自然是地狱了。"

冷寒铁心头一动："难道这里真的是地狱？难道人世间真的存在地狱？"就在他胡思乱想间，一直闭着双眼不敢往下看的花染尘突然以手指着悬崖深处，脱口道："下边有人！"

轻轻的一句话，却将所有人吓得灵魂全都出窍。林从熙腿一软，险些跌进熔岩，幸好冷寒铁拉了他一把，将他扯回到安全的地界。

林从熙结结巴巴地说道："染尘姑娘，你没有听错吧？这熔岩下面有人生存？"

冷寒铁打断他的话，换成另外一个问题："染尘姑娘，请告诉我们你听到了什么？"

花染尘努力地聚起耳力。她先前中过黄烟的毒，耳力减弱了七八成，但随着毒素被解掉后，耳力有所恢复，尽管无法达到原来的水准，可至少也比常人强上数倍："我听着像是有人在呻吟……"

"呻吟？"林从熙狐疑地问道："敢问这个呻吟是销魂的呢，还是痛苦的呀？"

花染尘脸色一红，羞怒道："你这是什么问题，自然是痛苦的呻吟。"

林从熙一拍大腿："我说嘛，这肯定是地狱传来的声音。"

冷寒铁恼恨地瞪了他一眼，继续问花染尘："你能确定这声音是从悬崖底下传出来的吗？"

"我不敢肯定它是否一定是在悬崖底下，但我能肯定的是，它确实来自我们的脚底下。"

冷寒铁对花染尘的耳力从来不曾有过怀疑，听到这句话后与巴库勒等人一起对视了下，心头隐约地浮起了一个答案：该不会是孔浩东他们藏在地底下吧？如果真是这样的话，那么肯定是有一条暗道通往地底下！

想到此，冷寒铁指挥着众人开始查找地面上有无暗道的痕迹。很快地，眼尖的卜开乔发现有处地面与众不同："这个地面开裂了，里面是不是藏着什么好吃的？"

冷寒铁他们仔细地查看了下，只见该地面大约一米见方，四周有道头发丝般的细缝，中心位置有个巴掌大小的地方显得特别干净。于是他伸手按了一下。只听得细微的一声响，从中心处缓缓升起一个直径在 10 厘米左右的金属圆柱体，圆柱体升高了大概 30 厘米之后就停止不动了。

"难道还有一重机关不成？"冷寒铁皱起眉头，趴在地面仔细观察起来，只见圆柱体表面十分光滑，人的手如果握在上面的话根本无法施力，只是在圆柱体的中央位置有两个圆孔，但圆孔只比火柴棒大不了多少，无法供人的手指插进去来力拔。

王微奕等人也都凑过来观察，但都瞧不出什么门道。

担心刘开善随时可能再攻进来，巴库勒忍不住焦躁地捶打起机关位置："喂，底下的人快点把门打开，否则你爷爷我……"后面威胁的话还没说出来，圆柱体已缓缓地缩了回去。

冷寒铁瞪了巴库勒一眼："什么时候你变得这般不冷静了？"

巴库勒惭愧地低下了头："冷大，对不住啊，我一时没能控制好情绪。"

冷寒铁没有言语，伸手重新按压了下地面。然而，令大家惊讶的是，这次机关没有任何反应。

"莫非是暗门被人从里面反锁上了不成？"林从熙摸了摸脑袋，"这里的机关真是古怪得很。"

冷寒铁不复言语，掏出黄金匕首，准备霸王硬上弓，将它直接撬开。

卜开乔笑嘻嘻地推开了他："你是不是也急着想去下面找好吃的啊？先别急，是我第一个说的，所以应该让我第一个下。"

大家对他的言行举止都见怪不怪，于是都静静地看着他，等待他的下一步行动。心急的林从熙则替大家把心底的话说了出来："你是不是发现了什么？"

卜开乔将林从熙拨到一旁，自己则往身后走去，在距离十米左右的地方捡起两根电线："开门需要钥匙吧。我猜想这个就是钥匙。"

电线连在发电机上，顶端部连着一根细针。

冷寒铁眼前一亮，想起先前见到金属柱上有两个小孔。莫非正是对应这个电线？可这是什么机关竟然需要用电力来开启？

卜开乔小心地举着电线："你们让让，可别被电到，我可是电死人不偿命的。"

站在原先冷寒铁所在的位置，卜开乔将两根电线交置到左手上，然后腾出右手按在石板上，金属柱重新从地底冒了出来。卜开乔将两根电线分别插入金属柱上的两个细孔，只听得清脆的"咔嚓"一声响，仿佛下面有扣子收缩了进去。

巴库勒撸起袖子，自告奋勇地说道："让我来打开它。"不料却被卜开乔用大屁股拱到一旁去："不要跟我抢，这个会电死人的！"

巴库勒讪讪地退后了两步。

卜开乔左瞧瞧，右看看，然后小心地伸手触碰了一下金属柱，顿时被电得龇牙咧嘴不已。很显然，金属柱并不适合带电操作。于是他将电线拔下丢弃在一旁，然后双手握住金属柱，试着将它往右旋转了一下。只听得"嘎达"一声，整根金属柱往内缩了进去，紧接着整块石板缓缓下沉，露出下面的一个暗道。

冷寒铁听到里面传出金属的摩擦声，心头一凛，大叫了声："小心！"随即一把将卜开乔扑倒在地。一阵冲锋枪的子弹擦着他们的耳畔飞了出去。如果不是冷寒铁反应及时，恐怕卜开乔肥胖的身躯上早就多了几个窟窿。

巴库勒等人急忙四散着躲开。楚天开掏出一个手雷，准备朝里面丢去，却被冷寒铁伸手制止住。

冲锋枪的子弹很快扫射光了。但洞底下的人显然恐惧到了极点，依旧不停地扣动着扳机。空气中弥漫着弹匣空转的声音。

冷寒铁朝下面大喊道："里面的人听着，我是冷寒铁。如果你们想活命，就立刻缴枪投降。我数三下，一……"

"冷长官？你是冷长官？"下面传来一个惊喜的声音，"太好了！冷长官，我是孔喜，孔喜啊，就是军舰上的大副。我腿断了，动不了。你们下来吧，我保证不再开枪。"

巴库勒不放心，朝下喊道："那你把枪丢上来。"

只听得"哗啦"一声，孔喜毫不犹豫地摘下枪支丢了上来，却不料没有扔准，砸在洞口边上的岩壁上，掉落下来。孔喜苦涩地说道："原谅我行走不便，不能捡起来再丢一次。"

　　冷寒铁朝巴库勒使了个眼色，随后自己一个闪身，钻进了暗洞里。整个暗洞离地面有 10 米左右，一道台阶直通底下。每一级台阶的高度和宽度都有正常台阶的一倍有余。10 米的距离只有 12 级台阶。冷寒铁一路小跳着跃到地底，发现整个暗洞里面十分暖和，并且如同清晨旭日初升一般弥散着橙红色的光芒，不强烈，但却将四周的景象照得一清二楚。待适应了洞内的光线，冷寒铁发现整个洞穴有上百平方米，乱七八糟地堆积着一些木箱，各种吃过的罐头瓶、包装纸丢得满地都是，夹杂着一些脏兮兮的衣服。洞穴内弥漫着一股强烈的骚臭味。很显然在地底下的两个月间，孔浩东他们一行人吃住基本上都在这里，由于没有水洗澡，于是各种汗臭、脚臭以及荷尔蒙的骚味全都聚集在这一百见方的空间里，令人几欲作呕。

　　孔喜蜷缩在一个木箱后面。正如他所说的，他的右腿上被刺穿了一个洞，深及腿骨。由于没有及时包扎，鲜血将他的衣服都染红了，看上去伤情十分严重。但是相比于洞内的其他人，他无疑却是最幸运的——整个暗洞内原本居住了近三十个人。在先前刘开善施展的袭击中，有近十人抛尸外头，其余的人此刻全都横趴在地上，一个个都只有出的气，没有入的气。大量的鲜血在地面上流淌，顺着地势一直往暗洞深处流去。

　　见到冷寒铁，孔喜脸上满是欣喜之情："冷长官，真的是你们！太好了，我有救了……"

　　孔喜是冷寒铁他们出发时所乘坐的军舰上的大副，与孔浩东有一点远房亲戚关系。不过他个人十分钦佩冷寒铁的为人与做事，在军舰上曾不止一次向冷寒铁表达过想要追随他，与他一起征战四方。只是他虽然受过一些军事训练，但与冷寒铁他们却相去甚远，因此当初冷寒铁他们撤离军舰时，并没有将他一起带走。却没料到兜兜转转了一大圈之后，大家又在这与世隔绝的地方意外重逢。

　　孔喜被困在地底下两个月，又见所有同伴全都被刘开善杀死，心头早已抱了必死的绝望，如今乍见冷寒铁，顿时如同见到了大救星一般，喜极而泣。

巴库勒他们跟随在冷寒铁的身后一起进了暗道。看着暗道内横七竖八的尸体，不觉全都摇头叹息。尤其是花染尘，虽然跟随冷寒铁他们一起见多了血腥的场面，但在如此狭小的空间内，面对这么一堆支离破碎、惨不忍睹的尸体，一颗心仍忍不住"怦怦"直跳，只能强制着将目光移到洞壁上，心头默念"阿弥陀佛"不止。

卜开乔最后一个进来。他琢磨着将金属柱往左旋转了一下，"嘎达"一声响，暗道门又重新闭合上去。顿时，血腥气与臊臭气越发浓重，让人闻之欲呕。

冷寒铁皱了下眉头，问孔喜："这里有什么通道吗，可以将这些尸体处理一下。"

孔喜吃力地直起腰，指着二十米处的墙壁上镶嵌着的一个黑色暗点道："看到那个黑点了吗？按下它，有条通道通往地下深处，那里连通着下面的火山岩浆。你们可以把尸体推入岩浆中处理掉。"

"通往岩浆处？"冷寒铁的眉毛扬了起来，"那岂不是酷热无比？"

孔喜点了点头："是的，简直就是人间地狱，所以一般我们都不会到下面去。"

冷寒铁这才注意到一点：整个暗洞内四周全是石壁，可是却有光亮透进来，并且空气略能流通。这里面应该是有着精妙的设计。当下撇开孔喜，四处走动查看，很快他就在一个角落里看到一套特殊的装置：一条大概手臂粗细的管道通往外面的悬崖处，从管道口往外窥探，可以看见它如同喇叭口一般，越往外面口径越大，从洞内通到悬崖边管道长约十米，其口径则从手臂粗细扩展到足有一米见方左右。光线和气流从管道口灌进来。让冷寒铁感到诧异的是，这些光线进入洞内后，似乎被暗洞墙壁上涂抹的一层灰白色物质给扩散开来，折射向暗洞的每一个角落里，让上百平方米的暗洞无一暗角；而被地下熔岩烤得炽热无比的热风经过长长的管道"过滤"后，到了洞内变成了和煦的暖风，吹在人的身上，让人感到无比舒适。与此同时，在洞内的管道口下方，还摆放着一只铝桶，有水珠不断地从管道内往下滴落，落入桶中，集聚起来已有半桶。如此调节光线、温度以及采水的手段，实在让人叹为观止。

王微奕走了过来，看见这套集采光、控温和集水于一体的设施，也忍不住赞叹了一声："这古人的智慧，实在是太超乎我们的想象了。"

冷寒铁凝视着石壁上的管道，问王微奕："这个采光我还好理解些，就跟镜子可以增加屋子里的光亮度是一个道理，就是这个调节热风的原理，让我有些费解。"

王微奕抚摸着胡须，笑道："这个调节热风的原理其实很好理解的，冷长官，你试着做两个动作，一个是张大嘴巴往外哈气，一个是噘着嘴往外呼气。你可以用手来感应一下两者的区别，应该很快就能猜到其中的原理。"

冷寒铁将信将疑地将手放在嘴边，按照王微奕的说法，先是张大嘴来哈气，接着是噘起嘴来呼气，发现哈出来的是热气，而呼出来的是凉气，并且哈出热气的时候掌心会变得潮湿，而呼出凉气的时候掌心则是干燥的，顿时心中明澈如镜："王教授真是高人，竟然用两个小小的动作就将这复杂的原理给说清楚了。"

原来，这个长长的喇叭口通道就像是一个降温器，炽热的气流从大喇叭口进入，经过狭长的管道时，因为压强的变化会被自动地降温，从而保证进入洞内的气流要比原先的温度下降了近二十度。而气流中原本携带有水汽，在降温的过程中会被分离出来，变成水珠凝聚在管道壁，再顺着光滑的管道壁一直流到铝桶内。

由此也触发了冷寒铁心头的一个危机感：古人为什么会在此间建造这么一个复杂的工程，目的是什么呢？他重新走到孔喜身边。此时，楚天开已利用孔浩东他们遗留下来的纱布和药物，替孔喜包扎好腿伤。

冷寒铁蹲下来，亲自给孔喜喂了几口水，问道："你能给我讲讲你们在洞内的遭遇吗？"

孔喜咳嗽了一声，示意楚天开帮忙将地上的被褥拿过来一床，垫在自己的背后，调整到一个较为舒适的角度，叹了一声道："这整个过程，真的就像是没娘的孩子，说起来话长啊！"

当日里孔喜与冷寒铁他们所搭乘的军舰行驶到神农架附近的水域时，突然间被古怪的力量拽住，不仅无法再前进半分，并且开始缓缓下坠。冷寒铁用武力镇住孔浩东领导的船员，让他们不敢与自己所率领的特别行动组争抢救生艇。最后的结果是，孔浩东和船员们眼睁睁地看着冷寒铁他们乘坐着三艘救生艇离开，而自己则绝望地接受与舰船一起殉亡的命运。有船员不愿意坐以待毙，于是跳入水中想要游泳离开。可是他们一进入水中，脸上立即显示出惊恐无比的表情，嘴里却发不出声来，仿佛在水下有水鬼抓住他们的脚，扼住他们的咽喉一般，很快就像一截木头般地沉坠下去，仅在水面上留下几个泡泡。这一幕吓住了其他的船员，于是一个个拥在甲板上，默默地祈祷，期待着有奇迹出现，将他们带离死神的魔掌。

也许是他们的虔诚感动了上天。军舰不可抑制地沉了下去，可是并没像他们想象中那样，冰冷的水流会急剧地灌入军舰上的每一道缝隙，再灌入他们的口鼻心肺中。相反，他们感觉像是进入了一个柔软的巨蛋中，并在巨蛋的包围中缓缓陷入一场梦境里。梦境无比庞大，吞没了整艘军舰以及军舰上的五十多号人，带着他们一起慢慢地进入江底，探索未知的世界。

所有人都被这意外的景象震惊住，很快就从原来的绝望变成了欣喜若狂，但随即又是漫长的恐惧。因为大家都想清楚了一件事：巨蛋可以阻止外面的江水涌入军舰中，但却无法改变他们沉入江底的命运。流落在江底，又被巨蛋困住，那么最终迎接他们的，除了死亡还能有什么？

但无论如何，能够苟延残存片刻总是一件好事。船员们相互拥抱着，紧张地盯视着外面，希望能够有新的奇迹出现。巨蛋像一个帘幕般遮住了他们的视线，哪怕他们将军舰上所有的灯全都打开也无法看见外面的情景，出现在他们眼前的只有一片漆黑。有人开始瑟瑟发抖，怀疑自己是否陷入了地狱。这种恐惧扩散开来，映照在所有人的眼眸中，最终被一阵剧烈的震动打散。

"我们着陆了？"大家欢呼着，拥在甲板上朝外探看。可是他们看见的依然是一片漆黑。时间如同被打断腿的老头一般，慢慢地从他们的眼前踱了过去，每一步都牵扯着人的心，恨不能上前推他一把，乃至一脚把他踹倒在地。但是这一幕只能停留在想象中，现实中大家能做的就是静默等待。整个过程中，他们仿佛经历了一场人类开天辟地的历程，先是一片混沌，无边的黑暗，如同一个罩子一般将他们笼住；紧接着仿佛是盘古举起斧头于无边的混沌中劈开了一道缝，橘红色的光明从缝隙间透了进来，引来众人一片欢呼；光明越扩越大，最终布满在大家的视网膜上，幻化出一个洪荒天地的景象：他们发现自己处在一个巨大的地底世界里，四周全都是坚硬的石头，头顶处则是淤泥。这些淤泥如同生孩子一般用力将他们的军舰连同巨蛋一起挤了出来。与此同时，大量的流水奔腾着倾泻下来，有的洒在巨蛋上，但更多的是落入无边的虚空中。即便在空中，巨蛋也带有超强的浮力，支撑着巨蛋缓缓地斜向下坠，而不是一股脑儿地栽落下来。

在大家提心吊胆的期待下，巨蛋包裹着军舰在空中偏离开最初的坠落点数百米后，在一阵颠簸之中结束了漂浮的行程。然而大家还来不及庆幸，就发现自己被推至死神的镰刀边缘：巨蛋带着军舰刚好落在一个悬崖的中间，悬崖的底下乃是不断喷发出热浪的红色熔岩，就像是一条巨蛇伸出火红色的舌头，不断地试图想要将军舰卷入口中，吞噬进去。幸运的是，军舰的长度超过悬崖的宽度约有十米，刚好架在悬崖的两端，形成了一道横跨悬崖的天梯。只是在地下熔岩热浪的催送下，巨蛋不断地浮动，随时可能发生倾覆。一旦倾覆，所有的人将如同烤羊腿上的油脂一般滴落下去。

危急关头，孔喜不顾一切地冲向炮台，没有任何瞄准，直接对着巨蛋开了一炮。炮弹携带着火星与硝烟味，呼啸着从炮筒里冲了出来，撕开了巨蛋的帷幕，不偏不倚刚好射在通道的石门上，将其轰开了一个大口子。失去巨蛋托浮的军舰顿时直接摔落在悬崖上。有两三名船员猝不及防间被摔出军舰，并随着巨蛋的破碎，拖着长长的哀号坠落下去，葬身于岩浆中，灰飞烟灭。

死者的长号如同一把刮骨刀，将船员们的骨头刮得一阵酥软，几乎支撑不起身体的重量。孔浩东急忙指挥着船员打探四周的情形。接到命令的船员们小心翼翼地踏出甲板，分别来到悬崖的两端进行勘察。很快有情报传了回来：在他们的左边大概三百米处，同样是一道悬崖，悬崖底下深不可测，而悬崖上方应该是通往江底，此刻正裂开一道缝，有巨量的水流如瀑布一般地倾泻下来，那情景，像极神话中的天漏，或者应了李白的那一句诗："飞流直下三千尺，疑是银河落九天"。孔浩东猜测那应该就是他们最初从淤泥中"破土而出"的地点。而在他们的右边同样约莫三百米处，有一个湖，最重要的是，湖边有一扇被轰开的石门，石门内有一条通道。

孔浩东还在迟疑究竟应该指挥众人往哪一个方向撤离，这时军舰一阵颤抖，整个船身发出"嘎嘎"的声音，仿佛下面有一双魔爪正抓住军舰，极力往下拽。钢铁制成的军舰，竟然抵挡不住这股巨大的力量，被拽扯得有些变形。

船上有工程师立即判清形势：眼下他们的遭遇，正像是将熟鸡蛋放入瓶口狭小的玻璃瓶内的实验——往玻璃瓶里丢入一张燃烧的纸，然后将去了壳的熟鸡蛋放在瓶口上，等到纸渐渐烧成灰烬，鸡蛋就会被吸进口径比它小许多的瓶子中。原理是火会将瓶内的氧气烧尽，同时令瓶内温度升高，气体膨胀溢出；而剥开壳的鸡蛋具有很好的密闭性，可以隔绝空气。纸烧完后瓶内气体压强缩小，外界相对较大的大气压强就将鸡蛋压入瓶内。而孔浩东他们的军舰就像是去了壳的鸡蛋横跨在悬崖这个瓶子上端，底下是熊熊燃烧的岩浆。最重要的是，巨蛋虽然被他们击碎了，但却在空中聚而不散，形成一个类似锅底一般的罩体附在军舰的底部，于是在压强的作用下，巨蛋如同一个强力的皮撅子一般揪住军舰，用力往下拽扯。与这股力量相比，军舰就像是一个脆弱的鸡蛋，蛋壳很快就会被敲碎，进而将舰上的一切活人与物什，全都献祭给底下的熔岩，连渣都不剩半点。

明白了处境之后，孔浩东很快就作出决定，指挥众人将军舰上的食物、清水、武器、药品、衣物、柴油发电机等一切有用的物资全都搬到右侧的悬崖端。众人明白面临着生死关头，每多搬下一箱物资就相当于多一份存活下来的希望，于是大家如同最勤奋的蚂蚁一般，疯狂地搬家，恨不得将整艘军舰全都掏空。但地底的魔鬼只给了他们不到二十分钟的时间。在他们七手八脚地搬运了上百箱物资之后，整艘军舰就像擂台上被人打断了脊梁骨的硬汉一般，冷哼了一声，直直坠入万劫不复的地底深渊，同时溅起了数十米高的岩浆，带来一连串的气泡。但它很快就停止了挣扎，慢慢地被岩浆所吞没，熔成了铁水。

杜振宸忍不住打断孔喜的叙述："我想你们应该很快就搞清楚了自己的处境，知道自己面临绝境，为什么就没有想要对我这边发起强攻呢？我这边始终就我一人，如果你们真的不顾一切地发起冲锋，就算我有三头六臂都招架不住。"

孔喜沉默了片刻，之后答道："不错，我们很快就发现眼前的湖并非寻常的湖，没有任何人可以逾越，我们脚下的岩浆也是不折不扣的人间地狱，除非我们生出翅膀，否则根本不可能飞越这近百米的悬崖。但是我们并没有认为毫无生机可言，因为……"

"因为你们发现了这地底下的机关，对吧？"冷寒铁淡淡地说道，"你们觉得这里面隐藏了某个秘密，如果可以解开这个秘密的话，你们就可以逃出生天。直到昨天你们才最终放弃了这个幻想，是不？"

孔喜低垂下头，叹息道："如果你们发现了这里面的机关有多玄妙，还有这地底下所隐藏的秘密有多震撼，你们就能明白为什么我们愿意花费这么长时间待在这里。其他的不说，光是这进入地道的机关需要用电力来开启，就足以颠覆所有人的观念。我们只花了一个小时的时间就找到了这里的机关，可是我们却耗去了三天的时间，尝试了无数遍才找到电力开启这把钥匙。应该庆幸我们当初撤离时，搬了台发电机下来，否则……唉，但现在回头想来，如果我们没有找到这个机关，是不是就不会浪费掉后面的那么多时间与精力来做无用的搜寻呢？"

"你想得太天真了，或者说，你低估了你们舰长的智商。"冷寒铁叹了一口气，"人总是要给自己留点希望。如果你们明白通道的那头是另外一个绝境，那么你说这队伍还会在这暗无天日的地底下，像老鼠一样地熬过两个月的时间而不发疯吗？至少我想整支队伍早就散掉了。"

孔喜移动了下身子，让自己躺得更加舒服些，再度发出了一声叹息："其实，这个问题大家都想到了。如果湖的对岸有出路的话，杜长官你们怎么可能会死守住不放呢？恐怕早就撤离了。杜长官，你先前问为什么我们不强攻，如今该想到答案了吧。"

杜振宸回以一声叹息："不错。这也是你们一再劝降但我却始终没有接受的原因。因为我知道，倘若大家一起把那层纸给捅破了，剩下冷冰冰的真相，那么第一个死的肯定是我。因为你们的绝望总要发泄出来，而我无疑会是一只替罪羊。"

孔喜苦笑："可是我们终究还是走到了山穷水尽的这一天，并且处境更加糟糕。无论你们是受僵尸驱赶，还是主动过来，都意味着你们心中的出路是在这边。但我能告诉你们的是，我们几十个人将这里翻了个底朝天，每一块石头全都敲过了，每一个方法全都尝试过了，得到的结论就是：这里并没有我们想象中的地下世界，也没有时光机器，更没有逃生的出口，有的只是冰冷的岩石，以及灼热的岩浆。"

面对这地底下的世界，孔浩东一行很快从最初的震惊、惊喜、混乱等复杂的心情中平复下来。他们虽然不是冷寒铁那般一等一的铁血战士，但毕竟是上过战场、经历过血与火淬炼的军人，面对着陌生、冰冷的新环境，他们并没有选择自暴自弃，而是更加积极地自我营救。他们直觉上觉得这里并非是一片古老的废墟，而应该隐藏着一个巨大的秘密，既然有可能将他们从江面上带到地底下，也就有机会将他们从地底下送回地面上。这样的信念随着他们对这片领域的发掘而变得更加强烈。在这里，他们见识到了诡谲莫测的冰湖，精妙绝伦的机关，鬼斧天工的洞窟，以及不可思议的科技文明。这些超乎世人常识的遭遇强烈地震撼了他们，促使他们疯狂地进行搜寻，将所能见到的每一寸地面全都敲了一遍，只希望能够找到更多的暗道机关；又将找到的机关全都仔细地推敲，以确定是否还潜藏有更多的秘密尚未发掘……种种行为，其实只是为了推迟绝望的到来；各式的折腾，只是害怕最后的答案揭晓。两个月的时光过去了，尽管拼命地压缩口粮，每个人只发放勉强维生的食物，但他们从军舰上搬下来的食物还是接近于耗尽。面对船员们绝望的眼神和咬牙切齿的各种诅咒，孔浩东深知已经到了最危险的时候，于是不得不带着五名船员，向杜振宸所把守的领地发起了冲锋。在他的想法中，即便湖的对岸真的是片绝境，但杜振宸既然可以坚守这么多天，那么说明应该有食物来源。只要有食物，就可以稳定军心，延续生机。

先前，他与杜振宸陆续交战了十多次，虽然屡屡被击退，但他们判断出杜振宸只有一两人，并且武器弹药消耗得差不多了，不足为患。万万没想到昨天双方交战之时，对方的火力之强超乎了他们的预判，将他们打得完全懵掉了，最后只能匆匆地丢下两具同伴的尸体以及用柴油发电机供电的照明电源，逃回自己的阵地。为了防范杜振宸他们乘胜追击，他们用从军舰上撬下的一块甲板封住了通道洞口，再推动原先存在的一块巨石堵在甲板后面，最后用木板顶住巨石，让其无法滚动。他们自认为万无一失，不过为保险起见，仍然安排了一名船员留在洞边值夜站岗，其余的人则缩进地下暗洞中。

这个地下世界里，没有白天与夜晚之分，全靠钟表来确认时间。另外，由于一面是冰湖，一面是熔岩，冰火两重天，悬崖边上的空地并不舒适，因此大家更乐意待在温暖如春的暗洞中。由于食物匮乏，大家一天只能领一次有限的食物，所以除了找寻出口外，其他情况下都是躺着，以减少活动，减少体能消耗。

孔喜道："因为我与孔舰长有点亲戚关系，所以孔舰长将分配食物的权限交给我。今天，我发现守岗的史峰还没回来领餐，就让两名兄弟上去查看。谁知道没过一会儿，外面传来一阵惊呼，随即是交火的声音。大家的第一反应是你们偷袭来了。因为一直被困在地下空间里，大家全都憋坏了，都想狠狠地发泄一下，所以大家面对战斗非但没有惊恐，反倒激起了斗志，一个个带着武器冲了出去。然而很快地，各种惨叫声此起彼伏。当大家发现发动进攻的是一具行动速度快到惊人的僵尸时，为时已晚。最初冲出去的那些船员几乎全军覆没，残存的人吓得狂奔而回，并试图封闭石室。但是僵尸的速度太快了，远远超出了我们的反应。石室沦陷了，变成了一个人间地狱。我也被他扑倒，腿上被撕开了个口子。人在生死关头，会不顾一切地抓起手中的任何东西进行反抗。而我的'武器'就是手边的大米。在被扑倒的瞬间，我朝着僵尸撒了一把大米。真是奇怪，这一个即便对于小孩子都没有什么危险的行为，却对僵尸似乎有克制的作用。他吼叫了一声，避开了我，转向其他的船员。剩下的场面你们都看到了。所有的人全都被他杀死，只剩下我一个人苟且残存。原本我想着自己活不过今天，就算僵尸不再来袭，伤口没有感染，可是腿废掉了，活着只意味着受罪与恐惧，不如一枪自我了断。我很好奇冷长官你们是怎么躲过僵尸袭击的？"

冷寒铁无意向他解释僵尸乃是刘开善被银魂蛛咬过之后所变，于是岔开了个话题问道："你先前说你们被这地下的世界震惊住，那么应该不会只是找到区区一个进来的机关吧。你们究竟还发现了什么呢？"

孔喜朝二十米外的墙壁上的黑色机关处努了努嘴："或许你们应该下去看一眼，自己找下答案。"

冷寒铁朝巴库勒他们使了个眼色，然后招呼杜振宸："你在这里照看孔先生、王教授他们。老巴，楚天开，你俩随我将尸体搬下去。"

于是巴库勒走到黑色按钮前，伸手按下，但是却毫无反应。他疑惑地望向孔喜。

孔喜道："你再多用下力。"

巴库勒使足了劲往下按去，只听得一阵熟悉的"嘎嘎"声响了起来，紧接着石壁上开裂了一个约有一米宽的口子，里面露出一个缠满了金属丝的转盘。巴库勒探手进去，发现转盘是可以活动的，于是手底下使劲一拽，即将转盘转到了石壁外边，露出一个把手。

巴库勒恍然大悟："我是不是应该转动这把手？"

孔喜制止住他，"这个是备用的。你看到转盘下边有两个圆孔了吗？你把地上的那两截电线插进去，再等它一会儿就可以见证奇迹的出现。"

巴库勒大吃一惊，"你的意思是说，这个原本是靠电力驱动的，只在没有电源的情况下，才依靠人力来转动？"

孔喜目光迷离，道："不错，这正是我们一直感到惊奇的地方。"

"你们是依靠柴油发电机来发电，那么原来呢，是靠什么来提供电力驱动？"

"岩浆的热量！"

冷寒铁对于这类远古时代的高科技早已经司空见惯，不足为奇，但是杜振宸却是少见多怪："岩浆发电？你们确定没有眼花吗？"

孔喜苦涩地说道："我也希望这是一场梦境，可是它却如此真实。我们查看了电路，确认它是一直通往外面的岩浆中。甚至我们怀疑那个发电的机器至今仍在运转中，只是在漫长的时光中，岩浆下降了几十米，导致发电机跟着下沉，连着的电线被拉断了，无法再供电……初时，我们看到这些远远超乎想象的科技与发明，全都一片狂喜，认为找到了惊世宝藏，但后来心却渐渐冷了下来。我们开始意识到，在拥有如此之高的科技文明面前，我们只是一群蝼蚁。很显然，他们设下了一个局，将我们的军舰沉陷在这里，将我们的人困在这里，为的是看我们的笑话，让我们供他们游戏、取乐。作为蝼蚁，我们又有什么能耐挣脱他们的摆布？或许死亡才是唯一的解脱吧？"

楚天开却不似他这么悲观："就算真有神灵，想要取走我们的性命也不是那么容易的事。我命由己不由天。孔喜，你不必太沮丧。要知道我们一路上是披荆斩棘过来的，遭遇过比这里凶险百倍的经历。我有足够的信心，我们可以打破这个古老文明的魔咒，为我们找到一条生路。"

孔喜凝视着自己的伤腿，眼中流露的出依旧是悲戚之色："就算找到生路又能如何？我已经走不动了。"

冷寒铁止住了伤感的蔓延："先不闲聊了，老巴，你先把发电机启动，把电力插上。"

孔浩东他们先前搬下了两台柴油发电机，一台放在地面上，一台放在暗洞里。巴库勒驾轻就熟地将柴油发电机启动，楚天开走过去将地上的两根电线拿起，观察了下转盘，将电线插入两个圆孔中。

孔喜提醒道："小心你们右边的脚下，离远一点，别掉进去。"

话音刚落，只见转盘飞快地转动起来，紧接着他们旁边的地面忽然裂开了一条缝，紧接着这条缝扩大成一个直径约为两米的圆洞，圆洞底下是一层黑色的金属。在众人紧张的注目下，里面金属缓缓上升。众人发觉这竟然是一个类似于"电梯"的圆柱体，通体全都采用黑色的材质制成，高约三米。"电梯"一直上升到与地面平齐，随即打开了一扇门，露出里面的空间，竟然是一样的黑色。一种压抑的感觉扑面而来，让人仿佛在面对着一具棺材。巴库勒走上前去，用手指头敲了敲"电梯"的墙壁，确认是金属材质。这么一个巨大的"电梯"，其重量估计至少有几吨重，然而，仅凭转盘上一根只有铅笔粗细的金属丝就能将它带动起来。巴库勒不禁暗自感叹金属丝的坚韧与强大，也由衷地敬佩古人的工艺，"电梯"在地底下尘封了数千年，竟然可以润滑如斯，运行起来丝毫听不到任何摩擦的声音。

孔喜仰起头，对冷寒铁道："冷长官，如果说这里真有出路的话，那么一定是在下层空间里。你们下去后可以查看到，其中有一边是与那个古怪的冰湖相通，另外有一道机关通往对面的悬崖，只是呢，它横架在熔岩上方，温度高达数百度。我们找不到任何能够抵御高温的方法。如果你们想比我们走得更远些，建议从这里找到突破口。"

冷寒铁心头一动，对他道："谢谢啦！"随即和巴库勒、楚天开、杜振宸、卜开乔、林从熙等一起动手，将所有的尸体拖进"电梯"里。"电梯"不知道是用什么材质制成的，摸上去十分坚硬，但感觉上又特别轻盈，并且具有强大的吸附力。尸体上残余的鲜血渗透进去，很快就被吸得一干二净。楚天开忍不住啧啧称奇："这要是用来做成武器，该有多好啊！再也不怕手心出汗，握不紧枪支了。"

"电梯"虽然空间不小，但是堆了二十多具尸体后，能够容纳人站立的空间就十分有限。冷寒铁指定巴库勒和林从熙与自己下去。虽然王微奕请缨愿意一同下去，却被冷寒铁婉拒了："王教授，我们这趟主要的任务是处理尸体。你若是想要观察下面的情形，可以等下一趟。"

林从熙不解为何会选中自己，将疑问的眼神投向冷寒铁。

冷寒铁懒得解释，道："你就一搬运工。"

林从熙掀动了下鼻翼，再没说什么。

"电梯"所运行的深度超出冷寒铁他们的想象。他们至少下行了有一百米左右，"电梯"才停下来。冷寒铁走出"电梯"，发现这里比上层空间要明亮许多。为他们提供照明的，乃是洞口下方的熔岩。洞口约有3米高5米宽，熔岩距离洞口约有50米高，而"电梯"距离洞口约有30米长。洞口敞开，熔岩散发出来的热浪一阵又一阵地扑了过来，几乎将人吞没。很快他们就汗出如浆，然后这些汗液又快速地被高温干燥的空气烘干，剩下衣服上一层又一层的盐碱痕迹。

林从熙被高温烘烤得几乎喘不过气来："天啊，这里简直就是人间地狱啊。古人在这里究竟要做什么呢？"

巴库勒回应道："这样的温度你就觉得受不了呀？你想想看，在几百几千年前，熔岩的位置可是要比现在高出几十米，那时的温度才真正叫作高温。所以你就别抱怨了，应该觉得比古人幸福得多才是。"

冷寒铁没有参与到他们的讨论中，他更多地将注意力集中到寻找孔喜提及的通往悬崖对面的机关以及和冰湖相通的暗道。他发现下层空间虽然只有上层空间的一半宽度，但却要幽深得多。依稀可见一条长长的隧道一直通往黑暗的深处，其尽头应该就是冰湖。眼下冷寒铁更迫切地希望找到通往悬崖对面的机关。因为他几乎可以确定，金殿位于悬崖的对面。想要抵达悬崖对面，就必须跨越熔岩这道天堑。而若想淌过火海，仅凭人的肉身凡胎根本无法实现，唯一的途径就是借助于机关的帮助。

借着熔岩的光亮作为指引，冷寒铁很快就找到了机关所在：在距离洞口大概 5 米的地方，有一个类似于平板车的设施，面积在 10 个平方米左右，紧贴着地面。在它的下方，有两道细长的轨道，宽约 3 厘米，高约 5 厘米。轨道的颜色与地面接近，如果不仔细观察很难发现。冷寒铁顺着轨道的方向望去，发现它一直消失在隧道的尽头，心中不觉隐隐有了答案。

冷寒铁强忍住滔天的热浪来到"平板车"前面，试着推了推它，却发现它根本纹丝不动，仿佛被焊在地面上似的。洞口处绵绵不断传递上来的热浪几乎将他烤干，整个人头昏脑涨，根本没有精力来分辨究竟是什么拴住了它。冷寒铁跌跌撞撞地撤回到"电梯"处。远离了洞口的灼热，让他稍稍松了一口气。

巴库勒伸手抹去额头上的一把汗，喘着粗气道："冷大，这里真不是人待的地方，我怕再多待一会儿，我们很快就会脱水而亡，变成三具干尸。"

冷寒铁道："换个荫凉的地方吧。"

巴库勒大喜，抬脚就要往"电梯"里跨去，却被冷寒铁一把拽住了："你干什么？"

巴库勒不解地望着他："荫凉的地方不是在上层空间吗？"

冷寒铁懒得与他多解释，伸手拽住他的胳膊："往里走！"

巴库勒先是一愣，随即反映过来："哦哦，差点忘了我们的任务。你说这前面是不是我们先前见到的那个冰湖？"

"看一眼不就知道了吗？"冷寒铁率先往冰湖的方向走去。巴库勒和林从熙紧随其后。

正如冷寒铁所预料，越往里走，温度就越低，到后面岩壁上都出现了霜花。衣衫单薄的林从熙初时还享受着冰冷的空气所带来的快感，到后来却只剩下瑟瑟发抖："这是什么鬼地方，热得半死，冷得又要冻掉了半条命。我看我们不是过来探秘的，而是过来捐命的吧。"

冷寒铁停住脚步，转身对他说："那你留在这里，我们继续往里走。"

林从熙原本还想要逞强，争取走完后面的行程，可是一个惊天动地的喷嚏将他所有的雄心都给打散了："那好吧，你们早点回来。"

冷寒铁点了点头，与巴库勒继续往里走。

"冷大，你有没有觉得有点古怪，先前我们掉入冰湖里似乎都没有现在这么冷。难道这些寒气并非是由冰湖传导过来，反倒是冰湖的寒气来源于这里，即这里才是冰湖的冰冷源头？"

冷寒铁回应了声："多想无益，继续往前走查探个究竟吧。"

又继续前行了 50 米左右，气温降至接近于零度。他们虽然身体强壮，无奈身上穿着的乃是夏天的单薄衣裳，根本无法抵挡得住一阵阵沁入骨髓的寒意。

巴库勒牙齿都在打战："冷大，太冷了。我可以抱着你来取取暖吗？"

冷寒铁迟疑了一下，紧接着向巴库勒伸开双臂。巴库勒毫不犹豫地将整个人贴了上来，紧紧地抱了下冷寒铁，随即却跳离开："哈哈，冷大，你上当了！先前里我跟楚天开打赌，说冷大你这一辈子都不会主动抱人。现在看来是他输了。冷大，你出去后可要替我作证啊。"

冷寒铁哭笑不得，不过望着巴库勒微微发紫的嘴唇下噙着的笑意，忍不住一阵暖意涌上心头。自从回忆起自己的身世后，他就越发地对身边的这几个兄弟视若"兄弟"。这是他留在这冰冷世界的温暖之源。

不知为何，冷寒铁的眼前浮现出花染尘楚楚可怜的粉脸。一声叹息就像夏天的蒲公英，"噗"地一下从心房里跳了出来，将细碎的绒毛飘散到每一根血管中，酥酥痒痒的，却又一阵刺痛。或许，这便是他命中的劫数吧。

他们再前进了十米。空气中布满了浓密的雾气。这些雾气十分黏稠，仿佛是炼乳在空中流动一般，将手电筒的光芒都给遮住了。巴库勒只能伸出双手，像盲人摸象般地在浓雾中摸索着前行。冰冷刺骨的雾气从他裸露的皮肤中钻了进去，如同一把把小刀，剐得人阵阵生疼。疼得多了，身体也就麻痹了。巴库勒怀疑倘若自己再在浓雾中待上十分钟，恐怕整个人就要冻成一根冰柱，永久地留在这地底深处了。

就在他快要冻僵时，突然指尖触碰到了一块坚硬之物，虽然同样是冰冷入骨，但却令他心头一阵惊喜："冷大，我们好像到头了！"

冷寒铁如同赶蚊子一般，用力地挥动着手电筒，期冀着可以搅散一点浓雾，让手电筒的光芒发散出来，可是收效甚微。他只能如同巴库勒一样，将手掌贴在前方："呃，像是一堵冰墙。"

他沉吟了下，示意巴库勒躲开，随即飞起一脚，踢在冰墙上。冰墙仿若是铜墙铁壁，分毫未动，反倒震得冷寒铁的腿骨一阵发疼。

很显然，蛮力在这里是没有用的。冷寒铁立即改变策略，掏出黄金匕首，朝着冰墙戳去。令他意外的是，黄金匕首遇上光滑而又坚硬的冰墙，竟然如同金毛狮王遇到了佛祖一般，再大的狂野也都只能收敛成低眉垂眼，一身的修炼毫无用处，只能乖乖地称臣。

"黄金匕首也没有用，那有什么东西可以克制它呢？"面对阵阵寒气的侵袭，冷寒铁不由地焦躁起来，伸手抚摸着全身，希望能够找出件法宝来。突然间，他感觉到眼前的浓雾似乎被什么催动了似的，抖颤了一下。他狐疑地伸出手，在空气中比画了几下。浓雾却无动于衷，重新恢复成凝固状。

"难道它是被我身上的什么东西催动的吗？"冷寒铁伸手去翻自己的衣兜，一道晶莹的光芒被他带了出来，滚落到地上。却是他先前捡到的白狐内丹。冷寒铁狐疑地伸手将它捡起。白狐的内丹虽然不如它的祖先狐面人那般圆润剔透，却也入手微温，同时散发出一圈淡淡的光芒。这时奇迹出现了，那些浓雾遇见内丹，就像是奴婢见到了大王，一阵波动，似乎在慌忙跪安，退将出去，很快内丹周边一米见方的空间变得澄澈起来。

冷寒铁大喜过望，急忙抓着内丹在空气中挥舞了几下，将那些浓雾驱散得更开。眼前的景象清晰了起来：立在他们面前的，果然是一堵冰墙。冰墙一直连到洞顶，大概有5米高，将身后的景象遮了个严严实实。

冷寒铁将内丹抵在冰墙上。奇迹再度出现：原本就像一块毛玻璃的冰墙渐渐变得清晰起来。手电筒在这时则像是一个争宠的奴仆一般，打起十二分的精神赶着过来伺候主子。光芒将冰墙后面的场景照得一清二楚。冷寒铁看见，冰墙后面是一块巨幕玻璃似的东西，镶嵌在石洞上，将整个空间封住。而在巨幕玻璃的后面，乃是无数的船！这些船中，既有木制的扁舟，也有铁质的采砂船，甚至还有一艘现代的军舰！这些船沉落在冰湖中，就像是尸体浸泡在福尔马林液体中一般，保存了生前的纹理，可是呢，却多了一份死气沉沉以及阴森可怖。部分的船只上可以看见一具具的尸体。这些尸体仿佛是被施加了定身术，或者是被涂抹了胶水，即便这么多年过去了，依然保持着生前的姿势。冷寒铁可以清楚地看见他们张大的嘴巴，向上扭曲的手臂。很显然他们乃是被活活溺死、冻死在这刺骨的冰湖中。

冷寒铁注意到，这些沉船并非全都静止不动，而是会有轻微的浮沉，仿佛水底下躺着一个人正在酣眠，他的一呼一吸，就直接带动水流荡漾，让沉船产生轻微的颤动，不断地轻敲着巨幕玻璃，就像是门外的过客在等待着屋内主人的开门。这种毫无意义也没有任何结果的敲打，经过冰墙的扩散，产生了一种毛骨悚然的效果。冷寒铁直接的反应是：僵尸在机械地拍打着门，等待主人一时心软放他们进来。一旦入侵，定将掀起一场血雨腥风。

冷寒铁强忍住心头的不安，继续观察着，却被巴库勒撞了撞手臂："冷大，你看里面的那艘船，像不像是黄金打造的？"

冷寒铁刚想出言反驳，可是眼睛所捕捉到的影像却直接扼杀掉了他的怀疑，令他忍不住倒吸了一口气。真的是黄金船！

在所有的金属中，黄金的延展性是数一数二的，一两的黄金可以拉出上百米长、细如头发的长丝。但是黄金的硬度相对较低，所以无法用来制作武器，更不会用来造船。但是眼前的这艘隐藏在军舰背后，只露出尖尖船头的小船，那黄澄澄的外表除了是黄金还会是什么呢？

冷寒铁很快联想到自己的黄金匕首。既然黄金可以被打造成锐不可当的匕首，那么被用来制造成乘风破浪的小船又有什么不可呢？

冷寒铁忽然想到一点：有没有可能他们眼前的巨幕玻璃是可以打开的，黄金船可以自由穿梭于冰湖与地下空间里？甚至冰湖与火湖在地底下有洞口相连，黄金船可以一路畅通而行？

想到此，冷寒铁急忙开始顺着冰墙来查找是否有暗藏的机关。令他失望的是，饶是他将手指头都敲得红肿了，却依然找不到任何打开巨幕玻璃的机关所在。

"难道我的推理错了？那么古人将这么多船摆放在这里究竟有什么用义呢？"冷寒铁不顾严寒地将身子紧贴在冰墙上，瞪大了眼珠子朝冰湖中望去，希望能从中再找出一点蛛丝马迹来。

就在他全神贯注地观察时，忽然间水底下一阵水花翻动，一张扭曲变形到丑陋的脸猛地贴在巨幕玻璃上，冲着他龇牙咧嘴，表情狰狞。饶是冷寒铁胆大包天，也被吓得脚底下一滑，险些摔倒。巴库勒更是被吓得"嗷"地叫了一声，倒退了数步。

冷寒铁缓过神来，意识到出现在巨幕玻璃前的不是别人，正是先前被他们击退的刘开善！

在先前，冷寒铁虽然与刘开善打了几个照面，但并没有看清他被银魂蛛啮咬过的面貌。眼下他终于看清，刘开善的整张脸比原先瘦削了一大半，甚至可以用"皮包骨"来形容，可见他的血肉被银魂蛛吸去不少；他的头发呈现出一种银色的光泽，像是被涂了一层亮粉似的；最诡异的是他的眼睛，黑色的瞳仁几乎全都消失不见，剩下的只有满满的眼白，与盲人的眼眸有几分相似，看上去显得特别死板，但是你又分明能从他的眼神中解读到死神的信号。整个给人的感觉就是恶心、反胃，恨不得找个东西将他的脸给砸扁。

巴库勒连惊带吓，又受寒冷所侵袭，忍不住打了个喷嚏。巨幕玻璃对面的刘开善仿佛对此有所感应，立即抬起头，如死鱼般发白的眼珠子直直地望向巴库勒，紧接着肩膀高高耸起，脸上残余的一点皮肉迅速堆聚在一起，显示出他内心的波澜。随即刘开善开始疯狂地用脑袋砸着巨幕玻璃。无奈的是，巨幕玻璃太坚硬了，坚硬得远远超过人类的头骨。冷寒铁看见刘开善的额角裂开了一道缝，那是头骨不堪巨力撞击而破碎的样子。但是没有任何东西从破碎的颅骨中流出，想必头颅中的脑浆已被银魂蛛吸食得一干二净。

见刘开善头撞巨幕玻璃而无果，冷寒铁内心深处既松了一口气，又有几分失望，于是转身对巴库勒说："走吧，我们该撤了，回去再想想办法。"说完两个人一前一后转身往回走去。全身的冰冷逐渐被酷热所代替。

一直守候在冷热交界处的林从熙早已等得心烦意乱，见到冷寒铁二人回来，急忙迎了上来："两位爷，可算把你们给盼来了。你们再不来的话，我都快变成人肉干了。对了，有什么发现没？是不是里面藏的宝贝早就让孔喜他们给掏走了？我觉得你们对他太客气了。照我说，就算不对他严刑拷打，至少也应该审讯一番才是。"

巴库勒推了他一下："走吧，别在这里挑拨离间了。再说了，你也不是盏省油的灯，要严刑拷打逼吐真言的话，你应该排在第一。"

林从熙的脸色顿时转成猪肝色："巴长官，你可别拿我开玩笑了。我就一卖古董的，能藏着掖着什么秘密？好了好了，我不多嘴了，咱们赶紧走吧。这儿再多待一会儿我觉得我就要崩溃了。真不清楚当年是什么人待在这里面，又在这里鼓捣些什么？"

冷寒铁接过话头："这正是我们带你下来的目的。你来说说看，这里的建造者的目的是什么，或说这里是做什么用途的？"

林从熙眨巴着眼睛："冷长官，你太过抬举我了，给我出这么大的难题。我猴鹰儿也就是在古董方面有一丁点的研究，对机关可没啥心得。要不我们把王教授接下来看看。"

冷寒铁在心里暗想："你以为我不知道王教授比你高出一大截啊？可是这样的鬼地方能让王教授长待吗？"然而这样的碎念却一下子被他眼睛余光所瞥见的内容给击散了："你俩等下。"说完，他在一堵石墙面前停下，"你们看这是什么？"

林从熙和巴库勒急忙停住脚步，朝石墙仔细望去。只见石墙上刻着几幅类似于古象形文字的图案，其中最上面是一个人面蛇身像，在他下面分别画着大小不一的两个人，大的那个足有小的两倍大，在两个人的侧边则是写满了"正"字。洞内的环境不好，经过数千年的寒气吹、暖风熏，笔锋已经很浅很淡，但还是可以辨别得出图案用笔十分流畅，就像有人握着一支钢笔在墙上随意写下的一般。

巴库勒粗略地数了一下，墙上至少有100多个"正"字。再往前看去，只见墙上也画有类似的图案，一共有5组，算下来至少有五六百个"正"字。如果仔细分辨，可以看出人物的图案有一些轻微的差异，这些差异主要集中在最上方的人面蛇身像上，其鳞片有直曲疏密之分。

林从熙脱口道："这难道是记账不成？"

"记账？"冷寒铁若有所悟。此处的洞内已经变得炎热，冷寒铁他们汗流浃背，脑袋也开始微微发晕。他只能再匆匆地扫一眼墙上的图案，带着巴库勒和林从熙一起回到"电梯"处。

二十多具尸体依然静静地躺在"电梯"内。经过高温的烘烤，他们许多人身上的油脂都开始融解，大滴大滴地流入"电梯"的底板中。那个底板不知道是用什么材质做的，竟然可以将所有的油脂吸纳进去。

　　冷寒铁皱了皱眉头，指挥着巴库勒和林从熙一起将所有的尸体拖到5米远的"平板车"上。高温将他们烤得全身乏力，每一个动作都会牵动出大量的汗液。所幸被烤得半干的尸体体重只有生前的一半左右，减少了他们近半的劳动量。

　　离开了"电梯"的庇护，阵阵热风直接吹在尸体上，顿时油脂的融解速度更快了，甚至不时地传来"刺啦"声，仿佛那些尸体随时都可能燃烧起来。冷寒铁注意到地下的滑轨应该与"电梯"底板的材质一样，可以将油脂吸进去。几近脱水的冷寒铁甚至眼前闪过一丝幻觉，似乎滑轨乃是两条黑色的蛇，被人类的血肉给唤醒了。那些油脂在它们的体内飞快地窜行，将古老的魔咒解封掉，于是它们扭动身子，随时准备将压在它们身上的平板车掀落到熔岩地狱中，再朝着冷寒铁他们奔袭而来，长长的身体缠住三人的四肢，将他们牢牢地绑缚住，然后再从它们的身上长出无数的触须刺入对方身体中，将他们的血肉一点一点地掏空。

　　死亡的气息就像一束烟花一般，在冷寒铁脑内轰然炸开，令他身体陡然一震，随即清醒过来。他试着再次推了下"平板车"，发现它依旧一动不动。想来它应该是由一个开关控制。但灼热的环境打消了他找到开关的欲望，急忙和巴库勒、林从熙一起乘坐着"电梯"重新回到上层空间。

八

楚天开等人见到冷寒铁三人全身大汗淋漓、油脂都被烤了出来的模样，不由得大吃一惊，急忙上前帮忙扇风，同时将孔浩东先前接的水取过来，递给他们。林从熙口干舌燥，想要大口地喝个痛快，却被冷寒铁制止住："如果你不想猝死的话，就不要着急喝水，先加点盐再小口慢咽。"

他们三人已经处于严重脱水的状态，此时体内体液电解质平衡被破坏，钠离子钾离子大量流失，如果一下子喝入大量的水，会使得体内钠钾离子浓度低于正常水平。钠离子偏低会造成低钠血症，而钾离子偏低会引发心律不齐等心脏问题，严重的可以导致猝死。这种情况下需要在水中加入少许的盐，并小口小口地喝，而不能贪一时之快，来个牛饮。一般说来，在沙漠中行军或者赶路的人都知道，要在水中加点食盐，一旦遇到脱水者，不能直接灌水，最好是先拿水润一润他的嘴唇和咽喉，之后再慢慢地灌入淡盐水。

王微奕迫不及待地向冷寒铁他们打听底下的情况。听说地下与冰湖连接在一起，而冰湖中浮伏着刘开善，他的眉头不由得打了个结；及至听到石壁上刻着"正"字统计，他的精神不由一振："林大掌柜说得不错，这应该是一种记账。"

冷寒铁问道："王教授，你觉得这个记账应该与什么有关呢？"

"呃……"王微奕以手抚着额头，道："这个老夫一时也没有什么想法，不知道冷长官有何高见？"

冷寒铁想了下，回答道："高见就谈不上，我有一个怀疑，这整个地下世界是否与我们前些天经过的黄金采矿场是一体的？"

"一体？"王微奕玩味着这个词，"还请冷长官明示。"

"我觉得，既然此间有一座金殿，那么周边定然就有一座黄金矿场，以及冶金场所。黄金矿场我们是见到了，那么这里有没有可能就是冶金场？我怀疑冰湖和火湖都是用来清除矿藏中的杂质，将黄金提纯出来，之后再利用地下熔岩的高温火力，将它们熔化，制作成合适的形状。孔喜不是说了，过了这道悬崖，前方有一道飞流。那么我们可以理解成那是炼制中的最后一道工序——降温定形。"冷寒铁长吸了一口气，"王教授，你可还记得沈亦玄先生说的第一句秘籍：江开裂，天桥现。我怀疑应对的正是此间的地形。"

众人闻言，全都振奋起来："江开裂，天桥现……原来这既是第一句，也是最后一句啊……那岂不是说这里有道桥通往悬崖对面，并且我们离金殿的终点不远了？"

孔喜不自觉地将身体挪动了过来："冷长官，难道你们进来这里是为了寻找一座金殿？"

冷寒铁这才想起忽略了孔喜这个"外人"，不过他想了下，决意不再避讳，于是点了点头道："不错。据我们所知，这地底下有一座上古的金殿。我们的目的就是找到它。"

孔喜若有所思："那应该就对了。我们当初进来这里的时候，曾在通道里找到近百块金砖。这些金砖制作得十分精巧，最主要的是，金砖有分阴阳，相互之间契合严密。我们当初还开玩笑地说，该不会是有人想用它来制造一个金屋来藏娇吧。没想到居然真的有人在建造金屋。"

林从熙的呼吸急促起来："金砖？在哪里？快给我看一看。"

孔喜朝洞穴最深处的一个木箱努了下嘴："喏，都被孔舰长收藏起来了，说是等出去后每人发一块。可惜，大家都没能等到那一天。"

林从熙顾不上体会孔喜话语间的伤感，"噔噔噔"地朝洞穴深处跑去，不多时，只见他咬牙切齿地拖了一只木箱过来："奶奶的，真沉啊。全都是金砖，发财啦！"

木箱上挂着一把锁。楚天开一枪托将锁砸开。林从熙迫不及待地打开木箱，顿时被眼前的一片黄澄澄、金灿灿刺激得惊叹起来："天，天哪，真的都是黄金啊……"

正如孔喜所言，整个箱子里装着近百块金砖。这些金砖不同于寻常金砖方方正正的形状，而是如积木一般，部分金砖的上下左右四方全都有一个弧形的突起，而另外一部分金砖对应处则有一个内凹进去的弧角。将两块金砖拼在一起，刚好可以紧紧地嵌合成一体。每块金砖大概有一尺见方，倘若真的用这样的金砖来建造房子那将是一件十分简单的事，只需要将金砖相互拼嵌在一起即可。

林从熙取出一块金砖，用牙齿咬了一口，然后咧嘴笑了："这比我先前收藏的金箭纯多了。实实在在的金砖。哈哈哈，看来我们真的发达了！"

巴库勒鄙夷地看了他一眼："财迷！小心有命拿钱没命花。"

林从熙将金砖贴在胸口，毫不在意巴库勒的嘲讽："人生在世不过如草木露水，朝生夕死。空手而来，空手而归，万物只是过遍手而已，有什么是真正属于你的？无论是财富还是功名，最终都是要松手的。所以呢，最后的结局并不重要，重要的是中间过程里的拥有。"

巴库勒将铜铃般大的眼睛紧瞪着他："啧啧，这些话从一身铜臭气的你口中说出，我怎么总觉得有点狗嘴里吐出象牙的感觉呢？"

冷寒铁从箱子里取出一阴一阳两块金砖，递到王微奕手中："王教授，你看一下吧。"

王微奕将金砖翻来覆去地看了几遍，抬头问林从熙："林小兄弟，依你的眼光来看，这个金砖纯度如何？"

"纯度肯定极高！"林从熙眉飞色舞，"我就没见过这么纯净的古董金条！"

"那你觉得它大概是什么年代的呢？"王微奕继续问道。

林从熙挠了挠头道："黄金是最难辨识年代的。因为黄金的性质稳定，存放几千年它都不会有任何变化，依旧是黄澄澄的。而且，这上面没有任何图文标记，以目测来判断年代恐怕没人能够做到。"

楚天开好奇地问道："林大掌柜，那你们平常里是怎么鉴定黄金的呢？"

林从熙回答说："鉴定黄金要比鉴定古玩字画简单得多。一个是通过外观，一般来说赤黄色的为上佳，纯度基本在95%以上；正黄色的话纯度在80%左右；青黄色在70%左右；黄色略带灰的在50%上下。故有口诀'七青八黄九五赤，黄白带灰对半金'。但是，鹰都有被啄瞎眼的时候，再好的眼力都难免偶尔会看走眼，所以还是需要借助一定的辅助手段，比如说试金石。试金石的制作很简单，拿一块雨花石在鹅血或者鹅汤里煮一下，就成了。把金子在上面一划，再用醋点在划痕上，没有反应的就是黄金，有气体或者是刮痕消失的是其他金属。至于含金量的多少，可以平看色，斜看光，细听声，即可大致估量出来。如果想要保险一点，那就需要用到试金石。如果金中掺了银，试金石就呈青色，性软；含铜的话，质地上摸着较硬，在试金石上一划会发出声响。"

楚天开继续追问道："那如果有人在黄金里面包了其他金属呢？那怎么检测得出来？"

"黄金的手感独一无二。它比同体积的银、铅、锡重一倍左右，拿在手上有一种沉坠感，而其他的金属就只有重感而无坠感。只要你摸得多了，掂一掂就知道是否掺假了。此外，用黄金敲一敲试金石，听听声音也能感受得出来。一般说来，纯正的黄金发出的声音很沉闷，如果是清脆且有余音的，就一定是掺假的。最后还有一种就是折硬度。将黄金拗折，会出现鱼鳞状的皱纹，越纯的就越易折，并且皱纹越明显；倘若是杂质比较多的话，弯折时会觉得很硬，多拗两三次就可能断裂。"

楚天开收起原来对林从熙的轻视之情，由衷地赞叹道："真没想到，一个小小的黄金里也有这么多门道，难得你如此门儿清。"

林从熙咧嘴笑了："这可是黄金，绝对的硬通货，岂可儿戏？自然要潜心研究啦。"

王微奕轻轻地一笑，问道："那请问林小兄弟，你可知道为什么黄金会成为全球的硬通货，甚至成了货币的基础？要知道在早期的人类，出现过的货币可是五花八门，比如贝壳、珊瑚乃至奇特的石头都可以被当作货币来交易，为什么最终全世界都共同选择了黄金作为通用的货币？"

林从熙忍不住为之一滞："这个啊，应该是黄金奇货可居，性质稳定，比重又大，方便储存与携带吧。至少人们更愿意携带一小根金条甚于一袋腥臭的贝壳。"

"但据老夫所知，这个世上还有多种金属，同样是数量不多，开采不易，为什么世人就对黄金情有独钟呢？"

林从熙挠着脑袋，为难道："这个……我就不清楚了。王教授，你应该有答案吧，不如直接告知，我们几个洗耳恭听。"

王微奕摆了摆手，道："不。老夫对这个问题没有研究，只是临时想到的，或者说，突然蹿上心头的一个困扰。老夫在想，如果黄金是中国的传统货币，那么不足为奇。可是七大洲四大洋的人们，不约而同地选择了黄金作为最高货币，这内中定然有着某种不为人知的隐情。老夫怀疑，是否黄金中蕴含有某种特别的能量，或者是曾经被运用于某个用途，于是世人在潜意识中形成了一个观念：黄金是宝贵的，用途巨大，需要好好珍惜。"

冷寒铁听明白了王教授话中的含义："王教授，你觉得金殿有特殊功能，对吗？"

王微奕点了点头道："从某种意义上讲，黄金并不适合用来当作建筑材料。一来它太过沉重，二来它的质地偏软。这样搭建起来的宫殿牢固度定然不如巨石搭建的金字塔。我们认可金殿的建造者有着非凡的智慧，超群的视野，那么我们不能不推敲当初他们建造金殿的目的。"

众人都觉得大有道理，可是谁能猜透几千年前古人的心思呢？

囿于时代的局限，王微奕他们不可能知道，地球上的一些贵金属，包括金和银，都源自超新星的爆发，大部分的轻元素，包括氢和氦，都是在大爆炸中形成的，而更重一些的元素，如碳和氧，则是在恒星内部通过核聚变的方式形成的。然而那些稀有的重金属，如金和银，则需要最极端的恒星环境才能形成，它们只有在大质量恒星发生毁灭，即超新星爆发时才能产生。而爆发可以产生金的超新星质量要比产生银的超新星大得多，数量却少得多，从而造成金比银稀罕的事实。

关于黄金为什么会成为全世界通用的"硬通货"，马克思曾说过一句话："货币天然不是黄金，黄金天然是货币"。有人曾对这句话进行认真解读，将元素周期表上的各种元素一一进行排除，最后发现还真的只有黄金最适合当货币。首先是稀有气体、卤素、液态元素（汞和溴）都不适合当货币，其他的有毒、易爆、带辐射性的元素都一一被否定，最后只剩下过渡金属和后过渡金属了，这些元素共有 49 种，常见的有铝、铜、铁、铅、银、金等。进一步排除掉需要高温才能冶炼比如锆和钛；容易生锈的铁、铅和铜；地球含量丰富的铝等元素之后，只剩下金、银、铂、铑、铱、锇、钌、钯这 8 种金属了。除了金和银，其他 6 种金属又太稀有了，能作为货币的金属，显然需要经常交易，而太稀有的话，无法满足流通的需求。与银相比，黄金不仅更加稀罕，而且性质稳定，存放几千年都不会发生变化，而白银与空气接触久了之后会发黑，这些因素致使黄金从元素周期表中脱颖而出，拔得头筹，成为人类货币的第一主角。

此外，还有一个说法，人类从亚特兰蒂斯时代起就意识到，黄金代表了最纯粹的金属，蕴含着特别的能量。这种能量能够渗透到人自身的能量场中，从而影响到人的精神状态乃至寿命。这也是世人喜欢穿戴金首饰的原因。在古代，那些炼金术士明白黄金中潜伏着不朽的能量，想要将其提纯出来为人类所用，但遗憾的是，几乎没有人成功过。

冷寒铁心头里堵着一大堆的疑问，然而许多疑问都无法找到答案，只能先从简单的问题问起，于是转向孔喜问道："我想了解下，你们对于下层空间的探索究竟有多少？找到如何启动那一个平板机器的方法了吗？"

孔喜先是摇头，随即又点头："我们曾组织人员几次去往下层空间。无奈里面太热了，像个蒸笼，几乎没有人能够禁受得住高温烘烤，每次只能匆匆地检查一下就撤走。启动那个平板机器的开关就在'电梯'侧边的石壁上。那里有个小按钮，按一下会弹出一个类似圆盘的东西，上面有个把手。旋转它就可以操作那个平板机器往悬崖对面延伸。只是地下熔岩的温度太高了，几乎没有任何生物可以坐在平板上抵达悬崖对岸，所以我们只是测试了下机关后就放弃它了。不知道冷长官是否找到其他的办法了？"

冷寒铁没有回答，继续问道："那你们知道隧道的尽头是什么吗？"

孔喜一脸的茫然："我曾随两名船员一起深入到隧道尽头，但却被一堵冰墙给挡住了，什么都看不见。冷长官，你们怎么知道冰墙背后是冰湖呢？"

冷寒铁依然没有回答他的问题，而是顺着自己的思路继续问下去："你们有没有试过炸开那道冰墙？"

孔喜点了下头："我们想过这个问题，但大家争论不休。一方认为我们应该冒险一试，或许出口就藏在冰墙之后；但另外一方却根据地面距离来推算冰墙后面应该是冰湖，冰湖内不会有出口。如果贸然炸开的话，有可能会带来灭顶之灾。孔舰长一直犹豫不定，不过昨晚他倒是跟我提起，已经走到绝境了，只能死马当活马医，打算这两天放手一搏，炸开冰墙。"

冷寒铁点了点头："这么说，你们存有炸药？"

"嗯。孔舰长在军舰沉没之前，下令把所有的炸弹和炸药全都搬了出来。喏，都在那个角落里。"

顺着孔喜的手指，冷寒铁看见在石室最深的角落里，安静地存放着20多个木箱，于是带领巴库勒等人走了过去，将其撬开，清点了下，其中15箱是军舰炮弹，6箱为舰载机枪子弹，3箱普通子弹，1箱手雷，另外还有2箱是黄色炸药。此外，在另外一个角落里存放着6箱武器。冷寒铁他们撬开后，找到了不少美式冲锋枪及手枪。

巴库勒大喜过望："不错啊。我先前还担心我们的武器装备不够，没想到这么快就收到新礼物了。"

冷寒铁目光有几分摇曳："人家孔舰长都知道这些武器有危险，特意收藏起来，你怎么见识还不如他？"

巴库勒不服："他那是怕武器落到不怀好意的人手中，给自己带来麻烦吧？我们人心齐，有什么好担心的？"

"你确定地底的高温也跟你是同一条心？"

巴库勒一下子醒悟过来，猛地拍了下自己的脑袋，"哎呀，我真是猪脑子。这些弹药要是遇到高温，可就直接爆炸了。"随即他疑惑地望向冷寒铁，"冷大，你是打算踏过岩浆前往悬崖那端吗？"

"除了这条路外，还有其他的什么路子可选？"

"可那是上千度的高温啊，以我们的血肉之躯怎么挨得住？"

"炸开冰湖！"冷寒铁的脸上如同秋水一般寒澈，"我想冰湖里的水就算不能浇灭熔岩，至少也可以在短时间内对它进行降温。现在，最大的问题是，冰湖里的水灌入熔岩中，定然会带来大量的水蒸气，这些水蒸气足以将人蒸熟。而且刘开善藏身于冰湖中，一旦冰湖被炸开，那么他就可以自由进出此间，所以需要我们好好推敲下行动细节。"

楚天开在脑中飞快地过了一遍方案，不由得对冷寒铁的缜密思维佩服得五体投地："也就是说，只要我们能够抵抗或者隔绝掉水蒸气的热量，那么就有成功的机会，对吧？毕竟冰湖的水灌入岩浆时，水蒸气将会四处弥漫，那样的高温我相信对刘开善也是一个威胁，到时他会躲避，等到降温了之后再出来。"

巴库勒苦恼地说道："可高温对我们的影响更大啊，除非……"他眼前骤然一亮，拍了下大腿，"对了，冷大，你觉得杜振宸他们乘坐的那个金属柱怎么样？我们可以藏在那里面来通过熔岩地带。"

冷寒铁先是心头一动，但很快找到其中破绽："恐怕不行。金属柱不怕刀枪，可是避不了水蒸气。我们待在里面，恐怕会像烤乳猪一样地被烤熟。"

巴库勒泄气了："那能怎么办？"

冷寒铁猛地想到了与金属柱相似的"电梯"，一阵欣喜，"对了，老巴，你还记得我们下去时所乘坐的那个'电梯'吗？有没有发现我们呆在里面并没有感觉到酷热？那个应该具备隔热功能！"

巴库勒又是一拍大腿，"哎，我怎么就没想到呢！先前在下面时，如果不是热到不行就躲进'电梯'里凉快会儿，我恐怕根本支撑不下来。既然这样，那就好办了。我回头就把'电梯'给拆下来，装到平板上去！"

冷寒铁瞟了一眼巴库勒，道："好吧，拆'电梯'的任务就交给你了。不过你需要先给我搞清楚怎么拆，拆下来之后是否还是全闭合的，能否正常开关门。"

巴库勒讪讪地收回了话："那个……这任务太重要了，要不大家还是一起商量下吧，免得万一出了差错那就罪过大了。"

冷寒铁没有再多言语，从弹药箱中挑选了两个炸药包，几枚手雷。巴库勒本想问他不是说底下高温会引爆弹药吗，为什么还要取来武器，但话到嘴边又咽下了。他深知，冷寒铁做任何事都有他的权衡与考虑，不会胡来，既然他选了炸药，那么自然就有他的道理。

果然，冷寒铁裁下来一块帘布，将其横放在孔喜他们烧饭架起的简陋灶台上，再在上面放了一张纸，又劈开一个木箱，往上面泼了点柴油点燃了。加了柴油的木头很快就熊熊燃烧起来。火苗就像是贪婪鬼的舌头一般不停地舔着帘布。帘布不知道是用什么材质做成的，不仅刀枪不入，而且燃点奇高。火苗的温度高达六七百度，可是帘布只是被烤得微微变色，原本燃点只有一百多度的纸张并未被点燃，只在热浪的灼烤之下，边角慢慢地收缩起来，大概三分钟过后，纸张终于有了一点反应，边角耀出轻微的火星，但很快就熄灭了，余下一点红色的光芒在昏暗中闪烁，犹如蚕吃桑叶一般慢慢地侵吞着纸张的边缘。

冷寒铁脸上流露出满意的神色，将火扑灭，再将帘布铺在地上，比画了下，若有所思。

王微奕等人瞧出冷寒铁的意图。很显然，帘布是非常好的绝热体，可以代他们阻挡住部分热浪的侵袭，只是不知冷寒铁打算将它用在哪里。但见冷寒铁全神贯注地凝思着，谁也不敢打扰。

王微奕忍不住问道："冷长官，你是对下一步行动有了计划吗？"

冷寒铁点了点头，道："有个粗浅的想法，不过在这之前我想反问王教授先前的那个问题，你觉得远古的人们花费这么大的心血来打造一座金殿是为了什么呢？"

王微奕的眼神中闪过一丝奇异的光芒："老夫也想做个反问，大家觉得埃及的金字塔是什么用途呢？"

林从熙抢答道："不是用来作为法老的坟墓吗？"

王微奕摇了摇头："老夫觉得并非这么简单。金字塔的工程太浩大了，浩大得超乎当时的社会条件，只是用来作为墓茔未免太过奢侈，甚至不排除一个情况，以胡夫金字塔的工程量，就算是法老从登位起开始建造，有可能到他去世时都还未建造完。那么这些古人为什么如此孜孜不倦、不惜耗费大量的人力物力来建造这样的一个陵墓呢？真的只是为了完成死后的身体寄托？老夫觉得未必如此。恰比如中国历代皇帝的陵墓很多，可是最神秘、最浩大的莫过于秦始皇的皇陵。秦始皇的皇陵倾尽国力，甚至直接导致了秦王朝的覆灭。有人说，秦皇陵寄寓了秦始皇长生不老的野心，但不可忽视的一点是，在秦始皇的一生中，有着太多诡异的安排。那些世人眼中看起来是残暴、骄妄的行为背后，有着后人难于理解的心理动机。有一个说法，在中国的远古时代，神人混居，彼此之间可以相互对话；但在周朝之后，人类开始与神越来越远。而秦始皇之所以能够统一六国，并非完全是他的励精图治、治国有方，乃是得到了某种神诣，甚至是得到了神的支持。老夫之前说过，《史记》有记载，曾有宛渠国的使者乘坐着一艘硕大无比、形状类似海螺的船来到中土，与秦始皇展开交流，并视察秦始皇所建造的长城、宫殿等。也是因为与神灵接触过，是以他才对求仙、长生不老的事情那么坚信不疑。咳，扯远了。老夫觉得，古老的埃及人之所以建造金字塔，存在着一个可能，那便是与神灵交流。或者说，希望神灵降临到金字塔中，让塔内安息的法老重新复活过来。至于金殿呢，不排除有着类似的目的。许多古书上都说过，地球的第一世便是黄金时代。依老夫之见，这个黄金时代既代表人类过去文明的辉煌，还可能与黄金有着直接的关系。或许黄金中藏有某种特别的能量，或许黄金对神灵有着某种特殊的意义，总之，它应该能够起到人神沟通的作用。所以，金殿的建造极有可能是为了向神传达某种地球的信息。"

楚天开眨了眨眼，问："可是神灵不是都在天上吗，为什么金殿以及金殿的主人要像老鼠一般地待于地底下呢？难道地底下还有神灵不成？"

林从熙脱口而出："撒旦！"

王微奕的身子微微一颤，充满睿智的眼睛紧紧地盯着林从熙："林小兄弟有何高见？愿闻其详。"

林从熙不好意思地挠了下头，道："我哪有什么高见，只是道听途说而已。据说撒旦原本是上帝跟前的六翼天使，但是因为反叛上帝，想夺取上帝的宝座，最终失败，被迫遁于地底下。只是千百年间，撒旦并没有认输，而是在地下建造了一个全新的世界，随时准备对上帝发动新的攻击。"

楚天开好奇地问："王教授，地底下真的有撒旦？难不成金殿真是撒旦建造的？"

王微奕眼中映照着熔岩的火苗。他没有直接回答，而是徐徐引导："这一路走来，你们见到的那些超越现代文明的物件，觉得最大的特征是什么？"

有着宗教信仰的巴库勒对此最为敏感，于是抢答："是蛇吗？就是到处都有蛇的存在。我记得王教授你管那些人面蛇身的画像叫作羽蛇神。"

"不错。"王微奕点了点头，"蛇。人面蛇身。羽蛇神。那么大家对此有何看法？"

林从熙心痒难挠，连声催促王微奕道："有什么话就直说吧，不要总是问我们的想法。"

王微奕望了一眼冷寒铁，轻咳了一声，试图遮掩过去："老夫只是随意联想而已，并没有什么真知灼见。"

冷寒铁淡淡地道："就跟他们直说吧。或许对我们未来的行程有帮助。"

王微奕惊异地再看了冷寒铁一眼，心头转动，说道："不知道大家是否听过蜥蜴人这个名字？"

楚天开大吃一惊："蜥蜴？就是四脚蛇吗？人面蛇身的形象来源就是蜥蜴人？"

"不错。一直有一个传言，在我们的地球上生存着一大群蜥蜴人，他们就是撒旦的原型。据说这些蜥蜴人据说来自外星球。在人类第一世的时候就已经光临地球了。类似于《圣经》中的描述，为了争夺与地球的控制权，他们与地球的另外一批守护神也就是上帝发生了冲突，结果失败了，被迫转入到地底。在漫长的岁月里，他们利用自身的科技优势，在地底下建造了辉煌的文明。他们可以人造太阳，会利用地心的岩浆热量来发电。他们在地球的表面上开设了几个出入口。这些出入口都是存在于偏僻之地，比如说南北极，比如说喜马拉雅山。蜥蜴人虽然在战争中失败，可是并没有放弃对人类控制权的争夺，而是积极在人类中寻找代理人。相传第一次世界大战和第二次世界大战都有蜥蜴人在从中挑拨，特别是第二次世界大战中的德国，他们的科技进步太快了，率先研制出了潜水艇、原子弹等超级先进的武器。然而吊诡的是，就在德国的原子弹即将研制成功的时候，希特勒却又下令将它废弃掉，最后是美国攻占了柏林之后，将大批德国的科学家掳掠回国。在德国的研发基础上，实现了人类历史上第一次真正的核爆炸。但即便是原子弹，也并非是德国的终极武器。他们的终极武器是声波和太空武器，并且有些武器实际上已经被制造出来，只是因为战争结束得太快，来不及运用到战场上。可以想象，如果德国研发出来的先进武器全都得以量产并投放到战场上的话，二战的结局极有可能就要被改写了！

"传言还声称，蜥蜴人以人类的负面能量为食，这些负面能量包括恐惧、沮丧等。据说他们特别青睐童子的恐惧情绪。这也是每次灾难发生时，人类总是要选择人祭尤其是进献童男童女的原因。传言甚至声称，蜥蜴人同样存在于中国。伏羲和女娲的人面蛇身形象实际就是蜥蜴人。此外，秦始皇、孔子等都是蜥蜴人。正是他们联手，一个在思想上奴役了中国千百年，让中国人远离了神性，乃至远离了血性，只能匍匐下身来，听候蜥蜴人的使唤；一个从政治上统治了中国千百年，为后世的君王竖立了新的行为规则，让中华子民世世代代成为龙的传人，君王成为真龙天子。可实际上，龙就是蜥蜴人的化身，所谓龙的崇拜，实则就是向蜥蜴人臣服。最主要的是，这些蜥蜴人通过掌控权力，大量地迫害其他的异见者，烧毁掉那些真正的华夏文明，或者直接就消灭掉他们的生命，从而达到愚害人民的目的。该传言提供的证据是：华夏上古文献在两千多年前集体失踪，其始作俑者正是孔子。周朝王室图书馆所有上古书籍包括《三坟》《五典》《八索》《九丘》等都被孔子焚毁，以至于孔子公然更改上古的历史，'删书断自唐、虞，则唐虞以前，孔子得而烧之。《诗》3000篇，存311篇，则2689篇，孔子亦得而烧之矣。'其篡改整理的《春秋》《尚书》等书成了后来中国最早的史书。之后的蜥蜴人秦始皇，平华夏诸侯各国，灭华夏文字，焚华夏书，以统一文化的名义消灭仙道华夏上古文明。秦始皇的目的就是要斩断华夏文明的血脉，把蜥蜴人文化植入华夏。但是光破不行，还要立。后来的汉朝，汉武帝被儒教蠕虫董仲舒诱惑'罢黜百家，独尊儒术'，蜥蜴人孔子儒教全面上台，全面正式取代了自由奔放灿烂多彩的华夏上古文明。"

所有人听得目瞪口呆，难以置信地摸着自己的脑袋，无法想象自己的潜意识中竟然埋藏着蜥蜴人的文化基因。林从熙结结巴巴地问："王教授，你说的可是历史的真相？"

"不是。"王微奕毫不犹豫地否定了自己先前的说辞："作为历史学家，老夫对上述的阴谋论心怀商榷之意。很简单的一个道理，孔子一辈子游历各国，几乎就没有被重用过，何来如此大的能量来系统性地销毁中国的古代文化？不错，他是将《诗经》从3000篇中筛选出了311篇，又用曲笔来修改《春秋》。但这只是代表他个人对文化的一种取舍态度，并不能就此认定是他摧毁了上古文明。因为既然孔子能搜到《诗经》三千篇，那么定然当时世上还存留着完整的版本。只是呢，在春秋战国那个战火不断的年代，许多书籍被毁掉都是常事。某种意义上讲，如果不是孔子的保护，说不定我们连现在《诗经》中的那311篇也见不到了！当然了，秦始皇是有这个统一文明的能量，并且他确实也做了'焚书坑儒'的事。然而与世人所理解的'焚书坑儒'不同的是，秦始皇坑的'儒'并非后世意义上的儒生，即读书人，而是徐福那般的术士，即炼仙丹的人，一共也只坑了460人。而他所焚的书皆有备本，存于阿房宫。亦即，他希望将智慧的火种保留在皇室贵族的小群体中，而让普通老百姓变成一群愚民、方便统治。真正焚书的是项羽。他一把火烧了阿房宫，也将阿房宫里收藏的书籍烧得干干净净。此外，倘若秦始皇和孔子真的都是蜥蜴人，那么就不会出现'焚书坑儒'这样的事了。事实上，真正让华夏文化走向衰弱的，并非是秦始皇，而是董仲舒的'罢黜百家，独尊儒术'。老夫浅见，霸权并不会毁灭文化，因为霸权就像石头，而文化就像小草。就算霸权一时可以迫害到文化，可是文化的力量终究有一天会将它掀翻。唯独'罢黜百家，独尊儒术'这等钳制思想的手段才是最可怕的，它直接造就了文化的沙漠。"

林从熙等人听得一头雾水："王教授，你能否给个明示，到底是有蜥蜴人还是没有蜥蜴人？"

王微奕笑了："此乃天机，不可泄露。"

众人心中全都盘旋着一个疑团，猜想着王微奕这段话的真正意图。林从熙曾亲眼看见过地心深处星星点点的灯火，不由地暗暗认定那便是蜥蜴人建造出来的另一个大千世界，心中不觉地涌生起一股浊气：一直以来在他的幻想中，金殿的建造者乃是一群神仙一般的人物，他们在地球上的所有作为，都是为了给人类文明指点方向。可是如今王微奕告诉他说，建造金殿的乃是蜥蜴人，人面蛇身的丑陋形象，是对人类怀有不轨之心的魔鬼撒旦。倘若事实真是如此，那么他们能从金殿中获得什么呢？邪恶的力量吗？抑或是摧毁地球的能量？如果真是如此的话，那么他是否应该出手，阻止冷寒铁等人找到金殿？

这个问题让他心烦意乱。作为一名古董掮客，他无比地热爱地底的宝贝，可是他也深知自己的另外一重身份，以及这重身份赋予他的使命。林从熙怀疑，王微奕正是洞悉了队伍中其他人存在的异心，是以才吞吞吐吐，不肯将心中所知的内容和盘托出。

林从熙心中一声暗叹，原本想着这一路行来，大家出生入死，风雨同舟，足以抹消彼此间的嫌隙，专心一志地来寻找金殿的下落。可是呢，那些事先就种下的敌意就像一个水缸中的木瓢，可以一时被按下去，但终究要浮出水面。

冷寒铁心中没有林从熙这么多地想法翻滚，他始终专注于如何跨越眼前的天堑："老巴，你与我再一起下去探查推动平板的机关。其余人整理一下装备。记住，我们需要两包炸药，炸药需要连接 100 米左右的导火索。此外，我们需要两罐氧气，8 个防毒面具，8 套潜水服。大家分头进行吧。"

楚天开等人忙碌去了。

冷寒铁找了两根长木棍，又拆了一个木箱，用木板与木棍钉成一个三角形，可以直接竖立在地上，接着把木棍的一端紧紧地绑在帘布上，然后示意巴库勒与他各执一根木棍，将它支撑起来。望着帘布如同一张屏风般地立于地面，冷寒铁的眼中流露出满意的神色。此时，楚天开和林从熙已将炸药包准备好。冷寒铁将它用那块破损的帘布包裹住，然后在孔喜和楚天开的协助下，与巴库勒携带着帘布支架，坐着"电梯"，重新返回下层空间。他以手抚摸着"电梯"，发现"电梯"内的金属壁坑坑洼洼的，似乎里面潜藏着无数细小的孔。正是这些孔的存在，使得血渍可以快速地流走，并有空气透进来，让人待在里面不会感到气闷。冷寒铁怀疑这些小孔也一样是喇叭口，即外面的孔径较大，再往内逐渐缩小。于是热风从外面吹进来后，经过喇叭口的过滤，热气逐渐消散，最后剩下了温暖和煦的气流。

　　而控制"电梯"的开关，是一个小转盘。冷寒铁他们只需要将转盘转动一周，"电梯"门就会自动打开，大概一分钟后，可能是受弹簧装置控制，"电梯"门就会自动闭合上。在"电梯"外面，也有一个用来控制开关的小转盘。冷寒铁在心中估算了下，觉得它应该是机械控制的，并非仰赖于电力。

　　走出"电梯"，热浪顿时如同一条火龙般围绕着他们上下翻滚，将人的毛发几乎都烤焦。冷寒铁指挥着巴库勒一起将帘布支架抬到"电梯"前面，支棱开。如他所料，帘布特殊的质地可以抵御得住高温的正面烘烤。虽然岩洞内的高温并没有降低，但是有帘布替他们遮挡阵阵扑面而来的热浪，他们感觉舒适了许多。

　　按照孔喜的指点，冷寒铁在"电梯"的背面、离地约有 1.5 米高的地面上，找到了一个黑色的按钮。将它按下后，一阵"嘎嘎嘎"的声音从石壁内响起，紧接着石壁裂开，从上方缓缓地弹出一个转盘来。转盘离地约有两米高。先前孔浩东他们在地上安置了一个木箱来垫脚。冷寒铁站了上去，只见转盘与"电梯"的接口相似，上面除了有一个可以旋转的把手外，还有两个黑色的小孔。很显然，它应该有人力控制和电力控制两种模式。冷寒铁握住把手，发现它丝毫没有生锈后的涩沉感，十分顺滑，于是双手发力，转动把手。空气中传来轻微的一声"吧嗒"，先前他们费尽九牛二虎之力也无法推动的平板缓缓地向着悬崖对岸前进。

准确地说，是平板下方的轨道在不断地向前延伸，如同夸父追日般，义无反顾地跨过悬崖断壁，越过酷热熔岩，向着彼岸缓缓地前进。

对于那些搁置在平板上的尸体而言，这段旅程无异于是通向火葬场。熔岩虽然距离平板有四五十米，然而其散发出来的高温形成了一个巨大的熔炉。人体禁受不住高温煎熬，大量的脂肪液化，融解在平板上。随着平板逐渐往熔岩中心延伸，温度越来越高，最后轰然起火。冷寒铁等人隔着帘布，没有目睹尸体燃烧直至灰飞烟灭的场景，但是那股刺鼻的气味却飘了过来，让人颇不舒服。

转动把手直至卡住再也无法动弹时，冷寒铁看了下腕上的手表，时间过去了有三分钟。他走出帘布所搭成的屏风遮蔽，以手遮额朝着远方望去。借着熊熊的火光映照，他看见平板在两根轨道的支撑下，已经走完了这一趟的历程，抵达悬崖对岸。

冷寒铁招呼着巴库勒重新旋动把手，将平板收回来："我去布置炸药包。你把平板弄好之后，就上去将王教授等人全都接下来，十分钟后大家在这里汇合。记住，行动要快。我担心里面的温度太低，一旦炸药包被冰冻住了就无法点燃。"

巴库勒丝毫不敢怠慢，领命而去。

冷寒铁从"电梯"里取出用帘布包裹好的炸药包，孤身一人往隧道深处走去。熔岩所传递上来的红色光芒将他的身影燃烧得极短，那个伟岸的背影看起来竟然有一份莫名的悲壮。巴库勒怔了几秒钟，随即被汹涌的热浪唤醒，急忙转动把手，将平板一点一点地从彼岸拉扯回来。

隧道尽头，冷寒铁重新回到冰墙前，掏出白狐的内丹，将它映在冰墙上。只见原本如一只水蛭般附在巨幕玻璃背后的刘开善已经消失不见，只有那些船只依旧在冰湖中轻轻晃荡，仿佛在诉说着千年的冰冷与孤寂。

冷寒铁无心去想太多。他掏出黄金匕首，对着冰墙的底部狠狠地凿去。冰墙坚硬逾铁，黄金匕首虽然锋利无比，却也只能在上面留下一个白点。冷寒铁见状，不觉有几分傻眼。倘若人力不能在冰墙上凿出一个洞，填入炸药包，那么炸药爆炸时，极有可能不能炸毁冰墙，相反会将爆炸威力全部释放到隧道内。一旦引发隧道崩塌，那么他们用冰湖之水浇灭熔岩的计划将宣告失败。

想及此，冷寒铁心头不禁焦灼起来。他将黄金匕首改成双手握住，当作镐子一般，竭尽全力地朝冰墙上砸去。然而，他的所有作为在冰墙面前，都如同蚍蜉撼大树，根本无济于事。冰墙上依然只留下一个个白点。

沮丧涌上冷寒铁的心头，但很快就被他驱散开——一定有其他的办法可以解决这个问题的。化解冰墙，最主要的就是高温。最大的高温，莫过于来自熔岩……可是他又有什么办法能将熔岩的烈焰引到此间呢？他的脑筋超越了冰冷的禁锢，飞快地转动起来。突然间，他想到了平板，眼前不由地一亮。

他快速地返身折回来时路。巴库勒依旧在那里奋力地转动着把手，将平板收回来。不过把手的最大转速仿佛被设定好了，并非是大力就可以加快，所以巴库勒才收回来一半多，平板依旧悬在熔岩的上空。

冷寒铁止住巴库勒："等一下，就让它停在半空中。我们先上去一趟。"

巴库勒对冷寒铁是百分之百的信任，对他的命令更是百分之百的执行，当即停下手中的转动，与冷寒铁一起坐上"电梯"，重返上层空间。

楚天开等人见到冷寒铁上来，急忙迎了上去："怎么样，下面都布置好了吗？"及至见到冷寒铁手中的炸药包，心中立刻有了答案，"怎么啦？出意外了？"

冷寒铁简洁地说道："冰墙太厚，无法凿开。不过眼下这不是当务之急，你召集一下大家，商议一个事情。"

楚天开瞧着冷寒铁冷峻的脸色，不敢有任何怠慢，急忙将所有人都召集过来。

冷寒铁用目光缓缓地扫视了大家一圈，说道："现在有两个问题，一个问题是冰墙太硬，我试了下，根本无法凿开来安放炸药，不过我想到了一个法子可以尝试一下；第二个问题呢，就是必须要在场的一个人来作出牺牲。"

所有人的心全都提了起来，眼睛眨也不眨地盯着冷寒铁。只见他冷酷的脸上凝结着一层冰霜："那个平板车必须要有人在悬崖这边转动操控才可以移动，也就是说，我们中必须要有一个人留下来，不能随大部队一起前进。"

巴库勒和楚天开两个人几乎毫不犹豫地主动请缨："我留下来吧！"

冷寒铁眼神微动，未做表态。

杜振宸亦挺身而出："冷长官，你们一行出生入死，早已形成默契，少了任何一个人都是个损失。我杜振宸不过是无足轻重的小卒，就让我留下来吧。反正我这条命昨天就本该已经报销了，能活到今天全都仰赖冷长官你们的出手相救，另外我有伤在身，也不想拖累大家。"

冷寒铁依旧未置可否，只将眼锋从孔喜的身上扫了过去。

孔喜也是一片玲珑剔透心，顿时明白冷寒铁的心意。他脸色微微发白，轻轻地叹了口气，道："断后的任务大家就不要争了，留给我这个半废之人吧。在场的诸位长官，你们都是要干大事的人，不应该将性命浪费在这里。我孔喜本是卑微之身，而且自从陷落在这里，就预知了自己的命运。今日能与诸位坐在一起，再叙前尘往事，已是上天的恩赐，死而无憾。倘若我的一条残躯，能够换来诸位的持续前进，这是我生命的最高价值，总比孤零零地一个人坐在石洞里等死要好得多。好男儿自当马革裹尸……"

冷寒铁深深地凝望着他，颔了下首："谢谢你。你有什么要求尽管提出，我一定会满足你。"

孔喜凄然一笑，道："既然冷长官问起，我也就拜托各位一件事。我家里有个70多岁的老母亲，然后我的妻子带着两个孩子。原来一家人都指着我的一点军饷度日。如果我命捐这里，冷长官，你看能否视同我战死沙场，替我向党国申请一份抚恤金，留给我的家人，让他们有个安家立命的本钱？"

冷寒铁还未作出回答，一旁的林从熙却抢了过去："孔长官，你请放心。只要我猴鹰儿能够走出神农架，你的家人就是我的家人，我一定会为你的母亲养老送终，将你的一双儿女抚养长大成人。"

孔喜眼神中闪烁着惊喜，有点难于置信地望着林从熙。虽然他知道能跟冷寒铁他们走在一起的人都非等闲之辈，但在他的印象中林从熙在军舰上仅是个打杂苦工身份，一时难于分清他的承诺是否有效。

王微奕瞧出了他的疑虑，开口道："这位林掌柜是武汉当地有名的古董商，虽然不敢说家大业大，但是供养你一家人应该不成问题。最主要的是，林掌柜为人仗义疏财。他既然开了口，就一定会做到。孔长官，你大可不必担心家人的余生衣食问题。老夫在这里斗胆提个建议，在场的各位都是有家有室的人，我们能否在此约定，无论将来有谁能够活下来，都抽空去看一下那些为这次任务捐躯的战友家人？未必说将对方家人当作自己家人一般对待，但至少说谁家里遇有困难，大家都能够伸出援手，以不负这一路上的生死与共？"

所有人全都慨然允诺。

孔喜见状，心中的牵挂落地，伏在地上，泪流满面："孔喜在这里谢过诸位的大恩大德，九泉之下也都感恩不尽！"

王微奕急忙将他扶起，连声道："孔长官，你无须如此大礼！你都舍一条命来帮我们，相比之下我们能为你得的实在有限得很。所以愧疚的是我们，感恩的也应该是我们。老夫就代所有人向你表示谢意！"说完向他深深鞠了个躬。

孔喜见状，慌忙俯身再度拜倒："使不得使不得！王教授，你是名满天下的大师，我孔喜怎么受得起你的礼，折杀我了！"

那边，冷寒铁无视这些你跪我拜的世俗礼仪，而是开门见山地与巴库勒和楚天开布置接下来的任务。按照冷寒铁的设想，能够克制住冰墙的，只有熔岩的高温。但很显然，他们没有办法将熔岩从几十米深的地下直接引到冰墙处，于是唯一的办法就是通过平板车这个媒介。

"老巴，待会儿你往熔岩中丢下一两颗手雷，让岩浆喷溅到平板车上，再操控它一直滑向隧道深处，抵达冰墙处，利用它残余的高温将冰墙融化出一个缺口。我会待在冰墙这边，在确认缺口足以塞进炸药包时，发射一发空弹。你听到枪声时就立即控制平板车，让它回到悬崖边缘。楚天开，你抓紧时间利用现有的材料，在平板车的操控处搭出一个台子来，留给孔喜，避免回头冰湖里的水泄漏出来时将他冻僵。记住，台子最好要两米左右高，并且要足够坚固，至少能抵挡得住冰水的冲刷。"

楚天开将眼神转向那一堆金砖，咧嘴笑了："冷大，你说用这些金砖来搭台子可好？我想它们应该能够抵抗得住冰水的威力吧？"

冷寒铁想起冰湖中浸泡千年的黄金船，心头一动，点头道："没有问题。不过最好加些蛛丝进去将它们牢牢地粘于地面。对了，还要将台子的四周用帘布包裹起来，免得到时水蒸气冒起来时将他熏伤。"

楚天开由衷地赞叹道："冷大，你可真是心细如发呀。对了，那个蛛丝我们是否应该留一些，到时将'电梯'与平板车粘在一起，避免被冰水冲掉？"

冷寒铁想了下，道："不必了。我想，以我们多人的体重加上"电梯"自身的重量，足以对抗得过冰湖的冲力。不过帘布尽量节省一点用，如果搭好孔先生的台子后还有剩余的话，就用来包裹'电梯'，这样可以减少一点水蒸气的热量传导进来。"

楚天开粗略地算了下，道："我们有两张幕布，我觉得足够将整个'电梯'都包裹起来。"

冷寒铁点了下头，道："如此最好。大家行动吧。"

巴库勒和楚天开立即着手开始准备。他们招呼林从熙等人一起过来帮忙，将金砖一块一块地拼合在一起。金砖原本就设计成阴面和阳面，两者可以紧密咬合。在众人的齐心协力下，很快就做成两堆高约两米的金墙。随后，楚天开又找冷寒铁借来黄金匕首，在最上面的金砖里掏了个洞，将找到的一根一米多长的铁管套了进去，再用蛛丝牢牢地固定住，随后在铁管的上方交叉放置了两块木板做成一个支架，最后再将帘布套在上面，闭合处用蛛丝粘牢。如此的话就形成了一个密闭的空间，帘布可以一直垂落到金砖上。而人则可以从金砖下方掀开帘布钻进去，再辅以手电筒，从而可以在高温水蒸气的环境下操纵平板车。

楚天开有一个担心，"要是刘开善到时窜出来破坏怎么办？"

冷寒铁道："我想水蒸气的高温应该阻挡得住他一阵子。只要我们抵达悬崖对岸，就可以将平板车破坏掉。他再厉害也不可能穿过熔岩飞过来吧。"

楚天开这才心安。

林从熙看着黄灿灿的金墙，心头阵阵发痛："黄金墙啊，这个成本也太高了吧。"

孔喜倒是十分欣慰。想着自己死时能坐拥这么一大堆黄金，脸上忍不住浮起了一丝微笑："林大掌柜，这还剩余十块金砖，你要是不嫌重的话就带出去吧，到时候可以将其中一两块交给我的家人，我想应该够他们后半辈子使用了。剩下的你们分了吧。"

巴库勒瞪起铜铃般大的眼："猴鹰儿，我命令你，所有的金砖全都留给孔喜家人。你要是胆敢截留一块我就剥了你的皮！"

林从熙耸了耸肩，道："你们真以为我猴鹰儿就一财迷啊，见钱眼开，见利忘义？这些金砖虽然宝贵，但对我猴鹰儿来说也谈不上是稀罕之物。我的想法是，这次活动中所有身亡的人，都给他们的家人分一块金砖，剩余的全都给到孔喜家。大家意见如何？"

孔喜感激涕零。

冷寒铁见帘布搭就的帐篷做好，于是指挥着巴库勒、楚天开将金砖连同帐篷一起搬进"电梯"中，三人重返下层空间。

按照计划，冷寒铁与众人携带着炸药包走向隧道深处。楚天开将金砖台子和帐篷搭在"电梯"的后面，机关的下方，再用蛛丝将金砖台子牢牢地固定在地面，确保再大的惊涛骇浪都无法冲开它。巴库勒则按照冷寒铁的要求往熔岩深处丢了两颗手雷，顿时激起"千层浪"，大半的熔岩直接拍打在悬崖的岩壁上，也有少量的熔岩喷溅到本就滚烫如火的平板车上。随即巴库勒操控着机关，让平板车缓缓地驶向隧道深处。几分钟后，隧道深处传来一声沉闷的枪响。巴库勒知道计划成功，炽热的平板车已经成功地在冰墙上"开凿"出一个放炸药的缺口，于是急忙转动转盘，将平板车拖回"电梯"附近。

楚天开布置好帐篷之后，立即返回上层空间，带齐所有人以及收拾好的物资，其中包括孔浩东他们剩余的食物、医药包以及一点枪支弹药，最重要的是：两罐氧气，8个防毒面具以及8套潜水服。所有的物资装在两个密闭防水箱中，而弹药则在用帘布包裹后放置在木箱中，再放进密闭防水箱内，避免遇到高温发生爆炸。林从熙不忘将所有剩下的金砖全都装进背囊中。杜振宸等人则按照冷寒铁事先的吩咐，将他们背囊、衣服上残存的黑色胶质全都抠下，涂抹到孔喜的身上。

"电梯"缓缓下降到下层空间。大家深知已经到了关键时刻，心都怦怦直跳。已经布置好炸药包的冷寒铁见"电梯"降至地面，立即指挥众人忙碌开。

先前冷寒铁已经观察好，"电梯"是依靠两条铰链来控制上下运行的，而"电梯"的侧面有个卡扣，将卡扣打开即可取下一块金属板，两条铰链位于金属板的两侧。铰链的材质虽然比寻常的铁链坚硬不少，但依然抵挡不过黄金匕首的锋芒，不到两分钟时间，两条铰链都被冷寒铁生生切断。失去了铰链约束的"电梯"在冷寒铁等人的生拉硬拽下，很快拖了出来。

冷寒铁让身体较弱的王微奕和花染尘以及受伤的孔喜留在"电梯"内，其余的人在下边全部齐齐用力，将"电梯"移至平板车上。"电梯"所采用的特殊金属十分轻盈，并且通体内都是小孔，所以重量只有七八百斤，推移起来并不十分费力。平板车上事先垫上了帘布。在"电梯"到位了之后，楚天开等人立即将那张完整的帘布披挂上去，作为隔热保护层。

与此同时，巴库勒将受伤的孔喜托举到黄金台上，给他留了一把手电筒，一个防毒面具，一杯清水，一枝手枪，随后朝他敬了个军礼，转身离开。帐篷的帘布与岩石的颜色融为一体，仿佛一个人就此凭空消失一般。

冷寒铁下令让所有人全都撤进"电梯"内，随即点燃了炸药包的导火索，再将"电梯"门手动闭合，并打开了一罐氧气。

"电梯"的特殊材质原本就具有隔热的功能，加上帘布的作用，外面的热浪传导进来的威力只剩下不到原来的三分之一，虽然依然难受，但不至于难熬。只是八个人连同行李挤在"电梯"内，每个人又被高温熏出了一身臭汗，整个"电梯"内如同牲口棚一般难闻。

为了排除不安的情绪，林从熙挪动了一下身躯，问道："冷大，我们为什么不能等到冰湖里的水泄得差不多了，温度也下降得差不多了再行动呢，那样是不是会少点风险？"

冷寒铁在心中默默地计算着炸药包导火索的行走路径，没心思回答他的问话，倒是巴库勒接了话头过去："冰湖的水一旦流泻出来，除非流尽，否则以它的温度，到时你怎么在水中行动？再说了，还有刘开善这个冤魂……"

话音未落，一声巨大的爆破声骤然响起，如同一记重拳击打在众人心间，巴库勒剩余的话语也被击得粉碎。所有人的心头一麻，提心吊胆地等待着计划验证时刻的到来。

尽管隔着"电梯"，但大家仍然清楚地听到有轰隆的声音从隧道深处汹涌而来。几乎是在同一时刻，孔喜开始行动，旋转把手。平板车缓缓前行。

炸药包的威力无情地撕碎了冰墙，连带它身后的巨幕玻璃。沉寂了千年的冰湖被巨大的震颤声所惊醒，怒吼着冲了出来，顺着隧道一路呼啸而行，先是扑向"电梯"，之后又咆哮着滚落悬崖。迎接它的，是上千度高温的熔岩。

冰水与熔岩，就像是武林中的两个绝世高手、死对头，乍然相逢，立即引发了你死我活的纠斗。而纠斗的结局是两败俱伤！冰湖的酷寒瞬间浇熄了半边的熔岩，而"受伤"的熔岩亦展开了激烈的反扑。顿时，巨大的水蒸气升腾而起，几乎将整个悬崖两侧的岩石都烫红了。

冷寒铁、孔喜等两队人马隐身在冰水之中。冰湖的寒气足以克制住水蒸气的高温，所以他们一时倒不会觉得酷热难耐。真正威胁到他们的是"电梯"的金属材质中隐含的细小的缝隙。尽管在"电梯"的外壳上罩了层帘布，可是仍有冰水源源不断地渗透进来。无奈之下，冷寒铁他们只好彼此背靠背地挤在一起，站立在装着武器物资的两只防水箱上。眼见渗水越积越深，冷寒铁不由得有几分心焦，只能期盼着平板车可以尽快离开冰湖的领地，进入悬崖的上空，这样的话冰水就无法再追随上来。

就在他胡思乱想间，猛然间感觉有一只巨兽狠狠地撞到"电梯"上，将"电梯"震得颤抖了一下。若不是他们八个人的体重加上"电梯"的自重接近一吨，勉强压得住冲击，否则这一撞之力，恐怕他们就要连人带"电梯"一起翻滚下悬崖，掉进冰与火之中，万劫不复。

冷寒铁几乎可以断定，在外面对他们展开攻击的，正是刘开善。原本他以为高温的水蒸气可以抵挡得住刘开善片刻，万万没有想到冰湖的水温轻而易举地破解了水蒸气的封锁。冰湖的封门被打开后，刘开善相当于被打开了锁链，可以肆意地穿梭于冰湖与火湖之间。

相比之下，冷寒铁他们的局面要被动得多，无法正面对抗刘开善的进攻，甚至不能打开"电梯"门，那样的话冰湖里的水将蜂拥而入，淹没他们脚下的防水箱，进而将每个人冻成一根根冰柱。

"大家全都将重心移至后方，迎接下一次的撞击！"冷寒铁低低喝令。眼下，体重成为他们唯一对抗的武器。所有人只能暗暗祈祷快点逃离冰水的地盘，躲开刘开善的疯狂进攻。

令他们意外的是，预想中的第二轮、第三轮冲击波并没有出现。沦陷于冰湖内的孔喜有条不紊地旋转着把手，推动平板车缓缓地驶向悬崖对面。冰湖的水虽然流势滔滔，但只上升了 1.5 米左右高，距离黄金台的最高点还有一些空间。孔喜暗松了一口气。他先前见过同伴被冰湖吞噬的情景，虽然冷寒铁他们与自己说过身上涂抹的这种黑色胶质可以抵抗冰湖的低温，但这并不能给他带来安全感。在确认自己不会遭到"水漫金山"的困境后，他开始安心地操控机关，心里估摸着应该最多 5 分钟就可以将冷寒铁他们送至悬崖对岸。可是他们安全了，也就意味着自己将遗世而立，独对死亡，这个念头令他的心头不由一酸。一个想法如幽灵般地浮起：这个时候若是出现一点意外，让他们全都葬身于此，大家同赴黄泉，是不是好过自己独自当个孤魂野鬼呢？

天地间仿佛感应到他的这种想法。缩身于帐篷之内的他，猛然间感到一股力量在撕扯着外围的帘布，将它直接掀翻。若不是他的双手牢牢地抓着把手及时稳住身体，险些就被带着掉落冰水中。

孔喜惊出一身冷汗。离开了帐篷的保护，他顿时感到四周的空气骤然凉了下来，身上浮起一层鸡皮疙瘩。好处是视野开阔了许多。他可以清楚地看见冰湖的水如同脱缰的野马一般，声势浩荡地穿过隧道，再坠落于几十米深的悬崖下方，传出轰隆的声响。大量的水蒸气飘浮在空中，与冰湖的寒气狭路相逢，顿时蒸腾成了茫茫白雾，将整个空间装点得如同一个人间仙境。不过浓重的大雾也依然无法遮掩一个金黄色的巨大身躯——那是一条十几米长的黄金船！

黄金船原本浸泡在冰湖中长达千百年之久，在先前的剧烈爆炸中它被释放出来，顺利地穿过其他大船的阻拦，进入隧道中。黄金船的底部有两条凹槽，与底下的轨道紧密地扣合在一起。很显然，它原本就属于这里。重返自由的它，在水中就像条金色的长蛇一般肆意翻腾，一路追赶，直至撞到了"电梯"之后才止住了冲势——先前冷寒铁他们所感受到的巨大撞击并非来自刘开善，而是黄金船。将孔喜的帐篷掀掉的也正是黄金船。它宽大的船身刚蹭到帐篷上，就像一个大人掀翻一个盘子般将它挑落水中。

孔喜见到黄金船将"电梯"撞得剧烈地摇晃了一下，随后在水流的推动下持续地推搡着"电梯"。虽然推搡的力量不及第一次撞击的力量，但倘若"电梯"内的冷寒铁等人在慌张间失去平衡，极有可能将"电梯"踩翻，坠落悬崖。

见到这等危急形势，孔喜顿时抛开其他杂念，急忙加大了手底的力量，拼力旋转着转把，想要将平板车尽快推向悬崖中央，远离冰湖流水。黄金船虽然体积庞大，重量不菲，但是离开了冰湖所施展的压力，便再也掀不起任何波澜。

随着平板车的渐行渐远，"电梯"内所有人不觉暗暗松了口气，忍不住伸手擦了下额角的冷汗。在悬崖边上如勤恳的老驴一般不停地推动着转把的孔喜见状，悬着的一颗心也松懈了下来。见脚底下的冰水水位在不断下降，他心中不由地开始盘算，如果平板车顺利抵达悬崖对岸，而冰水也宣泄得差不多了，自己有没有可能踩过冰水，攀着轨道爬到悬崖对岸，跟上冷寒铁一行呢？无论任何时候，活下去都是人类的第一本能渴望。孔喜也不例外。

就在他胡思乱想中，忽然间一道灰色的身影从他的眼前掠过，直奔悬崖上空的"电梯"而去。还没等他反应过来，只听到"嘭"的一声，灰色身影就像一颗出膛的炮弹一般击在了"电梯"侧面。

"电梯"内，刚刚松弛下来的冷寒铁等人被这突如其来的袭击惊吓得几乎从箱子上掉落下来。不过很快，冷寒铁就调整好了心态，号令大家做好战斗的准备："这次来袭的应该才是刘开善。大家扶好站稳。我估算着我们距离悬崖对岸只剩下不到十米的距离，只要孔喜保持正常的转速，我们很快就可以抵达对岸了。坚持就是胜利！"

与冷寒铁的期望不同的是，孔喜并非加快手底的速度来推进平板车登临对岸，而是下意识地抓起先前巴库勒留下的手枪，瞄准着一团白雾中刘开善灰色的身影，扣动了扳机。

子弹没有击中刘开善，但是刺耳的枪声却被他捕捉到。他停止了对"电梯"的攻击，起身朝后面望了一眼。虽然隔着茫茫的水蒸气，可是他却似乎依然可以从偌大的山洞中准确地捕捉到孔喜渺小的身影。随即他站起身，如同一只灵活的黑猩猩般，窜过黄金船，双脚在两根金属轨道上健步如飞，直奔孔喜而来。

孔喜先是一阵心惊胆战，但很快军人的使命感包围了他。他激动地挥舞着手枪，大喊："来吧来吧，老子不怕你！"说完，"砰砰砰"一口气将手枪中剩余的7发子弹全都射光，也不知道击中了刘开善没有。只见刘开善的身形丝毫不受子弹射击的影响，在空中划过一道灰色的轨迹，随即就像一只秃鹫般腾空而起，恶狠狠地扑向孔喜。

孔喜早有准备，双手按在黄金台上，用完好的那条腿蹬着黄金台，整个身子往上一撑，如兔子搏鹰般地迎向空中的刘开善。他已抱定必死之心，因此在双方即将接触的瞬间，双手快速伸出，死死地抱住了刘开善的一条腿，拽着对方一起往冰水中跌落下去。

先前被黄金船撞落的帐帘卡在了黄金台与石壁的中间。孔喜和刘开善跌落下来正好砸在帐篷的上面，将里面的木棍砸得断裂掉。帘布制成的帐篷倾倒下来，直接裹住刘开善和孔喜。在滔滔冰水的挟裹下，包成一团的帐篷、刘开善与孔喜齐齐被冲出了悬崖，径直坠落深渊之中。

熔岩虽然被冰水一时克制住，但它的火焰与热量来自地心，生生不息，源源不断，因此并未被降服，而是持续不断地燃烧，于是整个地底深渊成了一锅沸汤。刘开善和孔喜就像两只苍蝇落入其中，连一声"滋"都来不及发出，就形销骨毁，化为两缕轻微的黑烟。

身在"电梯"内的冷寒铁等人并无法看见这惨烈的一幕，他们只是诧异于漫长的平静。在孔喜的枪声响起之后，整个空间仿佛陷入了一片死寂。刘开善的攻击消失了，平板车亦停止了移动，只有从"电梯"内壁空隙间不断透进来的热气，提醒着他们此刻正身处险境。身下几十米的地方，便是热浪滚滚的熔岩，只是当下勉强被冰湖的水流所压制，不得肆虐，一旦冰湖的水位下降或者不复流出，那么他们将重新变成烤炉上的肉串，将被活活烤死。

在等待大概两分钟之后，冷寒铁他们始终没有收到任何有效的信息，不得不在内心里对外面的情景作出判断：最理想的结果是孔喜的几枪射击，成功地解决刘开善，然后孔喜一时陷入困境，但他很快将会重启机关，将他们平安送达悬崖对岸；中性的结果是孔喜和刘开善两败俱伤，于是他们解除了刘开善的危机，但却面临高悬空中的困境；最差的结果是，刘开善结束了孔喜的性命，此刻正耐心地守候在"电梯"门口，等待冷寒铁他们开门揖盗，引狼入室，只要冷寒铁他们一打开"电梯"门，刘开善就将像一道闪电般窜进，将所有人杀光。

权衡之后，冷寒铁虽然在理智上倾向于第三种可能，但他不得不赌一把。因为他们不能一直待在悬崖上空，等着熔岩卷土重来，将人烤得灰飞烟灭。于是他朝巴库勒他们打了个手势，示意他们进入战斗状态，自己则掏出黄金匕首，小心地将"电梯"门撬开一条缝，并耐心等待了10秒钟。

刘开善没有出现。但是"电梯"内蓄积的冰水快速地从开启的缝隙间流出。缺少"电梯"门来隔绝热量，以及冰水的冷气保护，他们顿时觉得身边的温度快速上升，让人身受煎熬。

冷寒铁咬了咬牙，一把撩开帘布。外面的情景顿时收入眼中：一艘载满冰水的黄金船正如同鬼魅一般地静立在他的眼前。缭绕在四周的，则是缥缈的白色雾气，整个空间仿佛成了一个巨大的牛奶浴浴缸。让他如释重负的是，没有刘开善的身影。

"难道孔喜真的解决掉了这个大魔头？"冷寒铁怔松了一下，很快反应过来：如果真是如此的话，孔喜定然是付出了生命的代价！

想明白了这一点，冷寒铁迅速出了"电梯"，登上黄金船。这时冰水已成强弩之末，仅剩一道细流从石洞隧道处流出。而地底的熔岩则从起先的溃败中恢复过来，在一点一点地收回失地。此消彼长之下，最多再过二三十分钟，冰湖所携带的寒意将被熔岩全部消融，到时整片悬崖将重新变成一个人间炼狱。他再往前望去，发现他们距离悬崖对岸还有 5 米左右。但这 5 米成了一道天堑，仅凭人类之力，根本不可能飞越过它。

冷寒铁的大脑飞快地转动着：如果派一个人沿着金属轨道爬回岸边，接替孔喜来操作机关，将平板车连同"电梯"送至对岸，以牺牲一个人的代价来拯救其他人，这个方案是否可行？他试着从船上俯身去触摸金属轨道，可是着手处的滚烫让他立即缩起了手。他在心头忍不住叹息了声：两条金属轨道之间相隔近两米，并且光滑如镜，又是这般滚烫，有能力穿越它的，大概也只有如鬼魅般的刘开善吧。他们一行八个人中，决计不能有人能够安全地穿越这段死亡线。

边上的林从熙被高温烤得焦躁起来，"冷大，你说我们接下来该怎么办？总不能在这里当烤猪吧？"

冷寒铁看着林从熙被烤得油光发亮的脸，不禁心头一动：为什么我感觉不到这般酷热呢？他不由得将目光投向身下的黄金船，忽地明白过来：黄金船上满满的一船冰水，成了最佳的"避暑圣物"！那么这艘船、这些冰水是否有利用的价值呢？

陡然间，一道灵光劈过他的脑壳。他猛地转身，重新窜进"电梯"内，将"电梯"的活动窗口打开，朝外探看了一下，心中立即有了主意。他对巴库勒等人道："把箱子丢到黄金船上。要用滑行，尽量远一些，方便落脚。还有，将帘布拆下，放到船上，所有人全都移到船上。动作要快！"

大家不敢怠慢，七手八脚地开始遵照冷寒铁的命令来行事，很快就将"电梯"内所有的物资全都搬移到黄金船上。

"一起将'电梯'推下去！"冷寒铁命令道。

大家虽有不解，但深知到了生死存亡时刻，没有任何异议。大家齐心协力，很快就将数百斤重的"电梯"推落悬崖，砸进熔岩中，跟随着发出沉闷的一声"噗"响。冷寒铁扯起帘布，用黄金匕首很快将它切割成六块一米见方的布料，以及若干碎布料，再丢下一句："这布可以不畏冰水。老巴，楚天开，你们把它裹在脚上，走到船尾去，等我一声号令，你们就用力推动黄金船，让它沿着轨道驶向对岸。记住，轨道高温，要用布裹好手脚。"说完，他自己则跳上平板车，不顾高温烧灼，探身朝底下望去。平板车之所以能够牢牢地固定在轨道上，乃是因为它的底部有两个凹槽，与轨道完全吸合住，同时带有两对夹子一般的机械，形同章鱼的吸盘，牢牢地吸附在轨道上。

冷寒铁扭头对呆立在黄金船船头的林从熙、卜开乔和杜振宸道："待会儿我喊推，你们就用力推动这个平板车，把它推落悬崖。"他又提高了声调朝巴库勒他们大喊道："你们见到平板车动了，就开始推黄金船，尽量让两者保持同步！"

林从熙等人点头领命。

冷寒铁往双手上套了双白色的棉手套，然后深呼吸了下，握住平板车下部的两个夹子，强忍住从上面传上来的灼热感，用力一掰，再从咽喉间迸出一声大喝："推！"

黄金船比平板车高出半米左右。林从熙等人只能弯下身子，将双手抵在平板车上，闻言齐齐用力，将它往前推动。少了一边夹子的吸附，平板车与轨道之间的契合顿时有所松动。而平板车的凹槽与轨道都十分光滑，几乎没有什么摩擦力，于是没费太大力气就推了平板车。只一眨眼的时间，平板车已一半身子出了轨道，悬空挂在氤氲的水汽中。趴在上面的冷寒铁顿时陷入险境中，稍有不慎就可能被带入深渊。

林从熙等人见状迟疑起来。"冷长官，你先撤退！"

冷寒铁脸色铁青，身体微微颤抖。很显然夹子的吸附力十分强大，几乎耗掉他的全身力气。此外，虽然他带有棉布手套，可是却无法完全隔绝轨道处传来的高温灼痛感，这亦加重了他的负担。所幸他们先前在平板车上垫了块帘布，可以隔绝高温传导，否则说不定他现在整个身子都要被烫出了水泡。

"继续推！"冷寒铁从牙缝间挤出了几个字。

林从熙等人见状，深知冷寒铁已经接近身体极限，当下不敢再多说一句话，急忙齐齐再度施力，将平板车往悬空方向推去。就在第二个夹子掠出轨道之际，冷寒铁猛地抽出手，整个身子就地往后一滚，胳膊肘抬高，架在了黄金船的船头上。几乎是在一瞬间，平板车被林从熙他们的推力以及自身的重量拖拽，冲出了最后的轨道，一头栽向地底深渊。很快，底下传出一声"嘭"响。平板车虽然坚硬无比，可是却抵不过熔岩的高温，很快就融化成一摊金属汁，成为"沸汤"里的一点调料。

冷寒铁虽然及时用胳膊架住黄金船的船头，可是大半个身体悬空在外，被高温水蒸气一熏，顿时摇摇欲坠。卜开乔眼疾手快，一把抓住他的肩膀，奋起蛮力，将他拖到了黄金船的船头上。

冷寒铁顾不上喘气，急忙命令巴库勒和楚天开推动黄金船，让它朝着悬崖对岸移去。他们距离悬崖其实只有约有5米远，另外与平板车一样，黄金船的底部也有两道凹槽，与轨道完美地嵌合在一起。这种天衣无缝的嵌合，不仅使得船身极其平稳，而且推动起来十分顺畅，所以黄金船很快就稳稳地到达悬崖对岸的山洞中。

冷寒铁指挥着众人快速离开黄金船，登上悬崖。双脚踏在结实的地面上，大家悬着的心终于落了下来。但冷寒铁深知危机并未解除。冰湖的水流已经宣泄一空。没有冰水的压制，地下的熔岩重新开始肆虐起来。汹涌的热浪腾空而起，烧灼着附近的每一寸空气。为避免成为热锅上的蚂蚁，大家急急忙忙地往山洞深处走去。

九

冷寒铁打开手电筒，边走边观察四周的环境。这个山洞与对岸的山洞有几分相似，地上一样也有两截轨道一直通往山洞深处，隐约可以听到水流的哗哗声。如果说有什么不同，那就是地上多了厚厚的一层灰烬，显示上千年的漫长光阴里，他们是第一批登陆者。此外，地上横七竖八地放了不少类似于耙、铲之类的工具，但一个个体积和重量都有寻常工具的三五倍大，仿佛是供巨人使用的。林从熙好奇地抱起一根，拂去上面的浮土，露出底下锃亮的金黄色："难道是黄金？"他惊喜地用指甲掐了一下，然后随即失望地丢在一旁。这不是纯金，应该是某种合金，十分坚硬。

冷寒铁看见他财迷梦碎，暗暗地摇了下头：这些合金材料与他的黄金匕首质地接近，倘若有机会运到外面去，用来打造武器，价格极有可能比同等重量的黄金要贵上数倍！不过，在身为古董商人的林从熙眼中，只有金银珠宝和古董珍玩才是值钱的，这种武器材料的珍贵并不在他的认知范畴之内。

他们前进了约 100 米，一道水帘从天而降，挡住了他们的去路。水帘很显然是经过人工的设计与打磨，从石缝间流出。整个水流均匀、细密，倾泻下来的水流顺着地下的一道凹槽渗透进石缝间，一滴都不会溢到外边。仿佛是一扇晶莹透明的门严丝合缝地镶嵌在石洞内。更让他们意外的是，这样的水帘每隔 10 米左右就有一重，总共有 9 重。

禁受着高温熏蒸、汗流浃背的众人，见到清凉的流水，顿时精神一振。林从熙下意识地伸手想去承接，却被冷寒铁一把扯住："你不要命了？这要是冰湖水呢？"

林从熙闻言立即缩回了手，讪讪地说道："看来我真是热晕了头，都忘了这茬。"

冷寒铁取出一柄长枪在地下凹槽中浸泡了一下，发现没有什么异样发生，又往里面丢了块肉干，依然没啥变化，略微安心了点，然后吩咐大家全都换上潜水服并戴好防毒面具："有这些水流阻隔，里面的温度应该不会太热。而且我估计后面应该有更大的水流。"

楚天开一边更换潜水服，一边好奇地问道："冷大，你为什么觉得下面的行程会有更大的水流？这里面是不是有什么逻辑？"

冷寒铁缓滞了下戴防毒面具的动作，淡淡地说道："你可以把这里的整个地下工程跟我们先前所找到的黄金采矿场联系起来，想象成是它的下一个车间，也就是说，这里的主人在前面的山里开采了矿石，运到这里加工。你说，正常的黄金加工应该有哪几道程序？"

楚天开琢磨着冷寒铁的话，心里豁然开朗：如果这里真的是一个黄金加工场，那么从外面运进来的矿石首先应该经过滤洗、提纯，再用烈火进行高温加工，形成合适的形状，最后用水流来降温、定形。无疑，他们见到的火湖与冰湖应该是被添加了某种特别的液体成分，可以将矿石中所含的黄金与其他杂质分离开来。随后这些黄金矿藏被添加适当的合金成分，然后通过平板车运进熔岩中，利用其超高温将黄金矿藏融解成金水，再倒入模具中，生成理想的形状，最后送到他们面前的这些水帘下方来快速降温凝固。想到此，他忍不住激动地一拍大腿："冷大，我明白你的意思了。这里应该是制作黄金的最后一道工序，接下来这些制作好的金砖将被送去金殿，用来给它添砖加瓦，是不？这意味着我们距离金殿不远了？！"

冷寒铁赞许地看了他一眼，道："这是一个合理的推测。不过就算推测对了，想找到金殿也并非是件易事。别忘了，《神农奇秀图》里显示金殿位于湖水的下方。你觉得这里可能有湖吗？真有湖的话又会在哪里？"

楚天开火热起来的心瞬间被冰水浇熄："啊？冷大，你的意思是，在我们这段路的尽头，是一个地下湖？那湖又是通向哪里呢？"

孔喜曾向他们提及，当初他们军舰卡在悬崖中间时，孙浩东曾派人在两边都探查了下，发现一边是他们所见识过的冰湖，另外一边乃是万丈深渊，并有巨量的水流从天而降。巨量的水流倾倒下来，定然会在山体中蓄积出一个巨大的地下湖。莫非《神农奇秀图》所应验的正是这里？"江开裂，天桥现"亦是在这里呈现？

冷寒铁穿好潜水服，戴上防毒面具，试探性地伸出手去触碰了下水帘，发现它并无任何异常，随即反应过来：这些流水应该是上面的江水流落下来的，即便石壁中曾经被掺了什么化学物质，但经过千百年的冲刷也早已失效。想及此，他放心地一挥手，示意巴库勒等人一起前进。

他们接连穿过 9 道水帘。熔岩散发出来的灼热经过水帘的重重漂洗几乎荡然无存，就连熔岩的灰烬也被阻拦在水帘之外。空气中飘散着久违的清新与湿润。冷寒铁摘去防毒面具，大口地呼吸了下，只觉得整个肺部如同被洗过一般，通畅无比。其他人见状，纷纷摘去防毒面具，大口大口地呼吸着新鲜空气，一个个心情澎湃不已——一方面是庆幸自己通过了炼狱的考验，另一方面高兴金殿的神圣光芒依稀在前方闪耀，多日来的艰辛苦难有望很快获得回报。

欣喜与希望是最好的能量。众人一扫原来的疲惫之态，在手电筒的指引下，朝着前方行去。不多时，他们听到了水流从空中倾泻下来的声响，不算特别洪亮，但是从空气中传导过来的氤氲可以判断出，水流的流量不小。再继续往前行走，他们注意到两侧的石壁间被开采出了一溜的洞窟，一个个高约一米，深约三米，呈圆拱形，看着与放大版的骨灰盒有几分相似。大家粗略地数了下，总数在一百个左右。王微奕向冷寒铁提出要求，想要进洞窟查看一下。冷寒铁同意了，给每个人发放了一支手电筒或者是蜡烛，分别查探。

很快，大家都带着收获出来。有人在洞窟里找到一些类似金属纽扣的东西，有人找到一些金属锁链，林从熙甚至找到了一排制作精美的金属假牙。汇总这些收获，大家心中了然：这些洞窟肯定是当年炼金"工人"的宿舍。千百年过去了，当年的炼金工早已不在人世，可是他们生前所用过的东西却流传下来，向后来人无声地叙述着当年发生在这里的故事。

王微奕检视着大家的"战利品"，有喜悦在脸上涌动："这些都是重大历史考古发现啊，足以证明这片土地上的奇迹，确实都是由人类完成的，而且从这条锁链来看，这些建造者极有可能是奴隶。"

林从熙补充道："还有呀，王教授，你看这些洞穴的深度，说明当年居住在这里面的人极有可能是巨人族。"

王微奕点了点头："不错。林小兄弟的这个说法相当有根据。老夫不妨大胆假设一下，我们此前遇到的野人极有可能是这些炼金工的后代。可惜的是，这里面竟然没有一具骸骨，否则的话可以直接验证一下。"

冷寒铁示意楚天开将搜寻来的小物件收入囊中，然后道："王教授，这些日后再慢慢研究，眼下里赶路要紧。"

王微奕点头同意。

大家继续往前行进，没过多久又有新的发现：岩洞的两侧出现了一批新的洞窟，不同的是，这些洞窟明显比前面的洞窟要豪华许多，每一间都有五六个平方米，部分洞窟里摆设有黄金制作而成的桌椅，以及一些类似首饰的黄金物件。不过这些桌椅、首饰的尺寸明显比前面洞窟里的物件要小上一大号，与当今人类的尺寸相当。最令他们激动的是，他们在最大的洞窟中发现了一个暗格，并从暗格中找到了一个机器。机器就像是一个方形的匣子，约有30厘米长，20厘米宽，5厘米高，其中五面由黄金合金制作而成，只有正面覆盖着一整块的水晶，水晶表面上被分割成横八竖六一共48个小格子，每个小格子上都镌刻着一个神秘的图案，仿若是某种植物的藤蔓扭曲而成。王微奕怀疑它们跟《神农奇秀图》

上的图案一样，只有在合适的光线环境下才可以显现出真实影像。

透过水晶，可以看到机器内部异常精密。中间是三个齿轮，齿轮下边连接着轴承，部分轴承上连着一些只有发丝粗细的发条，齿轮上方是一个圆孔，圆孔内镶嵌着十块如莲花花瓣一般的水晶薄片，这些薄片有规律地重叠并留有间隙，仿佛内含某种精妙的规则。最引人注目的是，在圆孔的两侧分别安放着两块黑色的矿石，就像是一双千年未眠的眼睛在凝视着众人。在齿轮的下方则是一整块的黄金底盘。冷寒铁粗略地估算了下，黄金底盘下面应该还有一层空间，无奈被黄金底盘遮挡住，无法看清其设计。但即便只是眼前可见的部分，都足以震慑住在场的每一个人：如此精细、精密、精巧的机器，即便以当今的科技水平都无法做到，也不知古人是如何完成的。而且很显然，这并非只是一件徒有其表的工艺品，而应该有着某种奇异的功能。特别是水晶上 48 个格子中所镌刻的图案，应该是与某种古老的文字有关。王微奕从他的知识体系和经验判断，它与玛雅文明有着千丝万缕的关系，因为这些图案并非是平面的，而是立体的。地球上几乎所有的文字都是平面的，比如说中华文明的汉字，欧美的英文等，唯独玛雅文字是立体的。当年西班牙人踏上玛雅古城时，大肆屠杀当地的居民，并毁掉了绝大部分刻有玛雅文字的泥版，导致玛雅文字出现断层，当今世人再也无法读解它。

王微奕与冷寒铁对视了一眼，都可以从对方的眼中窥视到巨大的内心波澜：这样的机器出现在这里，足以证明当年的建造者绝非是茹血茹毛的原始人，而是有着高级文明的部落！这个机器即便不是他们文明的最高象征，至少也代表了顶尖的科技水平！

林从熙注视着机器，久久都难以移开视线："这个……太梦幻了，太难以置信了。若非是亲眼一睹，打死我都无法想象能看到这样的古物。它，它是个计算器吗？还是个观星仪？还是有其他独特的用途？"他一边说着，一边忍不住伸出手轻轻地按了下机器表面的格子，吓得王微奕急忙连声叫止："林掌柜，千万别动，别妄动。这可是无价之宝，在确认它的功能之前，不能触碰。"

林从熙恋恋不舍地收回了手指："王教授，可这些水晶刻字都是死的呀，不会活动，又能怎么组合呢？"

楚天开提醒道："别忘了《神农奇秀图》的事。原先我们都以为它只是一幅普通的画，可是谁能想象得到，打开它的钥匙竟然是一束光。最重要的是，解开了的图案竟是立体的？我想呢，这个机器说不定也是用光来作为输入方式。"

"光输入……光输入……"林从熙喃喃道："可是光又怎么能够驱动这里面的齿轮呢？"

楚天开不觉语塞。

冷寒铁接话："没看到里面有两块黑色矿石吗？我想它们应该是能量的来源，可以与光产生反应。好了，大家都别看了。老巴，你把它收起来，小心点。大家原地休息，吃点东西，十分钟后继续赶路。"

林从熙眼巴巴地看着巴库勒用布将机器包裹起来，放入背囊中，一脸不舍地接过花染尘递过来的一块肉干，心不在焉地啃了起来。

花染尘似乎瞧出了他的心思，附在他的耳边悄悄说道："这机器貌似对光很敏感。巴长官将它裹住的时候，我听到里面的机械发出轻微的滴答声，仿佛在运转中。"

林从熙的身体一抖，刚想出声再问，却被花染尘扯了下衣袖："我再多说个猜想吧，我怀疑操纵这个机器的光乃是星光，也就是来自太空的宇宙之光。"

这句话让林从熙顿时瞪大了双眼，口中的肉干差点掉了下来。他刚想问点什么，却发现花染尘似乎有意回避他，走开去取了一块肉干，与卜开乔站在一起嚼食起来，再也不看林从熙一眼。

林从熙一边嚼着口中的肉干，一边回想着花染尘的话："所谓星光，乃是在宇宙间飞驰了无数年之后才抵临地球的光，某种意义上都是属于过去的时光。用星光来操纵机器，难道它就是传说中的……可是那个东西不是应该在金殿里吗？"他的眼睛下意识地瞟向巴库勒的背囊，恨不得出手将机器抢过来，好好研究以印证心中的猜测。

林从熙的心中乱作一团，根本无法理出个头绪来，只听冷寒铁的声音在空旷的石洞中响起："大家休息好了就继续出发吧。前方会有新的惊喜等着我们。"

林从熙飞快地将剩余的一点肉干塞进嘴中，紧跟着大部队一起前进，期冀着可以再次找到什么宝贝。可是令他失望的是，接下来的路程里干干净净的，别说有什么宝贝，就连个洞窟都没有。越往里走，水汽越加浓重，但是想象中的"飞流直下三千尺"的震撼声响却始终没有出现。徘徊在他们耳畔的，始终都是沉闷的拍击声，就像是一个皮球从高空中落下，砸在坚硬的地面上所发出的声响一般。

找不到任何有用的信息固然让人感到泄气，但也意味着平安无事。很快，他们就抵达石洞的尽头：一个巨大的虚空出现在他们面前，大得几乎吞噬掉手电筒的光芒。在他们的头顶，恰如同孔喜所说的，有巨大的水流不断地从高空中飞泻下来，冲落进他们脚下的深渊。他们头顶的高空大约有 150 米高，脚下的深渊约有 100 米深。理论上讲，250 米的落差飞溅，声浪应该是震耳欲聋才是，可是传到他们的耳朵里的，却只有水流穿过空气、相互摩擦所带来的澎湃声音。冷寒铁他们注意到，深渊之下铺着一层细碎的光芒。这些光芒仿佛带有魔力，可以轻易地消解掉飞流的压力与声响。

冷寒铁从行囊中翻找出一个最大号的手电筒，朝下照射。那些细碎的光芒顿时被点亮了——竟然是无数个巨大的泡沫！泡沫最小的直径也有一米左右，最大的直径超过 100 米，并且这些泡沫会相互吞噬，数个小的泡沫经过缓慢融合之后可以形成一个大的泡沫。所有的水流像一条从空中扑击而下的苍龙，击打在光滑而又柔软的泡沫表面上。泡沫看似吹弹即破，实则坚韧无比。水流拍打在上面，如同一名壮汉一拳打在棉花中似的，不仅被卸去了力道，甚至连声响都被吞噬了。

　　林从熙见状大叫起来："怎么会有这么大的泡沫？该不会说裹住我们军舰的就是这些泡沫吧？"

　　没有人给到他答案。冷寒铁将手电筒摇向上方，只见在距离他们头顶150米左右高的位置，有一个直径近百米的巨大窟窿，窟窿的中心漂浮着一个超级巨大的泡沫，几乎将整个窟窿填充满，只有边上少量的空隙有流水倾泻下来。手电筒的光芒有限，无法看清泡沫上方的情形，但从孔喜和杜振宸先前的描述可以判断出，应该是厚厚的淤泥。这让冷寒铁心头诧异不已：这些泡沫有什么能量，竟然可以承受住上面如此大的压力而不会沉陷下来？

　　不过在他心头疑问最深的是：是谁制造了这些泡沫？金殿是否就存在于这些泡沫之中？是否应该派个人下去查探一番呢？

　　他将最后一个问题抛给了众人。很快，大伙分成了两派，一派以杜振宸、楚天开、林从熙为主，支持下去查探个究竟；另一派是巴库勒、王微奕、花染尘等，持反对意见或者是保留意见。杜振宸的意见是，与其在这里空谈，不如实地查探。他们手中有足够长的绳索，即便水底下有危险也可以及时拉扯回来；但王微奕坚决反对在没有查清泡沫来源之前，不能贸然下水——你怎么知道水底下就没有吃人的怪兽呢？那么大的泡沫如果是某只怪兽吐的，人落到它的口中恐怕还不够塞牙缝呢！

　　楚天开不以为然，觉得王微奕是在危言耸听："如果真有这么巨大的怪兽，那么千百年间它吃什么呢？这水底下哪来这么多的食物供养？"

　　王微奕叹息道："这本来就不是寻常之地，不能以常理度之。就好比我们之前曾在狐面人的坟墓底下遇见过一只千年水鼋，大小跟一座小山似的，被铁链拴得死死的，可是千百年间它依靠流水带来的鱼儿作为食物，不都活得好好的吗？再有呀，你们曾在石洞里遇到过一只火麒麟，你们能想象得出来在只有石头的岩洞内，它竟然活了那么长时间吗？"

　　楚天开不觉语塞："对哦，这事确实有点蹊跷。难道说火麒麟是靠吃人类的尸体来维持生命？"

王微奕笑了："这怎么可能呀。地底下哪来那么多的人类尸体？很显然，它是以那些蚂蚁为食，而蚂蚁的食物来源之一是岩洞内的铁矿石。这就构成了一条简单的生物链。而在这深渊底下，难保也有这样的一条食物链。"

楚天开焦躁起来："不行的话，我们找点东西砸下去吧，看能不能把怪兽给惊起来，查清究竟是何方神圣。"

杜振宸提出反对意见："与其主动去招惹怪兽，不如下去悄悄地查探。我觉得王教授的话有道理，如果这些泡沫真是怪兽吐出来的，那么怪兽的体型绝对是恐龙级别。以我们人类的微眇恐怕根本无法与之对抗。"

冷寒铁制止住了这场争执："为这些假设而争辩没有太大意义。我们不妨转换下思路，作为曾经进来过这里的鬼谷子，为什么会留下那幅《神农奇秀图》作为进洞指引呢？我们看到，进入这里是有捷径的，那就是孔喜他们走过的路线。鬼谷子作为千古奇人，不可能发现不了这条捷径。"

王微奕提出另外一个观点："老夫觉得《神农奇秀图》可能并非鬼谷子的杰作，而是金殿的主人留下的。因为鬼谷子虽是天纵奇才，但囿于时代的局限性，很难做出《神农奇秀图》这等惊世绝伦的奇图。老夫先前听冷长官提过一个观点，十分认同：整个神农架极有可能是远古时期的一个黄金开采场和冶炼地。前面的那座山谷用来开采黄金，而我们脚下的山谷用来冶炼黄金。亦即，《神农奇秀图》展示出来的是整个黄金开采与提炼的过程。"

林从熙喃喃道："我记得沈亦玄先生留下的几句秘籍分别是：江开裂，天桥现。岩出泉，曲成指。风雷潜，九锁林。日穿针，沿金行。引天雷，江见血。如今对应回来，第一句'江开裂，天桥现'就是我们脚下的这片土地，它既是起点也是终点。第二句'岩出泉，曲成指'，我们顺着指引，最后找到了一条蛟龙，采集到了龙涎。第三句'风雷潜，九锁林'曾经困扰了我们最久，到最后我们都无法确认究竟是'九锁林'还是'九锁龙'，然后我们先后找到了水晶头骨、黄金匕首、狐面人内丹、灵蛇内丹等，并遭遇到黑龙的攻击。第四句'日穿针，沿金行'中，我们找到了一具楠木棺材，一座古墓，一把紫檀硬弓，另外见到了空中的一条金龙为我们指明方向。第五句'引天雷，江见血'中，我们见到了大鲤鱼、红色水藻等，以及水底下的先天八卦阵……这里面又隐藏了什么线索吗？"他深深地思索一番，猛地双眼圆睁，激动地跳了起来："我知道啦，我知道这里面的奥秘啦！"

所有人的呼吸为之一紧，目光全都投在林从熙的身上。只见他满脸通红，眼睛中闪烁着奇异的光芒："龙，是龙！我们先跳过第一句，从第二句开始，'岩出泉，曲成指'里的蛟是龙的前身。第三句'风雷潜，九锁林'中我们见到了真实的黑龙。第四句'日穿针，沿金行'中又出现了金龙指路。第五句'引天雷，江见血'中，鲤鱼跃过了龙门就是龙啊。所以我们回到第一句也是最后一句：'江开裂，天桥现'，我们有充分的理由相信这个'天桥'就是我们身下这些巨大泡沫。那么泡沫哪里来的呢？如果我猜得不错的话，就是龙吐出来的！只有龙，才有可能吐出如此巨大的泡沫，也只有龙，才具备这般神力！"

经过林从熙的一番剖析，所有人的血液都沸腾了："不错不错，应该就是这样子！"

王微奕更是兴奋不已："林掌柜这个见解相当高明。老夫补充一个猜想，这里面的龙极有可能是人类豢养的。《左传》中记载，'董父亦甚好龙，且善饲之服侍帝舜'。即舜帝命董叔安之子董父豢养龙。但龙是圣洁之物，非甘泉不饮，非灵水不憩。董父便在普天下找甘泉，后来在闻喜的凤凰垣和峨嵋岭之间，发现有一条长40华里的大甘泉，水质甚佳，犹如湖泊，清澈明亮，实为豢龙相宜圣地，心中大喜，便定居下来。因董父豢龙有功，舜便将白水滩一带封为董父之国。在远古时代，龙主要被人豢养驯服，用来当作宠物、座驾甚至食物，比如古人流传的食谱中有龙肝豹胎一说，老夫斗胆揣测此间的主人养龙目的，正是守护金殿！"

在中国的神话传说中，龙是天地间最具灵性的动物，甚至近乎神灵。

它没有翅膀，却可以遨游天地间；它不在仙列，但可以呼风唤雨；它虽然只是动物，但却是人间正义的使者，可以扬善惩恶。它是如此神秘与神奇，乃至于我们中华民族将它奉为我们的最高图腾，视为我们的祖先，将自己唤作"龙的传人"，将人间的最高统治者称作"真龙天子"。

史书上有不少关于养龙的记载，其中最有名的除了《左传》中提及的董父外，剩下的便是孔甲养龙。孔甲养龙一事在《史记·夏本纪》和《左传》中均有记载。孔甲是夏朝后期的一个国君，生性好玩，喜好鬼神，天天祭祀鬼神，顺于天帝，天帝格外开恩，赐他"乘龙"。所谓"乘龙"，即驾车的龙。在黄河、汉水中各有雌雄两条。孔甲命臣下把它们捉来，但没有人能够喂养。有大臣进言说，相传尧的本家陶唐氏有个后代叫刘累，曾经在豢龙氏那里学习过驯服龙的本领。孔甲就传令把刘累招来，专事养龙。孔甲造了两个大池，把从黄河、汉水中抓来的两对龙放在里面，让它们自由地游动。刘累喂养龙很有耐心，把龙喂养得体大力强，孔甲看了非常高兴，就封他做"御龙氏"的官。这个官原来世代由彭姓的"豕韦氏"担任的，现在豕韦氏衰落了，便由刘累继任。刘累虽然受过专业训练，也兢兢业业，无奈龙这种神物很难豢养，一段时间后一条雌龙突然死去，这使刘累十分害怕。他偷偷地把这条雌龙的肉剁成肉酱，煮给孔甲吃。孔甲吃了觉得味道十分鲜美，赞不绝口。过了几天，孔甲又要吃这种肉，刘累怎么能再杀活龙给孔甲吃呢？因为害怕，他便逃跑了，一直逃到鲁县，即现今的河南鲁山县。

有人怀疑，孔甲、刘累所养的龙，很有可能是上古时期仍然存在的恐龙或巨型水兽，但也有人认为，那就是真的龙。正史野史中流传有不少锁龙井的故事，大都是说：井口有铁链伸到井底，下面锁着一条蛟龙，是高人所为，目的是镇住水患，或是封住海眼。比如说北京的北新桥就有一口锁龙井，传说中是刘伯温用来镇住一条老龙而建造的，井上垂有铁链用来锁住老龙不外逃。据说日本侵华时，曾强迫老百姓拉过井里的铁链子，那铁链子没完没了就是拉不到头。拉着拉着井下开始往上翻滚黑水，伴着轰隆隆的水声，井口传来阵阵腥臭的味道。日本兵也吓坏了，赶紧把铁链子放回井里盖上井盖再也不敢动了。另外也有个说法，锁龙井实际上乃是民间养龙的地方。养龙正常需要在大江大湖中，但是在它幼年的时候，养龙者为了方便，也可能将它养在地底深井或者是暗河之中，这些深井或者暗河多半与大海相通，有充沛的水量和足够的空间。及至龙渐渐长大，就需要将它们放养到山川大泽之中。而在深井或者暗河里养龙，需要用铁链锁龙。锁住龙一是为了保密，二是怕龙伤人。相传饲养龙的办法在大禹治水后就慢慢地被统治者冷落，加上龙本来就很稀少，于是逐渐失传。

如果说人世间还有最后一个养龙的圣地，除了此间深渊外，恐怕别无其他选择。这点冷寒铁等人全都深信不疑。

不过巴库勒抛出了一条新的疑问："就算秘籍中的线索真的是指向龙，那么有谁知道该如何对付龙？是否沈亦玄对我们隐瞒了最后一条秘籍？"

林从熙踌躇了下，还是将心中暗藏的答案和盘托出："我听说过一个说法，龙是天地之间的神物，由天地之灵气所孕育出来。它虽有肉身，但却并不吃食物，而是汲取天地间的灵力。这种灵力可以是山川大泽的风水造化，也可能是某些动植物吸收日月精华凝结而成。总之，就是天地之中的最精粹，五行之中的最纯粹。"

楚天开听得目瞪口呆，忍不住叹息道："我们身在这个鸟不拉屎的地方，去哪里找这些天地精粹、日月精华呢？"

林从熙提醒道："我觉得我们还是有机会集齐五行之中的最精粹。要不我们来算一下吧。五行乃是金木水火土，金中还有什么比黄金更加珍贵的呢？而紫檀为木中精品，铁檀木更是木中极品。冷长官，我记得先前我们还剩下一截铁檀木对吧？水呢，我们先前经历过的冰火双湖的水也是人间绝品。火呢，自然首推天火，其次地火，地火便是火山熔岩的烈焰。唯有土让人不太确定……对了，我们在黄金采矿场中采集到的那种白色结晶算不算呢？"

林从熙一席话将大家的热情再度点燃：金木水火土中，金、木、土已有现成的材料，水可以取自黄金船上的冰水，火可以取自悬崖下方的熔岩，那么岂不是他们很快就能凑齐五行之物，召唤神龙出来？

杜振宸拍着胸脯，自告奋勇地说道："我去取那个冰水和熔岩！"

楚天开也主动请缨一同前往。两个人重新戴上防毒面具，沿着来时路奔跑而去。不多时，大家听到不远处传来一声爆炸，应该是杜振宸他们效仿之前巴库勒的行为，往熔岩中丢进去手雷，让熔岩飞溅起来以方便采集。大概10分钟之后，只见杜振宸和楚天开一人抱着一个防水箱，喘着粗气跑回来，其中一个箱子里装了小半箱的冰水，另外一个箱子里装着犹在熊熊燃烧的熔岩。巴库勒和冷寒铁急忙上前接应了下来。

楚天开和杜振宸脱掉防毒面具，只见两个人仿佛是刚从水里捞出来似的，全身都湿透了。楚天开用手背抹了下汗水，道："幸亏我们先前逃得快。外面现在简直就是人间地狱。所有流出来的冰水全都被烤干了，而且空气中布满了白茫茫的水蒸气，就连黄金船上的冰水都被烤热了，失去了腐蚀性。我们后来是直接泡在冰水里，才能够忍耐住外面的高温，否则的话恐怕直接就被蒸熟了。"

巴库勒望着林从熙说道："看来我们已经没有回头路，只能一条路走到黑。林掌柜，五行之物已经集齐了，请开始召唤潜龙吧。"

林从熙瞥了一眼巴库勒，戏谑道："巴长官，你一向对我都是呼来喝去的，这陡然用上一个'请'字我还真不习惯呢。我倒更喜欢你直接来一句：王八犊子，还不快动手？小心我抽死你！"

巴库勒尴尬："林掌柜，这个时候你就不要再计较这些陈芝麻烂谷子的事了。"

冷寒铁也催："快点，别再浪费时间。"

林从熙不敢造次，老老实实地应答了声："好。不过我有言在先，以五行之灵气来喂龙，这只是我听过的一个传言，至于是否应验，我可不敢保证，只能说谋事在人，成事在天。"

楚天开心中焦躁："你快点开始吧，别婆婆妈妈，磨磨唧唧的。"

林从熙又提出一个新要求："冷长官，能否借用一下你们先前在洞窟中找到的那个黄金机器？我想它在这里出现，说不定与召唤潜龙有关。"

冷寒铁凝望了一眼林从熙，眼神中的复杂内容让林从熙心底一寒，仿佛内心深处所隐藏的一点小秘密全都被他洞穿。林从熙勉强撑开了一个笑容道："如果冷长官担心它会遭到损坏，那就算了。"

冷寒铁将黄金机器掏了出来，放置在林从熙面前，嘴角噙着一丝冷笑："林大掌柜莫非知道这个机器的使用方法？"

林从熙听了冷寒铁的话，原本伸出来的手顿时缩了回去："冷长官说笑了吧。我猴鹰儿只是一介古董掮客，能识得出来这是个宝贝，但若说能洞破里面的玄机，那就太抬举我了。不过听冷长官的口气，你莫非清楚这机器的使用方法？"

冷寒铁没有回答他，只是后退了两步，做了一个"请"的手势。

林从熙心头"怦怦"地狂跳起来。他深知，到了最关键的时刻。胜负成败，在此一举。与此同时，他与冷寒铁他们的决战也将拉开序幕。"飞鸟尽，良弓藏。狡兔死，走狗烹"。他们之间的合作与信任，原本就是建立在找到金殿的基础上。如今金殿在望，亦即他们的蜜月期行将结束。现实的潮水终将汹涌地扑来，将他们淹没。

冷寒铁的心头也不轻松。这一路上，几乎每个人都在演戏。行到水穷处，坐看云起时。可是他与林从熙、卜开乔他们能有一起坐看云起的机会吗？恐怕他能够等到的是图穷匕见吧。

林从熙虔诚地跪了下来，对着深渊念念有词了一番："天圆地方，日月有光。乾元阴覆，玄运无偏。神龙在渊，光芒万丈。腾云驾雾，呼风唤雨。十方世界，上下虚空。东西南北，任意安然。金木水火土，神砚轻磨。白青黑赤黄，五色奉先。人间弟子林从熙，叩请神龙现身。霹雳电光芒，急急如律令！敕！"说完，他将众人事先收集好的黄金箭、铁檀木、冰湖水、熔岩火、白色结晶依次投入深渊之内，再叩拜不起。

深渊下方一片沉寂。林从熙投入的金木水火土五行之物，仿佛泥牛入海，没有丝毫的反应。

楚天开等人心痒难搔，很想喝问林从熙先前的动作是否纯属江湖把戏，所谓召唤潜龙乃是无稽之谈。不过想到他有言在先，一时不好翻脸责难，只能耐着性子继续朝深渊底下探视，期待着有奇迹出现。

一盏茶的光阴，却几乎耗尽了大家的耐心。就在楚天开几近爆发之际，忽然间眼尖的卜开乔指着下方的泡沫，惊喜地叫道："哎哎哎，那些泡沫动了耶。"

大家闻言一振，可是定睛望去，却察觉不出来跟先前有什么不同。依然是水流从上百米高的空中摔落下来，砸在圆形泡沫的上方、边缘，再被其卸去力道，无奈地滑落到深渊中。不过大家都深知卜开乔眼神之毒辣，就连水面上漩涡的细微差别都能够捕捉到，深渊中有任何变化自然也逃不开他的法眼，于是大家强提起最后一点耐心，继续张望，等待深渊下方的神迹出现。

可是大家静候了将近半个小时，依然没有察觉出深渊内有什么异常，只有卜开乔不服气地表示泡沫在生长变大中。

"之前泡沫也在相互融合中吧，这个没啥异样变化。"杜振宸表示道，其他人也深以为然。

楚天开懊丧地躺于地上，将头发抓得如同一个鸡窝，嘴里不停地嘟囔着："潜龙呢？说好的潜龙呢？怎么就不出现？"他蓦地坐起了身，厉声问林从熙："该不会你是有意不让我们找到金殿，故意把潜龙惊走的吧……"

冷寒铁喝止住他："不要胡乱猜疑。大家都累了，先休息吧。或许一觉醒来会有奇迹出现。"

寻找潜龙的激情消退之后，大家顿时觉得精神困倦，一个个打着哈欠。冷寒铁让大家各自寻找地方休息，而留下不甘心的楚天开守在一旁，一旦有风吹草动可以提醒大家。

　　林从熙悄悄地扯了下花染尘，示意她与自己走到偏僻角落里，开口道："染尘姑娘，先前的事你也看到了，接下来我们的命运恐怕堪忧。如果没有出现潜龙，找不到金殿的话，恐怕楚长官不会放过我；找到了金殿，我们的利用价值也就结束了，到时依然免不了要被清算，还是一死。你先前曾替日本人卖命过，就算冷长官有心放过你，但出了神农架后你也躲不过国法制裁。倘若被定为叛国罪，肯定是要被判死刑的。这样任人宰割，我心有不甘，不如我们找个机会逃走吧。"

　　花染尘的眼神黯淡了下来："八年前我就本该死了，可是命运之错，被日本人从鬼门关里救了回来。替他们做事，乃是报答他们的救命之恩。但我也知道，我对祖国犯下了不可饶恕的罪过。如果将来真的有机会做个了断，倒也干净。我不害怕命运的审判。只是你……这一路上蒙你多方照顾，我心中特别感激。如果你觉得有需要我的地方，就直言吧，我会尽力而为。"

　　林从熙忍不住握住了她的手，狭促地说道："你还是花样年华，有着美好的未来可以期许，没有必要这样自暴自弃。你跟我一起逃走吧。天下那么大，只要我们逃离神农架，他们就没有机会找到我们。"

　　花染尘轻轻地抽出手："天下很大，可若是心怀罪孽，那么逃到哪里都是牢笼。我累了，不想再逃了，只想可以安安稳稳地睡一觉。林大哥，你别管我，你就告诉我要做什么吧。"

　　林从熙深深地叹了口气，痛苦凝结在他的眉梢眼角："你……唉。算了，既然你心意已定，我就不勉强你。我想说的是，我有六成的把握，认为唤龙术是真实有效的。只是可能我们投下的金木水火土数量太少，所以见效得慢一点。我想接下来请你帮我留意下，如果听到深渊底下有什么异响时，及时提醒我一声。"

　　花染尘点头应允："这个没问题。我到时悄悄推醒你一个人即是。"

　　"谢谢你。"林从熙深深地凝望着花染尘，眼神中翻滚着眷恋与不舍。可是他深知，虽然花染尘表面上看似柔弱，可内心里却极其坚毅，她决定了的事情外人是难于更改的，于是只好换了一个话题："对了，你怎么知道那个黄金机器是用来处理星际穿越过来的光束呢？如果真的有光透进去又会发生什么？"

花染尘淡然一笑："林大哥，我想我们之中的每个人都藏着一些小秘密，我们就不相互打探了好吗？就好比我不会向你追问你是怎么知晓唤龙术的。在心底留个疑问，或许将来你就不容易忘掉我。"

林从熙默然了，良久，艰难地对花染尘道了声"晚安"，随即就地躺下，背朝着花染尘。花染尘亦默默地和衣而卧，进入睡梦中。不远处冷寒铁的目光有意无意地在他们二人的身上兜转了一圈，随即摇向辽阔的虚空。

所有人全都进入梦乡之中，就连值守的楚天开也在打盹。在这洪荒地底，前有深渊，后有烈火，根本不用担心有人狙击偷袭。而流水哗哗，成了最好的催眠曲。湿润的水汽，将众人心头的一干焦灼感全都浇熄，于是在这一刻，所有人都抛开了金殿，抛开了潜龙，抛开了恩怨情仇，陷入周公的沉沉召唤之中，难以自拔。一直强撑着的楚天开最终也抵不过瞌睡虫的侵袭，将头枕在膝盖上，昏睡了过去。

有心事的人，即便是再大的劳累都无法压垮他的神经，比如说花染尘，比如说林从熙。所以当花染尘用手指轻轻一捅林从熙时，他顿时醒了过来。四周一片黑暗，只有深渊处透出一丝幽幽的光芒，仿佛是凝固在世间的一声叹息，漾不开多远，却固执地存在着。

林从熙摸黑伸出手，握住了花染尘的手。花染尘自是明白他的心意，温柔而又坚定地把手抽了出来，无声地告诉他说："你去吧，原谅我无法跟随。"

林从熙幽微地叹了口气，调整了下姿势，在黑暗中悄悄地匍匐前进，尽量不发出任何声响。在之前他早已观察好环境并规划好了路线，因此不过两分钟的时间，他已悄无声息地爬到深渊的边缘，探头往下望去。

没有手电筒的照明，深渊里一片漆黑。但是在无边的黑暗中，却又存在着一缕晶莹的光芒，就像是冬日远山之中的一点星光，凄寒、孤绝，却又那么醒目。

林从熙分辨出来，那是一个巨大的泡沫。泡沫的直径约有 100 米，就像一个巨大的热气球，在缓缓地升起。从天而降的水流擦着它的边缘滑落下去，发出轻微的"卟"声，这个声音被水流飞溅的巨大轰响掩盖住。只有花染尘那样的灵耳，才可以捕捉到这细微的异响与动静。

看着泡沫行进的路线，林从熙有一种恍惚，仿佛那些头顶上的水流是一条条的绳索，牵引着泡沫往上升腾，并且速度越来越快。晶莹的泡沫看上去就像是深夜池塘里的一株白莲花，在受到某种古怪力量的牵引下，以超乎寻常的速度生长。如果没有出现意外的话，泡沫从林从熙的脚底升高到他的头顶，最多不会超过 5 秒钟。

5 秒钟……林从熙估算了下时间，长长地呼出了一口气，将心头的各种不安情绪全都释放掉，再小心地从身后的背囊里抽出一支黄金箭，搭配着冷寒铁赠给他的那把紫檀硬弓，做了个弯弓搭箭的动作。此时的林从熙，仿佛从身体内焕发出来某种神秘力量，接近一石的硬弓竟然让他拉了个满，箭尖对准了深渊底部。

泡沫越来越近，越来越近，终于触到林从熙的脚尖。就在这时，林从熙一直搭在弦上的手指松开了，黄金箭带着尖锐的呼啸，刺破了深渊的茫茫水雾，向下坠去。

曾经林从熙见过冷寒铁弯弓搭箭射白熊，当时传出的仅是正常的破风声，万万没有想到黄金箭竟然在地底下扩散出如此尖锐的声音，仿佛箭上带了个哨子一般。刺耳的声音顿时将所有人的梦乡扎破，"嘭"的一声，将人从僵硬直躺的姿势瞬间掰成了笔直坐立乃至挺立。

意识到不好的林从熙急忙伸手去抓放置于地上的黄金机器，可是被箭响吵醒的楚天开动作比他更快，一把抓住了机器，同时一脚，将林从熙从深渊边踢了回去。

跌坐在地的林从熙顾不上身上的疼痛，连滚带爬地朝着巨大泡沫扑去。楚天开再度提起脚来，准备给林从熙狠狠一踢时，忽然从深渊底下

传来一阵响遏行云的吟啸。这个吟啸仿若是有人举着两个屋盖般大小的
钹在持续细密地摩擦，声音刺耳，声浪骇人，让人从耳朵到心底全都不
由地一酸。楚天开受吟啸干扰，脚下顿时失去了准头与力量，落了个空。
林从熙瞅准时机，猛地一跃，整个人穿透巨大泡沫的外层薄膜，跌落进去。
楚天开见状，下意识地想要跟着跃进泡沫中，可是念及手中还抱着黄金
机器，不宜妄动，心底一迟疑，只能眼睁睁地看着速度迅捷的巨大泡沫
从自己的头顶上方飘了开去。他当机立断，拔出手枪对着泡沫接连开了
三枪。出乎他意料的是，巨大泡沫虽然可以纵由林从熙穿越进去，可是
对子弹却具有超强的抵抗力。三颗紫铜做成的子弹击中了泡沫，但只是
将泡沫的外层薄膜顶进了半厘米，随即就力竭掉落下来。巨大泡沫越升
越高，成为再也无法企及的一个白点。颓丧至极的楚天开恨恨地一拳砸
在地上，心中的痛楚难以言喻。

十

被黄金箭响惊醒的冷寒铁疾奔过来。他快速地判明了眼前的形势，二话不说，打开手电筒朝下照去。只见深渊中原先的白色泡沫全都消失不见，换成了黑色的云雾在不断地翻滚、蒸腾。这些云雾似乎是从一个中心点喷发出来的，并在空中快速地扩散、飞升，看上去狰狞无比，像极了被霹雳震怒的心情，眨眼之间就将抵临他们的位置。冷寒铁心中一紧，朝着身后的人大喊道："快撤到洞窟中！"

说完，他一把抓过楚天开手中的黄金机器，拧身往洞窟方向疾奔而去。其他人如同羊群紧紧跟随着领头羊一般，不假思索地跟在他的身后一起夺路狂奔。

几乎就在落在队伍最后面的王微奕前脚刚刚踏入洞窟时，一股惊天的热浪从岩洞内穿行而过，将他后背的衣服烧着了。

冷寒铁手忙脚乱地将王微奕身上的火苗扑灭，然后探头往外看了下，只见一道水桶粗细的火苗如同狂呼的魔鬼一般，穿过岩洞，将他们遗在岩洞内的背囊全都烧得干干净净。不过，在岩洞的深处，火魔的肆虐遭到了强力的阻击。十道水帘就像是十面巨大的盾牌，成功地化解了所有的烈焰高温。

冷寒铁还来不及庆幸，猛地感觉到脑后传来一阵凌厉的罡风，急忙将脑袋缩回洞窟内，就地一个打滚，躲进了洞窟深处。一道穿石裂金的长啸声响起，紧接着是一股淋漓的水汽泼进了洞窟内，随后他们感觉到天地都在颤抖，仿佛有一列火车以超音速驶进了洞窟内，卷起的巨大气流几乎将他们从地面上掀了起来。紧接着整个洞窟像是遭到了巨大铜棍的猛力敲击，有石头簌簌地掉落下来。尽管隔着厚厚的石壁，他们依旧能够感觉到有个体型庞大的动物从岩洞内穿掠而过，撞击到他们洞窟的正是它的尾巴。

王微奕等人面色发白，心中的震骇到了极点：难道真如林从熙所言，深渊底下豢养着龙？先前乃是龙发怒，来找他们晦气了？

呼啸声和震动感渐渐消失在岩洞的尽头，仿佛潜龙穿越过十道水帘，进入了熔岩深渊中，并与灼热的熔岩产生了某种反应。众人可以闻到空气中弥漫着一阵浓浓的火硝味。所幸在先前的奔跑中，巴库勒和冷寒铁都没有放弃自己的背囊，里面存有他们携带出来的防毒面具。大家手忙脚乱地戴上面具，将身体紧紧地贴在石壁上，提心吊胆地等待着下一场的变故。

时间过得无比漫长，简直就像是经历一场凌迟极刑，将人的耐心一刀一刀地剐掉。千百刀的酷刑，让人疼痛难忍，却又不会毙命。在痛苦的煎熬中，大家终于等来了新的动静——依旧是火焰开道，然后巨大的躯体从石洞中掠过，再度扫落一些石头在洞口，最后以排山倒海的吟啸声消失于地底的深渊中。那些炙热的火焰在光秃秃的石洞内找不到凭借之物，很快地熄灭掉。整个洞窟内陷入死一般的黑暗与寂静。

黑暗之中，大家仿佛可以听到对方怦怦的心跳声。良久，在确认危机已经解除后，大家才从蜷缩在石壁边的状态里脱离开，瘫了一般地躺在地上，一个个大汗淋漓，不知道是被火焰高温烘烤出来的，还是心头的焦灼所致。

楚天开大口地喘着粗气，恨恨地说道："这些肯定都是猴鹰儿搞的鬼！我真不该放过他，第一时间就该将他击毙才是。"

冷寒铁瞟了他一眼，道："你先前不是在值岗吗？怎么叫他阴谋得逞？"

楚天开脸色一红，赧然道："对不起，冷大，我先前太累太困了，所以睡着了，这才给那小子抓住机会，动了手脚。哎，这真的叫玩了一辈子鹰，临了却让小家雀儿叨瞎了眼睛，真是跟头栽大了。不过这猴鹰儿究竟是什么身份，竟然可以隐瞒得这么好，一直到现在才露出狐狸尾巴？"

冷寒铁淡淡地说道："共产党。"

楚天开在黑暗中瞪大了双眼："冷大，你早就知道他的身份？那怎么不提醒我们提防他，甚至干脆及早动手将他除掉？"

"杀人容易，可是你有没有想过，杀了他，谁能够帮我们解开这地底的龙族谜团？谁又能够提供找到金殿的最终线索？"

"可是……"

冷寒铁伸手制止住了他的话头，道："我知道被他逃脱，你心里不爽，但你应该换个思路想一想，他虽然逃走了，可是他想要带走的黄金机器却留了下来，而且我们也知道了那些泡沫的真实用途，这难道不算是大功一件吗？"

楚天开沉默了下来。他忽然感觉冷寒铁有点陌生，他们之间横亘了太多的秘密。很显然，冷寒铁一开始就知道林从熙的身份，甚至在座的每一个人的真实身份，只是基于某种目的始终隐忍，为的是将每个人心中的秘密与潜能勾引出来，比如说刘开善对"引天雷，水见血"的掌握，比如说林从熙对于深渊中藏有龙的洞悉。甚至冷寒铁昨天晚上将黄金机器一直摆放在深渊旁，极有可能也是用来引诱林从熙出手，为的是将如何使用机器的奥秘给套出来。那么自己、巴库勒等人被冷寒铁选中，是否仅仅是因为他们同属于特种部队，还是别有用心？想到此，他感到心头一阵寒栗滚过。

不过很快他就醒悟过来：以冷寒铁对战友怀有的兄弟情，应该不会算计他们。他之所以没有对兄弟们吐露实情，要么是有他的顾虑，要么是上峰下了封口令，他只有执行的份。从一开始接受任务，出发前往神农架寻找金殿起，楚天开就对他们这支"乌合之众"的队伍起过疑心，特别是林从熙与刘开善，怎么看都不应该出现在队伍中。但现在看来，显然上峰早就已经知道二人经过长时间地研究《神农奇秀图》，已从中找到了某些线索，于是将二人带上，以威逼，以利诱，胁迫他们为党国所用。想到此，他心头的疑云与荫翳不觉消散了许多。

冷寒铁与王微奕两个人头碰头地窃窃私语着。他们集中的焦点，并非是下一步该怎么做，而是林从熙是否真的懂得摆弄黄金机器，以及知晓它的用途是什么。冷寒铁隐隐地感觉到有一丝不对，如此重要的东西，远古的人类怎么可能会遗弃在这里，并且鬼谷子先生怎么没有发现它？这里面是否存在着一个阴谋？

被他一说，王微奕也有几分疑窦升起，但眼下里并没有可以印证的方法。一来他们并不会操控机器，二来很显然机器需要引入能量才可以启动，这个能量究竟来自何方，这超出了他们的认知范畴。他们之间最终达成的共识是：在没有找到金殿之前，务必要收好黄金机器，不能让它与龙碰面。因为谁也无法预知，这两者之间究竟存在着什么样的关联，一旦碰面会引发什么样的后果。

在放弃了从黄金机器中寻找出口的线索之后，冷寒铁转过头来问花染尘："染尘姑娘，你耳力聪颖，能否告诉我们，此刻深渊内有什么动静吗？"

自从龙出现之后，花染尘就一直在留心它的动向。听到冷寒铁发问，她摇了摇头道："没有。我听到的是此刻它已经安静下来，应该是重新陷入蛰伏中。"

冷寒铁虽然不知道林从熙用什么手段激怒了龙，但心头清楚他肯定是动了手脚，目的是独自逃走去寻找金殿，而将他们撇在这个荒莽之地等死。

林从熙留给他们的线索是：金木水火土确实可以召集来龙，秘籍中的"天桥现"所指的应该就是巨大泡沫。这个泡沫乃是由龙制造出来，它有形无质，不仅可以漂浮在空中，而且可以带着人乃至轮船在地底下穿行。楚天开怀疑，当年此间的主人，正是利用泡沫的这个特性来运输黄金船。运载黄金矿石的船只顺着水流来到他们头顶上空的河面时，会被巨大泡沫"捕获"，然后送到地下空间里，在这里它们将经过一系列的冲洗、提取、淬炼等，最后制作成黄金制品，一部分用来盖金殿，一部分则制作成了各种神像、雕像。只是后来不知道为什么，古文明的主人放弃了这片基地，但是龙与泡沫却没有放弃自己的使命，千百年间将无数行经该片水域的船只全都吸纳进来，沉入冰湖中。

　　楚天开叹了口气：与这些古人的智慧和手段相比，他们简直就像是一群弱智的小孩。倘若不是借助林从熙、刘开善等人的寻宝知识，以及花染尘、卜开乔的特异功能，想要找到金殿无异于痴人说梦。想通了这一点之后，他对冷寒铁仅存的一点疑虑全都烟消云散，开始忧心于另外一个现实：他们所收集的白色结晶以及铁檀木在先前里全都投进了深渊，凑不齐金木水火土五行，那么该如何才能再次将龙召唤出来，令它重新制作一个巨大的泡沫，将他们送到上层的空间中？最麻烦的是，被人为激怒了的龙，是否还愿意接受他们的召唤与驱策呢？

　　楚天开喃喃道："一定会有办法的，有办法的……"可是思绪如同夏日里的野草般疯长，但却没有果实，只有凌乱与荒芜。心烦意乱之间，他干脆不顾冷寒铁和王微奕的警告，信步走出洞窟外面，想要再去观察下深渊的状态。可是他刚刚举步，脸色突然大变，眼睛直勾勾地瞪着脚下的土地，嘴巴张成了"0"形，一副难以置信的模样，"冷大冷大，你们快来看看这个脚印有什么特别之处？"

　　众人闻言，纷纷走出洞外来察看。只见长长的通道上，深嵌着数十个巨大的脚印，每一个脚印足有簸箕般大小，呈五指梅花状，并且左右对称。见状，大家不由得瞠目结舌：他们脚下所踩着的，乃是坚硬无比的花岗岩，即便给他们一把锤子都未必能敲得下来一块小石头，可是那不见首尾的潜龙，竟然直接在花岗岩上踩出一个个半寸深的脚印来，这是何其强大的力量！

不过冷寒铁很快想到了原因：潜龙在最开始时曾朝岩洞内喷了一把火，这把火的温度非常高，就连身在洞窟内的冷寒铁他们都感觉到全身燠热难耐，可以想象，如果是正面迎战，恐怕早就烧成了一团灰！而岩石经受了高温烘烤之后，相对会变得脆化，这时携带着巨量水汽的潜龙窜进，在石头地面上烙出自己的脚印并非是什么难事。

卜开乔眼尖，一眼就瞧出了足迹中的蹊跷，"咦，这条龙少了个爪！"

众人定睛望去，果然在整齐的足迹中，有一个脚印存在着明显的缺角，这意味着潜龙有可能是瘸了一条腿，这才导致它在先前疾奔的过程中，无法完全控制住身形，撞到了石壁上，导致冷寒铁他们藏身的洞窟石头往下掉落。

所有人的目光全都聚集在冷寒铁的身上。巴库勒咽下了一口唾沫，道："冷大，在西青林时你曾砍下龙的一爪，该不会那龙就是深渊中的这条吧？"

冷寒铁取出背囊，一通翻找，很快就找到了那个斩落下来的黑爪，将手中的龙爪与地上的脚印拼在一起，两者完美地契合在一起。

冷寒铁忽然想起了一物，急忙再度拎起背囊来翻找，不多时他从中取出一物，亮晶晶的，散发出莹润的光泽——正是白狐的内丹。当日里白狐在水面上对冷寒铁他们发动攻击，却被冷寒铁用手雷炸得粉身碎骨，这颗内丹亦随之飘落，刚好掉在冷寒铁的身边，被他获得。在西青林中，他们借助狐面人的内丹来克制球形闪电，这一幕在冷寒铁的脑海中打下了深深的烙印，因此他对白狐的内丹一直视若珍宝，精心收藏起来，却不料此刻有望派上用场——"从之前我们与龙打交道的经历来看，内丹对龙有着相当强的吸引力，所以我们不妨利用龙爪和内丹来引诱潜龙出渊，为我所用。"

接下来发生的事态却很快超出了冷寒铁的预料：巴库勒、楚天开和杜振宸三人同意冷寒铁的冒险计划，但却坚决反对再带花染尘和卜开乔加入行动中。楚天开情绪激动地说道："先前要不是猴鹰儿摆了我们一道，我们又怎么会陷入眼前的困境？所以我们坚决反对怀有二心的人混到队伍中，谁知道他们接下来又会在背后给我们捅什么刀子？"

王微奕闻言大急道："楚长官此言大为不妥，不能因为林掌柜的一个行为，而一棍子打死所有人。不错，染尘姑娘曾因家国变故加入日军中，但她也曾以死明志，证明她的心乃是向着祖国，可以说已经弃暗投明。至于卜小兄弟，虽然老夫不知道他的真实身份，但这一路上他从未添乱，相反出力不少，老夫丝毫不怀疑他的赤子之心。楚长官如果认定非你们军方之人，其心必异，那么是否也应将老夫遗弃此地？要知道老夫乃是一介教书匠，从未加入任何党国军事组织，自然亦非你们军方中人。"

楚天开不觉有点语塞，他可以怀疑乃至抨击花染尘与卜开乔，但却不敢对王微奕出言不逊。王微奕的身份是南开大学历史系教授，但明眼人都看得出来，他与冷寒铁乃是这次寻宝队伍的核心人物，一路上正是他俩一文一武相互配合，才使得他们有机会走到这里。而且他深知，不仅冷寒铁，即便是军方高层都对王微奕十分敬重。若说将他遗弃在此地，相当于置他于死地，这个罪责他可承担不起。可是他又不肯轻易退缩，于是犟着脖子道："染尘姑娘和卜开乔想要继续加入行动中也可以，但必须将你们的来历和目的，以及所知道的金殿内容一五一十地说出来，倘若有一丝隐瞒，就不要怪我们心狠无情。"

可是花染尘和卜开乔却仿佛没有将楚天开的话语放在心头，一个低眉垂眼，沉默不语，一个则是一如既往地保持着白痴般的笑容，眼睛滴溜溜地在每个人的脸上打量，仿佛在观看一场极其有趣的戏。

楚天开怒从心起："你们都不说是吧？真当我们是吃素的？"说完他气势汹汹地朝卜开乔走去，不过刚抡起拳头却被冷寒铁一把抓住，"我先替二人回答第一个问题吧。染尘姑娘出身于1922年，祖籍河南，家中本有父母与弟弟。1938年花园口黄河大决堤时，她的父亲和弟弟丧生于洪水中，她的母亲为了救她卖身于一名屠夫，一年后去世……"

花染尘原本平静的心湖陡然起了轩然大波，她一把抓住冷寒铁的手腕，失声道："你说什么？我母亲去世了？"

冷寒铁凝望着她，眼神中闪过一丝怜悯："对于你的母亲而言，或许离开人世是最好的解脱。后面的经历是否还需要我代你说出来吗？"

花染尘捂着脸，无声地哭泣起来。

楚天开原本对她存有敌意，但在这哭声中渐渐地被消解掉了。

冷寒铁停顿了下，继续说道："1938 年，你被日本军医松田太翔救起，后来他意外地发现你有超强的耳力，于是被发展及训练成了一名日本特工，专门为日本人打探情报。1945 年日军战败后，你被要求留在中国，继续为日本军方收集情报……"

不仅是花染尘心头大骇，不知不觉间停止了哭泣，就连楚天开等人亦全都难以置信地望着冷寒铁："冷大，这些信息你事先全都知道？可是，可是你怎么从来没跟我们说起过？"

冷寒铁没有回答，而是转身望向卜开乔："卜开乔，男，现年 34 岁，原名卜秋任，出身于菲律宾的一个华裔家庭，1937 年移民美国。因为过目不忘的独特技能被美国中情局相中，被招入麾下并培训成一名出色的间谍。1942 年被美军以假身份派遣进入中国境内，刺探中国政府对日本政府决战的决心，以及日军的进攻计划。抗战结束后，通过被美军买通的军界高层加入中国军方，并在该高层的引荐下参加此次寻找金殿的行动。卜秋任先生，我说的情报可有半点错误？"

卜开乔的脸上褪去了原先的笑意，一丝夹藏不住的惊慌从眼神中飘漾了出来。忽然间，他神色一变，又恢复成原先笑嘻嘻的木色，拍着手道："冷长官果然厉害，竟然可以将我的老底查得一清二楚，佩服佩服。既然冷长官没有保留，那么我也就不妨直言：贵国政府与我们美国乃是盟友，在战场上共同对付日军和共产党，那么在某些领域中再一起并肩作战也属正常。在这次活动出发之前，我的长官给我下达的命令是：只许旁观，不许牵涉其中，更不许搅局。是以我才如同王教授所言的那样，这一路上都是规规矩矩，没有给大家带来任何麻烦。未来，我也将恪守我的职责，继续做一名安静的旁观者。"

楚天开等人心头的震撼更甚。看上去痴呆发傻、人畜无害的卜开乔，竟然是鼎鼎大名的美国中情局的王牌间谍！

在二战和内战中，美国政府都给了国民党大量的援助。有统计显示，从二战开始的 1939 年到 1945 年，美国各种援助总和在 30 亿到 40 亿美元之间，其中对华武器装备援助总额达到 8 亿美元（以当年的购买力而言，这是一笔巨款，1937 年的中国工业总产值才 13.6 亿美元）。美国甚至派遣了空军飞虎队来中国直接参与对日作战，在国共内战中也有大量的美军顾问参与其中。某种意义上讲，美国政府就是国民党政府的"太上皇"。离开了美国的援助，国民党政府无论是对日本抑或是对共产党，都没有胜算可言。如果卜开乔真的是美方派来的间谍，那么楚天开他们就不可能随意地将他遗弃在这荒芜之地、坐以待毙。

想到此，楚天开朝卜开乔拱了拱手，阴阳怪气地道："想不到阁下竟然是中情局的能人，真是失敬失敬。"

卜开乔似乎丝毫没有察觉出楚天开的挖苦之意，依旧笑容可掬地道："我不是什么能人，我只是个痴人。真正的能人是你们的冷长官，可以把我们查探得连条遮羞的底裤都抽掉，可是我们却还浑然不觉。失敬失敬。"

冷寒铁的脸色依然冷峻如铁："既然大家都已经打开天窗说亮话，那么就请两位把你们最后的底牌翻出来吧，告诉我们，关于金殿你们的情报局究竟获悉了哪些信息？"

花染尘的脸色苍白，胸口起伏不定，显然还没有从先前的激荡心情中平复下来。卜开乔见状，将双手摊开，率先开口道："我的信息少得可怜，只知道金殿中极有可能藏有高级文明的遗迹，是以长官令我前来见识一下。"

冷寒铁的双眼如鹰隼般锐利，即便卜开乔这等受过专业训练的间谍都不得不心虚地将目光移开："冷长官，我真的无所隐瞒啦。"

巴库勒忍不住出声驳斥："不对，你肯定有隐瞒！先前你怎么知道用锤子轻敲石壁可以引发石壁的坍塌，打开洞门？你敢说你是瞎猫碰上死耗子？"

卜开乔耸了耸肩，道："这个真不是提前知道的，而是我看过的资料中，有提及说共振可以带来空心石壁的坍塌，就好比我们美国有一名科技奇才特斯拉，他曾经通过敲打几个深埋于地底的长长的管道，制造共振，差点引起一场足以将纽约摧毁的大地震。相比之下我的手法初级得很。"

特斯拉被誉为唯一堪比达·芬奇并超越爱因斯坦的伟大科学家，人类有史以来最伟大的天才、发明创造的巨匠。他是电气化领域的先驱，是他发明和创造了交流电系统，使得千家万户可以使用上电力；他发明了电机和高压变压器，对现代世界工业产生了深远影响；他创造出了第一台无线电遥控的机器、机器人工程学原理和太阳能驱动的发动机、X光设备、电能仪表、汽车速度仪表、冷光灯、电子钟、电子治疗仪等大约一千多项发明，他率先提出的概念有电子显微镜、激光、电视、移动电话、互联网和许多其他与我们日常生活紧密相关的事物……

特斯拉除了在电力方面取得了杰出的成就之外，在其他方面的发明发现也相当惊人。他一生致力于研究非线性（即输入和输出不成正比）问题，曾经在记者面前将重达2吨的铁块通过共振原理顷刻间粉碎，并说过他只要提高共振频率也可以将地球像切苹果一样一分为2，这也就是所谓地震武器的发源点。早在1912年特斯拉提出："若把物体的振动和地球的谐振频率正确地结合起来，在几个星期内，就可以造成地动山摇、地面升降。"1935年，特斯拉在其实验室打了一个深井，并在井内下了钢套管。然后，他将井口堵塞好，并向井内输入不同频率的振动。奇妙的是，在特定的频率下，地面就会突然发生强烈的振动，并造成周围房屋的倒塌。当时的一些杂志评论说："特斯拉利用一次人工诱发的地震，几乎将纽约夷为平地"。这就是著名的特斯拉实验。这种小输入强输出的超级传输效应称为"特斯拉效应"，是地球物理武器的关键，所以特斯拉也是超距武器的奠基人。特斯拉的许多发明和发现超越了当时的科学技术几个时代，有的理论就连现今最先进的科学技术也无法完美解答。特斯拉死后，美国FBI将他的所有设计图纸与实验作品全部没收，军方对他的论文研究至今也没有停止。这也更为特斯拉造就了一份神秘色彩。

特斯拉固然作为一名旷世奇才而享誉全球，但对于冷寒铁这样的战士而言，却是一个陌生的名字。对于卜开乔的立论他未置可否，随后将审讯的目光移至花染尘身上，但却不自觉地柔和了许多。

花染尘整了整自己的衣襟，挺起胸膛："既然到了最后的时刻，那么我就遵照冷长官的吩咐，说出我所掌握的所有信息吧。据我偷听到的消息，在金殿内有一个可以逆转时光的机器，其原理是：宇宙间穿梭过来的光线都是属于过去的时光，距离遥远的星光甚至跨越了亿万年的光阴才能抵达我们地球。将这些旧时的光线投射进机器内，通过调试，就可以让人类跟随着光线的轨迹回到它的起点。简单地说，如果我们想要回到过去一年前，就需要找到太空中游走了一年的星光，将它导入机器中，这样就可以带领人类回到一年前的世界；如果你能找到一亿年前的星光，那么就可以将自己送至一亿年前的世界。"

王微奕的呼吸紧促起来："继续说下去，染尘姑娘，你还知道哪些有关于时光机器的信息？"

花染尘摇了摇头道："这个是我当年偷听了日本人的谈话才获悉的一点信息，其他的就没有了。哦，对了，还有一点，据说这个时光机器需要用到特别的能量石才可以启动的，准确地说，它需要耗费的能量特别巨大，以人类目前的科技水平，即便是原子弹的威力恐怕都无法将它驱动。"

王微奕的心头涌起了一丝失望："老夫说嘛，此间的主人不可能随意地将这个机器留给我们，而鬼谷子也不会将这么宝贵的东西弃置于这里，肯定有着特别的原因。现在看来，他们都知道机器的能量石用光了，于是它跟一坨废铁没有什么两样。"

卜开乔欲言又止，其细微的表情被冷寒铁捕捉到，开口问道："你有什么话想说吗？"

卜开乔想了下，说："我在思考一件事，鬼谷子留下五句秘籍，对应的是五个关键地点。那么是否真如林大掌柜说的，仅是为了集齐金木水火土五行吗？我觉得会不会是我们忽略了某些线索，而这些线索很有可能跟这个机器有关？"

冷寒铁心如止水，道："是与不是都已无意义，因为我们早就回不去了，只能继续往前走。楚天开，你说，是要留下一些人，还是大家保持队形继续前进？"

楚天开张了张口，许多话在他的舌头上打转，经过激烈的厮杀之后最终化作了一句："一切听从冷大的安排！"

冷寒铁凝视了他一眼，转身对卜开乔和花染尘道："在我看来，你们两位还有利用的价值，所以一起走吧。"

花染尘和卜开乔心头雪亮：这句话表面上听着势利，但实则是替他们两个人寻得生路的借口，当下里默然不语，只是将脚尖悄悄地移至冷寒铁的方向。

冷寒铁将黑色的龙爪握在掌心中，一股冰凉之意从爪子处一直传至掌心，但却无法浇熄他心头的火热。生死成败在此一举。他深吸了一口气，让大家全都待在洞窟中，等到他发出信号后再出来，自己则孤身带着龙爪、白狐内丹和黄金匕首，来到深渊边缘，踌躇了下，随即决然地将右手中紧攥的龙爪远远地抛出，任它在空中划了道抛物线，再被无边无际的黑暗与迷雾吞噬了进去。随后他左手持着白狐内丹，右手执着黄金匕首，如一尊雕塑般地矗立在深渊旁，等待着与潜龙的再次狭路相逢。

深渊中的龙仿佛可以感应到龙爪的出现。借助白狐内丹所散发出来的光芒，冷寒铁看见深渊下的云雾被重新催动起来，云气蒸腾而起，如无数的白色绸布被飘逸的舞者高高地抛起，在空中翻滚、纠缠、突破。一时间风起云涌，煞是可怖，也蔚为壮观。冷寒铁始终目光平静如水，任那些云气如何拍打摧残也自岿然不动。

　　大概 5 秒钟之后，冷寒铁陡然感觉到有一股凛冽的寒气如同一柄剑锋如水的宝剑一般直刺自己的眉梢，他急忙一个侧身躲避开去，然后将手中的白狐内丹高高举起，大声喊道："这是灵珠，你若是想要得到它就将我们送到上面去，否则的话我立即将它捏碎！"

　　藏身在洞窟中的巴库勒等人见到这一幕，都不觉在手心中捏了一把冷汗。他们听说过"双龙戏珠"的传说，即龙对明珠具有一种天然的追逐本能，但无法确认白狐内丹是否对龙具有足够的诱惑力，大到可以号令龙来服从他们的指挥。

　　缠绕在冷寒铁身侧的寒气消退了点，似乎潜龙被他的话语所打动，但显然并未就此而降服，而是重新在深渊之间翻滚穿梭，搅起的云气如雪涌，如冰簇。冷寒铁始终瞧不见潜龙的身形，只能看见在浓重的雾气中心，有一道黑得发亮的影子在里面腾挪冲撞，散发出隐隐的光芒。

　　冷寒铁目不转睛地盯视着浓雾之中的黑影。这注定是一场意志上的较量。他可以感觉到潜龙在不停地试探他，不时地朝他喷出一口凌厉的霜气，或者是围绕着他来盘旋飞升，甚至试图用尾巴扫他，希望将他扫落深渊中，沦为待宰的羔羊。但冷寒铁始终不为所动。面对潜龙的挑衅，他假装视而不见，充耳不闻，面对潜龙的攻击，他则以暴力还击——将右手中的黄金匕首斩向潜龙。潜龙对上次交锋中的断爪之痛心有余悸，对于黄金匕首更是忌惮无比，因此不敢与他正面交锋，只能退避三舍。如此往复了数次之后，潜龙终于明白眼前的处境，冷寒铁是绝对不会向自己屈服。如果自己想要将觊觎的白狐内丹吞入腹中，必须摒弃前嫌，遵照冷寒铁的条件来执行。

　　一声长啸，震得岩洞都簌簌发抖，潜龙从口中缓缓地吐出了一个泡沫。这个泡沫最初的直径只有 50 厘米左右，可是随着缓缓升高，它将空中的云气雾岚不断地吸纳其中，于是变得膨胀。膨胀的结果是它的浮力逐渐变大，上升的速度也越来越快。

　　见到眼前的这一幕，冷寒铁心头暗自松了一口气，他知道在这一场对峙之中，他胜利了，潜龙屈服了。但他丝毫不敢放松警惕，急忙朝着身后巴库勒等人招手，示意他们赶紧来到他的身侧，随时准备"登机"，同时目光紧盯着依旧在空中盘旋不已的潜龙，高声喝道："你是这片天地里的主宰，但我的行为不受你控制。我们之间有的只是交易，我必须要等到进入江底之后，才会将明珠投给你。你如有违约，我定当将明珠捏碎。"

潜龙似乎不满这一条新增的条约，长长地嘶吼一声，催动云气翻腾不已。冷寒铁手执黄金匕首，在空中比画了几下，威胁潜龙不要造次，同时催促巴库勒等人迅速跃进巨大泡沫中。巴库勒他们模仿先前林从熙的做法，在巨大泡沫经过自己身侧时，整个人用力地在地面上一蹬，将身体扑入泡沫中。这是一种非常奇妙的体验。他们能够感觉到泡沫柔软的外膜包裹住自己的身体，随即"噗"的一声，将他们纳入进去。一瞬间，他们仿佛是跌进一张全世界最为柔软的席梦思，甚至怀疑自己就是身处云端。脚下的触感仿佛是踩在虚空上，让人怀疑下一秒钟就会跌落下去，可是泡沫却用实际效果告诉他们无须担心，这个泡沫乃是世界上最为坚韧的材质之一，足以承托住数十人的重量，而不会塌陷与坠空。坐在其中，就像是坐在云端，身子底下软绵绵的，触之仿若无物，而目视身子底下一览无遗，可以清楚地看见从天空中飞溅下来的淋漓水汽，以及下方不断涌起的云雾缭绕。这种感觉，就像是一个人突然掌握了飞翔的本领，心中夹杂着激动、惶恐与紧张等多种复杂的情感。

在确认所有人全都安全地进入泡沫后，冷寒铁猛地一个跃身，整个人穿透泡沫的外膜，顺利地登陆泡沫。

虽然如愿地登上了泡沫，但冷寒铁深知眼下他们并没有脱离危险的漩涡。他与潜龙之间的交易并未结束，在距离他们不远的地方，潜龙犹然虎视眈眈地盯视着他们。冷寒铁并不心疼将白狐内丹给予潜龙，可是他没有把握潜龙在拿到内丹之后会不会撕毁盟约。既然潜龙可以吐出泡沫为他们所用，自然也有能力打破泡沫将他们重新抛掷进万丈深渊。

　　冷寒铁忽然想到一事，问巴库勒："你是不是留了一点蛛丝在？"

　　巴库勒拍了下脑袋，道："对哦，我都差点忘了这事。"他急忙去翻随身携带的背囊，从中取出一个竖放的铝盒。打开铝盒，只见里面竖立着一支铁檀木，铁檀木一端缠了一圈银魂蛛的蛛丝，牢牢地粘在铝盒的中间，从而使铁檀木保持平稳不倾斜、不摔落。

　　冷寒铁用两根手指夹住铁檀木的空白处，一个用力将其拔了出来，然后将蘸了蛛丝的末端捅在白狐内丹上，将其瞬间粘住，状若一根棒棒糖。见巨大泡沫快要临近洞顶的漩涡处，冷寒铁猛地将内丹对准泡沫的一个角落，用力地投掷了下去。

　　底下的潜龙似乎心有感应，立即一个摆尾，整个身体往上一揪，吸了一口气，将白狐内丹一口吞了进去。可是很快它就发现这是一个错误的决定：内丹末端连接着蛛丝，携有巨大黏性，直接将它的舌头给粘住了！它在震惊及震怒之下，一口咬了下来。不料这下更加糟糕，内丹破碎了，失去内丹支撑的下颚顿时与蛛丝撞上，两者交缠在一起，顿时上下颚被粘在了一起，嘴巴再也无法张开，无法吐火，无法喷水，甚至无法呼气，自然也无法再将头顶上的巨大泡沫给吹落下来。最重要的是，潜龙一口气喘息不过来，失去了腾空之势，整个身躯如同一个秤砣般地栽落下深渊。

　　从巨大泡沫中俯瞰着这一切的冷寒铁，暗自松了一口气。但很快他的心又提了起来：巨大泡沫震颤了一下，似乎是撞到了什么。巴库勒取出手电筒，拧亮了朝外照去。令他们意外的是，外面一片漆黑。手电筒所照见的每一寸空间都涂满了黑色的淤泥。这些淤泥就像是章鱼的巨爪一般，从四面八方向他们倾拢而来，竭力想要将巨大泡沫捏碎。可是巨大泡沫却带有某种神秘的能量，可以轻易地拱开这些淤泥所带来的沉重压力，保护着内中的冷寒铁等人在淤泥间穿梭。

　　这个历程比先前在空中飘浮更加震撼人心。对于已经实现了飞翔的人类来说，飘浮在空中虽然新鲜但却并不惊奇，可是在河底间自由穿梭，这着实远远超出了大家的认知范畴。一时间大家心头笼罩着沉沉的压抑，生怕所有的淤泥随时会崩落下来，将自己活埋在地底下，变成一个巨大的琥珀，于是一个个屏声静气，紧张地观望着巨大泡沫将他们带向未知的空间。

失去了参照物，他们无法判断自己的速度有多快，又是往哪个方向前进。他们只能感觉到淤泥的颜色在逐渐变浅，四周增添了不少峥嵘的石头。许久，巨大泡沫从几块石头的缝隙间挤了过去。所幸巨大泡沫是柔软的，可以任意变换形状与大小，只是坐在里面的人却感到心头恐慌。遇到狭窄的空隙时，一个个急忙站了起来，尽力地收拢在一起，恨不得大家可以合体，以减少泡沫的宽度。一些过于狭窄的地方，冷寒铁他们不得不采取叠罗汉的方式，即冷寒铁、巴库勒和卜开乔三人站在底部，托举着楚天开、杜振宸和王微奕三人，楚天开和杜振宸再合力托举着花染尘，如此才勉强通过。即便如此，底端的人还是被石头磨蹭得身上血迹斑斑。让他们稍微宽心的是，巨大泡沫看似柔软，实则无比坚韧，再锋利的石头都无法割开它。

冷寒铁在心头怀疑：这样的路线是有意设定好的，为的是限制通过的人员数量。亦即，通往金殿的这段路最多可以容纳三个人通过，如果是他们先前在洞窟内所见到的巨人尺寸，那么就只能是一人。他心头默想：如果这一路上无人伤亡，那么是否他们极有可能会被困在此地？想及此，他忍不住暗叹了一口气：莫非这一切都是命中注定的？

卜开乔始终瞪大着眼，不停地观察着四周，眼睛中有冰雪在一点一点地凝聚。楚天开察觉到他的异样，悄悄地拽了拽他的衣袖，"小卜，啊不，CIA 长官，你是不是看到了什么？"

卜开乔似乎对楚天开的新称呼极不适应。他扭动了下身躯，摸着头道："我更宁愿你叫我的名字。"

楚天开不知道这是他的真心话还是嘲讽之意，只能"嘿嘿"一笑以掩饰自己的尴尬。

卜开乔虽然外表憨笨，可是内心却极为透明，见状不再纠结于称呼，而是将心头的疑问吐露出来："你有没有觉得这些泥巴是活的？"

楚天开吓了一跳，"活的泥巴？什么意思？"

卜开乔眨巴着眼睛，道："我就简单问你一个问题，我们乘坐的这个泡泡是依靠什么动力在这泥土中游走？"

楚天开一下子呆住了。在最初升空的时候，他们将乘坐的泡泡视同为一个巨大的气球，在空气浮力的支撑下向上飘移，而自从进入淤泥中，他们将注意力集中在四周的环境上，而忽略了卜开乔提出的问题：泡泡为何在淤泥中会行走，它的行走路线又是依于什么规则？

虽然他们两个人说的是悄悄话，可是仄小的空间将所有人全都挤在一起，根本容不得有半点隐私存在。卜开乔说的话一下子震慑了大家，一个个要么扭过脸来看着卜开乔给出答案，要么就自己仔细观察四周的环境来寻找答案。但所有人中，谁的眼神在锐利度上能比得及卜开乔？最后，大家全都一脸期待地望着卜开乔，等待着他将观察得出的结论和盘托出。

卜开乔被冷寒铁点破了身份，就不再遮遮掩掩，直截了当地说道："我觉得是这些淤泥在推动着我们乘坐的泡泡向上行走。你们注意看那些淤泥，会主动伸缩，就像一条条长虫一般拱着我们前进。"

大家认真观察，发现四周的情景真的与卜开乔讲的有些相似，都不觉心头骇然：他们能够接受这片土地里安居着文明高度发达的一个种族或者部落，但真的难以想象一摊泥巴竟然具有智力！

"然后呢？"冷寒铁目光灼灼地望着卜开乔，"你还有什么其他的结论？"

卜开乔扁起了嘴："我只是在谈我的看法，你们不要拿审犯人的眼光看我。"

王微奕出来打圆场："卜小兄弟，你不必多想。冷长官的意思是，有关淤泥是活的这方面，你还有其他的什么新发现？"

与其他人一般，卜开乔心中对于学识一流、德高望重的王微奕充满着敬意，见他出言相问，于是如实回答："我觉得泥土里有东西。这个东西非常细小，超出了我们视力的极限。但是如果能将泥土放到显微镜底下应该能找到它们。正是这些数量惊人的小东西，护送着我们一点一点地通向目的地。"

杜振宸脱口而出道："护送？依我看应该是押送才是！"

杜振宸的快人快语在大家的心头再度激起波澜。他们的这一段旅程，没有丝毫的自我意志，去哪里，怎么去，全都由不可控的外力说了算。从某种意义上讲，他们与坐在囚车里被押送的囚犯有什么两样？谁知道等待他们的会不会是一座断头台？

怀着忐忑不安的心情，大家重新静默下来，完全放弃对旅途的支配欲望，焦灼地等待着命运对人们作出的裁决。时光滴答而过，每一声都像是一滴火油，浇在众人的心头，烫出一串的水泡。大家觉得心中的压抑越来越深，恐惧则越来越大，就像一个被不停灌气的气球，膨胀到了难以容忍的地步，随时可能爆裂。

就在大家的忍耐到了极限，即将崩溃之际，卜开乔忽然身体一颤，以手指顶，激动地大喊起来："瞧，那里有一道光！"

"哪里哪里？"所有人的精神全都振奋起来，急忙顺着卜开乔的手指朝上张望。巴库勒醒悟过来，关掉手电筒，让四周陷入黑暗中。顿时一束白光如同一名天使一般，从天上降落下来，洁白的羽翼轻微扑闪，晃动了巨大泡沫中的尘埃。那些尘埃被众人急促的呼吸给吸了进去，在肺间化作一朵烟花，炸裂开来，"真的哦，真的有光！太好啦，我们终于回到地面了！"

杜振宸忍不住抱住卜开乔，对着他的大肥脸用力地亲了两口："小卜，我太爱你了，爱死你啦！"

卜开乔吓了一跳，急忙伸手推开杜振宸再度凑过来的脸："哎哎哎哎，男男授受不亲。我不要你的口水啦。"

沉静如冷寒铁者，也难掩心头的激动，不过比起杜振宸，他还是多了一份冷静："你们别闹，保持平衡。地底与地面的压强大不一样，我们要提防它发生变故，乃至爆炸。"

当第一缕光出来时，杜振宸与卜开乔还有心情打闹调戏，但是随着光芒越来越盛，大家的心情越来越紧张，泡沫内的空气似乎全都凝固起来，让他们忘了呼吸为何物。他们就像是最虔诚的信徒迎接神灵的下凡一般，一个个伸长着脖子，心收缩成了一小团，目光巴巴地仰望着头上的白光，期待着奇迹的发生。而盛景如人所愿，白光越来越大，从原先的一缕化作一束，再渐渐地扩散成了一匹，直至变成了铺天盖地，遮满了人的视网膜。这些光组合在一起，化作一枚开往神秘之门的钥匙，这把钥匙不仅将打开金殿幽闭千年的大门，也将打开每一个人心中潜藏的幸福感。那一抹摇曳生姿的光影，那一场璀璨生辉的神迹，那一回灵肉战栗的狂欢，都将深深地烙进他们的血液中、骨髓里，在余生的岁月里如海潮一般日夜鼓荡，牵引着灵魂接近天堂的异境。

从他们上方洒落下来的光芒亮度远远地超出了普通自然光的亮度。到了后来，他们不得不闭上双眼，避免与强光直接对视。然而即便如此，光芒依旧会在他们的视网膜上投下一个明亮的光晕，并且渐渐扩散，一直弥漫到他们的大脑深处，将所有的思绪全都唤醒。一时间每个人心中全都陷入一种恍惚的状态，前尘旧事如同海啸一般在脑海中激荡不已，酸甜苦辣咸五味在他们的胸腔之间来回滚动，更有喜怒哀乐惧等各种情感在他们的心间四下涌动，与此同时五脏六腑似乎全都被摘除了出来，晾晒在白光里，任白光将它们一遍又一遍地涤荡、消毒，直至所有的内脏全都轻舞起来。于是整个人恍若经历了一场"浴光重生"，整个肉体被打扫得干干净净，所有的记忆被漂洗得一清二白，而唯一的灵魂则被浸润得澄澈透明。一种难以言喻的愉悦弥漫在整个泡沫内。大家都忍不住闭上双眼，任身心轻盈得如同一片羽毛般自在漂浮。

第一个从这种仿若顶级按摩的享受中清醒过来的，乃是冷寒铁，而将他唤醒的，则是一阵轻微的震动。他天生是战士，即便是白光的笼罩与轻抚，都始终无法让他完全沉溺进去，灵台处仍要保留一丝清醒。这份清醒，让他无法如芸芸众生那般放纵地享受感官上的愉悦，也让他不会似天下苍生那般迷失自我。于是他纤细的神经能够快速突破温柔乡的包裹，敏锐地捕捉到外界的轻微变化——这个变化就是他们所乘坐的巨大泡沫"泊岸"了！

冷寒铁以手遮额，勉强地睁开双眼来观察四周。率先映入他眼帘的乃是一大片的金黄色，就像是秋天的时候，无边的麦浪在他的面前堆聚起来，重重叠叠的稻谷全都冲着他绽开自己成熟的风姿。这片金黄色铺天盖地，填满了他的视界，堵死了他的气管，攥住了他的心脏，让他一时间整个人只能像一根木头一般地杵在原地，连眼皮都无法眨动一下。

其他人也感觉到四周环境的异样，一个个恋恋不舍地从迷离的状态中脱离出来，从灵魂的天堂里重返现实的土地，睁开了双眼。只一眼，他们刚刚收拢回来的灵魂全都一下子被击散，一个个全都如同冷寒铁一般，目瞪口呆，无法呼吸，只有巨大的震撼感将他们紧紧地包拢，仿若魂飞魄散的哪吒被太乙真人用莲花裹住一般。那些支离破碎的魂魄只有经过长时间的修炼才能重新归于一体，那些凝固的目光只有经过岁月的轻轻敲击才能四分五裂开，化作心底的一声惊叹——天哪，金殿！

传说中的金殿就这样出现在了他们眼前！恢宏雄伟！金碧辉煌！精美非凡！整座金殿高约30米，接近十层楼高，底部有部分沉陷在厚厚的淤泥中。如同传言的那般，金殿完全由金砖砌建而成。这些金砖与冷寒铁他们先前在岩洞中所见到的黄金一样，四面有阴有阳，砖与砖之间的阴面和阳面可以完美地契合在一起。整座金殿没有采用任何黏合剂，却牢牢地屹立了数千年而没有任何毁坏的迹象。砖与砖之间的缝隙薄得连一张刀片都无法插进去。从远处望去，甚至觉得整座金殿浑然一体，仿佛是用一个模子直接浇筑出来似的。金砖砌成的墙面上镶刻着各式各样的花纹，有飞鸟走兽，有奇花异草，也有各种人物，包括人面蛇身的异形，腋生双翼的天使，笼有光环的神人……这些雕像密密麻麻地布满了整座金殿，仿若是一株肆意生长的爬山虎，将四面八方的墙壁全都笼罩住。这些雕像的内容看似随意而凌乱，但如果仔细观察，就会发现在白光的映照下，呈现着某种规律性的闪动，似乎画作中存在着灵魂，随时准备挣脱金殿的约束，飞升出来。可是等你定睛望去，想要找到这里面暗含的规律时，却发现它闪动在你的视网膜内连成一片，仿佛变成了一片波光粼粼的汪洋大海，所有的秘密全都隐藏进了蓝色的海水底下。冷寒铁尝试了三次，每次都是这样的结果，最终只能无奈地放弃——很显然，金殿上所雕刻的画作超出了人类眼睛的极限。在没有借助特定仪器的情况下，人类根本不可能破解其中的奥秘。

　　对于金殿而言，内蕴的奥秘还有很多，比如说，千百年的光阴过去，无数个日夜水流的冲刷，乃至部分金殿沉陷于淤泥中，可是在金殿身上却找不到任何的污迹，数千年的光阴对它来说，仿佛就是弹指一瞬间，了无痕迹——这一切全都有赖于泡沫的保护！如此宏大的金殿竟然被一个超级巨大的泡沫笼罩住。这个泡沫仿若是个超级金钟罩，隔绝掉外面的水流、鱼虾以及浮游生物，让金殿始终生存在一个完全洁净的空间里，远离外界的污染与打扰。于是成千上万个的斗转星移，在此间都凝固成了永恒。唯有头顶上的光芒像仙女飘逸的长发，从金殿的屋脊上流泻下来，流光溢彩，璀璨夺目，在每个人的眼眸中撩拨出无数的星星点点。

　　如果说时光对金殿有什么影响的话，那就是它在漫长的岁月里，以着自身千百吨的重量压迫着身下的淤泥。这个重量超出了淤泥对巨大泡沫的承托力，于是它陷进去了有一米左右深，掩盖了半个金殿的大门。或许这也是古人的一个设计吧，希望借助淤泥的保护，来阻止外人侵入到金殿的内部。不过如今金殿的大门却被人用强力打开了一道大概10厘米宽的缝隙，勉强容许一个人侧着身子挤进去，很显然这应该是林从熙的杰作。淤泥没能尽到自己的职责，乃是因为林从熙和冷寒铁他们所乘坐的巨大泡沫发挥了作用——他们乘坐的泡沫与包裹金殿的泡沫应该是同根生，于茫茫宇宙间相逢，很快就相互融合到了一起。冷寒铁他们的泡沫遇上了体积超出自己上百倍大的金殿泡沫，就像一个婴儿见到了母亲一般，激动地投入它的怀抱，与它融为一体，让金殿泡沫瞬时"胖"了一圈，由此带来浮力增加，于是带动整座金殿从淤泥中拔高了大概50厘米，从而为人类扳开淤泥的钳制力量提供了帮助。

冷寒铁他们如同中了魔怔一般，呆呆地站立了五六分钟，眼睛根本舍不得从金殿身上移开。眼前的场景就像是一场太虚幻境，那么缥缈，那么不真实。最重要的是金殿反射阳光所散发出来的光芒似乎带有一种神秘的魔力，可以轻易地摄住人的眼睛与灵魂，让人忽略了面对是一座建筑，一座凝固了时光的古老建筑，而在心底将其视为一个神灵，一个高高在上的神灵，一个让人想要跪下膜拜的神灵。事实上，曾向心于佛的花染尘已在不知不觉间跪了下来，双手高高举过头顶，整个上半身贴伏于地，黑色的头发如同黑色的睡莲般披散在地上，遮住了她的容颜，她的神情。从她这副信徒觐见神灵的姿势中，谁都可以想象得出来她这一刻眼中满蓄着热泪，以及心底的虔诚。

其他人虽然没有跪拜下来，但也都有一种被彻底征服了的感觉。王微奕下意识地双手合十，口中喃喃着，感谢一路庇佑他们的神灵，感谢神灵将自己带到金殿的身边，感谢上苍让自己在躯体衰朽之前，有机会站立在魂牵梦萦的金殿面前一诉衷肠。巴库勒、楚天开、杜振宸等人亦全都心潮澎湃不已。一路上的披荆斩棘、历尽艰险，能换来眼前这摄人心魄的凝望，只需一眼就了无遗憾！这种从肉体到灵魂的战栗体验，人生能有几回？沐浴在这样的神迹光芒之下，世间几人能有此幸运？纵然是铮铮铁汉，却也在这一刻里，眼泛微光，泫然欲泣。

最终，还是冷寒铁将大家从如梦亦幻的迷离情绪中带离出来："到了金殿，我们就进去看一看吧。小心林从熙的埋伏。"

楚天开拔出了枪，道："不怕，他手上只有一把破弓，不济事的。"

冷寒铁将他的手按了下来，淡淡地说道："在这里，或许一把弓要比一支枪更管用。恰比如他可以用弓箭成功地引诱出深渊里的龙，而枪就不行。"

卜开乔拍手道:"对啊对啊。上一次在狐面人的墓冢那边,刘大当家对着一具水晶棺材开了一枪,结果子弹逆飞了过来。后来他再开了一枪,直接引起爆炸,险些将我们都烧死了。"

楚天开不由得泄气了。在金殿的建造者面前,他们手中的枪恐怕连烧火棍都不如。倘若他们盲目地开枪,说不定真的会招来横祸。林从熙定然是事先掌握了有关金殿的线索,所以才会从一开始就蓄意收藏黄金箭,留为己用。可惜他们先前轻视了林从熙,才会让他抢占了先机,率先进入金殿中。而金殿内定然存在着许多超越当代文明的高科技产品,如果被林从熙掌控,那么对他们的进入将会造成极大的威胁!

楚天开在心底不由得懊丧不已,后悔自己先前不该睡着,让林从熙有机会从自己的手底下逃脱,给他们的任务增添了许多的变数。处于一种将功赎罪的心理,他抢在众人的面前,决意充当探路的先锋,也是危险系数最高的角色——"我先上,你们跟着我就行。"

冷寒铁没有阻止他的行为,但却默默地将他背后的背囊调转了个方向,移到胸前,形成一道防护。林从熙手中的紫檀硬弓虽然是把古代神器,但以他的臂力并无法将硬弓的威力发挥到极限,即便射出了箭也不可能穿透背囊。

怀着激动而又不安的心情,大家走向金殿的大门。先前里头顶上的光芒太盛,制约了人眼的观察,因此他们无法对金殿进行细致观察。只有当他们走到高达三米的金殿大门之下,抬头仰望这座交织着梦幻光彩与神秘色彩的大殿时,才发现它是多么的宏伟壮观,又是何等的精美绝伦!金殿的每一块砖上几乎都雕刻着画面,这些雕刻精细到令人难以置信的地步。植物的花朵可以清晰地看见叶脉、花瓣的每一条纹路,而人物身上的衣服褶皱、每一根头发全都历历在目,最细微的线条甚至不及发丝的五分之一。大家一边观看一边惊叹。在这美轮美奂的古迹面前,他们有一种自惭形秽感觉,仿佛自己是莽荒时代的原始人,不小心穿越到了文明社会,只能以一种膜拜、迷乱的情怀来瞻仰这些璀璨的文明结晶。

当冷寒铁的手指触摸到冰冷的黄金大门时，心头却涌起了一股战栗之情。多年里淬血所养成的敏感性，让他在穿过金殿之际捕捉到了死神的冰冷刀锋。这份死亡的压抑感，甚至穿透了他的骨骼，刺入他的血脉中，让他不自觉地起了一身鸡皮疙瘩，胸口间的一口浊气压制得他几乎挪不开脚步。更为难受的是，他总觉得有一双阴鸷的眼睛在阴暗处盯视着他们的一举一动，而对方的眼神之中潜藏着毒箭，随时可能对他们射出致命的一击！出于本能的警觉，他抬头观察了下左右四方，忽然感觉到大门上的花朵与青藤中似乎有一道寒光闪过，那种被人盯视的不自在感又升腾起来。"难道眼睛是藏在花朵与青藤中？"他后退了一步，差点踩中身后的卜开乔。

卜开乔伸手托住他的肩膀："怎么不进去了呢？"

"你眼尖，帮我看下门上的花朵与青藤有什么古怪没有？"卜开乔的观察能力天下无双，冷寒铁相信他可以从寻常的场景中发现比自己要丰富得多的线索。然而令他大失所望的是，卜开乔摇了摇头，道："我一到了这里，就发现顶上散落下来的光芒有些古怪。这些光芒可以迷惑人的心神，搅乱人的思考能力。我不知道你们是怎样的，至少我是被这里的光晃得眼睛发疼，几乎什么也看不了。所以抱歉帮不上什么忙。"

冷寒铁的眉毛挑动了下，抓住身后的花染尘，问道："那你呢，染尘姑娘，到了此地有没有听到什么异常的声音？"

花染尘的回答令冷寒铁再度失望："被小卜一提醒，我才发现在这里什么声音都无法传递过来，似乎金殿内的空气可以将我们的五官全都封闭起来，至少我现在除了听到你们所发出的一点声音外，其他的什么都听不见。"

冷寒铁仰头再望了一眼门顶上的花朵与青藤，发现那种令人心惊的寒锋已经消失不见，但他的心情非但没有因此好转，反倒变得更加糟糕：是否隐匿的敌人已经进入金殿了？

身后的杜振宸瞧出了他的异样，试探地问："冷长官，你是不是发现了什么？那我们还进去吗？"

冷寒铁深呼吸了一下，毅然道："不入虎穴，焉得虎子。我们九死一生才走到这一步，又怎么能随便放弃！不过我感觉到金殿内隐藏着某种特别的能量，大家小心一点，千万不要乱动金殿内的一砖一瓦。有任何不对劲的地方就赶紧撤退，绝对不要恋战。"

惴惴不安的情绪折损了部分进入金殿的激动心情。那一双隐匿在青藤与花朵之中的眼睛让冷寒铁始终心怀怵惕。他无法确认眼睛的存在，可是也无法抹消被人盯视的不舒适感。理智上他觉得与世隔绝了数千年的金殿内不应该有任何大型生物存在，可是在直觉上，他却相信金殿内存在着一切的可能性。哪怕是鬼谷子复活站立在他的眼前，他都不会觉得惊奇。因为在他的手中，正持有一个逆转时光的机器！

在很长一段时间内，逆转时光始终被人视为是一种异想天开的说辞。当年的孔子站在忘川上感叹道"逝者如斯夫"，咏怀的正是时光的不可逆性，恰如水不可以往高处流。这一种"韶华易逝，盛景不复来"的遗憾，在古往今来无数人的心头滚过。人们多想能够截断时光，让它停止，让青春的光彩永远绽放在世人的脸上，让美好的瞬间可以凝固下来成为永恒。可是，无论人们如何期冀与哀叹，都无法阻止时光匆匆而过，最终每个人的身影都只能成为时光长河中的一朵小浪花，淹没于黄色泥沙与白色泡沫之中。直至到了20世纪，爱因斯坦第一次以科学的名义声称：只要人类的速度可以超越光速，那么就可以让时光逆转！尽管爱因斯坦又说了一句：目前来说没有任何超越光速的物体存在。也就是说，时光逆流只存在于理论中，现实中几乎是不可能实现的事，但他的话语至少在世人的心头燃起了一朵希望。

冷寒铁不懂物理，更无法理解爱因斯坦的相对论，但他深信，人类无法做到的事情，并不代表它就无法实现。至少金殿的建造者，其科技水平远要比人类高明得多，如果说他们掌握了让时光倒流的原理，并制造出了时光机器，利用穿梭于星际间的星光来作为"药引"，改变地球上的时间坐标，并非是无稽之谈。

怀着这样的心境，冷寒铁下意识地摸了一下背囊里的时光机器，他决意无论如何，都要保住的时光机器，不让它落入其他任何人的手中。然后，他从金殿的大门缝隙间挤了进去。

进入金殿的一刹那，冷寒铁感觉到眼前一阵白光飞扬，仿佛有人在他的视网膜上放了一场绚丽的烟火，将他的整个视网膜全都点燃，随后一片空白，什么都无法看见。

面对着异常明亮的白光，冷寒铁的心房被撩拨得空旷而幽远，仿佛进入了一个三千琉璃世界。他站立在金殿内，以手臂遮额，竭力地避开白光对眼睛的侵扰，想要从白茫茫的一片中剥离出金殿的真实影像。可是未待适应眼前的环境，他的耳畔间传来一个熟悉的声音："真没想到，你们这么快就自投罗网来了。"

冷寒铁猛的一个转身，快速地拔出手枪，指向声音的来源。尽管强烈的白光严重干扰了他的视线，但他仍有充分的把握仅凭一双耳朵，让手枪中的子弹找到林从熙："林大掌柜，我知道你身上没有武器，所以投降吧。我可以考虑放你一条生路。"

"放我一条生路？"空气中传来林从熙嘲讽的声音，"都进这里面了，谁还有生路？"

巴库勒警觉起来："林从熙，我警告你，我们与你之间不可能有任何交易，除非用你的性命来换！"

对于巴库勒的威胁，林从熙置若罔闻，而是抛出了一个炸弹："事到如今，你们还没反应过来金殿究竟是做什么的吗？"

冷寒铁的心里"咯噔"了一下，追问道："你是不是找到了金殿的什么秘密？说出来一起分享下吧。"

林从熙"哈哈"大笑，笑声里充满着苦涩："分享什么？分享死神的邀约吗？"

"死神？"所有人的心底全都如挨了一记重锤般，一阵发疼。

冷寒铁长出了一口气，道："林大掌柜，请打开天窗说亮话。"

林从熙空洞的声音继续传出："那好，我就问两个问题。你们还能找得到进来的入口吗？如果出不去的话，以如此强烈的光线你们觉得可以挺多久而不会发疯？另外，我原本收到的消息是，我们先前里找到的机器是用来逆转时光的，可是进入这里后，大家觉得这是真的吗？"

冷寒铁的大脑如同一台全速开动的机器，飞快地将林从熙的问题在大脑里进行消化，很快就找出其中的潜台词：第一，金殿根本不适合住人，也不是圣地，相反，它应该是个死亡禁区，用来围困敌人；第二，他们所找到的机器极有可能并非是时光机器，而是相当于某个定时炸弹，一旦被施用在金殿内，就会引发某种灾难性的后果！

未等他梳理清楚，楚天开忍不住出言道："猴鹰儿，你说这些话究竟居心何在？是不是就想蒙骗我们将时光机器丢掉，然后你好暗中浑水摸鱼？你口口声声说时光机器是个坏东西，却为什么在之前逃跑时想要抢夺走它？别说你就是为了拿到它来丢掉吧。"

林从熙刚说了一句："你根本就不知道……"随即就被一声"哎哟"所打断。却是在先前的交谈中，巴库勒强忍着眼睛的不适，兜了个圈，蹑手蹑脚地顺着声音的来源摸了过去，祭起手中的套索，将躲在暗处的林从熙"揪"了出来，随后像拖着一条死鱼一般，将他拽向冷寒铁他们的方向。

大家的眼睛渐渐地适应了金殿内的强光，有了一点微弱的视觉反应，可以捕捉到四周朦胧的景象，因此也可以捕捉到林从熙的狼狈模样。

林从熙在军舰上曾多次被巴库勒用皮带抽打，深知他粗暴的脾性，因此对于被捉的命运，他丝毫不敢挣扎，只能在心底暗叹一声苦。

冷寒铁沉声问林从熙："你在这里究竟找到了什么？"

林从熙默不作声。

巴库勒火起，一脚踢中他的小腹，将他踢得在地上翻了个滚。冷寒铁制止住巴库勒的施暴行为，继续追问道："你是在想如何利用我们来为你的逃生制造条件吧？"

林从熙用手背擦了下嘴角的血迹，怨毒地瞪了眼巴库勒伟岸的身躯，恨声道："别奢望逃出这里啦。你们要是能找到这里的出口，我把姓反过来写。"

巴库勒骂了声："去你大爷的，你的姓反过来写跟正着写有什么区别？"

冷寒铁示意楚天开、杜振宸等人去找出口。不多时，楚天开他们回来复命，额头上有着涔涔的汗珠。楚天开靠近冷寒铁，低声道："冷大，这里面确实有点古怪，我和杜振宸转了两圈，就是找不到我们来时的门。我甚至用手贴着墙一点一点地摸过了，没有找到任何空隙，就好像整座金殿是一体似的。"

"难道真如林从熙说的，这里是个囚笼？"冷寒铁心头有一阵寒风呼啸而过，眉头皱了起来。

趁着冷寒铁他们不注意，花染尘蹲下来，眯着双眼避开强光，用手帕替林从熙擦拭嘴角的血迹，低低地问道："你是想以这种方式归队？还是说不死心，仍想要拿到那个时光机器？这个机器对你真的很重要吗？"

林从熙的目光闪烁了下，随即低伏下来："准确地说，这个机器不是对我重要，而是对冷长官，或者说他背后的当权者十分重要。"

"我明白……"花染尘叹道，"虽然我不是很懂政治，可是也能看得出来，当今的政府恐怕支撑不了多久了。所以你们一定会想方设法阻止政府拿到时光机器，避免他们回到过去，来弥补当年犯下的错。但所谓的时光机器真的存在吗？我也是无意中偷听到的……"她的身躯猛地一震，"我突然想起一事，当初我是在日本军营里听到这段对话，说存在这个时光机器，并且可以操作时光机器回到过去，可是说话者乃是操着中国的口音。莫非这里面有什么蹊跷不成？"

林从熙怔了一下，喃喃道："日本人的烟幕弹？这么说，难道我接收到的情报也是错误的？那么这个机器究竟是做什么用的？"他的心神一下子涣散了，"我们好像真的陷入了一个阴谋中。这个机器根本不该带入金殿内。"

就在这时，楚天开冲了过来，粗暴地踢了一下他的腿，"起来！我们有几个问题问你，你给我老实回答。"

林从熙凄楚一笑，道："是有关出口的事吗？我说过你们就别枉费心机了。我昨天已经用身体沿着金殿的墙壁一点一点地蹭过了，但就是找不到出口。也就是说，金殿只能进，不能出。"

冷寒铁走了过来。虽然他的眼睛略微适应了金殿内的强光，但极目四周，依然是白茫茫的一片，那种感觉就像是一个人在凝望着一张曝光过度的照片，最多只能从照片中分辨出来一点轮廓，可是却根本无法洞悉里面的真实情景。听到林从熙的话，他的眉头不觉微微皱了一下，心头的不安更甚了："昨天？你为什么觉得你和我们分开是昨天的事？"

对于冷寒铁的疑问，林从熙有点丈二和尚摸不着头脑："不是昨天是什么时候？难道你还会觉得是刚刚？"

冷寒铁在心头仔细地盘算了一下他们与林从熙分开后所经历过的场景，怎么算都不会超过两个时辰，为什么林从熙会觉得过去了二十多个小时？难道这里面的时间与外面的时间根本不是一个等级？那么究竟是林从熙一个人被困在金殿中，强光外加焦虑让他觉得时间过得特别漫长，还是说他们在淤泥中穿行的时间远要比他们想象中的更加漫长？甚或，这里面存在着时间的罅隙，他们陷入了不同的时空中？

无论如何，他能确定的一件事是：金殿远非他们想象中的宝藏地，而是被赋予了某个特殊的使命。难道真的被林从熙说中了，金殿根本就是一座牢笼，用来困住某些人？

冷寒铁竭力地让自己冷静下来。他转过头去问楚天开："你们先前搜寻的时候，有看见过什么东西吗？"

楚天开也早已察觉出来这里面的古怪，低声回答道："没有，里面空荡荡的，什么都没有。"

冷寒铁长出了一口气，想了下，毅然决然地掏出手枪，对着屋顶开了三枪。所有人都被他突如其来的行为吓了一跳，第一反应是有人偷袭，下意识地不顾白光的刺眼，抬头朝上望去。很快他们就察觉到怪异：子弹仿佛被金殿吸收了。大家根本没有听到子弹击中金砖发出来的声音，甚至连开枪的声响全都消失了。在外人的眼中，冷寒铁先前仿佛只是举了一下枪，根本就没有扣动扳机。可是冷寒铁可以清楚地感觉到子弹出膛时所产生的后坐力，看到枪口处冒出的缕缕青烟。这些都清楚地告诉他，子弹确实是发射出去了，只是被某种力量给消除了。

一个念头跃入他的脑海中：难道这里面的时空是扭曲的？他发射出去的子弹进入了过去或者未来中，所以这一切才这么悄无声息？他不禁联想起他们当日里在地底金字塔旁，亲眼一睹一座巨大的石鼎兀地消失不见，仿佛从来都没有存在过一样。莫非这两者存在着某种关联？他转过身去，想要找知识最渊博的王微奕问个清楚，这才想起来进入金殿后，一直没有听到王微奕的任何声响。环顾四周，皆不见他的踪影，当下里失声道："王教授呢？他去了哪里？"

所有人这才惊觉他们把王微奕给"丢失"了。谁也没有留意先前究竟是王微奕根本没有进入金殿，抑或是他进来金殿后被某种特殊的能量给吸走。

一直以来，在整支队伍中，王微奕和冷寒铁都被大家视为一文一武两根定海神针，其中冷寒铁擅长于危急时刻力挽狂澜，王微奕则更多地在危机爆发以后抽丝剥茧地找出根源。冷寒铁的孔武有力给了大家坚强的安全感，而王微奕的渊博学识给了大家坚定的安心感。可是如今，冷寒铁犹在，王微奕却消失了。

站在空荡荡的金殿里，所有人的心头全都空荡荡的。没有想象中的宝贝，没有想象中的高科技，没有想象中的惊险机关，只有一片不知源自何方的超亮光源，然后子弹离奇失效，王微奕神秘消失。大家九死一生所追求的，就是这样一个荒唐的结果吗？

楚天开颓丧地跌坐在地。他们满怀欢喜地进入金殿，以为迎接他们的会是整个世间最神秘、最辉煌、最激动人心的神作，谁知却是一个牢笼，一个不知道边界在何处的牢笼。作为铁血战士，他对自己的生死早就置之度外，可是这种心理上的巨大落差却令人如猫爪挠心，难受无比。

冷寒铁命令巴库勒解开林从熙手上的绳索。王微奕不在了，那么眼下对金殿了解最多的便是林从熙。他们想要离开金殿，将不得不借助于林从熙。"说吧，你是怎么加入共产党的，又是怎么将刘开山发展成为你们同伙的？"冷寒铁开门见山地问道。

巴库勒等人对于第一个问题有些不解，不明白冷寒铁为什么会在这个时间挑起这个话题，但第二个问题一出来，他们险些跳了起来：刘开山竟然与林从熙是同伙？

林从熙也忍不住心惊了一下，但很快就平静下来，他明白这乃是冷寒铁的攻心战，表示他掌握了自己大量的信息，所以在接下来的问题中不要试图再去对他隐瞒。权衡了眼前的处境后，林从熙很快给出了答案："说起来很简单，我们都是尘世中的小人物，没有能力唤风唤雨，可是却不得不去面对世间的风风雨雨，甚至是凄风寒雨。共产党救过我，也救过刘大当家。不同的是，因为感恩，我加入了共产党，而刘大当家充其量只是因此对共产党心怀好感，却从来不曾投诚。后面的情景你们也看到了，刘大当家对共产党的一点感恩之情很快就被金殿的诱惑所抵销，一度险些要了我的命。既然大家把话挑开了，我也想问冷大长官一个问题，沈亦玄沈先生是被你们策反了吧？"

当初沈亦玄加入寻宝队伍，乃是以"囚犯"的身份加入的，他所犯下的罪名便是"通共"。林从熙在接受组织上派遣任务之时，已听闻队伍中有沈亦玄，但组织并不敢肯定沈亦玄是否叛变，因此嘱咐他不要贸然对他袒露身份，更不要动手营救，只是暗中观察、及时通报。进入军舰后，林从熙以一个老江湖的敏锐目光，很快就从一些细微之处，尤其是沈亦玄面对冷寒铁等人时的笃定眼神中，察觉他应该已经叛变。事实上，沈亦玄的叛变直接导致了一部分共产党地下工作者被捕，其中包括林从熙的接头者，后者亦向国民党当局交代出林从熙的身份。冷寒铁是一名优秀的特工，但并非一名优秀的演员。当他在军舰上接到当局发来的密电，获悉林从熙的真实身份后，对他的态度便发生了细微的变化。林从熙是何等精明的一个人，立即从种种蛛丝马迹中察觉到自己身份已经暴露。不过他判断出，因为自己是队伍中唯一一位接触并研究过《神农奇秀图》的人，在《神农奇秀图》失踪的情况下，冷寒铁不得不倚靠他的记忆力来完成这趟寻宝之旅，因此在找到金殿之前他暂时是安全的。此外，在与冷寒铁接触的过程中，他发现冷寒铁虽然从军多年，可是身上却有着浓厚的江湖气息，对于政治、党派之争没有什么兴趣，甚至会厌弃官场上的尔虞我诈。倘若能够将冷寒铁拉拢过来，那么非但自己将顺利完成组织交给自己的任务——绝不能让金殿中暗藏的高科技武器落入国民党之手，甚至还会给党组织带来一员猛将，是以他后来主动将黄金匕首赠与冷寒铁，又交出了水晶头骨等宝物，希望可以增进些与冷寒铁的关系。只是他万万没有想到，因为花染尘的存在，令他与冷寒铁之间无形中变成了"情敌"关系，由此渐行渐远，因此他才会被迫使出下策，想要抢走时光机器，独自去寻找金殿。无奈的是，金殿找到了，却与想象中的相去甚远，并且还将自己困在里面。他深知，这种情形下，倘若不与冷寒铁他们合作，自己根本不可能走出金殿。而金殿内空空如也，没有任何高科技武器，这样一来他所接受的任务也就自动取消。于是当他见到冷寒铁他们进入金殿时，才会主动出言"打招呼"，让自己借机归队。

冷寒铁凝望着林从熙，深知论心计鬼点子，自己可能还未必是他的对手，因此决定放弃所有的迂回策略，而与他直截了当地交换信息："不错，沈先生一开始就是我们的人。只是我们忽视了人性的复杂，没有想到他暗藏了一手，竟然只是想假借我们的手来替他寻找金殿。后面的结果你都看到了，凡是与我们作对的人，都没有好下场。你之所以能够活到现在，是因为你够聪明。我喜欢跟聪明的人说话，因为他懂得什么是识时务者为俊杰。眼下你没有任何选择，必须把你对金殿所掌握的所有信息全都吐露出来，否则这里面死的第一个人将会是你！"

林从熙颔首而笑道："我也喜欢跟冷长官这样直爽的人对话，痛快！只是很遗憾，我对金殿掌握的情报并不比你们多。没错，《神农奇秀图》是在我手上放置了一个多月，但是你们也看到了，图的解读方式有多神奇，根本不是你我这样的凡夫俗子所能钻研出来的。不过我听组织里的专家说，金殿极有可能与星象有关，甚至可能是某个时空的枢纽。通过金殿，我们有机会进入某个异度时空中。而守护金殿秘密的乃是古老的龙族。组织里的专家怀疑，鬼谷子极有可能是一名豢龙者，他留下了寻找金殿的线索，不排除只是给龙族献祭。从我们的经历看，千百年间应该不止一拨人寻找金殿，但是能够进入这座金殿的，恐怕只有我们寥寥数人。更多的人都成了龙族与银魂蛛的食物。"

杜振宸脱口而出道："那我们怎么就没事呢？"

林从熙淡淡地说道："这只是一个大胆的猜测罢了。至于我们之所以可以安然无恙，有两种可能：一个是龙族先前吃饱了，还有一个原因，黑龙被冷长官割伤了一只爪子，处于疗伤阶段，无暇顾及我们。"

冷寒铁想了一下，从背囊中掏出"时光机器"，放置在大家的面前，再用背囊遮在它的上空，不让头顶上的白光直接照射在它上面，说道："我希望大家明白一件事，眼下不是党争的时刻，也不是敌我的殊死搏斗，而是需要我们同舟共济，集思广益，共献智慧，找出一条生路来。关于这个机器，大家有什么认知就全都说出来吧。以我的直觉，能带我们走出金殿的恐怕只有这个机器。"

所有人对冷寒铁的这个说法表示认可，于是大家将脑袋凑在一起，一起研究起"时光机器"。方形的盒子，状若单人枕头大小，五面合金，表面水晶，水晶上有 48 个小格子，每个格子上刻着立体的简笔画。透过水晶，可以看见下方有三个齿轮，齿轮连着轴承，轴承连着发条。在齿轮的上方有个圆孔，圆孔内嵌十块水晶"莲花"。圆孔的两侧，还各有两块黑色矿石。齿轮下方则是黄金底盘，遮住了下层的空间。

花染尘见状，不再有任何隐瞒，于是第一个开口说道："我从日本人那里偷听到的情报是，这个机器乃是时光机器，其原理是接入从古老的时空穿梭而来的星光，再利用矿石的能量将它启动，从而让我们回到过去的时空中。但我怀疑这是日本人故意泄漏给我听的，背后的目的不得而知，甚至不排除这是一种误导。"

冷寒铁等人没有听过花染尘的这段话，不觉心头一震，全都默默地思考着这段话的真伪。

林从熙以手指着 48 个小格子，道："我认同染尘姑娘的说法，这个机器是用来逆转时光的，其中这些小格子应该是用来控制时间的。至于这个圆孔，极有可能是光线的入口。只是我有个不解，光线有能量吗？怎么催动这下面的齿轮？"

楚天开凑近"时光机器"仔细观察，道："依我看来，水晶下面的这层空间只是用来提供能量，真正将星光吸收、转化的是在底层空间里。还有那些莲花瓣的水晶，应该是为了将星光打散吧。"

巴库勒抛出一个问题："可是就这么细小的轴承，能够提供逆转时空的能量吗？上次王教授说过，美国那个大科学家叫爱……爱啥……'爱硬死躺'的对不？哦哦，爱因斯坦说过，我们要穿越时空，必须保证速度超越光速。你说这需要多大的能量才能把我们这些加起来有一吨的人抛到光速呀。就凭这么个小东西说可以逆转时光，说实话我不太相信，甚至呀，我觉得逆转时光这样的说法纯属无稽之谈。如果真可以有的话，那么无上觉醒的活佛等，岂不是可以随意穿梭于各个时空，改变芸芸众生的命运？这样的话，人类哪里还有那么多悲惨的事？更进一步，佛祖干脆把第一个进化的人类胚胎给掐掉，省得我们人类出现在地球上，互相砍杀，破坏环境，岂不是一了百了？"

杜振宸一拍大腿，道："对啊，我就想说一个问题，真能逆转时光的话，那么我回到过去里，把旧时的我给杀了，那岂不是会出现一个悖论，就是过去的我死了，未来的我还会存在吗？"

听了大家的话语，冷寒铁心头一阵混乱。以他的学识，或者说在场所有人的学识，都根本无法理解逆转时空这样的科学命题。如果王微奕在的话就好了。王微奕虽然只是历史学家，可是他博闻广记，一定能说出个子丑寅卯来。但他很快又想到一事：先前他与王微奕一起研究过这个机器，王微奕对它也是一片茫然。诚然，在这样顶尖的科技面前，在场的所有人都是门外汉，甚至所有的地球人都是门外汉。可以想象，如果真的有机会将它带回地面，并解开它的奥秘，那么人类的科技文明将会获得质的飞跃。

可惜的是，眼下不要说将机器带回去复命，他们连怎么走出金殿都毫无头绪。

"既然大家认为它不是时光机器，那么觉得它会是什么呢？"冷寒铁问道，"大家畅所欲言，不要有什么顾虑。"

林从熙挠着头道："如果不是时光机器的话，那么有没有可能是个星象仪？就是用来观测天象，甚至用来分析星光，看它来自哪个星球？我总觉得这个圆孔应该是用来导入什么东西的。"

"星象仪……"巴库勒等人纷纷点头，"这个说法比较靠谱。"

"不过，林大掌柜，"楚天开恼恨他先前试图从自己手中抢夺"时光机器"，于是毫不留情地批判道，"你先前一口咬定它是时光机器，并说它会给我们带来毁灭性灾难，现在怎么又说它是个无害的星象仪？"

林从熙急了："哎哎哎，冷大长官，你不是说大家可以随便说的吗？怎么我说了个看法就成了大逆不道？究竟是你们在引蛇出洞，还是我在引火焚身啊？"

冷寒铁制止住楚天开的批判，道："言者无罪。大家还有什么想法都可以尽情说出。我保证你们绝对不会出现因言获罪的事情。"

楚天开嘟囔道："既然没有危险，那么我们还在这里讨论来讨论去做啥呢？是骡子是马拉出来遛一遛不就清楚了吗？"

林从熙张口想要说话，又识相地闭上了嘴。

冷寒铁点头道："这也是一个办法。大家觉得如何？"

所有人全都附和，表示同意："找不到出路就是死路一条。早死晚死都是死，那还不如放手一搏，或许会有奇迹出现。"

虽然集体附议通过，可是冷寒铁却有几分犹豫。他望着水晶盘面上的简笔画图案，目光依次扫过林从熙、花染尘与卜开乔："你们对此真的没有任何研究和看法吗？"

林从熙摇了摇头，花染尘平静如水，卜开乔依旧保持着笑嘻嘻的神情但却没有做任何的表态。

冷寒铁在心底叹了口气，深知无法从三人嘴中再撬出什么有用信息。眼见他们都同意测试机器，他神情安然，似乎心中笃定机器并不会带来致命的危险，他也无意再去深究，于是伸手撇开头上的背囊，让明晃晃的白光直接照射在机器上。

恰如林从熙所言，机器上的圆孔对光线有着聚拢的作用。大家明显地感觉到四周的光线不似先前那么刺眼，而机器上空的光线中心却变得异常明亮，仿佛机器上有股磁力，吸引住金殿内的光芒，从圆孔中穿过。然而令大家失望的是，他们等了许久，却还是只看见光线在水晶盘面上跳动着，并没有奇迹出现。

"机器能令光线发生变动，说明它已经启动。那么接下来是否应该输入某个指令，让它对光线进行下一步的反应？"冷寒铁的目光再度从林从熙、花染尘和卜开乔三人脸上扫过，"你们三人有什么高见吗？"

林从熙小声地嘟囔道："反正我是高见、低见统统都没有。"

卜开乔揉搓着他那如胡萝卜般的手指，原本脸上所挂着的笑意消失不见，代之以一种凝重。当目光与冷寒铁交接上时，他仿佛下定了某个决心，往前走了一步："我来试试看吧。但是呢，无论发生了什么后果你们都不要怪我，包括在黄泉底下也是。"

林从熙吓了一跳，道："喂，你可别乱来啊，别把大家都闷杀在这里。"

冷寒铁伸出右手，掌心向下，做了一个示意林从熙不要再多嘴的手势，转而对卜开乔道："你大胆地试吧。我们的命运是交给金殿，不是交给你。"

卜开乔深吸了一口气。此时此刻的他，才真正展现出一名特工人员特有的风范：眉峰紧锁，神情慎重，手指在空气中无意识地弹跳着，一股无形的压力从他硕大的身躯内溢出，让四周围观的人不觉呼吸为之一滞。

楚天开等人不得不佩服卜开乔的心机之深，竟然可以把自己的强大气场收敛得一干二净，让人与他相处时，下意识地将他归类于人畜无害的白痴，而这一瞬间气场的外放，足以说明他的身手之高，恐怕不在楚天开之下。

恢复特工身份的卜开乔能否破解神秘机器所暗藏的玄机，带他们从金殿内逃出呢？

被冷寒铁他们宣布为"失踪"的王微奕眼中，这是一场盛大的迷离，既有希冀的光华，也有死亡的荫翳。

先前，在进入金殿的队伍中，王微奕位于倒数第二，仅排在巴库勒之前。这是冷寒铁的考虑：倘若金殿内有危险，那么至少留下来的人有足够的能力来应对危机。队伍中，王微奕的学识毫无疑问是最高的，而身手，巴库勒仅次于冷寒铁，并且所拥有的"龟息功"在这水底下乃是非常实用的技能，所以留下二人来断后。此外，为了保证安全，冷寒铁要求所有人必须等待前面的人30秒以上再进入金殿，这样的话一旦里面发现意外或者是危机，后面的人可以躲避开。

在等待的过程中，王微奕一直留心观看金殿外墙上所雕刻的图案，看着看着，他的心猛烈地跳动了起来。他发现这上面的图案排列并非是随意挥洒，而是蕴含有某种信息组合。如果有人能够将这些图案誊刻下来并缩小成一张宣纸的尺寸，那么很容易就会发现，这些图案非常像一种特殊的文字！

这种文字对王微奕并不陌生。当年他在西藏的神山"冈仁波齐峰"

进行采风的时候，在半山腰中遭遇到了暴风雪的袭击——西藏人认为，冈仁波齐峰上居住着神灵，所有打扰到神灵的人都会遭到惩罚。截至目前，虽然人类已经登上了世界第一高峰珠穆朗玛峰，但岗仁波齐峰却依然还是无人登顶的处女峰。冈仁波齐峰存在着不少神奇的地方。比如说主峰四季冰雪覆盖，形似圆冠金字塔，四壁非常对称，如同八瓣莲花环绕，山身如水晶砌成，宛如技艺高绝的玉镶冰雕。由南望去可见其著名的标志：由峰顶垂直而下的巨大冰槽与横向岩层构成的佛教万字格徽记。冈仁波齐峰经常是白云缭绕，令人难以一睹真容，但在阳光照耀下又会闪烁出奇异的七彩光芒，分外耀眼夺目。神山的向阳面，终年积雪不化，白雪皑皑；而神山的背面，长年没雪，即使被白雪覆盖，太阳一出，随即融化，与大自然常规刚好相反。攀登冈仁波齐峰的登山者反应，只要登上半山腰之后，往往会遇到漫天的暴风雪导致人迷路，哪怕先前是晴空万里也不例外，似乎有某种神秘的力量在阻止人类的侵入。如果人类不知进退的话，就会遭受更严厉的惩罚。

王微奕那次的行动也不例外。以他丰富的野外生存经验，他觉得当天那样晴空万里的天气是最好的登山时机，不会出现暴风雪，因此不顾随行的西藏向导劝告，执意攀登高峰。可是在半山腰，"惩罚"降临了。他们在转过一个山峰隘口之后，天地间忽然阴暗下来，仿佛有一只手笼罩在他们的头顶上空，将那一方天地全都罩上。紧接着暴风雪就像发怒的公牛一般袭击了他们。鹅毛般大小的雪花飘飘扬扬地从天上不断降落，洒在人的身上，蒙住人的视线；狂风将山峰间的雪花冰粒全都搅动起来，劈头劈脑地朝他们摔了过去。在这样恶劣的空气中，人的视线只有二三十厘米，并且被风雪所阻，不要说前进，就连呼吸、说话都变得十分困难。西藏向导深知触怒了神灵，于是跪倒在地念经忏悔，祈求仙人的饶恕。王微奕心头也是惴惴不安，于是不敢打断向导的祈祷，只能顶着暴风雪，期待着他们的声音可以被仙人所接受。

令他们失望的是，暴风雪根本没有停下来的意思。在风的鼓动下，那些冰雪被卷成了一个个拳头般大小的球，从四面八方朝他们攻击而来。在这样激烈的大自然肆虐之下，王微奕他们只能抱头仓皇逃离。慌不择路中，王微奕不小心滑落进了一处冰窟窿中。这个冰窟窿大概有十米高，下面有不少如箭镞一般冲天而起的尖锐冰柱。幸运的是，王微奕手中紧握着登山镐，在下滑中他竭尽全力地将登山镐钉入冰墙上，最终在距离地面大概三米的地方止住了下坠之势。随后他将登山包丢下用来垫脚，然后小心地跳了下去。在困守于洞中一天一夜的时间里，他无意中发现登山镐划开的位置，有独特的文字呈露出来。于是他费尽力气，用登山镐从坚硬的冰墙上凿开了一米见方的空间，呈现出大概 30 个字。这些文字从未在人类文献上出现过，更像是一种古老的立体文字。王微奕如获释宝，将这些字全都誊写下来。原本他希望可以将整面冰墙后面的文字全都发掘出来，但剧寒令他的体力很快透支到了极点。他只能蜷缩在登山包上，等待着向导找人将他救出。被获救后，他在冰洞的位置做了个记号。可是令他失望的是，之后他三次再度来到冈仁波齐峰，然而却怎么也找不到当初做的记号，彻底失去了找到冰洞的线索。那些来不及发掘的文字，就这样重新被雪藏了起来。王微奕誊写下来的三十多个古怪文字，因为失去了上下文的关联，加上字数太少，根本无法破解，成为他心中的一个深深遗憾。

令王微奕万万没有想到的是，他竟然在金殿这边重新找到了那些古怪文字的线索！与冈仁波齐峰内的文字不同的是，金殿的文字更加巨大，并且更加直观！那些日夜星辰、山川河流、奇珍异兽、奇花异草交织在一起，组合成了一个个文字。王微奕几乎可以肯定，有关这些文字的解读，就隐藏在这些画面中。也就是说，每一个字的内容，都与构成字的图案息息相关。这是何等震撼的一种文字啊。

受图案中所隐藏的文字线索所吸引，王微奕下意识地围着金殿的外墙转悠了起来，一幅图一幅图地认真观摩过去。

站在王微奕身后等待进入金殿的乃是巴库勒。不过他比王微奕高出了一个脑袋，并且全副心思全都集中在对金殿内部的好奇观察上，因此对于王微奕的离开丝毫没有察觉。

王微奕一边观摩一边赞叹，突然想起身上还珍藏着个微型胶片相机，急忙掏了出来，对着墙上的图案一幅一幅地拍摄。他一边拍，一边恼恨自己先前所携带的胶片太少，在拍摄了不到一半的图案后就用光了所有的胶片。无奈之下，他只好用眼睛努力地将剩余的图案一点一点地从金殿外墙上"剥落"下来塞进大脑中。如此边走边看边记，不知不觉间，他又转回到了金殿的门口，此时距离冷寒铁他们进入金殿的时间已经过去了三个多小时。

王微奕陡然想起与冷寒铁他们进殿的约定，顿时心中浮起了一个强烈的念头：不知道冷寒铁他们在金殿内发现到了什么呢？会不会除了满室的宝贝外，还有大量的高科技文明？

念及此，他的血不禁沸腾起来，于是推开金殿的大门，准备往里走去。就在这时，一道金光冲天而起，阻挡住他的脚步，刺得他双目一阵眩晕，急忙以手挡在眼前。透过从指缝中漏出的光芒，他依稀看见冷寒铁等人站在金殿的中心，摆在他们的面前的正是那台"时光机器"。先前，卜开乔刚刚用双掌在两块黑色矿石处轻轻地按压了两下，随即十指纷飞，在水晶盘面上飞快地敲击了十余个小方格。令在场的众人始料不及的是，伴随着卜开乔的操作，那些细小的齿轮率先发出一阵轻微的细响，随即全都启动，紧接着一道黄色光芒从最下层的空间涌了出来，击在那个莲花形状的水晶薄片上。原本如蚌壳般紧紧闭合的莲花悄然打开，并且开始快速转动，将那一束黄光击得四散而开，变成了数十道细小的光芒。这些光芒穿越过水晶盘面所镌刻的图案，产生了一种微妙的反应。

从刚刚准备推门进去的王微奕的视角中，见识到了一个奇迹：他看见整个"星空"被打开了，准确地说，整座金殿的内部变成了一个小宇宙。浩瀚的宇宙中，有繁星点点，烘托着一个类似于太阳的恒星，恒星的边缘还有两颗卫星围绕着它转动。整个宇宙弥漫着一种神秘的金光，这些金光并非凝滞不动，而是幽微地浮动，仿佛有破空之风掠起了光芒，另外不时地有白光从空中划过，惊慑着人的眼。这种感觉，就像是他们乘坐着一艘宇宙飞船行驶在太空中，透过玻璃舷窗看见宇宙全景的样子。

身在"时光机器"旁的冷寒铁等人，盘旋在心头的只有一个感觉：宇宙竟然如此浩瀚无边，那些看上去近在咫尺的星星成了一个个永难企及的目标。他们就像是置身于汪洋大海中的一艘小舢板，漫天的星光看似低垂到自己的手边，可是真正迎接他们的，却是一场接一场的颠簸与巨浪翻滚。他们随时都可能被掀落下去。一种被放逐了的无助情绪从每个人的心头涌生。

对于地球上的人类而言，有谁曾在宇宙中自由驰骋？又有谁可以在太空中极目而视？眼前的奇异景象让人目眩神迷，深深地沉醉在其中无法自已，以至于大家全都忽视了花染尘不知什么时候起，悄悄地蹲了下来，俯视着水晶盘面片刻，忽地伸出了双手，学卜开乔一般地在水晶盘面上按动了数个小方格。

整个金殿内的画面陡然转变：原本排列有序的星星忽地如同一串被摔烂了的珍珠项链，全都四散而开。率先朝着他们奔袭而来的乃是那颗最大最亮的恒星。冷寒铁他们清楚地看见恒星朝着他们越来越近。从最初的鹅蛋大小，很快扩张到篮球大小，紧接着是一座屋子那么大，最终布满了他们的视网膜。整个宇宙快速消退，缩成了一个黑色的背景，吞噬掉所有的光芒与璀璨。冷寒铁他们能够看见的，就是恒星上熊熊燃烧的烈火，以及在高速飞行中不断被抛出的红色岩浆。这些岩浆如同饿狼的舌头一般，从他们的耳根边掠过，从他们的头发上飞过，最后落于他们的身后，金殿的某个角落。一股巨大的热量在金殿内轰地扩散开。整个世界只剩下一片汪洋的红色，呼呼作响，恰如火魔的阵阵狂笑。

站在门口的王微奕远离画面的中心，不似冷寒铁他们那般被迎面呼啸而来的恒星给震慑住，而是可以看见金殿发生了某种变化。原本坚硬、牢固的金殿变得扭曲，每一块金砖都往外散发出红色的光泽。这些红色的光芒在空中交织在一起，形成了一个能量场，与头顶上方不断迫近的恒星产生了共振效应。恒星内部散发着高温的岩浆，在高速的飞行震颤下溅落得更多了。所有溅落的岩浆似乎全都被金砖吸收了进去，化作更加强盛的红色光芒。这些红色光芒像数也数不清的飞箭，朝着呆呆站立的冷寒铁一行射了过去。顿时，一股衣服纤维、皮肤被烧焦的气味传了出来，同时夹杂着的还有一声声惨烈的哀号。

整座金殿变成了一个太上老君的炼丹炉，而冷寒铁他们就是被煎熬的药渣！

这一切几乎发生在眨眼之间。王微奕发现金殿又有了新的变化：金殿上方的刺眼光芒消失了，于是凭着人的肉眼可以看见金殿的屋顶乃是一块巨大的水晶——准确地说，是一个巨大的水晶头骨。这个头骨与冷寒铁他们所搜集到的水晶头骨不同，它并没有完整的五官，而是少了鼻子；它也没有和谐的比例，眼睛和嘴巴都大得惊人，几乎占据了一大半的空间。最初时他们所见到的耀眼白光正是从水晶头骨的双眼中射出，但如今双眼似乎已经闭上，所有的光芒从眼眶中隐没，那些被抽离掉的光芒全都转移到了嘴巴上，并且化作血一般的红色。从一张巨大的嘴巴中吐出红色的光芒……这个画面在王微奕的脑海中跳动了一下，顿时联想到了"吐火"二字。几乎是在同一瞬间，另外两个描绘眼眶发光的字眼也跃入了他的脑海中——"远眺"！莫非这里面有什么寓意吗？

然而一切都容不得他再进行推敲细想了。因为透过巨大的水晶头骨，他看见了外面的世界：有强烈的红色光芒刺穿了平静如镜的河水，穿透了高高凸起的巨大气泡，再射入向内凹陷的水晶头骨，最后落在黄金地面上。红色的光芒仿佛带有一种超强的高温腐蚀性，令黄金地面瞬间被烧融出一处空洞。王微奕打了一个寒战，顿时明白了其中的原理：河流、超大气泡与水晶头骨组成了一个超级凸透镜，超大气泡的外层与内凹的水晶头骨正是凸透镜的中心。一个小小的凸透镜通过聚焦阳光，可以轻易地点燃一张纸，而如今来历不明的红色光芒射入超级凸透镜内，足以融解掉整座金殿！

　　想及此，王微奕的喉咙间迸发出了一声惊天的吼叫："快逃啊！金殿要毁灭了！"

　　就在花染尘对"时光机器"动手脚的时候，冷寒铁他们已经开始惊觉。可是这一切发生得太快了，快得让他们找不出一个头绪。他们只感觉到全身仿佛被千万支火箭击中一般，五脏六腑几乎全都要燃烧起来。就在他们张皇地想要找到变故的来源时，王微奕的声音就像一盆冷水一般朝他们泼了过来，让他们瞬间清醒，眼睛齐刷刷地望向声音的来源之处，紧接着一阵狂喜涌上心头：那个神秘消失的金殿大门，正把持在王微奕的手中。透过大门，他们看到碧绿的波涛如同柔软的水草一般上下起伏不定。

　　几乎不假思索，冷寒铁他们全都拔腿朝着金殿的大门处疾奔而去。就在这时，他们的耳畔处传来"啪"的一声巨响，紧接着整个世界陡然变得暗沉下来。那是死神的斗篷被甩了开来，将所有人全都笼住——超级凸透镜聚拢住的红色光芒轻易地烧穿了金殿的地板，再刺向巨大泡沫的底部。柔韧无比的巨大泡沫就像是一个气球遇到了针刺一般，"啪"的一声破裂开了。失去了巨大气泡保护的金殿，如同一个被人从悬崖上推落的孩子，摇晃了一下，随即一头栽进厚厚的淤泥中。然而红色光芒的能量并未消失，而是沿着被烧穿了的金殿底部边缘往四面八方扩散。第一个发生破碎的乃是头部的水晶头骨。也不知道是红色光芒的热量所致抑或是外面汹涌扑入的河水挤压，水晶头骨从眼眶中间破裂开来，紧接着如同一个被谋杀的冤魂一般，不甘地沉坠下来，掉在地面上砸得粉碎。河水欢呼着、呼啸着涌入进金殿。冰冷的水流与红色的光芒碰撞在一起，就像是两支军队展开了激烈的贴身肉搏，将士们纷纷倒地身亡，那些金砖在冷热两股势力的合剿下，轰然倒塌。

　　这一座在水底沉睡了千年的金殿，这一个远古文明留下的奇迹，就这样消失了，消失于滔滔的河流之中。随之缓缓消逝的，还有冷寒铁、王微奕、巴库勒、楚天开、杜振宸、卜开乔、林从熙不甘的眼神，以及花染尘冷冷的笑容……

夜幕降临在神农架的每一片树叶、每一滴水珠之上，如同一双强有力的大手，将每一个不屈的呐喊声掐断。天地陷入了无边无际的黑暗之中，只在一段河流的水底间，有光芒闪烁了一下，但随即就被隔绝在厚厚的帷幕之后。那些惊扰神农架宁静的人与神，那些曾经飘荡在神农架林间的枪声与欢笑声，全都黯淡了下去，成为历史的一记绝响，再无人记起，更无人提起。就这样死寂了去。

《宇宙钟摆》

超光速追缉挑战想象力极限，

宇宙钟摆系统概念带你滑向宇宙深渊！

生命形态可以量子化呈现？

高极智能的最终归宿难道都要进化到能量状态？

点燃木星虽可以给人类取暖，但可怕后果谁能预料？

移民水星是否可行？

驾地球逃出太阳系难道就能找到新家……

世间万物，皆有生灭，就算存在了130多亿年的宇宙也概莫能外！

"宇宙钟摆"就是这样一个控制宇宙生死轮回的大系统。它由两个以上引力中心构成一个奇特的时空结构，在这个宏大无匹的结构中，宇宙中的所有物质只能在几个引力支点上做钟摆运动，宇宙万物的轮回由此而生。

对于这个系统，人类原本一无所知，但一场无法躲避的灾难，却加速了我们对它的认知：

公元22世纪初，地球进入一片需要3000万年才能穿越的星际尘云。早在两三亿年前，地球便因穿越这片浩瀚尘云而进入漫长的冰河期，地球上97%以上的生物惨遭灭绝……而这次，走进这条进化死胡同的，却是我们人类！

为了应对这场末日劫难，有人主张利用量子发动机技术，将地球推离原有轨道；有人主张移民水星或点燃木星取暖；还有人暗中策划"涅槃计划"，试图利用外星智慧，将人类改造成嗜杀成性，但能适应恶劣环境的鹞羽人……

不同的意见导致无尽的争执与杀戮，人类面临两难抉择：要么被异化，要么被灭绝。最终主张维持人类本性的一方占据上风，"涅槃计划"策划者因此逃向宇宙深处。于是，一场超光速飞船追缉叛逃者的太空大戏在宏大的宇宙背景下展开。在惊心动魄的追缉中，"狄拉克"号飞船诡异地陷入时空陷阱，没想到却让人类意外地掀开了"宇宙钟摆"的神秘面纱。

"宇宙钟摆"能否改变人类面临的厄运？最终结局超出了所有人的想象……

银河行星：本名吴信才，重庆市璧山人，新生代科幻作家。作品叙事宏大，擅长多角度展现人与宇宙万物的对应关系，擅长在众多科幻创意中反复切换，进而展现人类在极端状态下的生存状态、心理状态。其作品画面感极强，受到多家影视公司青睐。代表作《宇宙钟摆》三部曲以及其所著的所有作品，均已天价签约影视公司。

为促进中国本土科幻文学更好发展，《虫》MOOK 系列图书面向全球华语科幻作者、书迷广泛征集科幻短篇、中篇、长篇原创作品。

我们郑重承诺，对于来稿每稿必复。

投稿邮箱：bfwhzf@163.com
科幻作者、读者交流群：QQ 群 1：16812541
　　　　　　　　　　　　　QQ 群 2：28184811

扫一扫走进科幻，关注《虫》MOOK 更多资讯。